MAGALI VOLKMANN

Die Republik der Knochen

DRACHENMOND VERLAG

Copyright © 2023 by

Drachenmond Verlag GmbH
Auf der Weide 6
50354 Hürth
https://www.drachenmond.de
E-Mail: info@drachenmond.de

Lektorat: Stephan R. Bellem
Korrektorat: Sarah Nierwitzki
Satz & Layout: Astrid Behrendt

Umschlagdesign: Alexander Kopainski
https://www.kopainski.com
Bildmaterial: Shutterstock

Druck: Booksfactory

ISBN 978-3-95991-963-0

Kein Tod ohne Leben
Keine Asche ohne Sünde
Kein Land für Nekrobotaniker

Eingemeißelt über den Toren des Elfenbeinpalastes von Anamoya

RIORA

Farben und Knochen

Ich war zehn Jahre alt, als ich zum ersten Mal einen Menschen sterben sah. Er lag unter einer Brüstung, die eben noch auf einem Balkon gestanden hatte, die Knochen zerschlagen, der Rücken gebrochen. Regen fiel auf meine Schultern und durchnässte meinen Umhang, während ich ihn betrachtete.

Ich zitterte. Natürlich zitterte ich.

Ich weinte leise.

Natürlich weinte ich.

»Hilf mir ...«, flüsterte der Mann. »Ich kann nicht ...«

Aber niemand kam. Nicht in dieser Nacht, nicht in den Albträumen, die mich noch Jahre später heimsuchten. Tränen liefen mir über die Wangen, ehe ich aufschluchzte und das Gesicht in den Händen vergrub.

»Es tut mir leid«, wisperte ich. »Ich weiß nicht, was ich tun soll.«

Ich konnte nicht sehen, ob er mich flehend anblickte. Aber in meinen Träumen tat er es. *Lass es aufhören*, betete ich stumm. *Bitte, lass es aufhören, mach es wieder gut, mach alles wieder ...*

Es raschelte in der Finsternis.

Ich schrak auf. Als ich zwischen meinen Fingern hindurchspähte, sah ich, dass ein Mann neben dem Verletzten niederkniete und eine Hand auf seine Schulter legte.

»Können Sie mich hören?«

Er stöhnte leise.

»Gut.« Kurzes Schweigen. »Hören Sie mir jetzt genau zu. Vergessen Sie mein Gesicht. Vergessen Sie meine Nichte. Versprechen Sie mir, dass Sie niemals darüber reden werden, was in dieser Gasse geschehen ist.«

Der Mann hustete. Blut sickerte aus seinem Mundwinkel, dick und schleimig.

»Ich ...«

»Versprechen Sie es.«

Ein kurzes Zögern.

Dann: »Ja. Bitte. Ich schwöre ...«

»Gut«, unterbrach ihn mein Onkel. »Sieh genau hin, Riora.«

Ich spürte, wie mir einige letzte Tränen über die Wangen liefen, als ich folgsam den Kopf hob. Mein Onkel erwiderte meinen Blick schweigend, ehe er sich abwandte. Er war sehr groß und breitschultrig ... seine Hand jedoch sanft, als er eine Efeuranke am zerstörten Balkongeländer berührte. Das linke Auge war von einer Klappe bedeckt. Das rechte blickte auf den verletzten Mann hinab, hart und dunkel.

Dann legte er zwei Finger an dessen Wunden.

Ich hielt den Atem an. Wie von selbst streckte sich sein Arm gerade aus, während das wunde Fleisch abschwoll, die eben noch zerfetzte Haut über seinen Muskeln zusammenwuchs. Der Efeu begann jedoch, zwischen den Fingern meines Onkels zu verdorren. Zuerst waren es nur einige Blätter. Danach kroch die Trockenheit an der Ranke hinauf, saugte alles Leben heraus, bis nur noch totes, spinnenbeinartiges Gestrüpp übrig war.

Der Mann stöhnte. Tränen rannen über seine Wangen und mein Herz schlug schnell vor Aufregung. *Es wird besser*, dachte ich. *Esteria sei Dank, es wird besser.*

Angespannt beobachtete ich, wie sein Körper bebte. Wie sein Fleisch zusammenwuchs, ehe es plötzlich erstarrte. Er stieß ein Keuchen aus, leise, gequält.

Dann regte er sich nicht mehr.

Stille trat ein. Regen prasselte auf meine Schultern. Ich blickte zu meinem Onkel hinüber, doch er stand wortlos auf.

»Ist er …«, flüsterte ich.

Sein Gesicht war hart wie Stein, als er mir den Kopf zudrehte.

»Riora«, sagte er, »wenn wir nach Hause kommen, schreibst du mir einen Aufsatz über die Todesursache dieses Mannes. Ich zeige dir, in welchen Büchern du das nachschlagen kannst. Es wird Zeit, dass du lernst, wie der menschliche Körper aufgebaut ist und welchen Einfluss wir auf ihn nehmen können.«

»Er ist wirklich tot?«, fragte ich leise.

Mein Onkel nickte.

Ich spürte, dass ich zu zittern begann, ehe ich unwillkürlich aufschluchzte. Ich konnte nichts dagegen tun, obwohl ich wusste, dass er böse sein würde … Weinte noch heftiger, als er streng auf mich herunterblickte.

»Hör auf damit«, mahnte er. »Du bist eine Nekrobotanikerin. Das Sterben hat keine Bedeutung für dich. Du solltest es nicht fürchten – es ist der Tod, der dich zu fürchten hat.«

»Aber … aber er ist …«

Sein Blick wurde etwas dunkler, etwas kühler. Ich wollte aufhören, zu weinen, doch ich hätte ebenso gut aufhören können, Arme oder Beine zu besitzen. Krampfhaft würgte ich meine Schluchzer herunter, dadurch wurde nur ein seltsames Glucksen daraus, das mir in der Magengrube wehtat.

»Riora«, sagte er mahnend.

Ich schniefte leise.

»Ja, Onkel«, flüsterte ich.

Er wirkte zufrieden. Zumindest war da ein Zucken in seinem Mundwinkel, das im rechten Licht beinahe wie Zufriedenheit aussah. Er legte mir seine Hand auf die Schulter, doch tröstend war diese Berührung nicht. Im Gegenteil. Noch nie hatte ich mich so verloren gefühlt wie in dieser Gasse.

»Gehen wir«, sagte mein Onkel. »Ich möchte deinen Aufsatz morgen früh auf dem Schreibtisch haben. Dein Platz für heute Abend ist in der Bibliothek, ja?«

Ich senkte den Kopf. Mein Magen verkrampfte sich, während stumme Tränen über meine Wangen rollten. Wenn ich bloß gerade am anderen Ende der Welt gewesen wäre. Irgendwo, wo die Sonne schien und niemand jemals sterben musste.

»Ja, Onkel«, wiederholte ich flüsternd.

Stumm saß ich da, über meine Bücher gebeugt, und rieb mir die Stirn.

Dunkelheit lag über der Stadt. Neben mir flackerte eine Öllampe, die einzige Lichtquelle in der Bibliothek. Inzwischen war dieser Tag elf Jahre her, doch ich dachte manchmal daran, wenn ich arbeitete. Aufsätze über Nekrobotanik. Studien über Knochen und Pflanzen. Stunden tief in den Eingeweiden der Stadt, wo mein Onkel Leichen für mich geöffnet und mir die Geheimnisse gezeigt hatte, die sich unter ihrer Haut verbargen.

Blut und Tränen in dieser Nacht.

Eine ferne Erinnerung, die mich nur noch selten weckte.

Ich seufzte leise. Nicht weit von mir ging ein Skelett durch die Bibliothek, ohne Notiz von mir zu nehmen, und staubte die Regale ab. Die gelben Knochen waren von Ranken umsponnen, die Augenhöhlen mit Blüten gefüllt. Gelegentlich fielen trockene Blätter zu Boden. Das Konstrukt bemerkte es nicht.

Nekrobotanik heilte die Lebenden und weckte die Toten. Alles, was man brauchte, war eine Pflanze. Das nekrobotanische Zauberwerk sog ihr Leben aus und bewegte das Skelett, bis sie verdorrte – wenn man viel Erfahrung hatte wie mein Onkel, konnte man ihm sogar einfache Befehle erteilen.

Der Knochendiener kam in meine Richtung, beugte sich über mich hinweg und fing an, die Bücher über meinem Kopf abzustauben. Staub rieselte auf mein Gesicht. Ich musste niesen.

»Nein, nicht hier«, sagte ich zu ihm. »Du kannst hier saubermachen, wenn ich nicht da bin.«

Er trottete in eine andere Richtung davon. Eine Weile sah ich dem Knochendiener zu, ohne an etwas Bestimmtes zu denken, bis ich Schritte hinter mir hörte. Sofort richtete ich mich auf. Es gab nicht viele Leute, die hier herumliefen, und keiner von ihnen hätte mich gern beim Träumen erwischt.

»… eigentlich müsste sie hier irgendwo sein.«

Eine dunkle, tiefe Stimme. Der Knochendiener zog träge weiter, unbeeindruckt von den Geräuschen in der Bibliothek.

»Natürlich ist sie das«, sagte eine Frau. »Riora wird sich zwischen ihren Büchern verkrochen haben, wie immer.«

Ich löschte das Licht meiner Öllampe. Wenig später traten Gestalten ins Mondlicht, eine groß und dunkel, die zweite deutlich zarter. Mein Onkel war ein Berg von einem Mann, wie es auch mein Vater gewesen war, mit schwarzem Haar und einem groben, dichten Bart. Vor Jahren hatte er das linke Auge verloren und trug deswegen eine Klappe über der leeren Höhle, eine Mahnung an jeden, der sich zu leichtfertig mit unserer Kunst beschäftigte. Nekrobotanik war gefährlich. Wenn man nicht wusste, was man tat, konnte man Körperteile verlieren oder sogar daran sterben.

Hinter ihm ging meine Mutter, in Seide gekleidet, das goldene Haar hochgesteckt. Zart und elegant war sie, sprach meistens leise, außer wenn ein Diener ihr Missfallen erregte. Ich konnte ihr Parfüm bis in meine Leseecke riechen. Wahrscheinlich kamen die meisten Schiffe, die Düfte transportierten, nur ihretwegen nach Anamoya.

»Lass das Mädchen in Ruhe, Savina«, sagte mein Onkel. »Soll sie ihren Verstand ruhig mit Büchern füttern. Es gibt zu wenige Leute in dieser Stadt, die überhaupt welchen besitzen.«

Meine Mutter schnaubte. »Du forderst zu viel von ihr, Kyrian. Sie ist noch so jung.«

»Sie ist neunzehn. Es wird Zeit, dass sie mehr über unsere Künste lernt – und darüber, wo ihr Platz in dieser Stadt ist. Wir sind nicht irgendeine Familie. Ganz Anamoya blickt zu uns auf.«

»Sie wird dir niemals Schande machen«, sagte meine Mutter. »Riora ist ein gutes Mädchen, das weißt du doch. Du darfst sie nicht mit deinen Erwartungen erdrücken.«

Mein Onkel gab sich nicht die Blöße, darauf zu antworten. Ich konnte sehen, wie düster sein Gesichtsausdruck war, als er wenig später den Kopf in meine Richtung drehte. Ich machte mir nicht die Mühe, mich zu verstecken, weil es sowieso nichts geholfen hätte. Kyrian Anamoias entging niemals etwas.

»Riora«, sagte mein Onkel. »Du solltest nicht im Dunkeln lesen. Du wirst dir die Augen verderben.«

»Dafür wird mein Verstand davon satt«, konterte ich.

Er schmunzelte darüber, während meine Mutter zu uns aufschloss.

»Ich habe dich den ganzen Tag gesucht«, erklärte sie mir. »Ich hätte wissen müssen, dass du dich wieder hier versteckst, Riora. Du hast nichts außer deinen Büchern im Kopf! Es wäre gesünder, ein wenig unter die Leute zu gehen.«

»Das Studium von Leben und Tod ist eine ernste Angelegenheit, Mutter«, dozierte ich. »Menschen vergehen. Die Geheimnisse des Sterbens und dem, was danach kommt, nicht.«

»Bald wirst du vergehen, wenn du immer nur hier drinnen sitzt«, schimpfte sie, aber mein Onkel lachte darüber.

»Für heute hast du die Toten ausnahmsweise einmal genug studiert«, sagte er scherzhaft. »Ich bin nur hier, weil ich dir etwas erzählen wollte, bevor du zu Bett gehst.«

»Ach wirklich?«

»Dein Tonfall«, mahnte er, schien jedoch nicht böse zu sein. »Ich habe seit einer Weile darüber nachgedacht, unsere Kunstsammlung zu erweitern. Dein Vater hat sie sehr gern gehabt. Er würde sich freuen, wenn etwas Neues dazukäme, denke ich. Morgen wird ein Künstler zu uns kommen, um Gemälde der Familie anzufertigen. Natürlich habe ich ihn auch gebeten, dich zu porträtieren.«

Ich spürte, wie sich ein jähes Lächeln auf meinem Gesicht ausbreitete.

»Ein Künstler?«, wiederholte ich. »Das ist ja wunderbar!«

Mein Onkel lächelte. »Ich wusste, dass dich das freuen würde.«

»Und wie«, stimmte ich zu. Als mein Vater noch gelebt hatte, hatte er mir so manches Kunstwerk gezeigt, geschaffen von den größten Malern und Bildhauern Anamoyas. Die Statue des Aschekaisers, die am goldenen Markt im Herzen der Stadt stand, die prächtigen Fresken, die unsere Göttin Esteria und ihre stolzen Krieger zeigten. Ich dachte häufig daran zurück. Ich besaß nicht viele Erinnerungen an die Zeit mit meinem Vater, weil ich noch ein Kind gewesen war, als er gestorben war.

»Wer wird zu uns kommen?«, fragte ich. »Dovati? Oder Piraino?«

»Salvati«, sagte meine Mutter.

Mir fiel fast die Kinnlade herunter.

»*Der* Salvati?«, wiederholte ich aufgeregt. »Er ist eine Legende! Er hat die Decke der großen Esteriakirche gestaltet.«

»Ja, und das war wirklich teuer«, sagte mein Onkel mit einem leisen Hüsteln. »Aber für die Gemälde war es kein Problem, ihn zu bekommen. Ich ... habe meine Differenzen mit ihm, doch er scheint in finanziellen Schwierigkeiten zu sein. Er hat den Auftrag erstaunlich schnell angenommen.«

»Nicht nur in finanziellen, wenn ich ihn mir so ansehe«, sagte meine Mutter angewidert. »Dieser Mann hat ein wirklich abscheuliches Benehmen. Kyrian, du hättest Piraino mit dieser Aufgabe betreuen sollen.«

»Piraino malt wie ein dreibeiniger Hund«, konterte mein Onkel. »Hast du sein Bildnis der Göttin gesehen? Sie hat an einer Hand sechs Finger.«

»Du weißt genau, was ich meine.«

»Savina!«

Ich hörte ihnen kaum zu. *Salvati*, dachte ich. Er war ein Gott der Malerei, jemand, dessen Bilder eher wie lebendige Wesen wirkten als Konstrukte aus Ölfarbe und Leinwand. Seine Werke hingen in unzähligen wichtigen Gebäuden in Anamoya und wurden für absurde Preise an Interessenten verkauft. Noch in hundert Jahren würde man über seine Arbeiten sprechen. Darin waren sich alle einig.

Und er würde ein Porträt von mir anfertigen.

Ein aufgeregtes Kribbeln erfasste mich. Wie es wohl sein würde, ein Gemälde von mir anzusehen – noch dazu eines von einem der größten Künstler, der je gelebt hatte?

»Das ist unglaublich«, flüsterte ich.

Mein Onkel nickte.

»Salvati wird morgen zu uns kommen, um mit seiner Arbeit zu beginnen«, erklärte er. »Lass dich nicht von ihm einschüchtern, ja? Er ist etwas speziell.«

»Speziell?«, fragte ich. »Was meinst du damit?«

Mein Onkel schüttelte den Kopf. Ich runzelte die Stirn, hakte jedoch nicht weiter nach; dafür war ich viel zu aufgeregt. Arias Salvati, einer der größten Maler unserer Zeit, würde ein Bild von mir erschaffen.

Was er wohl für ein Mensch war?

2

ARIAS

Ein schöner Abend an der Lagune

Sonnenlicht stach mir ins Gesicht.

Obwohl ich die Augen geschlossen hielt, war es so hell um mich herum, dass es wehtat. Ohne zu überlegen, beschirmte ich sie mit dem Unterarm, doch mein Schädel hämmerte, als wäre er unter die Hufe eines Pferdes geraten. Ich stöhnte leise, drehte mich auf die Seite. Als ich meine Hand in den Untergrund krallte, rieselte Sand zwischen meinen Fingern hindurch.

Verdammt. Was war letzte Nacht passiert?

Ich wusste es nicht. Ich hatte auch keine Lust, es herauszufinden. Am besten vergrub ich mich im Sand, bis der Schmerzanfall vorüberging. Aber im gleichen Augenblick, als mir dieser fabelhafte Gedanke kam, schob sich ein Schatten vor die Sonne.

Ich blinzelte. Ein verschwommener Fleck zeichnete sich vor mir ab, den ich mit einiger Mühe als lebendige Person identifizierte.

»Oh. Du bist endlich wach, was? Du hast versucht, die Grenze nach Melenya zu kreuzen, und bist in einen Hinterhalt gelaufen.«

Ich kniff die Augen zusammen. »Was für ein Hinterhalt?«

»Es war fürchterlich«, verkündete der Mann; er klang nahezu penetrant gut gelaunt. »Zwanzig schwer bewaffnete Schläger. Ekelhafte Kerle mit gemeinen Klingen in den Fäusten. Du kannst froh sein, dass ich da war, um sie alle abzuwehren.«

»Oh, Esterias Atem ...«

Ein jäher Schmerz schoss durch meine Schläfen. Mein Magen drehte sich ruckartig um, doch irgendwie schaffte ich es, meinen Mageninhalt bei mir zu behalten.

»Tyban?«, krächzte ich. »Bist du das?«

»So stark und schön, wie die Göttin mich geschaffen hat, Arias.« Er lachte, ehe er mir etwas in die Hand drückte. »Du hast das hier übrigens verloren.«

Ich betastete den Gegenstand, bevor ich begriff. Es war meine Brille. Wortlos setzte ich sie auf, fixierte Tyban samt schadenfrohem Grinsen deutlich schärfer als zuvor. Die meisten Anamoyaner hatten dunkles Haar, eine schlanke Gestalt und olivfarbene Haut, die nur selten in der heißen Sonne verbrannte. Tyban besaß nichts davon. Er war bestenfalls mittelgroß, aber muskulös, hatte einen wilden roten Haarschopf, der stets etwas abstand, so oft er ihn auch nach hinten strich.

Ich setzte mich langsam auf. Das grelle Licht schmerzte in meinen Augen, dennoch erkannte ich, dass ich an einem Strand lag, wie es viele rund um Anamoya gab. Ein Stück entfernt ragten Hütten auf, die aussahen, als wären sie aus Treibholz errichtet worden. Wäscheleinen waren zwischen ihnen gespannt, und die Kleider darauf bewegten sich im salzig schmeckenden Wind.

Anamoya selbst, die Perle des Westens, zeichnete sich in der Ferne ab. Bereits von hier konnte ich die goldenen Türme der Esteriakirchen sehen, die türkisfarbene Lagune voller Schiffe. Wo die Gebäude endeten, ragten Klippen auf, über und über mit Dschungel bewachsen. Vögel flogen aus den Baumkronen, während ich hinsah. Sie fanden hier reichlich Nahrung.

Ich rieb mir die Schläfen.

»Es gab gar keinen Hinterhalt, oder?«

»Quatsch. Ich wollte dich nur ärgern.« Tyban richtete sich auf. Er trug einen dünnen weißen Umhang mit Kapuze, wohl damit er sich nicht verbrannte. »Du warst sturzbetrunken, Arias.«

Oh, dachte ich. Das erklärte einiges.

»Ich hatte doch nur ein oder zwei Bier«, murmelte ich.

»Redest du von Gläsern oder Fässern?«

»Fick dich, Tyban.«

Zur Antwort stieß Tyban mit der Fußspitze in den Sand. Ein Schauer aus Sandkörnern verteilte sich über meinen Beinen. Ich ignorierte das, so gut ich konnte, versuchte, meine Gedanken zu ordnen.

»Was machen wir überhaupt hier?«

»Du hast mit diesem Hafenarbeiter gewettet, dass du nicht länger als eine Stunde für den Weg in die Vororte und zurück brauchst. Da warst du schon ziemlich betrunken.« Tyban schien, zu überlegen. »Ich schätze, du hast außerdem zwanzig Dukaten an den Kerl verloren.«

Ich schloss kurz die Augen. Großartig. Da war ich also offenbar an Geld gekommen, was selten genug geschah, und verschwendete es an solchen Blödsinn.

»Und du? Was machst du hier?«

Tyban rieb sich demonstrativ das Kinn, als würde er darüber nachdenken. Er hatte einen kurzen Bart, der sich an der Kante seines Gesichtes entlangzog und etwas rötlicher als sein Kopfhaar war.

»Ich habe überprüft, ob du die Wette einhältst und nicht einfach irgendwo in der Stadt verschwindest. Das war natürlich Ehrensache.«

»Großartig …«

Ich versuchte, aufzustehen, doch die bloße Bewegung löste ein grässliches Rumoren in mir aus. Meine ganze Welt kippte. Tyban trat elegant zur Seite, während ich mich vorbeugte und geräuschvoll in den Sand übergab. Als ich damit fertig war, kroch ich zittrig zum Meer hinüber, um mir den Mund auszuspülen. Das Wasser war widerlich salzig. Allerdings besser als der Geschmack von Galle in der Kehle.

Eine Weile verharrte ich, wo ich war. Dann, ganz langsam, kam ich auf die Beine. Es fühlte sich wie das Schwierigste an, was ich je getan hatte, und Tyban schien das auch so zu sehen, denn er ergriff ohne ein Wort meinen Arm und führte mich zu einer Straße.

Ich kniff die Augen zusammen, während Tyban dem nächstbesten Passanten auf einem großen Karren zuwinkte.

»Wir bräuchten einen netten Mann, der bereit wäre, uns nach Anamoya mitzunehmen!«, rief er. »Na, wie wäre es?«

»Was ist denn für mich drin?«, rief der Fahrer zurück.

Tyban griff in seine Tasche und zog zwei goldene Dukaten heraus. Einen Herzschlag lang arbeitete es auf dem Gesicht des Mannes, ehe er seinen Karren abrupt anhielt.

»Reiche Freunde wie euch nehme ich doch immer mit.«

»Guter Mann«, lobte Tyban und stieg auf die Ladefläche, auf der mehrere prall gefüllte Säcke lagen. Ich ließ mich auf einem davon nieder, schloss die Augen, während der Karren weiterfuhr.

»Danke für deine Hilfe, Tyban.«

»Oh, keine Ursache. Du hast mich dafür bezahlt.«

Ich runzelte die Stirn. »Ach, habe ich das?«

»Ja, natürlich. Du wolltest, dass ich dich rechtzeitig wecke, falls du nicht von allein wach wirst. Du hast gesagt, dass du heute zur Familie Anamoias willst.«

Ich riss die Augen auf.

Der Auftrag. Gestern erst war Kyrian Anamoias damit auf mich zugekommen, hatte mir eine unverschämte Menge Dukaten dafür versprochen, seine Familie zu porträtieren. Es war meine erste größere Arbeit seit einer Weile. Deswegen hatte ich auch beschlossen, das Ganze mit einer guten Flasche Wein zu feiern. Oder fünf, so wie sich mein Schädel anfühlte.

Das Problem daran war, dass ich im Stadtpalast der Familie hätte sein sollen, um mit den Gemälden zu beginnen.

Und zwar jetzt.

»O nein«, flüsterte ich.

Verschwitzt und zerzaust hastete ich dem Stadtpalast der Familie Anamoias entgegen. Mein Kopf pulsierte mit jedem Schritt, als würde er gleich zerbersten. In den Armen trug ich so viele Zeichenmaterialien wie möglich; den Rest schleppte mir Tyban hinterher. Er sagte, dass er mich nicht allein lassen würde, bis ich nicht an meiner Staffelei stand. Schwer zu sagen, ob ich ihm dankbar sein oder ihn später dafür häuten sollte.

Vielleicht beides.

Der Stadtpalast der Familie Anamoias war ein sandfarbener Klotz, umgeben von Kanälen, wie sie sich durch die ganze Stadt zogen. Drei Stockwerke ragten über mir auf, durchzogen von Fenstern, gekrönt von einem flachen Dach. Es war nicht weit von denen der umliegenden Häuser entfernt. Anamoya war voller enger Gassen, in die kaum Sonnenlicht hinabdrang.

Ich versteifte mich, als ich ins Gebäude trat. Auf dem Innenhof war es etwas kälter, denn er wurde von einem großen, alten Baum beschattet. Sofort eilte ein Bediensteter in Cremeweiß auf uns zu. Bei meinem Anblick presste er die Lippen aufeinander, als hätte er plötzlich üble Magenschmerzen.

»Arias Salvati?«

»Ja, das bin ich«, sagte ich matt.

»Sie sind zu spät«, sagte er mahnend. »Kyrian Anamoias erwartet Sie seit über einer Stunde.«

»Tut mir leid. Ich bin auf dem Weg hierher in einen Hinterhalt geraten.«

Tyban kicherte. »Geh nur«, sagte er, »ich bringe deine Ausrüstung weg. Ha! Ein Hinterhalt ...«

Ich drückte Tyban meine Tasche in die Hand, während der Bedienstete auf eine Tür zeigte. Er machte immer noch ein Gesicht, als fürchtete er, sich eine heimtückische Krankheit neben mir einzufangen.

»Dort entlang, den Gang hinunter und die letzte Tür zur Linken«, sagte er.

»Ich werde versuchen, mir das zu merken«, erwiderte Tyban zwinkernd und ging. Ich sah zu, wie er verschwand, strich dabei mein Haar nach hinten. Nicht dass das irgendetwas half. Es war von Natur aus widerspenstig.

»Gehen wir«, sagte ich zu dem Bediensteten. »Wir wollen Anamoias nicht noch länger warten lassen, oder?«

Er nickte, ehe er mich eine Treppe hinaufführte. Ich blickte mich schweigend um. Offenbar war jemand in diesem Haus ein Kunstsammler, denn an den Wänden hingen einige Gemälde, die ich als Arbeiten meiner Kollegen erkannte. Doch wer immer hier Bilder sammelte, er beschränkte sich nicht auf die anamoyanische Malerei. Viele Werke stammten aus den freien Städten an der Küste, andere aus der

Piratenrepublik Nandes, aus Melenya oder Balys mit seinen wilden Dschungeln, sogar aus den fernen Ländern jenseits der Meerenge.

Das Arbeitszimmer von Kyrian Anamoias ließ mir keinen Zweifel daran, wer diese Kunstwerke eingekauft hatte. Auch hier hingen einige Gemälde zwischen den Bücherschränken, während der Regent selbst am Schreibtisch saß und arbeitete. Als er mich kommen hörte, sah er auf. Sein Gesicht verhärtete sich.

Das ging ja schon gut los.

Einige Herzschläge lang fixierten wir einander. Mein Blick fing sich an seiner dunklen Augenklappe. Niemand sprach Anamoias jemals darauf an, aber es hieß, dass er das Auge in der Rebellion der Wellen verloren hatte. Das war vor fünfzehn Jahren gewesen, als Piraten die Küste von Anamoya überfallen hatten und wir alle gerade so mit unserem Leben davongekommen waren.

»Salvati«, sagte Kyrian Anamoias. »Ich habe Sie früher erwartet.«

»Ich war unterwegs«, erklärte ich. »Es, ähm, gab Probleme bei der Rückreise.«

Er musterte mich mit Schärfe, als wüsste er genau, dass ich ihm gerade eine saftige Halbwahrheit unterbreitet hatte. Ich erwiderte seinen Blick, ohne zu blinzeln. Leute wie er waren gefährlicher als Klapperschlangen. Besser, mir keine Blöße vor ihm zu geben.

»Hübsche Kunstsammlung, die Sie hier haben«, sagte ich. »Muss ein Vermögen gekostet haben.«

»Das hat sie, ja.« Er legte den Kopf zur Seite. »Es ist eine große Ehre, bald einige Ihrer Bilder aufnehmen zu können. Ich habe das Deckenfresko in der Esteriakirche gesehen, das Sie gestaltet haben. Das Werk eines Meisters, wirklich.«

»Danke«, sagte ich. »War auch eine Menge Arbeit.«

Sein Gesicht verhärtete sich kaum merklich. Ich tat, als hätte ich das nicht bemerkt. Reiche Anamoyaner legten viel Wert auf Etikette, aber ich brachte es nur selten über mich, ihren steifen Regeln zu folgen.

»Ich muss gestehen, dass ich mich immer gefragt habe, warum Sie Künstler geworden sind«, sagte er. »Ich habe Ihren Großvater gekannt. Sie sind bei ihm aufgewachsen, nachdem Ihre Eltern starben, nicht wahr?«

Ich nickte knapp.

»Erinnern Sie sich an ihn?«

»Lebhaft«, sagte ich steif. »Aber wie wäre es, wenn wir mehr über das Geschäft reden und weniger über meine Familie?«

Anamoias legte die Fingerkuppen aneinander. Ich erwiderte seinen Blick, ohne mich zu regen. Diesen Schmerz würde ich nicht mit ihm teilen. Nein. Eigentlich mit niemandem auf der Welt.

»Wie Sie wünschen«, sagte er kühl. »Also. Ich stelle Ihnen Räumlichkeiten hier in meinem Stadtpalast zur Verfügung, in denen Sie arbeiten können, bis der Auftrag beendet ist. Sie werden mit einem Porträt meiner Nichte beginnen. Riora ist eine intelligente junge Dame und eine Liebhaberin der anamoyanischen Kunst. Eines Tages wird sie meine Nachfolge antreten. Bestimmt werden Sie sich blendend mit ihr verstehen.«

In seinen Worten schwang eine leise Warnung mit. Ich verkniff mir meine Antwort. Die Position des Regenten war eigentlich nicht erblich; er wurde vom Großen Rat gewählt, der aus den zwanzig mächtigsten Familien Anamoyas bestand. Vermutlich würde Anamoias also an einigen Fäden ziehen, damit sie in der Familie blieb, wenn er eines Tages abdanken musste.

»Meine Nichte erwartet Sie bereits«, sagte Kyrian Anamoias. »Oh, und … falls Sie sich erfrischen möchten, neben dem Atelier befindet sich ein Badezimmer.«

»Was, sehe ich so schlimm aus?«, rutschte es mir heraus.

Sein Auge verengte sich. »Seien Sie vorsichtig, Salvati«, sagte er schlicht. »Hier gelten andere Regeln als im Rest der Stadt. Wenn Sie Ihre freche Art nicht in den Griff bekommen, werde ich Sie so schnell vor die Tür setzen, wie ich Sie in dieses Haus eingeladen habe.«

Ich biss die Zähne zusammen. Ich hätte diesen Auftrag gar nicht angenommen, hätte ich das Geld nicht gebraucht. Anamoias war jedoch bereit, mehrere tausend Dukaten für die Gemälde zu zahlen. Ein absurd hoher Preis. Aber auch einer, von dem ich gut würde leben können.

So ein Angebot konnte ich nicht einfach ausschlagen.

»Dann werde ich mich an die Arbeit machen«, sagte ich.

»Viel Erfolg«, sagte Anamoias trocken.

Ich gab mir nicht die Blöße, darauf zu antworten. Schweigend stand ich auf und verließ den Raum, wobei ich erfolglos versuchte, das grässliche Pulsieren hinter meinen Schläfen zu ignorieren. Einen Augenblick lang erwog ich, zu beten, dass seine Familie netter sein würde als er. Doch vermutlich würde sich die Göttin Esteria genauso taub stellen wie sonst auch.

Großartig, dachte ich.

Das würden ein paar lange Wochen werden.

3

RIORA

Das Chaos in Person

Sonnenlicht flimmerte durch das Geäst, während ich mich in meinem Buch vergrub.

Es war heiß auf den Straßen von Anamoya. Obwohl ich im Schatten mehrerer großer Bäume saß, klebte der Schweiß an meiner Haut. Sommer in der Stadt waren so warm, dass jeder Gedanke erlahmte, bevor man ihn wirklich gedacht hatte. Schwierig, in dieser Hitze zu arbeiten. Doch ich hatte tagsüber nur wenig Zeit für mich und wollte sie so gut wie möglich nutzen.

Also vertiefte ich mich in meine Lektüre. Es war ein Buch über Medizin, das einst meinem Vater gehört hatte. Er war früh gestorben – allerdings nicht an Nekrobotanik, sondern weil er betrunken in einen Kanal gefallen war. Mein Onkel schüttelte den Kopf, wenn er darüber sprach. Viele Dinge waren ein Zeichen von Schwäche für ihn, doch Trunkenheit ganz besonders.

»Er war ein närrischer Herumtreiber, dein Vater«, erklärte er mir dann. »Ich habe ihn gern gehabt, aber er war von Natur aus chaotisch. Nichts konnte ihn jemals aufhalten, wenn er sich etwas in den

Kopf gesetzt hatte, und mit seinen Eskapaden hat er große Schande über die Familie gebracht. Du solltest danach streben, anders als er zu werden, Riora.«

»Ich werde mein Bestes tun«, hatte ich versprochen.

»Sehr gut«, meinte er. »Und nun sag mir die Grundregeln der Nekrobotanik auf, damit ich weiß, dass du etwas gelernt hast.«

Ich blickte auf mein Buch hinab. Mein Vater hatte sie an den Rand der Seite geschrieben, die ich gerade betrachtete.

1. Nekrobotanik ist die Kunst, Knochen und Pflanzen zu verbinden. So geschaffene Mechanismen gehorchen einfachen Befehlen. Die Lebenskraft der Pflanze zehrt sich dabei auf – verdorrt sie, endet auch der Zauber.

2. Nekrobotanik kann verwendet werden, um Verletzungen zu heilen, wenn man die Pflanze mit einem Patienten verbindet. Sie greift dabei den Körper des Botanikers an.

Mögliche Konsequenzen: Unfruchtbarkeit, Verlust von Körperteilen, Tod.

Mit einem Seufzen klappte ich das Buch zu.

Um mich herum lärmte die Stadt, der nahe gelegene Dschungel. Schweißperlen rollten meinen Nacken hinab, doch ich blieb noch eine Weile unter den Bäumen sitzen, ehe ich mich auf den Heimweg machte. Pflanzen wuchsen überall in Anamoya, vor allem auf den unzähligen kleinen Inseln, die sich im Brackwasser des Deravani gebildet hatten. Der Fluss brachte viel fruchtbaren Schlamm aus den Dschungeln mit, in dem sich alle möglichen Kreaturen ansiedelten.

Doch das Wasser war seicht genug, um hindurchzuwaten; durchzogen von Blättern, zwischen denen kleine Fische lebten. Als ich die Straße erreichte, begegneten mir Frauen, an deren Fingern metallene Krallen schimmerten. Männer, die Absätze an den Stiefeln und Klingen am Gürtel trugen, die jeden herausforderten, der sie auch nur schief ansah.

Einigen von ihnen folgten Skelette durch die Gassen. Manche waren dick angezogen, andere nur in Seide gehüllt, sodass man ihre Knochen deutlich unter den farbigen Schleiern sah. Die Leute schmückten ihre Diener gern, um ihren Wohlstand zur Schau zu stellen. Einmal begegnete mir sogar eine Frau mit einem Skelett, dem ein Wust an Blumen aus dem geöffneten Schädel spross. Die Ranken

21

fielen in einer wilden Mähne am Rücken hinunter, kringelten sich an den Spitzen zu trockenem Gespinst.

Ich hatte natürlich keinen Knochendiener bei mir, doch ich erreichte den Stadtpalast meiner Familie ohne Störungen. Rasch brachte ich mein Buch weg, ehe ich die Bediensteten anwies, mir ein Bad einzulassen. Als ich sauber war, zog ich mich sorgfältig an. Eine cremefarbene Bluse mit langen Ärmeln, darüber eine schwarze Weste und eine passende Hose.

Mein Herz klopfte vor Aufregung. So würde ich verewigt werden. Wie seltsam. Wie wunderbar.

Einige Augenblicke lang betrachtete ich mich, strich lose Fäden von meinen Ärmeln, um so ordentlich wie möglich auszusehen. Wenig später hörte ich Schritte. Meine Mutter trat ein, in ein dünnes grünes Kleid gehüllt, das ihr sehr gut stand. Auch sie trug goldene Krallen an den Fingern. Viele hochrangige Frauen zeigten auf diese Art, dass sie es nicht nötig hatten, sich ihren Lebensunterhalt mit Arbeit zu verdienen.

»Möchtest du Salvati so entgegentreten?«

Ich betrachtete mich im Spiegel, verspürte plötzlich Zweifel. »Warum, stimmt etwas nicht?«

»Es ist in Ordnung, Riora, aber es fehlt noch ein wenig Schmuck. Er wird dich für die Ewigkeit malen. Da ist das angemessen, denkst du nicht?«

Statt auf meine Antwort zu warten, zog sie etwas aus ihrer Tasche. Metall blitzte. Wenig später legte sie mir eine Silberkette um den Hals, ein Stein in der Mitte, dessen Blau ungefähr dem Blauton meiner Augen entsprach.

»Was hältst du davon?«

Ich berührte die Kette vorsichtig. »Sie ist wunderschön«, sagte ich.

Sie lächelte darüber, ordnete einige meiner verirrten Haarsträhnen. Ich war zwar nicht immer einer Meinung mit meiner Mutter – wer war das schon? –, aber in diesem Augenblick durchströmte mich Wärme.

»Riora?«

»Hm?«

Meine Mutter schwieg kurz. Das irritierte mich, weil es ihr eigentlich nicht ähnlich sah. »Denkst du manchmal, dass dein Onkel dir zu viel aufbürdet?«

»Was? Wieso sollte ich … Es ist alles in Ordnung, wirklich.«

Einige Herzschläge lang blickten wir gemeinsam in den Spiegel. Mir fiel auf, wie ähnlich wir einander sahen, obwohl ich das dunkle Haar meines Vaters geerbt hatte. Schmale Gesichter. Blaue Augen. In zwanzig Jahren würde ich bestimmt aussehen wie sie jetzt.

Dann nickte meine Mutter mir zu.

»Das ist gut, aber wir müssen bald darüber sprechen. Er setzt dich so stark unter Druck.« Sie schüttelte den Kopf. »Lass dich nicht von Salvati ärgern, ja?«

»Nekrobotanische Theorien, die ich nicht verstehe, ärgern mich«, erklärte ich. »Da muss er schon früh aufstehen, um anstrengender zu sein als das.«

Sie seufzte. »Du bist manchmal genau wie dein Onkel.«

Ich setzte ein schelmisches Lächeln auf. Sie lächelte ebenfalls, wandte sich um und verließ das Zimmer. Einige Herzschläge lang blieb ich vor dem Spiegel stehen, ehe ich mit klopfendem Herzen nach unten ging. Für den Auftrag hatte mein Onkel einen Raum herrichten lassen, der Salvati als Atelier dienen sollte. Bestimmt wollte er hin und wieder nachsehen, was der Künstler trieb. Einen Blick darauf erhaschen, wie die Meisterwerke entstanden, die er zu erschaffen pflegte.

Vorsichtig trat ich nach drinnen, zuckte zusammen, als ich einen rothaarigen Mann entdeckte. Er war von schlanker Gestalt, die Arme jedoch so kräftig wie die eines Hafenarbeiters und von feinen Narben gezeichnet. Summend breitete er Zeichenutensilien auf einem Tisch aus, hielt gelegentlich inne, um das eine oder andere neugierig zu mustern. Der Tür hatte er den Rücken zugedreht. Das war gar nicht so ungefährlich in einer Stadt wie Anamoya.

»Entschuldigen Sie«, platzte ich heraus. »Sind Sie Arias Salvati?«

Der Mann wandte sich um. Sein Haar hatte er mit einem bunten Tuch gebändigt, das er etwas unordentlich um seine Stirn gewickelt hatte, verschiedene Perlen und Federn zwischen die Strähnen gewoben. Es ließ ihn beinahe wie einen verirrten Piraten aussehen.

»Was? Oh. O nein.« Er zwinkerte mir zu. »Arias wünschte, dass er mehr wie ich wäre.«

Ich hob eine Braue. Er lachte.

»Ich heiße Tyban«, sagte er. »Ich helfe Arias heute bei seiner Arbeit. Ich bin ein Freund von ihm.«

»Wirklich?«, fragte ich verwundert. »Hat er keine Schüler?«

»Er hatte einmal einen«, erwiderte Tyban leichthin, »aber das ging ungefähr drei Monate lang gut, bis sie sich so heftig gestritten haben, dass man sie noch in Nandes hören konnte.«

Mir wurde flau im Magen. »Er ... er wird mich doch nicht anschreien, oder?«

»Ich glaube nicht«, sagte Tyban, »aber er hat heute einen schlechten Tag. Ich würde Ihnen raten, so wenig wie möglich mit ihm zu sprechen, er kann gerade wahrscheinlich sowieso keine gehaltvolle Konversation führen.«

»Oh«, sagte ich schwach. Irgendwie hatte ich mir das Ganze anders vorgestellt. Viel freundlicher und magischer, wie ein Ereignis, an das ich noch lange glücklich zurückdenken würde. »Wie kommt das?«

»Er hat üble Kopfschmerzen«, gestand Tyban.

»Das tut mir leid«, sagte ich. »Heute ist es sehr heiß. Da bekomme ich auch manchmal so ein Pochen im Kopf.«

Tyban lachte. »Ha! Ja, natürlich. Die Hitze ...«

Ich wollte ihn fragen, was er damit meinte, aber im gleichen Augenblick flog die Tür zum Atelier auf.

Ich zuckte zusammen. Ein Mann trat ein, der etwas älter sein mochte als ich, die Wangen von Bartstoppeln bedeckt, das schmutzig-blonde Haar unordentlich zusammengebunden. Obwohl er eine Brille trug, hatte ich noch nie jemanden gesehen, der so wenig wie ein gebildeter Mensch wirkte. Seine Haut war gerötet, als hätte er kürzlich zu viel Zeit in der Sonne verbracht, seine Kleidung zerknittert und aus irgendeinem Grund voller Sandkörner.

Ich verzog unwillkürlich das Gesicht.

»Arias!«, sagte Tyban so freudig überrascht, als sähen sie einander zum ersten Mal. »Du lebst ja noch. Wie schön. Ich dachte schon, dass du in diesem riesigen Haus verloren gegangen wärst.«

Das ist Arias Salvati?

Ein vages Entsetzen durchfuhr mich. Meine Mutter hatte mir einmal von einem seiner Auftritte auf einem Maskenball berichtet, wie sie fast jede Woche von den Reichen ausgerichtet wurden. Ein Ehrengast, überall bewundert, so wortgewandt wie elegant im Tanz. Gekleidet in feinste Stoffe, das Haar zurückgekämmt, die Maske vergoldet. Ein Mensch, den alle Frauen um sich wollten – und einige Männer vermutlich auch.

Du meine Güte. Was war bloß mit ihm passiert?

Salvati sah mich schief an. Seine Augen waren blutunterlaufen.

»Sie sind die Nichte von Anamoias?«

»Ich heiße Riora«, sagte ich höflich. »Es freut mich, Sie kennenzulernen.«

Ich hielt ihm eine Hand entgegen, doch er fixierte mich misstrauisch, ohne sie zu ergreifen. Rasch ließ ich sie wieder fallen. Röte stieg mir in die Wangen, aber bevor einer von uns etwas sagen konnte, räusperte sich Tyban.

»Es war schön, Ihre Bekanntschaft zu machen, Riora«, sagte er zu mir. »Leider muss ich jetzt gehen. Lassen Sie sich nicht von Arias ärgern, ja?«

Salvati schnaubte leise. Ich ignorierte ihn.

»Bleiben Sie gar nicht hier, Tyban?«

Tyban grinste. »Ach was, er ruiniert sein Leben schon von allein.«

»Was soll das heißen?«, fragte ich entgeistert.

Aber Tyban lachte, wandte sich ab und ging. Ich lauschte auf seine verhallenden Schritte, während sich Stille im Raum ausbreitete. Beinahe wäre ich ihm nachgelaufen, um ihn zu bitten, im Atelier zu bleiben. Nur um nicht allein mit diesem schauerlichen Mann sein.

Bloß nicht!

Ich hob den Kopf, begegnete Salvatis düsterem Blick und schluckte.

»Äh …«

»Setzen Sie sich einfach hin.« Er wandte sich ab, um die Materialien zu begutachten, die Tyban für ihn ausgelegt hatte. »Sie müssen nichts tun – außer still dazusitzen. Das sollten Sie schaffen.«

Er sah mich nicht einmal an, während er das sagte. Beschäftigte sich stumm mit seinen Werkzeugen, ehe er eine Leinwand auf eine Staffelei stellte. Sein Gesicht war eigenartig hart. Eigenartig angespannt.

War das nur, weil er sich nicht gut fühlte?

Ich wagte es nicht, ihn zu fragen. Stattdessen lauschte ich darauf, wie er zu arbeiten anfing, leise in sich hineinfluchte und mich offenbar so wenig wie möglich zu beachten versuchte. Ich schüttelte mich innerlich. *Hoffentlich sind diese Wochen schnell um*, dachte ich.

Ewig würde ich diesen Mann bestimmt nicht ertragen.

4

ARIAS

Die Wunder der Nekrobotanik

Die Arbeit im Stadtpalast fiel mir noch schwerer, als ich befürchtet hatte. Hinter meinen Schläfen hämmerte es so stark, dass meine Augen tränten, während bei den einfachsten Reizen Übelkeit in mir aufstieg. Helles Licht zum Beispiel, der Geruch der Farben, sogar zu schnelle Bewegungen. Am liebsten hätte ich mich irgendwo zusammengerollt und abgewartet, bis dieses Elend vorüber war.

Verdammt, warum hatte ich mich auch betrinken müssen?

Zumindest schien Riora Anamoias nichts davon mitzubekommen. Ich fasste sie ins Auge, während ich zeichnete, studierte sie so genau wie möglich. Die Natur hatte es gut mit ihr gemeint, denn bis auf das schwarze Haar hatte sie nichts mit ihrem Onkel gemeinsam. Stattdessen war sie von zarter Statur, hatte ein weiches Gesicht mit nur feinen Kanten. Ich sah ihr deutlich an, dass sie kaum nach draußen kam. Ihre Haut war so blass, dass teilweise die Adern hindurchschimmerten, ihr Blick fest auf ihre Füße gerichtet.

Doch vielleicht trügte der Schein.

Der Name Anamoias war kein gewöhnlicher Familienname. Er bedeutete so viel wie über Anamoya herrschend und wurde dem Regenten samt seinen Angehörigen verliehen, wenn er die Macht ergriff. Einige von ihnen hatten gut und weise regiert. Sie waren von der Republik geliebt und beweint worden, als ihre Zeit in dieser Welt zu Ende gegangen war.

Kyrian Anamoias würde nicht dazugehören.

Er war in erster Linie für seine Härte bekannt, dieser Mensch. Für seine Kompromisslosigkeit selbst im Angesicht größter Gefahr. Vor Jahren hatte er die Piraten, die Anamoya hatten plündern wollen, bis auf den letzten Mann gejagt. Manche Leute hielten ihn für gefährlich kompetent. Andere für vollkommen verrückt.

Niemand hätte es je gewagt, ihm das eine wie das andere ins Gesicht zu sagen.

Ich blickte auf. Riora Anamoias sah immer noch konzentriert auf ihre Füße, als wären sie die interessantesten Objekte, die sie je gesehen hatte. Sie war offensichtlich nicht aus dem gleichen Holz geschnitzt wie er, doch ihre Verwandtschaft genügte mir, um auf der Hut zu sein.

In den zwanzig Familien von Anamoya trug jeder eine Maske.

Da konnte man nicht vorsichtig genug sein.

Wie so oft, wenn ich mich schlecht fühlte, verging der Tag unendlich langsam. Gegen Abend verabschiedete ich mich von Riora Anamoias und verließ den Stadtpalast, ohne mich weiter umzusehen. Der Kopfschmerz hatte sich inzwischen auf ein erträgliches Maß eingependelt. Ich verschwand in einer Seitenstraße, froh, etwas frische Luft schnappen zu können …

… nur um beinahe in Tyban hineinzulaufen.

Ich zuckte zusammen, doch Tyban trat mir elegant aus dem Weg. Seine bernsteinfarbenen Augen funkelten. Er sah immer aus, als amüsierte er sich heimlich über einen Witz, den nur er verstand.

»Da bist du ja wieder«, begrüßte er mich. »Und, wie war es?«

»So schön, als hätte mir jemand einen faulen Zahn gezogen«, sagte ich mürrisch. »Hast du den ganzen Tag hier gewartet?«

»Sehe ich aus, als hätte ich so viel Zeit?«, erwiderte Tyban belustigt. »Ich bin erst vor einer Stunde zurückgekommen. Du hast schlecht ausgesehen. Da dachte ich mir, dass ich besser nachsehen sollte, wie es dir geht.«

Ich musste lächeln. »Danke.«

»Keine Ursache. Also, wie fühlst du dich?«

»Gut«, log ich.

Er hob stumm eine Braue.

»Schön«, sagte ich seufzend. »Mein Kopf fühlt sich an, als würde er gleich explodieren, und die Arbeit hat es nicht besser gemacht. Ich arbeite ungern für diese Familie.«

»Warum das denn?«, fragte Tyban stirnrunzelnd.

Ich bedeutete ihm stumm, mir zu folgen. Gemeinsam entfernten wir uns vom Stadtpalast, gingen an einem der unzähligen Kanäle entlang, die sich durch Anamoya zogen. Mücken schwirrten über dem Wasser. Ich bemerkte, dass sich eine davon auf meinem Arm niederlassen wollte, und verscheuchte sie mit einer Handbewegung.

»Was ich dir jetzt erzähle, weißt du aber nicht von mir, ja?«

Tyban hob mit ironischer Geste seine Hand. »Ich schwöre es bei all dem Sand, den du heute Abend noch aus deinen Schuhen kippen musst.«

Ich verdrehte die Augen. Er lachte.

»Also«, sagte ich. »Die Familie Anamoias besteht aus Nekrobotanikern. Man kann diesen Leuten nicht trauen, in Ordnung? Sie sind verlogen bis ins Mark.«

Tyban blieb stehen. »Woher willst du das wissen?«

»Weiß ich eben«, sagte ich ausweichend. »Viele Mitglieder der zwanzig Familien sind Nekrobotaniker. Was glaubst du, wie sie sonst an die Macht gekommen sind?«

Tyban runzelte die Stirn, als dächte er ernsthaft darüber nach, ehe er zu grinsen anfing. »Ich wusste gar nicht, dass du an Verschwörungen glaubst.«

»Ich wusste gar nicht, dass du ein Schwachkopf bist«, sagte ich gereizt.

Tyban feixte, ging jedoch nicht darauf ein. »Deine Theorie hat aber einen Fehler, Arias. Warum sollten so mächtige Leute verbergen, was sie sind?«

»Das machen alle reichen Familien mit diesem Talent«, erklärte ich. »Sie holen sich sogar Knochendiener von nekrobotanischen Handwerkern, statt ihre eigenen zu erschaffen. Das hat zwei Gründe. Der erste ist, dass Nekrobotaniker nicht besonders fruchtbar sind – es schädigt ihre Körper, Energie von Lebendem zu stehlen und sie in Totes zu zwingen. Das steht im Weg, wenn man sein Kind vorteilhaft verheiraten will.«

»Aha«, sagte Tyban. »Und der zweite?«

»Es gibt einen Unterschied zwischen den Handwerkern und den zwanzig Familien«, sagte ich. »Erstere besitzen ein Talent, das sie zu Geld machen, weil sie sonst verhungern. Sie nehmen dafür in Kauf, in Bedrängnis zu geraten, wenn es irgendwo einen Zwischenfall mit ihren Konstrukten gibt. Aber die zwanzig Familien haben das nicht nötig. Für sie ist Nekrobotanik ein Werkzeug, um mehr Macht zu erlangen.«

Tyban legte den Kopf zur Seite. »Ach ja? Wie funktioniert das?«

»Sagen wir, dass ich ein Nekrobotaniker bin, der jemanden in dieser Stadt wirklich nicht leiden kann«, erklärte ich. »Ich könnte ein Messer aus Knochen schleifen, eine Pflanze darum wickeln und es losschicken, damit es einer Person meiner Wahl die Kehle durchschneidet. Das Grünzeug vertrocknet, nachdem es ausgezehrt ist, das Knochenmesser ist so eingestellt, dass es ohne die Energiequelle zerspringt. Da hast du es. Nur noch Staub und Wurzeln – keine Möglichkeit, herauszufinden, wer es war.«

»Das ist aber spezifisch, Arias. Geht es dir gut?«

»Das ist die Geschichte vom Untergang der Familie Veranza, du Trottel«, sagte ich. »Bis heute weiß man nicht, wer das Attentat verübt hat – weil niemand, der in Anamoya etwas zu sagen hat, sich als Nekrobotaniker offenbart.«

Tyban schien darüber nachzudenken, ehe er mit den Schultern zuckte.

»Ich verstehe«, sagte er. »Aber was kümmert es dich? Anamoya ist bis unter die Dächer mit Dieben und Assassinen vollgestopft. Nekrobotaniker sind im Vergleich dazu harmlos. Sie haben schon seit Ewigkeiten nichts Schlimmes mehr getan.«

»Jedenfalls nichts, was man ihnen beweisen kann.«

Tyban verdrehte die Augen. »Wir sind heute aber paranoid.«

Ich schnaubte leise. Nur wenige Menschen wussten, wozu Nekro-botaniker imstande waren, denn diese Leute hüteten ihre Geheimnisse eifersüchtig. Besser, nichts mehr dazu zu sagen. Tyban würde mich womöglich nur fragen, woher ich das alles wusste, und manche Dinge erzählte man nicht einmal seinem moralisch flexiblen besten Freund.

Tyban verschränkte die Hände hinter dem Kopf.

»Wie auch immer«, sagte er. »Schaffst du es, nach Hause zu finden, ohne in einen Kanal zu fallen? Ich muss zur Arbeit.«

»Was soll das denn für eine Arbeit sein?«, erkundigte ich mich skeptisch.

»Unten im Hafenbezirk gibt es eine hübsche Villa«, erzählte Tyban, »deren Eigentümer eine Reise nach Aspara unternommen haben. Bestimmt fühlen sich ihre Schätze sehr einsam. Jemand sollte nach dem Rechten sehen.«

Ich musste lachen. »Du bist eine Stütze unserer Gesellschaft, Tyban.«

»Weiß ich doch, Arias. Weiß ich doch.« Er zwinkerte mir zu. »Brauchst du morgen eigentlich wieder einen Assistenten? Heute hatte ich eine Menge Spaß.«

»Wenn du magst. Niemand legt meine Pinsel so ordentlich hin wie du.«

»Das war die Antwort, auf die ich gehofft habe«, sagte er, deu-tete eine ironische Verneigung an und eilte davon, bevor ich ihm die Ohren dafür langziehen konnte. Ich schüttelte grinsend den Kopf. Dieser Trottel!

Ich rieb mir die Schläfen, hinter denen noch ein vager Restschmerz nachhallte, und ging zum nächstbesten Kanal hinunter. Dort lagen mehrere geschmückte Barken, deren Besitzer den ganzen Tag lang nichts anderes taten, als zwischen den Bezirken von Anamoya hin und her zu fahren. Ich drückte einem von ihnen etwas Geld in die Hand, nannte ihm mein Ziel und schloss kurz die Augen, als wir uns in Bewegung setzten.

Der Fährmann nahm eine lange Stange hervor und begann, zu staken. Einige Augenblicke glitten wir durch warmes Halbdunkel. Die Häuser standen hier so nah beieinander, dass ich beide Arme hätte ausstrecken können, um ihre Wände zu berühren. Die Fensterläden waren verschlossen, die Mauern fleckig, wo sich der Putz abgelöst hatte. Anamoya konnte schmutzig sein. Anamoya konnte widerlich sein. Anamoya stank nach Brackwasser, war von Mücken verseucht, besaß keine einzige sichere Straße ins Hinterland.

Dann verließen wir den Kanal.

Und die Stadt begann, zu strahlen.

Sonnenlicht brach sich auf dem Wasser. Hier erstreckte es sich so weit in alle Richtungen, dass es fast aussah, als befänden wir uns in einer von Gebäuden umgebenen Bucht. An einem Ende entdeckte ich eine Esteriakirche mit kuppelförmigem Dach, das in der Sonne glänzte, während sich an der anderen Wohnhäuser mit schmalen Balkonen entlangzogen.

Das alles war von Pflanzen überwachsen. Sie ringelten sich an den Häusern hinab, bildeten üppige Körbe aus Blüten, die selbst auf größere Distanz süßen Duft verströmten. Auch an den Straßen wuchsen Büsche, die sich manchmal bis auf unbenutzte Barken ausgebreitet hatten. Während wir fuhren, passierten uns sogar mehrere Boote, die eher aussahen wie schwimmende Gärten als wie menschengemachte Konstrukte. Lichter baumelten an den Zweigen hinab, flackerten kaum eine Handbreit über dem Wasser.

Dann tauchten wir wieder zwischen den Häusern ein. Die Sonne versteckte sich hinter den Dächern. Hier im Halbdunkel roch es nicht besser als in den dunklen Gassen, die es in so großer Masse in Anamoya gab. Es sah beinahe ebenso trostlos aus.

Dunkelwasser.

Eine Weile fuhren wir fast lautlos durch die Kanäle, bis das Boot an einem maroden Holzsteg zum Stehen kam. Ich stieg aus und ging ein Stück, bis ich die Tür eines schäbigen Hauses erreichte. Das unterste Geschoss war unbewohnt, die Fenster vernagelt. Feuchtigkeit, die tief ins Mauerwerk einzog, war ein ernstes Problem in Anamoya.

Auf der mittleren Etage lebte eine Familie mit gefühlt einem Dutzend kreischender Kinder, doch ganz oben gab es niemanden außer mir. Ich öffnete die Tür, trat in eine unangenehme Mischung aus Wärme und Modergeruch und ging sofort zum Fenster hinüber, um es zu öffnen.

Die flachen Gebäude von Anamoya, nur durch Kanäle voneinander getrennt, reichten bis zum Horizont. Auf der Landseite endeten sie an dichtem grünem Dschungel; zum Ozean hin erstreckte sich die berühmte Lagune von Anamoya mit ihrem türkisfarbenen Wasser. Dort, etwas abseits vom Rest der Stadt, erspähte ich eine Insel. Sie war nur durch eine schmale Brücke mit dem Festland verbunden. Während ich hinschaute, zogen mehrere Männer einen Karren darüber hinweg, der mit weißen Seidentüchern geschmückt war.

Weiß war die Farbe des Todes.

Sie brachten jemanden nach Vetalia, auf die Friedhofsinsel.

Ich schloss kurz die Augen. Nach dem Tod konnte man seine Knochen an Nekrobotaniker übergeben lassen, um der verbleibenden Familie zu etwas Geld zu verhelfen, doch viele Anamoyaner ließen sich lieber dort bestatten. Ich war zum letzten Mal vor mehr als fünfzehn Jahren dort gewesen. Als ich …

Bilder stiegen vor meinem inneren Auge auf. Ein gurgelnder Schrei. Ein regungsloser Körper, über dem Bett gefesselt, in dem er sonst geschlafen hatte; leise und vergessen ausblutend.

Auf dem Boden ein Hauch von Pulver. Gelblich, beinahe weiß.

Trockenes Wurzelwerk, ausgezehrt.

Ich kniff die Augen zusammen, bis die Bilder verschwanden. So oft hatte ich sie vor mir gesehen. Sie gezeichnet, in der Hoffnung, sie endlich aus dem Kopf zu bekommen.

Aber nichts half.

Und nichts würde die Erinnerungen jemals wirklich begraben können.

Am nächsten Morgen waren meine Kopfschmerzen zum Glück fast vollkommen verschwunden. Während ich frühstückte, verflüchtigten sie sich gänzlich, und als ich mich zum Stadtpalast der Familie Anamoias aufmachte, empfand ich beinahe so etwas wie Tatendrang. Die Aussicht, an einem Bild zu arbeiten, beruhigte mich immer.

Ganz egal, wie unerträglich die Welt war.

Wenig später erreichte ich das Gebäude. Tyban war nirgends zu sehen, was mich keineswegs wunderte; er versäumte manchmal Verabredungen, weil er sich von irgendetwas hatte ablenken lassen. Als ich jedoch ins Atelier trat, fand ich nicht etwa einen leeren Raum vor. Stattdessen schritt eine Frau dort umher, die ich nicht kannte und die bis auf ihr helles Haar einige Ähnlichkeiten mit Riora Anamoias aufwies.

Einen Augenblick lang beobachtete ich sie schweigend. Sie kontrollierte jeden Pinsel mit spitzen Fingern, sah sich genau an, was ich bereits gezeichnet hatte. Nicht dass es viel zu sehen gegeben hätte. Ich hatte zwar erste Skizzen angefertigt, bezweifelte jedoch, gestern irgendetwas Gehaltvolles produziert zu haben.

Ich trat hinter die Frau. Sie wirbelte sofort zu mir herum, als hätte ich sie bei etwas Verbotenem ertappt, die Augen zu Schlitzen verengt.

»Esterias Atem! Warum schleichen Sie sich so an?«

Ich ging gar nicht erst darauf ein. »Wieso laufen Sie denn wie ein verwirrtes Huhn durch das Atelier?«

Ihre Nasenflügel blähten sich, als sie scharf einatmete. »Ich kontrolliere Ihre bisherige Arbeit, Salvati. Wir zahlen immerhin viel Geld für Ihre Bilder.«

»Und? Sind Sie zufrieden?«

»Ich hätte gedacht, dass Sie schon mehr geschafft haben.« Sie bedachte mich mit einem langen, düsteren Blick. »Sie sind genauso frech, wie die Leute sagen. Ich weiß nicht, warum Kyrian Sie damit beauftragt hat. Es ist den Ärger nicht wert.«

Ich weiß nicht, warum Ihr Mann Sie geheiratet hat, dachte ich. *Wahrscheinlich hat man ihm das Gleiche gesagt.* Ich entschied mich jedoch, diesen Kommentar für mich zu behalten, denn bei meinem Glück brachte mich die irre reiche Frau noch für meine scharfe Zunge um.

»Wo ist Anamoias überhaupt?«

»Er ist mit wichtigen Geschäften beschäftigt«, erklärte sie mir so hochnäsig, als hätte sie jedes davon persönlich für ihn abgeschlossen. »Vermutlich kommt er erst heute Abend wieder.«

»Fein«, sagte ich, »jeder Augenblick ohne ihn ist einer, in dem ich in Ruhe arbeiten kann. Apropos. Ich muss weitermachen.«

Sie betrachtete mich mit einem Ausdruck tiefster Abscheu. Ich nahm an, dass sie das absichtlich tat, um mich zu ärgern. Doch ich empfand lediglich eine Mischung aus Resignation und grimmiger Befriedigung.

»Gut«, zischte sie. »Aber ich behalte Sie im Auge. Ich kenne Ihren Ruf, Salvati. Den kennen wir alle.«

Damit stolzierte sie davon, wobei ihre Schritte klar und laut über den Marmorboden hallten. Ich beobachtete, wie sie sich entfernte, hoffentlich bis ans andere Ende der Welt. So eine dumme Ziege!

Die Ankunft von Riora Anamoias hielt mich jedoch von weiteren Gedanken zu ihrer unsäglichen Mutter ab. Sie grüßte mich mit einem knappen Nicken, ehe sie sich setzte, offenbar bestrebt, nicht mehr als absolut notwendig mit mir zu sprechen. Ich fasste sie ins Auge. Das schwarze Haar hatte sie peinlich genau hochgesteckt, sodass man Gesicht und Hals besser sehen konnte, doch ihr Blick wanderte unruhig umher.

»Meine Mutter kam mir gerade entgegen«, sagte sie.

»Ah«, sagte ich. »Ja. Reizende Person.«

Sie runzelte die Stirn. Offenbar konnte sie nichts mit dieser Antwort anfangen.

»Sie wollte bestimmt nur nachsehen, ob alles in Ordnung ist. Es tut mir leid, wenn sie Ihre Arbeit durcheinandergebracht hat. Sie kann manchmal etwas herrisch sein, aber eigentlich ist sie ein guter Mensch.«

Riora Anamoias hatte eine seltsam unsichere Art zu sprechen. Als würde sie fürchten, für jedes falsche Wort einen Schlag in den Nacken von mir zu bekommen. *Unschön*, dachte ich. Aber nicht unverständlich. Wahrscheinlich wäre ich genauso vorsichtig, wenn ich mit Kyrian Anamoias und diesem Drachen von einer Mutter zusammenleben müsste.

»Dafür können Sie doch nichts«, sagte ich, ohne darüber nachzudenken. »Nekrobotaniker sind eben so.«

Eine steile Falte bildete sich auf Rioras Stirn. »Was?«

Verdammt.

»Nichts«, sagte ich eilig. »Ich habe nur laut nachgedacht.«

Riora räusperte sich. »Sie ist keine ... also, so etwas sollten Sie niemandem vorwerfen. Wir sind keine Nekrobotaniker. Wir waren auch nie welche.«

Ich schnaubte. Die zwanzig Familien waren von Grund auf verlogen, aber offenbar hatte dieses Talent Riora Anamoias übersprungen.

»Natürlich nicht«, sagte ich. »Und ich regiere das Kaiserreich von Melenya von meiner hübschen kleinen Wohnung in Dunkelwasser aus.«

Für einen Herzschlag sah ich einen Anflug von Schrecken in ihrem Blick. Für einen Herzschlag. Dann jedoch richtete sie sich auf, wobei sie offenbar versuchte, so eindrucksvoll wie möglich auszusehen.

Das misslang ihr schrecklich.

»Selbst wenn wir welche wären«, sagte sie nervös, »was wir nicht sind ...«

Ich verkniff mir ein Schnauben. Riora schien das nicht zu bemerken.

»... kümmert sich mein Onkel darum, dass es allen Anamoyanern gut geht. Wenn Sie diese Lügen herumerzählen sollten, wird er sich auch um Sie kümmern.«

»Ich bitte Sie. Wir wissen beide, dass ich nicht lüge.«

»Das habe ich ernst gemeint«, beharrte sie.

Ich sah sie schief an. Inzwischen war ihr die Röte in die Wangen gestiegen, aber es war schwer zu sagen, ob das vor Wut passiert war oder aus Scham. Sollte Kyrian Anamoias doch kommen, wenn er wollte. Dann würden wir sehen, wer sich hier um wen kümmerte.

»Was macht er denn, wenn ich es herumerzähle?«, fragte ich. »Mich in einen Kerker stecken? Damit wüssten die Leute, dass ich recht habe.«

»Ja, zum Beispiel«, empörte sie sich. »Mein Onkel hat recht. Sie haben wirklich keine Manieren.«

»Das ist auch das Einzige, womit er je recht hatte«, sagte ich säuerlich. »Fein. Ich sage niemandem, dass Sie aus einer Dynastie verlogener Knochenklapperer kommen, in Ordnung? Tun Sie mir jetzt einen Gefallen, setzen Sie sich auf den Stuhl und lassen Sie mich meine Arbeit machen.«

»Sie sind so ein arroganter Mistkerl!«, fuhr sie mich an.

»Nur für Nekrobotaniker«, gab ich zurück.

»Oh, Sie elender ...«

Aber bevor sie ihren Satz beenden konnte, unterbrach uns ein Schrei.

Ich zuckte zusammen. Riora zuckte zusammen. Einen Augenblick lang starrten wir einander halb erschrocken und halb ungläubig an, ehe ich den Kopf in die Richtung drehte, aus der das Geräusch gekommen war.

»Was war das?«

Riora antwortete nicht, sondern verließ das Atelier. Ich folgte ihr hinaus – durch einen mir bisher unbekannten Gang des Gebäudes, eine Treppe hinauf, die in die mittlere Etage führte. Ein Schaudern kroch zwischen meinen Schulterblättern hinab. Irgendetwas stimmte nicht.

»Mutter?«, rief Riora. »Ist alles in Ordnung?«

Niemand antwortete.

Riora begann, zu laufen. Ich beeilte mich, Schritt mit ihr zu halten, als sie eine Tür aufstieß und in den Raum dahinter eilte. Ein unangenehm kaltes, aufreibendes Gefühl erfasste mich.

Ein zweiter Schrei. Dann ein dritter, der nicht zu den anderen beiden passte.

Ich hastete in den Raum. Begriff erst, dass Riora geschrien hatte, als sie erschrocken die Hände auf ihren Mund presste – als sie in das Zimmer starrte, das sich als ein verschwenderisch eingerichtetes Schlafgemach entpuppte. Die Wäsche war von der Matratze des Doppelbettes geworfen worden, die Laken abgezogen. Jemand hatte sie zu mehreren Seilen gedreht und an der Decke des Zimmers aufgehängt.

Dort oben hing Savina Anamoias, die Hände über ihrem Kopf gefesselt, die Kehle von einer Seite zur anderen durchgeschnitten. Ein roter Fleck hatte sich auf ihrer Bluse ausgebreitet, wo ihr das Blut über die Brust gelaufen war. Darauf war ein gefalteter Brief festgesteckt. Eine weiße Blüte, unbefleckt, die absurd aus all dem Rot hervorstach.

Einen Augenblick lang starrte ich dieses grässliche Bild ungläubig an. Mein Herzschlag schien sich immer weiter zu verlangsamen, während sich ein dumpfes Summen in meinem Kopf ausbreitete. Rasch senkte ich den Blick. Auf dem Boden lagen trockene Wurzeln, bestäubt von weißlichem Pulver. Da erst spürte ich, wie sich ein namenloser, eisiger Schrecken in meinen Gliedmaßen festsetzte.

Nein. *Nein.*

Das konnte nicht sein. Das war unmöglich.

Der Brief fiel von der Brust der Toten, drehte sich im Flug wie ein sterbender Schmetterling. Einem Impuls folgend hob ich ihn auf und steckte ihn in meine Tasche, aber meine Finger fühlten sich kalt und taub an. *Ruhig*, sagte ich mir, obwohl alles in mir erzitterte. *Bleib ruhig, Arias ... bleib ruhig ...*

Ich blickte zu Riora hinüber. Sie schien meine Aufregung nicht einmal bemerkt zu haben. Mit weit aufgerissenen Augen fixierte sie die fürchterliche Szene, während ein Windstoß durch ihre Kleidung fuhr.

»Nein«, flüsterte sie. Ihre Stimme brach. »Nein, bitte.«

Sie begann, zu weinen. Ich starrte auf ihr hochgestecktes Haar, das sich in der Brise aus seinem Knoten löste. Moment. Warum war es hier so windig? Warum ...

Ein jäher Schrecken durchfuhr mich.

Das Fenster. Wer hatte es geöffnet?

Ich blickte auf und sah eine dunkle Gestalt an der gegenüberliegenden Wand des Hauses hängen.

Einen Augenblick lang vergaß ich Riora Anamoias. Ich vergaß sogar, dass das hier nicht mein Stadtpalast war, nicht meine Angelegenheit, dass mir jeder unbedachte Schritt nur Scherereien einbringen würde. Ohne ein weiteres Wort wirbelte ich herum und begann, zu laufen. Hastete nach unten, stürmte durch die nächstbeste Tür auf den Innenhof des Gebäudes hinaus.

Sonnenlicht stach mir ins Gesicht. Sofort hob ich den Kopf und blickte an den glatten sandfarbenen Wänden hinauf. Die Gestalt zog sich an einer Lücke im Mauerwerk entlang, bekam den äußersten Rand der Dachziegel zu fassen und kletterte daran hinauf. Sie hielt das Gesicht unter einer Kapuze verborgen, trug eine Klinge an der Hüfte. Selbst auf diese Distanz glaubte ich, rotbraune Blutspuren am Metall zu entdecken.

Einen Augenblick lang starrte die Schattengestalt zu mir hinab. Ich wusste sofort, dass sie mich bemerkt hatte, erwartete halb, dass sie ein Messer nach mir warf, um mir den Kopf damit zu spalten. Aber sie tat nichts dergleichen. Stattdessen musterte sie mich prüfend, bis sie sich abwandte und über das Dach im grellen Sonnenlicht verschwand.

Ich schloss kurz die Augen.

Das kann nicht sein, dachte ich.

Irgendwo über mir hörte ich Riora Anamoias weinen.

5

RIORA

Über den Tod hinaus

Ein dumpfes Rauschen füllte meine Ohren.

Für einige seltsame Augenblicke stand die Zeit still. Augenblicke, in denen ich nichts anderes tun konnte, als zu meiner Mutter hinaufzustarren – zu spüren, wie sich meine Eingeweide mit Blei füllten. Wie eine Marionette baumelte sie in der Luft, die Zehenspitzen nur wenige Zoll von der Matratze entfernt.

Regungslos.

Ich begann, zu zittern.

Das kann nicht sein, das bilde ich mir ein ...

Hinter mir hastete Salvati aus dem Raum. Ich nahm seine Schritte nur vage wahr, als liefe jemand in großer Entfernung an mir vorbei. Meine Augen begannen, zu brennen. Sie konnte nicht ... nein, sie konnte nicht ...

Das muss ich nicht hinnehmen.

Hastig lief ich zum Bett hinüber und kletterte auf die blutige Matratze. Meine Mutter drehte sich leicht an ihrem Seil, die Haut leichenblass, die Augen leer. Ich riss an den Laken, so heftig ich konnte. Mein Blickfeld wurde verschwommen, als ich immer weiter daran zerrte, bis sie sich endlich von der Decke lösten und meine Mutter mit dem Gesicht voran nach unten fiel.

Nein, steh auf, bitte, bitte ...

Ich drehte sie eilig um. Sah mein Spiegelbild in ihren Augen, vor Schrecken verzerrt. Wie klein ich aussah. Wie hilflos.

Sie ist nicht tot.

Noch nicht.

Ein Nekrobotaniker darf niemals loslassen.

Tränen stürzten mir über die Wangen, als ich zum offenen Fenster lief. An der Außenwand wuchsen Kletterpflanzen, die in voller Blüte standen. Ich riss eine Handvoll Ranken aus, eilte zu meiner Mutter zurück und presste sie fest auf ihre Wunde.

Ein Prickeln breitete sich unter meinen Handflächen aus, zog sich eisig an meinen Armen hinauf. Nekrobotanik erzeugte immer Kälte, wenn sich die Lebenskraft der gebrauchten Pflanzen verzehrte. Ich biss die Zähne zusammen, hielt den Schmerz so gut wie möglich aus. Nicht aufgeben. Nicht jetzt.

Lass es genug sein, bitte, lass es genug sein ...

Langsam begann sich die Wunde, zu schließen. Ich sah zu, wie ihre Ränder zusammenschmolzen, bis nur noch gerötete Haut übrigblieb. Die Ranken zwischen meinen Fingern rollten sich zusammen, als sie vertrockneten. Als sich Blätter von ihnen lösten, die tot und braun zu Boden fielen.

Es muss reichen, bitte ...

Meine Fingerkuppen wurden blau. Ich spürte, wie meine Zähne zu klappern begannen. Wenn ich nur mehr Pflanzen hätte. Wenn ich nur ...

Es ist so kalt.

So furchtbar kalt.

Ein eisiger Schauder schoss an meinen Gliedmaßen hinauf und bis in meine Brust. Ich spürte, dass ich unkontrolliert zu zittern begann. Schwarze Schleier durchzogen mein Blickfeld. Alle Geräusche um mich herum verschwammen zu einem einzigen, dumpfen Ton.

Nein ...

Ich spürte, wie mein Kopf auf die blutige Matratze sackte.

Dann wurde es schwarz um mich herum.

Rauschen. Dumpfe Geräusche.

Ferne Stimmen.

Mein Kopf fühlte sich schwer an. Mein Körper so kalt, dass es unmöglich geworden war, ihn zu bewegen. Die Welt bewegte sich regelmäßig auf und ab. Ich fühlte, dass meine Wange immer wieder gegen etwas Warmes stieß, ohne den Grund dafür zu verstehen.

Erst nach einer Weile begriff ich, dass mich jemand trug. Dass ich mich von meiner Mutter fortbewegte, fort von ihrer Leiche.

Ich spürte, wie mir Tränen in die Augen stiegen. Jemand flüsterte mir etwas zu, was ich nicht verstand. Doch die Empfindung war so schnell verschwunden, wie sie aufgetaucht war. Verschwommen in Benommenheit, in Finsternis.

Dann tauchte auch der Rest von mir unter.

... hast ihr nicht helfen können ...

Ich spürte, dass ich wieder zitterte.

... hast nicht alles getan, was du konntest ...

Ich war eine Nekrobotanikerin. Mein Onkel sagte immer, dass sich der Tod vor mir zu verneigen hatte, nicht andersherum. Aber ich hatte versagt. Ich hatte alles ruiniert.

... Grenzen, die kein Mensch überschreiten kann ...

Wertlos war ich. Nutzlos. Ich hatte gekämpft und war gefallen.

... nicht einmal er.

Ich schlug die Augen auf.

Sonnenlicht flimmerte durch die Vorhänge. Obwohl eine drückende Hitze im Raum herrschte, lag ich bis zur Nasenspitze zugedeckt im Bett. Schwitzend schob ich die Decken von mir fort. Ich war allein in meinem Schlafzimmer, einem kleinen Raum im ersten Stock, von dem ich an guten Tagen die Hafenbucht sehen konnte. Bis auf einige Bücherstapel auf dem Tisch war er ordentlich. Mein Onkel hätte nie gestattet, dass sich Chaos in seinem Haus ausbreitete.

Wie war ich hierhergekommen?

Ich blickte mich um. Außer mir war niemand hier, doch ich entdeckte ein zusammengefaltetes Blatt Papier auf dem Nachttisch.

Stumm faltete ich es auseinander, ließ meinen Blick über die fahrige Schrift wandern.

Habe Sie ins Bett getragen. Sie sahen grässlich aus.

Ich brauchte eine Weile, bis ich erkannte, von wem die Nachricht stammte. Salvati. Natürlich. Wahrscheinlich schaffte es niemand sonst in Anamoya, selbst mit Papier und Tinte eine so rohe Unhöflichkeit an den Tag zu legen.

Ich legte das Blatt zur Seite. Im gleichen Augenblick hörte ich Schritte vor der Tür, und wenig später trat mein Onkel ein. Er trug weiße Kleidung, die ihm gut stand, doch er wirkte angespannt. Das bereitete mir Unbehagen. Normalerweise merkte man ihm nie an, dass ihn etwas beschäftigte.

»Wie geht es dir?«

Ich schwieg kurz. »Gut, denke ich«, sagte ich unschlüssig. »Was ist passiert?«

Er ging nicht darauf ein. Auch das war untypisch für ihn. Stattdessen zog er sich einen Stuhl heran, um sich neben mein Bett zu setzen, sah mich auf eine eigenartig prüfende Weise an.

»Erklär mir, wie Nekrobotanik funktioniert, Riora.«

Seine Stimme war hart. Ich schluckte schwer.

»Es ist ein Handwerk des Gebens und Nehmens«, sagte ich. »Wir stehlen Lebenskraft von einer Pflanze und leiten sie um. Wenn jemand noch lebt, heilt das seine Wunden. Ist er tot, dann können wir auf diese Art seine Leiche reanimieren.«

»Weiter.«

Ich begriff allmählich, worauf er hinauswollte, und hätte mich am liebsten vor Scham unter meiner Bettdecke verkrochen.

»Obwohl wir Energie aus einer fremden Quelle ziehen, nimmt die Nekrobotanik Einfluss auf unsere Körper«, sagte ich leise. »Je häufiger und exzessiver wir sie anwenden, desto mehr Schaden fügt sie uns zu. Bis wir …« Meine Stimme brach. »Bis wir daran sterben«, endete ich kleinlaut.

»Richtig«, erwiderte mein Onkel. »Du hast Glück, dass du nur im Bett liegst, Riora. Du hättest dich umbringen können! Was hast du dir dabei gedacht, deine Mutter wiederbeleben zu wollen?«

Als er das sagte, wirkte er ungewöhnlich aufgebracht. Zerrütteter, als ich ihn je zuvor gesehen hatte. Ich konnte nicht antworten. In meinem Hals hatte sich plötzlich ein Kloß gebildet, der mir sogar das Atmen unmöglich machte.

»Wiederbeleben? Ist sie wirklich ...«

Er nickte stumm.

Ich schloss kurz die Augen. *Es ist meine Schuld*, dachte ich plötzlich, und bevor ich etwas dagegen tun konnte, liefen mir heiße Tränen über die Wangen. Rasch zog ich meine Knie an, schlang die Arme darum, damit ich mein Gesicht in der so entstandenen Dunkelheit vergraben konnte.

Dann legte sich eine Hand auf meine Schulter. Bevor ich wusste, was ich eigentlich tat, hatte ich mich zur Seite gedreht und schluchzte in das Hemd meines Onkels. Er ließ mich gewähren, was ungewöhnlich für ihn war. Im Gegenteil. Er legte sogar einen Arm um mich, als wollte er mich trösten.

»Riora«, sagte mein Onkel, »du darfst dich nicht von deinen Fähigkeiten hinreißen lassen. Es ist unmöglich, einen Toten zurückzuholen. Seine Seele ist fort. Unerreichbar. Was Esteria einmal geschieden hat, darf der Mensch nicht wieder vereinen.«

»Es ist meine Schuld«, weinte ich.

»Nein, ist es nicht«, sagte er. »Gefühle verleiten uns zu Torheiten, ob es nun um die Nekrobotanik geht oder nicht. Du tust besser daran, solche Regungen abzulegen, glaub mir. Ich werde dir ein paar Bücher bringen, die du lesen wirst, solange du noch nicht wieder völlig gesund bist. Du musst verstehen, was du getan hast und wohin es hätte führen können.«

Ich hob den Kopf. Normalerweise weinte man in Anamoya nicht in aller Öffentlichkeit um die Toten. Sie begegneten uns überall wieder, wenn man Diener aus ihren Skeletten machte. Aber jetzt sah mich mein Onkel auf eine seltsam milde Weise an. Als wüsste er ganz genau, was ich empfand.

»Vermisst du sie auch?«

»Natürlich tue ich das. Sie war immerhin ein Teil der Familie.« Er legte den Kopf zur Seite. »Aber du darfst niemals den Fehler machen, deine Gefühle öffentlich zu zeigen, Riora. Überall in Anamoya lauern

Feinde, die nur darauf warten, dass du dich schwach gibst – die das ausnutzen werden. Dort draußen darfst du nicht eine einzige Träne vergießen. Hast du das verstanden?«

Ich erwiderte nichts. Ich fühlte mich unwohl bei dem Gedanken, meine Gefühle auf diese Art unterdrücken zu müssen … hätte mich viel lieber unter der Decke zusammengerollt, um mich in den Schlaf zu weinen. Doch mein Onkel stand geräuschlos auf. Sein Blick war eigenartig weich.

»Ruh dich aus«, sagte er. »Denk nicht darüber nach. Beim nächsten Mal wirst du es besser machen.«

Damit wandte er sich ab und ging. Ich wischte mir die letzten Tränen ab. *Ein Nekrobotaniker lässt niemals los*, sagte ich mir.

Ich war zu schwach gewesen. Zu aufgewühlt.

Und hatte bei der wichtigsten Prüfung, der ich mich jemals hatte stellen müssen, versagt.

Der Rest des Tages verschwamm zu einer vagen Erinnerung.

Ich wusste, dass ich irgendwann wieder einschlief. Mein Körper war immer noch schwach, und ich hatte so viel geweint, dass sich hämmernde Kopfschmerzen hinter meinen Schläfen eingenistet hatten. Nur einmal wurde ich wach, weil ein Arzt vorbeikam, um mich auf Zeichen von Verfall zu untersuchen. Dunkle Fingerkuppen zum Beispiel. Nasenbluten, schwaches Augenlicht, der Verlust meines Gehörs.

Es hätte mir Angst machen sollen, aber das tat es nicht. Das Gefühl drang nicht einmal zu mir vor. Kaum dass der Arzt verschwunden war, fing ich wieder an, zu weinen.

Fort. Für immer.

Ich kniff die Augen zu. Der Körper meiner Mutter zeichnete sich in meiner Vorstellung vor mir ab, hing schlaff in der Luft, fahl und bleich. Der Schnitt in ihrer Kehle schillerte grausig rot. Er grinste mich an, ehe er Blut auswürgte.

Diese Vorstellung genügte, damit ich wieder zu schluchzen begann. Warum hatte man sie getötet? Was hatte sie jemals jemandem getan?

Warum hatte man sie mir weggenommen?

Tränen sickerten unter meinen Lidern hervor. Ich rollte mich zu einem Ball zusammen, ließ sie laufen, bis ich irgendwann vor Erschöpfung einschlief.

Als ich wieder zu mir kam, war es abends. Bläuliches Mondlicht flimmerte durch die Fenster, aber mein Kopf fühlte sich halbwegs klar an.

Auf der anderen Seite des Innenhofes flackerte Licht. Es gehörte zum Arbeitszimmer meines Onkels, der häufig bis spät in die Nacht an irgendwelchen Briefen saß. Bestimmt würde er nach dem Mörder suchen lassen. Erwarten, dass ich mich still mit meinen Studien beschäftigte, als wäre nie etwas geschehen.

Denn Anamoyaner trauerten nicht.

Es war seltsam, dass man in einer Stadt wie dieser eigentlich kaum über den Tod sprach. Man erwähnte es, wenn plötzlich jemand aus der Familie fehlte oder man ein Skelett verkaufen wollte, aber darüber hinaus war es nicht mehr als eines der vielen Geschäfte in Anamoya. Vielleicht wurde man ansonsten einfach verrückt, wenn man die Knochen eines Verwandten über die Straße spazieren sah. Was immer der Grund war, man würde von mir erwarten, dass ich den Tod meiner Mutter nie wieder erwähnte.

Aber das schmerzte. Es schmerzte so sehr. Und der bloße Gedanke, hier herumzusitzen und darauf zu warten, dass sich der Mörder vielleicht fand, machte mich wahnsinnig.

Dann kam mir ein Einfall.

Was, wenn ich selbst nach Antworten suchte?

Ich dachte darüber nach. Mein Onkel würde gar nichts davon halten, das wusste ich ... Doch ich spürte bereits, wie sich diese Idee zu einem Entschluss verfestigte. Alles war besser, als hier herumzuliegen und zu weinen. Oder so zu tun, als wäre nie etwas gewesen.

Also setzte ich mich auf. Wusch mir das Gesicht, zog mich eilig an. Mein Blick streifte das zusammengeknüllte Papier, das Salvati mir hinterlassen hatte. Wir waren im gleichen Raum gewesen, bis wir den Schrei gehört hatten. Wenn er sich also nicht auf mysteriöse Weise zweiteilen konnte, war er wahrscheinlich unschuldig.

Dann jedoch fiel mir etwas anderes ein. Er hatte nicht zu meiner Mutter geblickt, als wir sie gefunden hatten, sondern zum Fenster. Dafür gab es nur eine Erklärung. Er hatte etwas gesehen.

Ich seufzte leise, als mir klar wurde, was das bedeutete.

Mir blieb wohl keine Wahl, als ihn zu fragen, was es gewesen war.

Den Rest des Abends verbrachte ich vollständig angezogen im Bett. Von dort konnte ich die Lichter im Arbeitszimmer meines Onkels gut sehen, und als sie endlich erloschen, stand ich auf. Weil alle Eingänge des Stadtpalastes bewacht wurden, stieg ich durch ein Fenster nach draußen. Besser, Salvati bei sich zu besuchen, statt auf den nächsten Tag im Atelier zu warten.

Denn ich spürte, dass es besser war, wenn mein Onkel nichts von meinen Nachforschungen erfuhr.

Also lief ich in die Nacht hinaus. Das war nicht ungefährlich, doch ich war entschlossen, es zu versuchen. Wenn sich Salvati während unseres Streites nicht versprochen hatte, musste ich lediglich bis nach Dunkelwasser gehen. Eine üble Gegend, in der nur die Armen wohnten. Wie war ein so berühmter Künstler wie er ausgerechnet dort gelandet?

Nebel strömte durch die Gassen, ließ das Licht der beiden Monde zu einem diffusen blauen Schein verschwimmen. Ich ging an den begrünten Gebäuden vorbei; ignorierte die Anamoyaner, die auf den Türschwellen saßen, gemeinsam lachten und tranken. Oft war es mittags zu heiß, um in die Stadt zu gehen. Deswegen kamen viele Bürger abends heraus, aßen zusammen oder genossen die milde Luft, die vom Meer über Anamoya strich.

Allmählich wurden die Häuser schäbiger, drängten sich eng an die Kanäle. Ich sah mich zwischen den eingesunken wirkenden Gebäuden um. Obwohl ich niemandem begegnete, hatte ich das unangenehme Gefühl, beobachtet zu werden. Es half nicht, dass es so viele dunkle Ecken gab, die ich nicht einsehen konnte. Dass ich manchmal Kritzeleien an den Wänden passierte, die mir den Magen umdrehten ...

... Tod den Nekrobotanikern ...

... die Göttin hasst euch ...

Ich ging eilig weiter. Nach einigen Schritten entdeckte ich ein warmes Leuchten im Nebel. Ich hob den Kopf. Es kam aus dem obersten Stockwerk eines Gebäudes, wo ein Mann mit nachlässig zusammengebundenem blondem Haar auf dem Fensterbrett saß und zeichnete.

Salvati.

Ich beschleunigte meine Schritte, wobei ich darauf achtete, dass er mich nicht bemerkte. Klopfte an der Tür seines Hauses, bis mich eine erschöpft aussehende Frau mit einem Säugling auf dem Arm nach drinnen ließ. Stumm ging ich nach oben, blieb eine Weile regungslos vor Salvatis Tür stehen. Vielleicht würde er mich anfahren, weil ich ihn hier aufgesucht hatte. Dieser Mann war frech, ungehobelt und außerdem gefährlich, wenn man bedachte, was er über meine Familie wusste.

Das alles machte mir Angst.

Aber er war der Einzige, der meine Fragen beantworten konnte.

Ich fasste mir ein Herz und klopfte. Zuerst geschah überhaupt nichts; erst beim zweiten oder dritten Mal hörte ich Schritte hinter der Tür, ehe sie sich abrupt öffnete.

»Es ist mitten in der Nacht, du verdammte ...« Er unterbrach sich, als er mich zu erkennen schien. »Oh. Huch. Sie sind es.«

Ich sah ihn ungläubig an. Er kniff die Augen zusammen.

»Was wollten Sie gerade sagen?«

»Gar nichts. Ich dachte, Sie wären diese blöde Ziege aus dem Untergeschoss.« Er rieb sich die Stirn, als hätte er Kopfschmerzen. »Was in aller Welt machen Sie hier? Es ist mitten in der Nacht.«

»Ja, ich weiß. Aber es ist sehr wichtig.« Ich schluckte. »Ich habe einige Fragen an Sie. Wegen ... äh ... diesem Vorfall in unserem Stadtpalast.«

»Kann das nicht bis morgen warten?«, fragte er mürrisch.

»Nein. Morgen sagen Sie mir nur, dass ich den Mund halten soll, während Sie mich malen.«

Sein Mundwinkel zuckte. »Wo Sie recht haben.«

Einen Augenblick lang musterten wir einander. *Wie seltsam, dass das Leben einfach weitergeht*, dachte ich. Die Sonne würde wieder aufgehen, ob meine Mutter nun am Leben war oder nicht. Morgen wäre sie schon etwas weiter fort von mir, und übermorgen auch – bis irgendwann Jahre vergangen sein und ich mich wundern würde, wie das geschehen war.

Wie konnte das bloß sein?

Salvati betrachtete mich prüfend. Fast glaubte ich, dass er mich wegschicken würde, doch dann trat er zu meiner Überraschung zur Seite, um mich einzulassen. Ich folgte ihm in die Unterkunft, blickte mich dabei unauffällig um. Sie bestand offenbar nur aus drei Räumen, von denen einer ein Schlafzimmer sein musste. Doch mehr als diese Enge schockierte mich der Geruch von Feuchtigkeit, die Flecken, die sich an den Wänden abzeichneten. Auf jeder freien Oberfläche sammelten sich Pflanzen und Papierstapel, die meisten davon so gedreht, dass man zumindest einen Teil des Elends nicht sah. Die Wände waren von Zeichnungen bedeckt. Studien von menschlichen Körpern, Bilder aus Anamoya, teilweise mit Salvatis fahriger Handschrift versehen.

Ich schauderte innerlich. Was für ein Chaos!

Aber Salvati drehte sich zu mir um, den Kopf zur Seite gelegt.

»Das mit Ihrer Mutter tut mir leid«, sagte er abrupt.

Meine Kehle wurde trocken. Ich räusperte mich, stellte fest, dass sich meine Füße viel besser ansehen ließen als meine Umgebung.

»Ich … danke.« Ich schluckte. »Ich dachte, dass Sie schlecht auf sie zu sprechen wären.«

»War ich auch«, sagte er schulterzuckend. »Das heißt ja nicht, dass ich sie gleich tot sehen wollte.«

Ich hatte keine Ahnung, was ich darauf erwidern sollte. *Bleib ruhig, Riora*, sagte ich mir. *Es geht hier um mehr als um dich.*

»Ich muss herausfinden, wer sie getötet hat«, erklärte ich. »Deswegen bin ich hier. Ich weiß nicht, wo ich sonst anfangen soll, und Sie haben etwas gesehen, nicht wahr? Sie wissen vielleicht etwas, was helfen kann.«

Er antwortete nicht. Zögernd hob ich den Blick. Salvati hatte die Arme verschränkt, aber immerhin fuhr er mich nicht an. War das ein gutes oder ein schlechtes Zeichen?

»Vielleicht, ja«, gestand er. »Also, was wollen Sie wissen?«

Ich blinzelte ungläubig. Ich hatte einiges von Salvati erwartet, aber nicht, dass er so schnell einlenken würde.

»Nachdem wir ... also, nachdem wir meine Mutter gefunden haben ...« Ich schluckte schwer; es auszusprechen schmerzte. »Warum sind Sie so plötzlich aus dem Raum gelaufen?«

Er sah mich prüfend an. Unmöglich zu sagen, was er dachte.

»Mir fiel auf, dass das Fenster offen war«, erklärte er. »Jemand ist auf diesem Weg geflohen, ich habe ihn noch an der Wand gesehen. Ich dachte, dass es der Mörder sein könnte, also bin ich ihm nachgelaufen.«

Mein Herzschlag beschleunigte sich. »Wirklich? Haben Sie ihn gestellt?«

»Nein, ich habe ihn verloren«, sagte er säuerlich. »Als ich auf den Innenhof kam, war er schon auf dem Dach des Gebäudes. Dorthin konnte ich ihm nicht folgen und er sah aus, als ob er das auch wüsste.«

Ich dachte darüber nach. Viele Häuser in Anamoya standen eng beieinander. Vermutlich war der Mörder auf ein anderes Dach gesprungen und weit fort gewesen, bevor sich im Haus überhaupt jemand hatte rühren können.

»Wie sah er aus? Was hat er ...«

»Es war eine maskierte Gestalt«, erklärte Salvati. »Viel habe ich jedoch nicht gesehen, er war wirklich gut eingepackt. Dunkle Kleidung, eine Kapuze über dem Kopf. Können Sie irgendetwas damit anfangen?«

»Nein«, musste ich gestehen.

»Schade. Habe ich allerdings auch nicht erwartet.« Salvati rieb sich das Kinn. »Das ist alles, was ich gesehen habe. Wie auch immer. Viel Glück bei Ihren Ermittlungen, Sie werden es brauchen.«

Schlagartig wich meine Beklommenheit einem vagen Ärger. »Was soll das denn heißen?«

»Genau das, was ich gesagt habe«, meinte er. »Sagen Sie mir Bescheid, wenn Sie herausfinden sollten, wer es war. Das würde mich auch interessieren.«

Ich spürte, wie eine Ader an meiner Schläfe zu pochen begann. Gerade war ich noch erleichtert gewesen, dass er überhaupt mit mir redete, und jetzt wurde er schon wieder frech. Kannte die Impertinenz dieses Mannes gar keine Grenzen?

»Sollten?«, wiederholte ich ärgerlich. »Sie werden sich noch wundern, was Sie von Ihrer Frechheit haben, Salvati. Ich werde Ihnen schon zeigen, wie schnell man so einen Mörder enttarnen kann.«

»Wie gesagt«, entgegnete er amüsiert, »viel Glück.«

Ich funkelte ihn an, ehe ich mich abwandte und aus seiner Wohnung schritt. Mein Herz schlug schwer, aber hinter meinen Schläfen pochte die Wut. Sollte er sich doch über mich lustig machen, so viel er wollte. Er würde schon sehen, was er davon hatte.

Ich würde diesen Mörder finden und zur Rechenschaft ziehen.

Was blieb mir auch anderes übrig?

6

ARIAS

Veränderungen

Manche Erinnerungen verblassten nie, egal, wie sehr man es sich wünschte. Als Riora Anamoias meine Wohnung verließ, um sich auf den Heimweg zu machen, spürte ich das ganz deutlich. Ich schloss die Fenster, sah zu, wie sie in den Nebeln verschwand … und schluckte, als ich daran dachte, was wir im Stadtpalast ihrer Familie vorgefunden hatten.

Vielleicht dachte sie, dass es mich nicht erschreckt hatte. Aber das hatte es.

Natürlich hatte es das.

Stumm blickte ich auf die Skizze, an der ich gearbeitet hatte, bis Riora Anamoias an der Tür geklopft hatte. Ich saß abends gern im Fenster, die Stadt in all ihrem Glanz und Verfall um mich herum … doch gezeichnet hatte ich sie nicht. Stattdessen prangte ein Bild eines Schlafzimmers auf dem Papier, in Kohlestrichen gehalten, die Bettlaken zerwühlt und blutig. Ein schlaffer, toter Körper, der am Gerüst des Himmelbettes aufgehängt worden war.

Es war nicht Savina Anamoias.

Es war ein Mann, nicht weit über sechzig. Auf die gleiche Weise aufgehängt, die Kehle durchtrennt, umgeben von Blut und Knochenstaub. Es war fünfzehn Jahre her, dass ich meinen Großvater so gefunden hatte. Er war der Letzte gewesen, den ich auf der Welt gehabt hatte, denn meine Eltern waren beide vor ihm gestorben.

Das konnte kein Zufall sein.

Ich weigerte mich, zu glauben, dass es einer war.

Es war eine viel zu seltsame Art, zu sterben. Eine, die der Mörder aus irgendeinem Grund bewusst inszeniert hatte. Wer immer es auf die Familie Anamoias abgesehen hatte, er hatte mir auch meine genommen.

Und jetzt, wo er wieder da war, konnte ich ihn womöglich fassen.

Ich schob einen Stapel mit halb gefüllten Skizzenbüchern beiseite. Darunter kam ein Umschlag zum Vorschein, bis auf wenige Flecken blütenweiß, der bis vor Kurzem noch an der Brust von Savina Anamoias gesteckt hatte. Natürlich hatte ich Riora absichtlich nichts von dem Brief gesagt, den ich bei ihrer Mutter gefunden hatte. Ich bezweifelte sogar, dass er ihr überhaupt aufgefallen war, hatte sie sich in diesem Augenblick doch zu Recht nur um sie gesorgt.

Ich ließ hier Beweise verschwinden, das wusste ich. Aber ich musste schließlich irgendwo anfangen.

Ich fasste mir ein Herz und drehte den Brief um. Er war mit goldenem Siegelwachs verschlossen, in das ein mir vollkommen unbekanntes, fischartiges Ungeheuer mit mehreren Reihen von Flossen eingeprägt war. Komplex, aber nicht unmöglich, zu zeichnen. Wahrscheinlich würde ich das nicht mit allzu großer Mühe nachmachen können.

Ich brach das Siegel, zog das Briefpapier heraus und begann, zu lesen.

Anamoias.
Nehmen Sie das als eine Warnung. Diese Stadt ist ein Rattennest, das mit Feuer ausgelöscht werden muss. Ich gebe Ihnen eine Möglichkeit, das zu verhindern. Lösen Sie den Großen Rat auf und treten Sie von all Ihren Ämtern zurück.
Ansonsten wird das nicht das letzte Opfer gewesen sein.

Ich runzelte die Stirn. Unmöglich zu sagen, von wem diese Aufforderung stammte, denn sie war nicht unterschrieben worden. Aber wer immer diese Person war, sie setzte Kyrian Anamoias offenbar gern unter Druck. Besser, dieses Beweismittel so schnell wie möglich in den Stadtpalast zurückzubringen.

Sobald ich ein neues Siegel gefälscht hatte, verstand sich.

Bevor ich das tat, musste ich jedoch noch etwas anderes erledigen. Mit einem Stirnrunzeln blickte ich auf die Stelle, an der sich keine Unterschrift befand. Jeder Verbrecher in Anamoya hätte diesen Brief schreiben können. Das hieß, dass mir nur eine Möglichkeit blieb, um in dieser Angelegenheit weiterzukommen.

Ich musste den einzigen Gauner in der Stadt um Hilfe bitten, dem ich bedingungslos vertrauen konnte.

Tyban lehnte sich zurück.

»Du bist doch wahnsinnig«, sagte er ungläubig. »Du willst herausfinden, wer die alte Anamoias getötet hat? Wieso das denn?«

Ich verkniff mir ein Seufzen. Wir saßen in einer der zahlreichen Kneipen am Hafen, draußen vor einem Fenster, das auf die Lagune hinausging. Türkisfarbenes Wasser, das am Horizont von pflanzenbewachsenen Felswänden eingefasst wurde. Täglich liefen hier Schiffe ein und aus – nach Nandes und Essaria, die reichen Städte an der Meerenge, sogar in die fernen Länder des Winters und der roten Wüste. Anamoya war eine der wichtigsten Handelsstädte der Welt. Hier musste man unweigerlich vorbeikommen, wenn man Geld und Waren von einem Ort zum anderen bewegen wollte.

»Weil mir irgendjemand fünftausend Dukaten unter der Nase weggeschnappt hat«, sagte ich. »So viel hat mir Kyrian Anamoias für ihr Porträt versprochen. Weißt du, was ich alles mit diesem Geld hätte anstellen können?«

Tyban feixte. »Dir einen Wagen voller übergroßer Weinflaschen kaufen?«

»Wir wollen nicht übertreiben, Tyban, eine hätte es für den Anfang getan.« Ich nippte an meinem Getränk. »Ich wollte dich nur fragen, ob dir etwas Ungewöhnliches aufgefallen ist. Wie ... keine Ahnung, eine vermummte Person, die auf Dächern herumgeklettert ist. Du läufst doch den ganzen Tag in der Stadt herum, du bekommst mehr mit als ich.«

»Das ist keine Kunst, weißt du das?«

»Nun sag schon«, drängte ich.

Tyban schien, zu überlegen. Zumindest blickte er über die Straße hinweg, die inzwischen voller Menschen war. Verhüllte Gestalten mit Schleiern vor dem Gesicht, Melenyaner in farbenprächtigen Uniformen, die viel zu dick für das heiße anamoyanische Wetter waren. Sogar einige Besucher aus den schwebenden Städten waren hier. Sie waren leicht zu erkennen, weil ihre Haut oft von farblosen Kristallen durchzogen war.

»Nein«, sagte Tyban schließlich. »Nein, ich glaube nicht. Aber sieh dir all diese Leute an. Jeden Tag strömen Hunderte von ihnen durch Anamoya. Dieser Mörder könnte längst über alle Berge sein.«

»Glaube ich nicht«, sagte ich.

Er zog eine Braue hoch. »Ach? Und warum?«

Zur Antwort nahm ich den Brief mit seinem gebrochenen Siegel aus der Tasche und breitete ihn auf dem Tisch aus. Tyban beugte sich neugierig vor, verzog dann jedoch sofort das Gesicht.

»Igitt, ist das Blut?«

»Nicht mehr ganz frisch aus den Adern von Savina Anamoias. Das Papier hing an ihrer Brust, ich habe es mitgenommen, bevor es jemand bemerkt hat.« Ich schwieg kurz. »Sieh dir das Wachs an. Erkennst du das Zeichen darauf?«

Tyban beugte sich vor. Seine Augen funkelten.

»Nein«, sagte er. »Nein, ich glaube nicht. Was soll das denn sein, ein Fisch?«

»Keine Ahnung. Ich weiß bloß, wie man Menschen malt.«

Tybans Mundwinkel zuckte.

»Möglicherweise gehört es zu einem reichen Händler hier in der Stadt«, gab er zu bedenken. »Östlich der Meerenge und oben in Melenya führen viele Leute Wappen. Hier hat sich das nie durchgesetzt, aber vielleicht wollte sich irgendein Adliger hier besonderer machen, als er ist.«

Ich dachte nach. Die meisten Nekrobotaniker kamen aus der Oberschicht – ihr Talent für Intrigen war, wie sich herausstellte, hilfreich für Handel und Politik. Oft hielten sie Maskenbälle ab, auf denen sie Pläne schmiedeten. Gut möglich, dass das Attentat auf Savina Anamoias bei einem solchen Anlass beschlossen worden war.

Und dennoch …

»Wer wäre denn so dumm, einen Attentäter zu schicken und dann sein eigenes Siegel auf einem Brief zu hinterlassen?«, fragte ich. »Abgesehen davon bedeutet Savina Anamoias den zwanzig Familien nichts. Sie hatte keinen Sitz im Rat, keine nennenswerte Funktion. Wenn jemand etwas gegen unseren Regenten hätte, warum nicht gleich Kyrian Anamoias umbringen? Was kann der Mörder gewinnen, wenn er zuerst die Witwe seines Bruders ermordet?«

Tyban zuckte mit den Schultern. »Vielleicht hat sie ja irgendetwas angestellt, wovon niemand weiß?«

Ich dachte darüber nach. Was hätte das denn sein sollen? Aber Tyban beugte sich vor, faltete den Brief mit zwei Fingern zusammen und schob ihn mir entgegen. Sein Gesichtsausdruck war ernst. Ungewöhnlich ernst sogar.

»Denkst du denn, dass es gut ist, Kyrian Anamoias ein Ultimatum unter der Nase wegzuschnappen? Er sollte das hier wissen. Auch wenn du ihn nicht magst.«

»Ich bringe den Brief bald zurück«, sagte ich. »Aber Anamoias wird den Rat nicht auflösen, nur weil es irgendein Phantom von ihm fordert. Der Mann ist stur, das hat er oft genug bewiesen.«

»Durchsetzungsfähig«, korrigierte Tyban. »Er ist so wichtig, dass es *durchsetzungsfähig* heißt.«

Ich musste lachen. Tyban wirkte zufrieden mit sich, obwohl der ernste Ausdruck sein Gesicht nicht ganz verließ. Ich war ihm nicht böse, dass er nichts darüber wusste; einen Versuch war es immerhin wert gewesen. Doch ich musste den Mörder finden, kostete es, was es wolle. Nach all den Jahren hatte sich endlich eine Möglichkeit aufgetan, Antworten zu finden. Antworten auf die eine Frage, die ich schon so lange mit mir herumtrug.

Warum?

Ich erhob mich von meinem Stuhl. Tyban nippte an seinem Getränk, sah mit einem Stirnrunzeln zu mir auf.

»Gehst du wieder in den Stadtpalast der Anamoias?«

»Ich sollte noch ein bisschen arbeiten«, erklärte ich. »Außerdem muss ich den Brief loswerden, und es gibt dort vielleicht etwas Interessantes zu sehen.«

»Wie zum Beispiel?«, hakte Tyban nach.

Die Leiche dieser Anamoias, dachte ich, sprach es jedoch nicht aus. Sie würde ich wahrscheinlich nicht zu Gesicht bekommen, obwohl mir ein paar Minuten reichen würden, um Gewissheit über einige Dinge zu erlangen.

»Ich lasse mich überraschen«, sagte ich und wandte mich zum Gehen. Tyban hob zum Abschied die Hand, während ich die Straße hinunterging. Wie üblich begrüßte mich Anamoya mit zermürbend stickiger Hitze. Ich versuchte, das so gut wie möglich zu ignorieren, drängte mich an einer Traube aus Passanten vorbei bis zu einer Straße, an der einer der unzähligen Ausläufer des Deravani entlangfloss.

Anamoya ruhte auf mehreren Inseln, die sich in der Flussmündung gebildet hatten. Die meisten davon waren so klein, dass nur wenige Gebäude Platz darauf fanden, aber andere beherbergten ganze Bezirke. Wo die Straßen breit genug waren, gab es Stände, an denen Händler Waren aus aller Welt anboten. Schon seit Jahrhunderten waren die Anamoyaner ein Volk der Kaufleute. Einige wagten sich selbst auf die Weltmeere; andere verliehen Dukaten oder gründeten Banken, mit denen sie ein Vermögen verdienten.

Wenig später traf ich im Stadtpalast der Familie Anamoias ein. Es war still dort, als wäre niemals jemand hier ermordet worden, die hohen Gänge leer und kalt. Als ich ins Atelier blickte, war es verlassen. Gut. Das gab mir einen Vorwand, um Riora Anamoias zu suchen und dabei eventuell einen Blick auf die Räumlichkeiten ihrer Mutter zu werfen.

Also wandte ich mich ab und ging. Als ich jedoch vor ihrem Schlafzimmer ankam, stand dort Kyrian Anamoias, die Arme vor der Brust verschränkt. Er hatte mir den Rücken zugedreht und beaufsichtigte zwei Männer, die offenbar mehrere schwere Schlösser an der Tür anbrachten.

»Esterias Atem«, entfuhr es mir. »Was wird das denn?«

Anamoias wandte sich um, hob eine Braue, als er mich bemerkte. Er trug knochenweiße Trauerkleidung, was ihm außergewöhnlich schlecht stand, weil er damit selbst wie eine Leiche aussah.

»Sollten Sie nicht meine Nichte zeichnen, Salvati?«

»Sie ist nicht im Atelier«, sagte ich. »Ich dachte, dass ich sie irgendwo anders im Haus finden könnte.«

»Laufen Sie nicht hier herum, solange ich Ihnen das nicht ausdrücklich erlaube.« Sein verbliebenes Auge verengte sich. »Sie haben wahrscheinlich bereits von dem Todesfall gehört.«

»Natürlich.«

Er sah mich düster an.

»Mein Beileid«, fügte ich eilig hinzu.

Anamoias fixierte mich noch einige Augenblicke, ehe er zu dem Schluss zu kommen schien, dass er nicht mehr als das aus mir herausbekommen würde. Trotzdem dachte er offenbar nicht einmal daran, sich in eine andere Richtung zu bewegen und seine Diener mitzunehmen, damit ich in Ruhe hier einbrechen konnte.

»Warten Sie unten auf meine Nichte«, sagte er kühl. »Sie wird gleich zu Ihnen stoßen. Und benehmen Sie sich.«

Ich sah ihn scharf an. »Was soll das denn heißen?«

Er musterte mich mit der eisigen Abscheu, die so viele Mitglieder der zwanzig Familien allein für mich reserviert zu haben schienen. Ich starrte finster zurück. Nicht ein einziger loser Faden verunstaltete seine Kleidung; nicht eine Strähne seines Haares war in Unordnung.

Der perfekte Regent, von oben bis unten.

Es fiel mir so leicht, ihn zu hassen.

»Sie haben schon vor zehn Jahren auf den Maskenbällen gezeigt, aus welchem Stoff Sie gemacht sind, Salvati.« Sein Auge verengte sich, als er das sagte, was mich absurderweise an Savina Anamoias erinnerte. »Ein ungehobelter Störenfried, von oben bis unten. Ich muss Sie nicht an den Vorfall mit dem Schaf erinnern, oder?«

»Da war ich betrunken«, sagte ich, »und außerdem habe ich es gar nicht mitgebracht. Es war also nicht meine Schuld, dass es die Perücke der Dama Satari angefressen hat.«

Anamoias schnaubte leise.

57

»Dann möge Esteria uns vor dem behüten, was passiert, wenn *Sie* irgendwo ein Tier einschmuggeln«, sagte er scharf. »Ich sollte froh sein, dass Sie hier noch kein Chaos gestiftet haben, oder?«

»Ich habe auch kein Schaf dabei«, sagte ich.

Er sah mich finster an.

»Ich gehe jetzt an die Arbeit«, sagte ich, bevor ihm womöglich noch mehr gehässige Kommentare einfielen. »Ich will Sie schließlich nicht weiter mit meiner Anwesenheit belästigen.«

»Eine gute Idee«, sagte Anamoias. »Ich wünschte, Sie hätten mehr davon.«

Ich funkelte ihn an, ehe ich mich abwandte und verschwand. Doch ich spürte, dass Anamoias mich beobachtete, wahrscheinlich irgendein stummes, vernichtendes Urteil über mich fällte. Was für ein Ekelpaket. Das musste in der Familie liegen.

Meine Ankunft im Atelier lenkte mich jedoch von weiteren Gedanken zu diesem Thema ab. Inzwischen saß Riora Anamoias auf ihrem Platz, in Trauerkleidung gehüllt, rieb sich die leicht geröteten Augen. Ihr Anblick versetzte mir einen Stich, aber nicht, weil ich mich um sie gesorgt hätte. Im Gegenteil. Ich konnte nicht viel mit ihr anfangen ... doch für einen Herzschlag sah ich mich selbst in ihr, kaum älter als zehn, in Weiß gewandet und leise schniefend.

»Guten Tag, Riora«, sagte ich.

Sie sah mich irritiert an. Mir fiel auf, dass ich sie bisher noch nie begrüßt hatte. Statt auf ihre Antwort zu warten, nahm ich einen Kohlestift zur Hand und setzte ihn auf der Leinwand an, allein um mir etwas zu tun zu geben.

»Sollen wir anfangen?«

»Wenn Sie mich nicht mit roten Augen malen.«

»Keine Sorge, das würde kein besonders gutes Motiv abgeben«, sagte ich.

Ich hatte das nicht böse gemeint, aber Riora sackte ein wenig in sich zusammen. Plötzlich ärgerte ich mich über meine spitze Zunge. Ich hatte keinen Grund, sie zu mögen, sie war schließlich eine Nekrobotanikerin, die künftige Regentin dieser Stadt. Geordnet bis in die letzte Haarsträhne, beherrscht von Regeln, die mehr Schaden anrichteten als Gutes taten.

Sie war so vieles, was ich verabscheute. Doch sie war auch eine junge Frau, die gerade erst ihre Mutter verloren hatte.

Und ich wusste, wie das war.

»Ich wollte Sie nicht ärgern«, sagte ich. »Tut mir leid.«

Riora sah mich an, als hätte ich sie in einer fremden Sprache angesprochen, sagte aber nichts. Eine unangenehme Stille trat ein. Ich räusperte mich, ehe ich hinter meiner Leinwand verschwand; begann, zu zeichnen, erfasste die Konturen ihres Gesichtes mit einem Kohlestift.

Für eine Weile sagte keiner von uns ein Wort. Ich vertiefte mich in meine Arbeit. Ganz leicht und flüchtig zeichnete ich, um meinen Entwurf später korrigieren zu können, wenn es nötig wurde ... und spürte, wie mein Inneres allmählich zur Ruhe kam. Kunst zu schaffen, hatte stets diese Wirkung auf mich. Selbst wenn die Welt dort draußen unterging, konnte ich zumindest auf diese Art verschnaufen.

Nach einer Weile begann Riora, kaum merklich auf ihrem Stuhl umherzurutschen. Ich sah auf. Erst jetzt bemerkte ich, dass bereits einige Stunden vergangen waren, dass es vielleicht Zeit wurde, für heute Schluss zu machen.

Ich legte meinen Kohlestift weg.

»Das reicht für heute«, sagte ich. »Lassen Sie uns morgen weitermachen.«

»Morgen ist niemand hier«, sagte Riora. »Mein Onkel und ich gehen auf einen Maskenball.«

Ich hörte ihrer Stimme deutlich an, dass sie sich lieber für ein paar Wochen in ihrem Schlafzimmer verkrochen hätte, doch ich sagte nichts dazu. »Was für ein Ball?«

»Die zwanzig Familien richten jede Woche einen aus. Dieses Mal sind die Lavoris dran, glaube ich.« Riora beäugte mich misstrauisch, als vermutete sie, dass ich irgendetwas Unangemessenes dazu sagen würde. »Sie waren früher auch auf solchen Festen, oder?«

»Das stimmt«, sagte ich schulterzuckend. »War ziemlich langweilig.«

Sie sah mich düster an. »Mein Onkel sagt, dass Sie Hausverbot bekommen haben. Weil Sie ein Störenfried waren, als Sie noch dort ein und aus gegangen sind.«

»Ihr Onkel ist ein blasierter Schwachkopf.«

»Salvati!«, zischte sie.

Ich seufzte. Kyrian Anamoias hielt wahrscheinlich jeden für einen verkommenen Herumtreiber, der auch nur zwei verschiedenfarbige Strümpfe an den Füßen trug, aber ich sparte mir meine Anmerkung. Ich hatte tatsächlich einige Bälle ruiniert, damals, als mein Ruf noch intakt gewesen war. Mit Absicht, verstand sich. Tyban hatte mir sogar dabei geholfen.

»Na gut, Sie haben mich erwischt«, sagte ich schulterzuckend. »Ich war ein bisschen zu frech zu den falschen Leuten. Seitdem darf ich nicht mehr kommen. Sie müssen sich also keine Sorgen machen, dass ich Sie dort überfalle.«

Riora schien sich ein wenig zu entspannen. Wahrscheinlich hatte sie befürchtet, dass ich ihr auf dem Maskenball auflauern und noch mehr unhöfliche Dinge zu ihr sagen könnte. Trotzdem fragte ich mich einen Augenblick lang, ob ich vielleicht nicht doch dort erscheinen sollte. Der Brief ließ darauf schließen, dass es ein Mord gewesen war, der Kyrian Anamoias beunruhigen sollte ... und Anamoias hatte gewiss einige Feinde unter den zwanzig Familien.

Ob Tyban mir helfen würde, mich dort einzuschleichen?

»Außerdem bin ich gar nicht eingeladen«, überlegte ich laut. »Wenn ich trotzdem auftauche, brüskiere ich ja die gesamte anamoyanische Oberschicht. Es wäre einfach, wissen Sie, es trägt ja sowieso jeder eine Maske. Aber was sollen die Leute nur über mich denken?«

Riora seufzte. »Tun Sie nicht so scheinheilig«, sagte sie, schien es allerdings nicht wirklich ernst zu meinen. »Dann sehen wir uns dort. Versuchen Sie, sich zu benehmen, wenn Sie kommen, ja?«

7

Riora

Der Große Rat

Für meine Mutter wurden zwei Beisetzungen veranstaltet. Eine öffentliche, zu der jeder Anamoyaner kommen durfte, der sie gekannt hatte, und eine zweite, nur für die Nekrobotaniker ihrer Familie, die im Geheimen stattfinden würde.

Wind bauschte meine Trauerkleider auf. Die gleißende Sonne verbrannte mir den Nacken, trug mir einen leisen, aber quälenden Kopfschmerz ein. Auf Vetalia gab es viele üppige Pflanzen, nur war keine davon in der Nähe, um unserer Gesellschaft Schatten zu spenden. Stattdessen breitete sich ein marmorner Irrgarten um uns aus. Statuen, Familiengräber und Mausoleen, die meisten aus schwarzem Stein, der sich etwas ölig anfühlte.

Vetalia war ein verfluchter Ort. Früher hatte man hier Pestkranke untergebracht, damit sich niemand in Anamoya mit der Seuche anstecken konnte, doch sie waren auch zu Hunderten hier gestorben. Später hatte man sie genau hier beerdigt und war dabei auf ein Tunnelsystem gestoßen, das sich bis unter die eigentliche Stadt erstreckte.

Hier hatte ich schlafen müssen, um meine Fähigkeiten zu wecken. Aber es hieß, dass hier bis heute die Seelen der Pestopfer umherstreiften und niemals wirklich Frieden fanden.

Ich brauchte keine Geister, um mich an diesem Ort unwohl zu fühlen. Schweigend stand ich da, den Kopf gesenkt, während der geschmückte Karren mit dem Leichnam meiner Mutter an mir vorbeifuhr. Ich hörte, dass ein Redner über sie sprach, tausend leere Worte, die ungehört an mir vorbeizogen. Tränen rannen mir über die Wangen. Ich ließ sie fließen, ohne sie fortzuwischen. Verkniff es mir, zu schluchzen, weil ich wusste, dass mein Onkel dann böse auf mich gewesen wäre.

»Savina Anamoias war eine gütige Frau, geliebt von vielen …«

Er könnte genauso gut nichts sagen, dachte ich. Er wusste nicht, wie sie mir eine Kette um den Hals gelegt hatte, damit ich schön auf meinem Gemälde aussah. Wie sie mir Bücher vom Markt mitbrachte, von denen sie dachte, dass ich mich darin verlieren könnte. Wie sie mir einen guten Rat gab, egal, womit ich zu ihr kam. Wie sie mich umarmte. Wie sie mich liebte.

Fort. Für immer.

Ich spürte, wie eine Träne über meine Wange rollte. So viele Menschen standen um mich herum, eine einheitliche Masse in weißer Kleidung. Namenlos. Gesichtslos. Fast alle waren Bekanntschaften meines Onkels, der so viele wichtige, so viele bedeutungslose Persönlichkeiten kannte.

Aber ich hatte mich noch nie so allein gefühlt.

So verlassen.

Die Welt würde sich weiterdrehen, als wäre gar nichts Ungewöhnliches geschehen. Als gäbe es gar keinen Grund, zu trauern. Selbst jetzt, während wir auf Vetalias verfluchtem Boden standen, lebte der Rest von Anamoya. Die Bewohner der Stadt gingen in diesem Augenblick ihren Geschäften, ihrem Leben nach.

Doch ich ging nicht mehr mit.

Sonnenlicht flimmerte durch die Fenster des Schlafzimmers.

Um mich herum war es still. Endlich. Nach der Bestattung hatte ich nur meine Ruhe gewollt, etwas Zeit allein in der Familiengruft, um Abschied zu nehmen. Stattdessen hatte mich mein Onkel nach draußen gezogen, um eine Ansprache vor den Gästen zu halten. Ratsmitglieder waren es gewesen, Söhne und Töchter der zwanzig Familien. Reiche Menschen mit ausdruckslosen Gesichtern. Kalt. Austauschbar.

Keiner von ihnen redete mit mir. Keiner sprach mir sein Beileid aus. Das gehörte sich nicht, sagten die Leute.

Ich hatte meinem Onkel nicht zugehört. Auch nicht, als wir danach zu einem Essen gegangen waren, all die wichtigen Anamoyaner um uns herum. Er redete längst wieder über Politik; ich hatte nicht einmal Appetit. Wortlos rührte ich in meiner Suppe herum, war froh gewesen, als wir endlich nach Hause gingen.

Als ich endlich hatte trauern können.

Jetzt ging die Sonne über Anamoya unter. Ich saß an meinem Schreibtisch, weil mein Onkel es erwartete, ein Buch aus seiner privaten Bibliothek vor mir. Ich hatte es nur geöffnet, damit er mir keinen Vortrag über meine Faulheit halten konnte. Fast ein Dutzend Mal hatte ich versucht, die gleiche Seite zu lesen. Ohne Erfolg. Die Buchstaben verschwammen immer wieder vor meinen gereizten, tränenfeuchten Augen.

Aber nichts zu tun, war noch schlimmer. Es brachte nur Gedanken an die Oberfläche, die ich nicht haben wollte. Also öffnete ich meine Schublade, nahm einige Knochen, frische Ranken und etwas Werkzeug heraus. Mit einer Pinzette bewaffnet verwob ich Pflanzen und Knöchelchen. Keines der Teilstücke war länger als mein Finger, aber ich spürte, dass mich die kleinteilige Arbeit langsam entspannte.

Nach einer Weile nahm mein Konstrukt Form an. Eine winzige Puppe, die den Knochendienern in unserem Anwesen ähnelte. Sorgsam zog ich die Ranken durch den zerbrechlichen Brustkorb, befestigte sie so an Armen und Beinen, dass sie an Muskulatur erinnerten.

Dann berührte ich sie mit zwei Fingern.

Ein Prickeln ging durch meine Hand. Die Glieder der Puppe zuckten leicht, ehe sie sich aufrichtete und auf dem Tisch umherzulaufen begann. Ich ließ sie sofort los. Die ersten Ranken in ihrem

Inneren wurden bereits welk, als sie die Pinzette aufhob und in meine Schublade fallen ließ.

Theoretisch konnte jeder ein Nekrobotaniker werden – oder zumindest die Mechanismen dahinter lernen. Die Fähigkeit, Totes zu erwecken und Lebendes zu heilen, verdiente man sich jedoch auf der Friedhofsinsel. Mein Onkel hatte mich dorthin gebracht, als ich noch klein gewesen war. Tief in den Katakomben von Vetalia hatte ich schlafen müssen, einen Tag und eine Nacht. So erwies man sich als würdig, ein Nekrobotaniker zu sein, und bekam, woher auch immer, die Fähigkeit verliehen.

»Frag lieber nicht, wie es funktioniert«, sagte mein Onkel, als ich ihn danach gefragt hatte. »Vetalia ist ein besonderer Ort. Einer, an dem sich Leben und Tod so nahe sind wie sonst nirgends auf der Welt. Nur hier in Anamoya kann man ein Nekrobotaniker werden. Wenn du älter bist, zeige ich dir, warum das so ist.«

»Warum nicht jetzt?«, hatte ich gefragt.

»Eins nach dem anderen, Riora«, hatte er gesagt und mir über den Kopf gestrichen. »Eins nach dem anderen. Komm jetzt, ich will dir zeigen, wie du deine neuen Fähigkeiten einsetzen kannst.«

Damit hatte ich mich damals zufriedengegeben. Natürlich, denn ein Kind vertraute auf die Erwachsenen, stellte keine Fragen. Erst viel später war mir klar geworden, dass er es mir wahrscheinlich gar nicht erzählen würde. Nekrobotaniker hüteten ihre Geheimnisse argwöhnisch – und mein Onkel ganz besonders.

Die Puppe machte einige letzte Schritte, ehe sie in sich zusammenfiel. Die Pflanzen in ihrem Inneren waren vertrocknet. Ich legte sie in die Schublade zurück, beschloss, es noch einmal mit dem Buch meines Onkels zu versuchen. Auf den geöffneten Seiten prangte die Zeichnung eines spinnenartigen Konstrukts, mit Blüten gefüllt, wo eine lebendige Spinne ihren Unterleib gehabt hätte. Statt eines Kopfes hatte sie einen knöchernen Stachel. Feines Wurzelwerk verband ihn mit den Blütenblättern – fast zu schön, um gefährlich zu sein.

Kaiserspinne, las ich. *Sie wurde so getauft, weil sie schon viele Kaiser getötet hat. Sie sticht ihr Opfer, um es zu vergiften, und zerbricht danach in tausend Stücke.*

Ich schloss kurz die Augen. Im gleichen Augenblick hörte ich Schritte. Ich hoffte, dass es ein Knochendiener war, doch stattdessen öffnete Kyrian Anamoias die Tür. Groß und blass blieb er neben meinem Tisch stehen. Er hätte ebenso gut am anderen Ende der Welt sein können.

Er trug keine Trauerkleidung mehr. Nicht einmal ein weißes Hemd. Das war an sich nicht ungewöhnlich, doch es fühlte sich wie ein weiterer Schritt fort von meiner Mutter an.

»Riora«, sagte er. »Hier bist du.«

Er fragte mich nicht, wie es mir ging. Natürlich nicht. Ob irgendetwas nicht mit mir stimmte, weil ich mir Gedanken machte? Weil ich noch immer um meine Mutter weinte?

»Ja«, sagte ich matt. »Ich lese.«

Er musterte mich prüfend. Obwohl er es nicht sagte, merkte ich ihm an, dass ihm etwas durch den Kopf ging. Einen Herzschlag lang hoffte ich, dass er über meine Mutter sprechen würde … dass er vielleicht versuchte, mich zu trösten. Aber mein Onkel war kein sentimentaler Mann. Bestimmt war kein Loch in seinem Herzen, wo sie einmal gelebt hatte.

Bestimmt hatte er sie längst vergessen.

»Wir fahren gleich zur Ratssitzung«, sagte er. »Ich möchte, dass du in zehn Minuten fertig bist.«

»Jetzt noch?«, fragte ich matt. »Es ist doch schon abends.«

Er sah düster auf mich hinab. »Wegen der Beisetzung ist einiges an Arbeit liegengeblieben. Wenn man eine Republik regiert, kann man sich keine freien Tage erlauben, Riora.«

Ich schluckte. Arbeit. Immer nur Arbeit.

»Onkel?«

»Ja?«

»Hast du etwas über sie herausgefunden?« Meine Stimme brach. »Irgendetwas.«

Er sah mich lange an, sein verbliebenes Auge dunkel. Ich wusste sofort, dass ich ihn nicht hätte fragen sollen, doch mein Herz schlug schwer. Wenn er eine Antwort hatte … wenigstens eine Kleinigkeit …

»Nein«, sagte er. »So schnell geht das nicht. Du solltest nicht mehr darüber nachdenken, Riora. Es löst das Problem nicht und bereitet dir Schmerzen. Gefühle sind überhaupt nichts anderes als Schmerz. Es ist besser für dich, sie abzulegen.«

Ich blinzelte ungläubig.

»Onkel«, sagte ich vorsichtig, »man kann Gefühle nicht einfach ablegen.«

»Dann arbeitest du nicht hart genug«, sagte er schlicht.

Ich biss mir auf die Unterlippe. »Aber ...«

»Es reicht«, bestimmte Kyrian Anamoias. »Ich möchte nichts mehr davon hören. Ich erwarte dich unten in der Eingangshalle. Ich muss dich nicht daran erinnern, dass du dich angemessen zu kleiden hast?«

»Nein, Onkel«, sagte ich matt.

Er nickte, ehe er ging. Mir blieb nichts anderes übrig, als das Buch wegzulegen, um mich für den Ausflug umzukleiden. Bei jeder Bewegung glaubte ich, Kälte in mir zu spüren, eine Dunkelheit, die all meine Gedanken zu vergiften schien.

Du arbeitest nicht hart genug.

Auf einem Tisch stand eine gefüllte Wasserschüssel. Ich starrte einige Augenblicke lang hinein, ehe ich mit dem Kopf darin untertauchte. Das Wasser war zu warm, um mir in die Haut zu beißen, aber zumindest erfrischte es mich ein wenig.

Wie schön es wäre, nichts zu fühlen. Nicht zu leiden, was immer passierte. Vielleicht würde es irgendwann nicht mehr wehtun. Vielleicht würde ich vergessen, was Schmerz war, wenn ich ihn nur lange genug wegsperrte.

Ich hatte noch nie schlecht daran getan, meinem Onkel zu vertrauen. Er konnte manchmal etwas abweisend sein, aber er wollte stets das Beste für mich. Er forderte mich heraus, spornte mich an, meine Lektionen gut zu lernen. Eines Tages würde ich auch die Aufgabe meistern, die er mir gerade gestellt hatte.

Ich musste es nur hart genug versuchen.

Wenig später war ich fertig für den Ausflug hergerichtet. Ich trocknete mein Gesicht ab, steckte mein Haar hoch und schob ein kleines Buch in meine Tasche, um mich zu beschäftigen, ehe ich nach unten ging. Mein Onkel erwartete mich draußen vor einem schwarzen Boot, das er mit cremeweißen Ornamenten hatte dekorieren lassen. Sein Gesichtsausdruck war wieder vollkommen neutral. Offenbar hatte er beschlossen, keine Zeit mehr auf etwas so Lächerliches wie Ärger zu verschwenden.

Trotzdem sprachen wir kein Wort, während wir in den Regierungsbezirk von Anamoya fuhren. Der Große Rat tagte im Elfenbeinpalast, der direkt an der Lagune lag und von dem man einen guten Blick über den Hafen hatte. Es war ein Gebäude mit flachem Dach, so wie unser Stadtpalast, doch mit unzähligen gleich aussehenden Bogenfenstern übersät. Auf dem Platz davor stand eine Statue. Sie zeigte die zweiköpfige Göttin Esteria, umgeben von unförmigen Schatten, ein kristallenes Schwert hoch über sich erhoben.

Es hieß, dass Esteria einst die Welt geschaffen hatte. Sie war die Herrin über Licht und Stürme, hatte jedem Wesen auf dem Land Leben mit ihrem Atem eingehaucht. Nur die Ozeane entzogen sich ihrer Macht; in der Tiefe lauerten dunkle Kreaturen, hieß es, die jeden Menschen mit Haut und Haaren verzehrten. Über dem Tor waren Lettern zu Esterias Ehren eingemeißelt, von denen jeder so lang war wie mein Unterarm. Sie waren in der Sprache des alten Kaiserreiches geschrieben, doch ich beherrschte sie gut genug, um ihre Bedeutung zu erfassen.

Kein Tod ohne Leben
Keine Asche ohne Sünde
Kein Land für Nekrobotaniker

Esteria möge sie strafen

Ich biss mir auf die Unterlippe.

Fahnen flatterten von den Türmen des Elfenbeinpalastes, als wir unter dieser Nachricht hindurch in die Eingangshalle schritten. Dort trieben sich unzählige Männer und Frauen herum, reich gekleidet, Arme wie Hälse mit Schmuck verziert. Mir fiel sofort auf, dass keiner von ihnen einen Knochendiener bei sich hatte, wie es eigentlich bei vielen Familien in Anamoya üblich war. Auch wir hatten keinen dabei. Mein Onkel erlaubte sie auf der Straße nie und im Haus nur, wenn er sicher war, dass man sie nicht von draußen sehen konnte.

»Riora«, sagte er zu mir, »es wird Zeit, deine politische Ausbildung voranzutreiben. Ich möchte, dass du genau beobachtest, was gleich im Hauptsaal vor sich geht. Nachher werde ich dich darüber befragen.«

»Meine politische Ausbildung?«, wiederholte ich.

»Eines Tages wirst du Regentin von Anamoya sein«, erklärte er. »Ich sorge dafür, dass du zu meiner Nachfolgerin gewählt wirst. Danach ist es deine Pflicht, dafür zu sorgen, dass unsere Familie den Namen Anamoias noch für viele Generationen trägt.«

Beim Gedanken daran, Regentin zu sein und eine eigene Familie zu haben, schauderte ich innerlich. Nekrobotaniker waren nicht besonders fruchtbar. Dass es überhaupt zu mehr als einem Kind kam, wie bei meinem Vater und meinem Onkel, war die große Ausnahme in unseren Kreisen.

»Worüber wird heute geredet?«

»Wir werden einige Bittsteller anhören«, erklärte mein Onkel. »Ob sie mit Problemen zu uns kommen, die uns interessieren sollten, ist eine andere Angelegenheit. Danach werde ich mit dem Rat über unser Problem mit den Piraten reden.«

»Piraten?«, wiederholte ich.

»In letzter Zeit überfallen diese Ratten andauernd unsere Schiffe«, sagte er, wobei sich sein Gesicht verdüsterte. »Offenbar haben sie nichts aus der Rebellion der Wellen gelernt. Mit den Priestern habe ich schon gesprochen. Sie werden kein Problem damit haben, diese Leute als gottlos zu präsentieren, immerhin befahren sie die Meere außerhalb der Arme Esterias.«

Er wirkte verärgert, doch ich fragte mich, wie es wohl wäre, ein Pirat zu sein. Bestimmt taten diese Leute den ganzen Tag lang, was immer ihnen gefiel – bestanden Abenteuer, fanden Schätze, lieferten sich Gefechte. Ein aufregender Gedanke, der mir die Röte in die Wangen trieb.

Aber so etwas würde mein Onkel natürlich nie erlauben.

»Wir verlieren täglich Tausende von Dukaten an sie«, beklagte er sich. »Meinem nächsten Handelsschiff schicke ich zwei weitere voller Armbrustschützen nach.«

Damit wandte er sich ab und ging. Mir blieb nichts anderes übrig, als ihm in den Saal zu folgen, in dem der Rat seine Entscheidungen traf. Die Decke war mit einer Darstellung davon bemalt, wie Esteria Felsbrocken aus der Erde löste, um schwebende Inseln daraus zu schaffen. Die Göttin zu porträtieren, war nicht verboten, doch es gab keine zwei Bilder, auf denen sie gleich aussah. Hier hatte sie langes silbernes Haar, das sich in sanfte Windböen verwandelte. Starke Arme, nicht nur einen, sondern viele – umspielt von Licht, von Leben, von blühenden Pflanzen. Esteria hasste die Nekrobotanik, hieß es. Deswegen war unsere Profession so gefährlich.

Unter dem Fresko ragten mehrere Reihen aus Pulten auf, in die ebenfalls verschiedene Bilder eingearbeitet worden waren. Ungefähr drei Dutzend Männer und Frauen saßen hier herum, einige in Gespräche verwickelt, während andere uns skeptisch beäugten. Als sie meinen Onkel sahen, grüßten ihn die meisten von ihnen.

Doch kaum jemand schien mich zu bemerken.

»Das ist der Große Rat?«, flüsterte ich. »Das sind doch mehr als zwanzig Leute für die zwanzig Familien.«

»Ja, aber nicht jede Familie hat nur einen Sitz«, erklärte mein Onkel. »Man kann sich seinen Platz hier auch erkaufen oder einen verliehen bekommen, wenn man besondere Dienste für die Stadt geleistet hat.«

»Das ist doch ungerecht.«

Sein Mundwinkel zuckte. »Das ist das Vorrecht der Reichen, Riora. Wenn du Geschwister hättest, würde ich ebenfalls Plätze für sie kaufen. Setz dich dort hinten hin und achte darauf, was passiert. Halte dich gerade und lächle. Du willst doch einen guten Eindruck auf die Leute machen.«

Er zeigte auf eine Sitzreihe, die bis auf einen dunkelhaarigen Mann in meinem Alter leer war. Ich nickte hastig und ging. Als ich mich setzte, runzelte der Fremde die Stirn, sagte aber nichts.

Lächeln, Riora. Vergiss nicht, zu lächeln.

Doch jetzt, wo mich mein Onkel nicht länger beobachtete, konnte ich meine Mundwinkel einfach nicht nach oben ziehen. Stumm betrachtete ich, wie er mit mehreren Mitgliedern des Rates sprach, ehe er einen Platz am Kopf der Halle einnahm. Die meisten von ihnen trugen teure Gewänder, deren Stoffe vermutlich aus aller Welt stammten. Fast alle zwanzig Familien waren Handelsdynastien, die schon seit Jahrhunderten in Anamoya saßen und wertvolle Güter durch die Welt schickten.

»Wir haben heute einige Gespräche zu führen, meine Damen und Herren«, begann mein Onkel. Er hatte die Fähigkeit, nicht laut reden zu müssen, um einen Raum zu beherrschen; die wenigen Unterhaltungen, die noch um uns herum geführt wurden, erstarben. »Zuerst sollten wir jedoch die Anamoyaner anhören, die mit einem Anliegen zu uns gekommen sind, denke ich.«

Ich runzelte die Stirn. Für gewöhnliche Bürger war es so gut wie unmöglich, in den Rat vorgelassen zu werden – es sei denn, sie standen in irgendeiner Beziehung zu den zwanzig Familien oder hatten genug Geld bezahlt.

Vorsichtig zog ich mein Buch aus der Tasche und begann, zu lesen. Es war ein Liebesroman voller mächtiger Piraten und edler Damen, wie mein Onkel sie hasste, doch ich hatte ihn gut vor ihm versteckt. Der Mann neben mir beobachtete das Ganze, ohne etwas zu sagen. Aber als er meinen Blick bemerkte, grinste er mir verschwörerisch zu.

»Langweilen Sie sich?«

»Ein wenig«, sagte ich. »Und Sie?«

Er lachte leise, ehe er ein Buch hochhielt, das er einem getrockneten Blatt zwischen den Seiten zufolge schon zu drei Vierteln durchgelesen hatte. »Seit Stunden.«

Ich musste lächeln. Das tat gut. Mein Gegenüber konnte nicht viel älter sein als ich, hatte weiches dunkelbraunes Haar, den für gebürtige Anamoyaner typischen olivfarbenen Hautton. Sein Mund war zu einem schwachen Lächeln verzogen. Als amüsierte er sich im Stillen über alles, was um uns herum passierte.

Trotzdem konnte ich mir ein Stirnrunzeln nicht verkneifen. Ich kannte die meisten Mitglieder des Rates und ihre Familien vom Sehen. War dieser Mann neu?

»Was lesen Sie denn da?«, fragte ich.

»Oh, das ist ein äußerst pikantes Buch über den Esteriaglauben«, erklärte er. »Wahrscheinlich würden es die Priester verbrennen, wenn

70

sie wüssten, dass ich eines habe. Wussten Sie, dass hier vor tausend Jahren noch zwei Götter statt einem verehrt wurden?«

»Zwei? Wer ist der andere Gott?«

»Sein Name wurde uns nicht überliefert«, sagte er. »Er ist der Herr der Ozeane, der Feind allen Lebens. Er hat Haifische, Riesenkraken und Leviathane geschaffen, damit die Menschen seinem heiligen Meer fernblieben. Angeblich ist er sogar für die Nekrobotanik verantwortlich. Deswegen straft Esteria dieses Handwerk mit Krankheit und Verfall. Es ist nicht vom richtigen Gott geschaffen.«

»Davon habe ich noch nie gehört«, sagte ich skeptisch.

»Es ist wahr«, versicherte er mir. »So wahr wie mein Name.«

Ich verkniff mir ein Seufzen. Dieser Mann hatte Nerven. Wahrscheinlich bestand der halbe Rat aus Nekrobotanikern, aber man sprach nicht darüber – einfach, damit man sich keine Blöße gab.

»Haben Sie Verwandte im Rat?«, wechselte ich das Thema.

Er nickte bedächtig. »Mein Vater. Das ist der Mann dort drüben in der Mitte der dritten Reihe, aber wenn Sie ihn fragen würden, würde er sagen, dass er allein ist. Wo sind Ihre?«

»Auf dem wichtigsten Sitz«, sagte ich, ehe ich ihm eine Hand reichte. »Riora Anamoias.«

Er erwiderte den Handschlag, ohne zu zögern. »Nerva Lavori. Angenehm.«

»Ich wusste nicht, dass die Lavoris einen Sohn haben«, gestand ich.

»Ich bin sozusagen ganz neu«, erklärte Nerva augenzwinkernd. »Ich habe bis vor einer Weile bei meiner Mutter gelebt. Sagen Sie lieber nichts zu meinem Vater. Er will mich dem Rat erst später offiziell vorstellen.«

So unauffällig wie möglich blickte ich zwischen Nerva und seinem Vater hin und her. Der ältere Lavori war klein und korpulent, ganz anders als Nerva, der wendig wie eine Schlange wirkte. Er musste wohl sehr nach seiner Mutter kommen.

Es wurde still im Saal. Ich blickte auf. Mein Onkel hatte sich aufgerichtet, kerzengerade, wie er überall zu sitzen pflegte.

»Mit wem fangen wir an?«, fragte er den Diener zu seiner Linken.

»Selecia Caravella.«

Ich bemerkte aus den Augenwinkeln, wie sich Nerva Lavori neben mir aufrichtete. Auf seiner Stirn bildete sich eine steile Falte, als hätte er nicht erwartet, das zu hören.

»Caravella?«, fragte mein Onkel verwundert. »Das kann nicht sein. Lasst sie auf keinen Fall ...«

Die Türen zum Saal öffneten sich.

Ich drehte den Kopf. Nerva Lavori tat es mir gleich – und mit ihm der ganze Saal. Eine junge Frau in Grün trat ein, so selbstbewusst, als gehörte ihr diese Halle statt dem Großen Rat von Anamoya. Das honigblonde Haar hatte sie hochgesteckt, sodass ihr nur vereinzelte weiche Locken den Hals hinunterfielen. Doch sie trug selbst für ana-moyanische Verhältnisse dünne Seide, die sich an einigen Stellen zu hauchzarten Schichten überlagerte. Das ließ kaum Spielraum übrig, was die Form ihrer Kurven anging. Es trieb mir unwillkürlich die Röte in die Wangen.

Selecia Caravella. Das war sie also.

Sie war ebenso berühmt wie berüchtigt in Anamoya, denn sie hatte es zu Wohlstand gebracht, ohne einer der zwanzig Familien anzuge-hören. Das war so selten, dass es einigen Leuten Angst machte, vor allem bei einer Frau. So weit ich wusste, gehörte Selecia Caravella eine der größten Handelsflotten des Westens. Auf der ganzen Welt kannte man ihre Flagge, die einen Bären mit einer Rose in den Pfoten zeigte, und nicht zuletzt deswegen nannte man sie die Rose von Anamoya.

Hinter dieser Rose, dieser erfolgreichen Geschäftsfrau, ging eine Frau mit verwuscheltem roten Haar. Sie war über einen Kopf größer als Caravella und erstaunlich muskulös, trug eine Bauchbinde mit Stickereien über der Uniform, an der sie ein Schwert eingehängt hatte. Ihr rechter Arm endete knapp unterhalb des Ellenbogens. Dort hing eine grobe Prothese aus Metall, die von Kratzern übersät war.

Ich bemerkte, dass die Ratsmitglieder Caravella anstarrten, einige neugierig, andere skeptisch oder sogar feindselig. Sie schien das nicht im Geringsten zu interessieren. Mit erhobenem Kopf trat sie vor meinen Onkel, ihr Blick erstaunlich hart.

»Waffen sind hier nicht gestattet«, sagte mein Onkel kühl.

Selecia Caravella zuckte mit den Schultern. »Eine Frau muss auf ihren Schutz achten, egal, wohin sie geht. Sie dürfen sich gern daran versuchen, Adina das Schwert abzunehmen. Am Ende wird es Tote geben.«

Die Frau namens Adina blickte grimmig drein. Mein Onkel wirkte alles andere als amüsiert, schien jedoch zu beschließen, diese Anmaßung zu übergehen.

»Ihr Anliegen«, sagte er stattdessen.

Caravella überging die Schärfe in seinem Ton, die Blicke, die sie von allen Seiten trafen. Ich sah stumm von einem Ratsmitglied zum anderen. Die meisten von ihnen waren Männer, alt genug, um erwachsene Kinder zu haben; seltener vertreten waren Frauen mit goldenen Klauen über den Fingern, die ihre enthüllende Kleidung missbilligend musterten.

»Sie wissen, was mein Anliegen ist«, sagte sie. »Ich möchte dem Großen Rat von Anamoya beitreten.«

Es wurde so still, dass man eine Stecknadel zu Boden hätte fallen hören können. Die rothaarige Frau hinter Caravella verlagerte ihr Gewicht unruhig von einem Fuß auf den anderen.

»Ich denke, dass ich die nötigen Voraussetzungen dafür erfülle«, sagte Selecia Caravella. Falls sie die Stille in irgendeiner Form verunsicherte, merkte man es ihr nicht an. »Mein Vermögen beläuft sich auf mehrere zehntausend Dukaten, meine Flotte umfasst vierundzwanzig Schiffe ...«

»Können Sie eine Verwandtschaft zu den zwanzig Familien nachweisen?«, fragte mein Onkel.

Selecia Caravella versteifte sich. »Nein«, erwiderte sie.

Kyrian Anamoias legte den Kopf zur Seite, sein Gesicht hart, sein Auge dunkel. Ich kannte diesen Ausdruck. Noch nie hatte ich meinen Onkel schreien oder nur die Stimme erheben hören, doch das brauchte er auch nicht, um seinem Gegenüber Kälte in die Knochen zu jagen.

»Dachte ich mir«, flüsterte er. »Ich fürchte, dass wir dann nicht zusammenkommen werden, Caravella.«

Schweigen trat ein, gelegentlich von leisem Kichern durchbrochen. Caravella spannte sich an.

»Warum ist meine Abstammung wichtiger als das, was ich erreicht habe?«, fragte sie. »Warum sollten wir nicht aus zwanzig Familien einundzwanzig machen? Meine Flotte bringt jedes Jahr Reichtümer nach Anamoya, von denen andere Republiken träumen. Ich habe sie früher oft begleitet. Ich habe Länder dieser Welt gesehen, von denen wir einiges lernen können.«

»Das mag sein«, sagte der ältere Lavori, der links von meinem Onkel saß, »aber was bei uns zählt, ist nicht, wie fremde Regierungen arbeiten.«

Ich konnte Caravella deutlich ansehen, dass ihr diese Antwort nicht gefiel. Obwohl ihr Gesicht nichtssagend blieb, funkelte der kalte Zorn in ihren Augen. Hinter ihr regte sich ihre Leibwächterin, doch mein Blick wanderte zu Nerva hinüber, der das Gespräch stirnrunzelnd verfolgte.

»Warum stimmen wir nicht ab?«, fragte der ältere Lavori. »Das sollte das schnellste Ergebnis erzielen.«

Mein Onkel sah aus, als hätte er diesen Mann am liebsten für seine vorlaute Art geohrfeigt, aber dann stieß er seinen Atem in einem beinahe unhörbaren Schnauben aus.

»Eine gute Idee«, sagte er langsam. »Wer dafür ist, die Dama Caravella in den Rat aufzunehmen, hebe die Hand.«

Ich sah mich um. Im Saal saßen über einhundert Männer und Frauen, aber mir schien es, als streckten kaum zwanzig davon die Arme in die Höhe. Mein Onkel hob eine Augenbraue. Die Ratsmitglieder ließen ihre Hände sinken, einige von ihnen säuerlich dreinblickend, doch die allermeisten zufrieden.

»Dama Caravella«, sagte er, »es steht Ihnen selbstverständlich frei, sich weiterhin um einen Sitz im Rat zu bewerben ...«

Caravella ballte die Faust, doch ihr Gesicht blieb betont kalt.

»... aber ich fürchte, dass diese Abstimmung eindeutig ist.« Mein Onkel legte die Fingerkuppen zu einem Dach zusammen. »Einen schönen Tag noch.«

Selecia Caravella wandte sich ab, allerdings nicht, ohne einen vernichtenden Blick in die Runde zu werfen. Ihre Leibwächterin folgte ihr ohne ein weiteres Wort nach draußen. Doch als sie ging, sah ich, wie sich die kalte Wut auf ihrem Gesicht Bahn brach. Wie alle Masken, mit denen sie eingetreten war, geräuschlos in sich zusammenfielen.

Für einen Augenblick war es still.

Dann ließ sich Nerva Lavori neben mir in seinen Sitz zurückrutschen und schlug sein Buch auf.

»Zum Glück habe ich mir etwas Arbeit mitgebracht«, sagte er, ehe er die Nase zwischen die Seiten steckte. »Spannender wird es heute Abend nicht mehr, oder?«

8

ARIAS

Kein Land für ehrliche Menschen

Hör zu, Tyban«, sagte ich, »ich brauche ein Kostüm, eine Einladung auf einen Maskenball und einen besten Freund, der mir keine Fragen dazu stellt. Bekommst du das hin?«

Tyban lehnte sich zurück. Er hatte sich an einer niedrigen Mauer ausgestreckt, die Arme hinter dem Kopf verschränkt, beschattet von einem großen, knorrigen Olivenbaum. Es war weit und breit die einzige Schattenquelle, denn wir standen hier am Hafen, dank der Bedeutung Anamoyas einer der geschäftigsten Bezirke der Stadt. Tyban lag gern hier herum, während Schiffe ein- und ausliefen, beobachtete sie zwischen seinen zahlreichen Nickerchen. Er sagte, dass er gern am Wasser war, weil sein Vater ein Seemann gewesen sei. Ich hatte keine Ahnung, ob das stimmte.

»Du verletzt mich, Arias«, sagte Tyban gähnend. »Ich bin eine wackere Stütze dieser Gesellschaft. Jeden Tag gehe ich auf die Straßen hinaus, verdiene mir ehrliches Geld und helfe den guten Bürgern unserer Stadt. Für solche Schandtaten habe ich gar nicht die nötige kriminelle Energie.«

»Könnte das hier deine Energie anfachen?«, fragte ich, ehe ich einen Lederbeutel in seinen Schoß warf. Kyrian Anamoias hatte gestern endlich angefangen, mich für meine Dienste zu bezahlen. »Wo das herkommt, gibt es noch mehr, falls du dich heute besonders schwach fühlst.«

Tyban öffnete den Beutel, um das Geld darin zu betrachten. Seine Augen leuchteten auf, was mich nicht überraschte. Anamoyanische Dukaten waren eine der stabilsten Währungen der Welt und wurden gern gesehen, ganz egal, wo man sich befand.

»Das ist in der Tat hübsches Geld, das sich wunderbar ausgeben lässt«, entschied Tyban, während er die Münzen zwischen seinen Fingern rieb. »Weißt du was? Ich fühle mich schon viel besser.«

»Dachte ich mir, Tyban. Dachte ich mir.«

Tyban lachte. »Was willst du eigentlich auf einem Maskenball?«, wechselte er das Thema. »Ein paar feine Leute erschrecken, so wie früher?«

Ich musste lachen. »Wenn sich die Gelegenheit ergibt«, sagte ich belustigt. »Aber nein, ich will mich dort umsehen. Du weißt schon, wegen meines kleinen Problems mit dem Mörder von Savina Anamoias.«

Tyban zog eine Braue hoch. »Wie soll das denn helfen?«

»Du kennst die zwanzig Familien nicht«, sagte ich. »Sie halten fast jede Woche einen Maskenball ab, aber es geht nur selten darum, sich zu amüsieren. Das sind Festlichkeiten, auf denen Intrigen geschmiedet werden. Du kannst Gift darauf nehmen, dass dort jede Menge Feinde der Familie Anamoias herumlaufen – möglicherweise sogar jemand, der mit dem Mörder in Verbindung steht.«

»Du kennst dich aber gut mit den feinen Schnöseln aus.«

»Das kommt davon, wenn man so viel für sie malt wie ich. Was glaubst du, woher ich damals all die Einladungen hatte? Pures Talent.«

Tyban verdrehte die Augen. Ich lachte leise, aber insgeheim war ich froh, dass er nicht weiter nachfragte.

»Wer macht sich überhaupt die Mühe, den Großen Rat zu unterhalten?«

»Die Lavoris.« Es war nicht schwer, das herauszufinden, denn die zwanzig Familien wechselten sich mit ihren Festen in einem durchaus vorhersehbaren Rhythmus ab. »Also, kannst du etwas für mich tun?«

Tyban legte den Kopf zur Seite. »Na schön«, sagte er. »Aber ich will mitkommen, die Garnelenhäppchen auf diesen Bällen waren immer sehr lecker. Wir treffen uns heute Abend am Stadtpalast der Lavoris, ja?«

»Du bist mein Lieblingsmensch in dieser Stadt, Tyban.«

»Habe ich etwa ernsthafte Konkurrenz?«

Ich musste lachen. Bevor ich jedoch noch mehr zu ihm sagen konnte, bemerkte ich aus den Augenwinkeln, wie ein Mann in grüner Uniform zu uns aufschloss. Seinem fleckigen, schweißüberströmten Gesicht zufolge, hatte er sich nicht gut überlegt, was er heute anziehen sollte. Mir schien, als fehlte nicht mehr viel, bis er vor uns umfiel.

»Arias Salvati?«

»Das bin ich«, sagte ich. »Und wer sind Sie?«

Der Mann blieb keuchend vor mir stehen.

»Ein Diener der Rose von Anamoya, Herr«, sagte er atemlos. »Selecia Caravella würde Sie gern sprechen.«

Ich hätte gern behauptet, dass ich nicht wusste, wer die Rose von Anamoya war. Leider wäre das gelogen gewesen. Selecia Caravella war eine der mächtigsten Händlerinnen der Stadt und das hieß einiges, denn in Anamoya hatte es schon immer vor tüchtigen Menschen voller Gier auf Profit gewimmelt.

Es hieß, dass es kein Problem gab, aus dem ein Anamoyaner sich nicht herausfeilschen konnte. Die zwanzig Familien waren besonders versiert in dieser Kunst. Vielen von ihnen besaßen Banken oder Handelsflotten, dank derer sie ihr Vermögen stetig vermehrten – doch es war schwer, in dieser Welt Fuß zu fassen, wenn man nicht in eine dieser Dynastien hineingeboren worden war. Selecia Caravella war es trotzdem gelungen. Niemand wusste, wo ihre Wurzeln lagen. Sie war einfach eines Tages aufgetaucht, hatte sich eine eigene Flotte aufgebaut und verdiente sich eine goldene Nase damit.

Die Frage war nur, wie sie das geschafft hatte.

Caravella selbst hüllte sich darüber in Schweigen, doch das befeuerte nur die Gerüchte, die sich um ihren Aufstieg rankten. Man redete von Attentaten mit Gift und Messern, von Raub und Assassinen. Sie schien zu wissen, wie man über sie redete, ohne das Geschwätz weiter zu beachten. Kalt wie Eis gab sie sich in einer Stadt des Lebens und der Hitze. Mit ihr handelte man zu ihren Gunsten – oder überhaupt nicht. Was wollte diese Frau von mir?

Selecia Caravella lebte in einem Gebäude, das man recht passend den Rosenpalast nannte und das nicht weit entfernt vom Handelsbezirk mit seinen unzähligen Kontoren war. Es war ein Holzhaus, wie man sie häufig in den Außenbezirken der Stadt fand, die Wände weiß gestrichen und von einem weitläufigen Garten umgeben. Zwei große Palmen wuchsen vor der Haustür. An einer davon hing ein Schild aus grauem Metall, das einen stehenden Bären mit einer Rosenblüte in den Pranken zeigte.

Ein Knochendiener öffnete mir die Tür. Er war mit einer feinen goldenen Schicht überzogen, der Brustkorb mit Rosen gefüllt, die einen süßlichen Duft verströmten. Einige von ihnen verwelkten bereits, doch der größte Teil der Pflanzen wirkte frisch. Caravella musste wirklich reich sein, wenn sie sich solche Diener leisten konnte.

Der Knochendiener führte mich auf eine Terrasse, von der man auf den Garten blicken konnte. Auch hier roch es schwer und süß nach Blumen, die sich um das marmorne Geländer rankten, doch die Rose von Anamoya selbst saß in einem teuer aussehenden Stuhl und nippte an ihrem Tee. Selecia Caravella war eine schöne Frau, das Gesicht edel geschnitten, das honigblonde Haar hochgesteckt. Das Grün ihres Hemdes entsprach exakt dem Farbton ihrer Augen. Ich traute ihr zu, dass sie genau das von ihrem Schneider gefordert hatte.

Zu Caravellas Füßen schlief die größte Katze, die ich je gesehen hatte, ein sandfarbenes Ungetüm mit dunklen Fellspitzen auf den Ohren. Das Tier hob träge den Kopf und fixierte mich, spannte die Muskeln, sodass die Krallen kaum merklich aus seinen Pfoten fuhren.

»Sie haben nach mir schicken lassen«, sagte ich.

»Ja, ich erinnere mich«, sagte sie trocken. »Setzen Sie sich doch.«

Ich setzte mich vorsichtshalber auf die andere Seite des Tisches. Selecia Caravella regte sich nicht, aber ich sah ein amüsiertes Funkeln in ihrem Blick aufleuchten.

»Ich hätte nicht gedacht, dass mein Diener Sie so schnell findet, Salvati.«

Ich war froh, dass sie die Angelegenheit mit der gigantischen Katze nicht weiter erwähnte. »Sie sollten ihm eine dünnere Uniform geben. Der arme Mann ist ja fast tot umgefallen.«

»Es gibt immer ein wenig Verlust«, sagte sie schulterzuckend. »Möchten Sie ein Stück Kuchen?«

Du meine Güte. Die Frau war ja wirklich eiskalt.

»Danke, vielleicht später«, sagte ich. »Sie wollten mich sprechen, ja?«

Sie nickte. Ich nutzte die Gelegenheit, um Caravella ins Auge zu fassen. Absurderweise erinnerte sie mich an Riora Anamoias; Caravella war ebenso schlank gebaut wie sie, hatte ihre zarte Gestalt sogar noch betont, indem sie ihre Kleidung an der Taille besonders eng geschnürt hatte. *Sie sieht jung aus*, dachte ich, bis ich die feinen Fältchen in ihren Augenwinkeln bemerkte. Offenbar war sie schon lange im Geschäft.

»Wie ich hörte, nehmen Sie inzwischen wieder Aufträge an, Salvati.«

»Stimmt. Ich bin arm und brauche das Geld.«

Das schien sie zu amüsieren, denn die Fältchen um ihre Augen vertieften sich.

»Nehmen Sie es mir nicht übel, Salvati, aber Sie wissen nicht viel über Armut«, sagte sie sanft. »Sie haben nicht einen Tag in Ihrem Leben gehungert, oder?«

»Nein«, gestand ich. »Merkt man das?«

»Man merkt so etwas immer«, sagte Caravella. »Wir haben so viele Meeresfrüchte in der Lagune, so viel Fisch, so viel Obst in den Dschungeln, wenn man nur mutig genug ist, um es sich zu holen. Aber die Kinder auf den Straßen bekommen höchstens die Abfälle der Reichen ab. Ich habe kürzlich ein Waisenhaus erworben, in dem sie eine ordentliche Mahlzeit bekommen. Wenn man etwas in Anamoya erreichen will, kann man nicht auf den Großen Rat warten.«

Mit ihren Worten hatte Caravella nicht ganz unrecht. Der Rat war meistens genügend damit ausgelastet, sich um die Bedürfnisse des Rates zu kümmern, sodass gar keine Zeit mehr für das gemeine Fußvolk blieb.

»Das stimmt wohl«, sagte ich. »Also, was kann ich für Sie tun?«

Caravellas Augen funkelten. »Ich habe schon viel von Ihnen gehört, Salvati«, sagte sie. »In den letzten Jahren habe ich einige Städte hier am Sommermeer bereist. Überall kennt man Ihren Namen, würde Tausende von Dukaten zahlen, um eines Ihrer Gemälde in die Finger zu bekommen. Es wird Sie nicht wundern, dass ich ebenfalls daran denke, Bilder bei Ihnen in Auftrag zu geben.«

»Um sie zu verkaufen?«, mutmaßte ich.

»Nein. Ich möchte Porträts von meiner Leibwächterin und mir in Auftrag geben. Ich denke, das würde gut an meiner Wand aussehen.«

Eine Leibwächterin?, dachte ich verdutzt. Erst dann registrierte ich, dass jemand hinter ihr stand, so gut durch die üppigen Pflanzen verborgen, dass ich die Person zunächst gar nicht bemerkt hatte. Es war eine ungewöhnlich große, muskulöse Frau, deren Gesicht zu großen Teilen in Schatten lag und an deren scharlachroter Bauchbinde ein Schwert hing. Einer ihrer Arme endete knapp unterhalb des Ellenbogens. Dort schimmerte eine Prothese aus grauem Metall, mit dicken Ledergurten an ihrem Fleisch befestigt, sodass sie nicht herunterfiel.

Die Frau starrte mich an. Auf ihrer Stirn hatte sich eine steile Falte gebildet, aber ich starrte genauso verdutzt zurück. Warum beschäftigte Caravella eine teure menschliche Leibwächterin, statt sich einen Knochendiener zu leisten, der immerhin keinen Lohn oder freie Tage haben wollte?

»Tja«, sagte ich langsam, als ich merkte, wie lange ich still gewesen war. »Das ist ungewöhnlich. Sonst lassen die Leute sich mit ihren Ehepartnern oder Kindern malen, wissen Sie?«

»Mit einem Mann kann ich nicht dienen«, sagte Selecia Caravella nüchtern.

»Oh. Verstehe.« Es war weithin bekannt, dass Caravella nie geheiratet hatte, was ihren Aufstieg in manchen Augen noch beeindruckender machte. »Na schön. Im Augenblick habe ich einen anderen Auftrag, aber sobald ich damit fertig bin, kann ich Sie porträtieren.«

»Ich hatte gehofft, dass Sie so bald wie möglich Zeit für uns finden würden«, sagte Caravella. »Ich wäre auch bereit, entsprechend zu zahlen.«

In ihrer Stimme lag ein leises Drängen, das mich verwunderte. Aber ich verwarf die Idee fast sofort. Wenn ich den Auftrag bei der

Familie Anamoias kündigte, würde mich unser guter Regent wahrscheinlich dafür umbringen.

Außerdem würde ich so meine einzige Möglichkeit verspielen, mehr über den Tod von Rioras Mutter herauszufinden. Das konnte ich nicht wagen. Nicht nach all den Jahren, in denen ich um meinen Großvater geweint, mir die Frage nach dem Warum gestellt hatte.

»Ich kann nicht fast ein halbes Dutzend Bilder auf einmal malen«, fügte ich hinzu. »Tut mir leid. Es muss warten.«

Selecia Caravella verengte die Augen zu Schlitzen. Ich bemerkte, wie sich ihre Leibwächterin leicht im Dunkeln regte, sodass ich sie zum ersten Mal wirklich sehen konnte. Sie schien etwas jünger als ihre Herrin zu sein, hatte weiches rotes Haar und einige verblasste Narben im Gesicht.

»Das ist nicht besonders nett«, sagte sie. »Selecia würde sich freuen, wissen Sie. Sie mag Ihre Kunst sehr gern.«

Caravella versteifte sich. »Was habe ich dir über Gespräche hier im Garten gesagt, Adina?«

»Ich soll still sein und gefährlich aussehen, bis du fertig bist, Selecia.«

»Sehr gut. Wenn du es schaffst, diesen Befehl durchzuführen, erhöhe ich dein Gehalt.«

Einen Augenblick sahen die beiden einander an, ehe sie zu lachen anfingen. Adina kicherte in ihre verbliebene Hand, während Caravella tatsächlich ein wenig rot wurde. Ich blinzelte ungläubig. Ich hatte gar nicht gedacht, dass die Rose von Anamoya zu so etwas imstande war.

»Ich komme auf Ihr Angebot zurück, wenn ich mit meinem momentanen Auftrag fertig bin«, sagte ich. »Versprochen. Es wird aber wie gesagt noch dauern.«

»Tja«, seufzte Caravella, »ich fürchte, daran kann ich nichts ändern.«

Ich stand auf. Sie tat es mir gleich, wobei sie die große, gelbe Katze von ihrem Schoß nahm und auf ihrem Stuhl absetzte. Das Tier fauchte leise. Ich zuckte zusammen.

»Sie sind kein Katzenmensch, nicht wahr, Salvati?«

»Doch, schon. Nur nicht für so große.«

Sie schmunzelte darüber. »Ich habe ihn von meinen Reisen mitgebracht«, erklärte sie. »Bevor ich mich hier niedergelassen habe, habe ich mit meiner Handelsflotte einen guten Teil der Welt bereist. Ich besuchte dabei eine Insel, die voll von diesen Katzen ist. Ein wunderschönes Tier, finden Sie nicht auch?«

Ich musterte die scharfen Fänge der Katze. »Ja. Goldig.«

Caravella lächelte. »Überlegen Sie es sich, Salvati«, wechselte sie das Thema. »Egal, was Ihnen die Familie Anamoias bietet, ich werde diesen Preis verdoppeln. Die Bilder sind es mir wert.«

»Ich werde das im Gedächtnis behalten«, sagte ich, ehe ich mich abwandte und ging. Eigentlich hätte ich mich über einen weiteren Auftrag freuen sollen, doch irgendetwas daran kam mir merkwürdig vor. Caravella bohrte mehr nach, als ich es von anderen Auftraggebern gewöhnt war. Offenbar bedeutete ihre Leibwächterin ihr sehr viel.

Ich spürte jedoch ihren Blick im Rücken, als ich ging. Stumm ging ich unser Gespräch in Gedanken durch, überlegte, ob einige Wochen genügen würden, um alles über den Angriff auf Rioras Mutter herauszufinden und nebenbei die Gemälde zu vollenden. Doch im gleichen Augenblick fiel mir etwas auf. Mein Herzschlag verdoppelte sich.

Ich hatte nicht erwähnt, dass ich für die Familie Anamoias arbeitete. Woher wusste sie also davon?

»Du hast den Auftrag abgelehnt?«, fragte Tyban ungläubig. »Wieso das denn?«

Ich seufzte leise. Um uns herum bildete sich Nebel, während die Monde am nachtschwarzen Himmel aufgingen. Anamoya war im Dunkeln schöner als unter der Sonne; die brütende Hitze des Tages wich einer angenehmen Milde, in der es sich durchaus aushalten ließ. Überall saßen Anamoyaner vor ihren Häusern, tranken Wein oder aßen mit der Familie. Die meisten Bürger der Stadt schätzten es, in Gesellschaft zu sein, aber ich blieb lieber für mich.

Vor uns im Kanal wartete eine Barke, die Tyban für heute gemietet hatte. Kein besonders hübsches Modell. Boote der zwanzig Familien waren mit allen möglichen Farben geschmückt, aber von diesem hier blätterte sie bereits ab und fiel in traurig gekringelten Spänen ins Wasser.

»Ich bin noch nicht fertig mit den Bildern für die Familie Ana-moias«, erklärte ich. »Unser guter Regent ist ein unerträglicher Mist-käfer, ich weiß, aber er ist ein Mistkäfer mit viel Geld.«

»Das kümmert dich sonst auch nicht«, sagte Tyban skeptisch. »Da ist doch irgendetwas, was du mir nicht sagst.«

Ich verkniff mir ein Seufzen. Tyban wusste natürlich, dass ich als Kind bei meiner Meisterin gelebt hatte; von meinem Großvater, meiner Familie hatte ich ihm jedoch nie erzählt. Meine Eltern waren schon so früh gestorben, dass ich mich kaum an sie erinnern konnte. Und er …

Ich wusste nicht, ob ich die Kraft für die Wahrheit aufgebracht hätte, hätte mich Tyban jemals rundheraus danach gefragt. Aber in einer seltsamen stillen Übereinkunft hatten wir nie über die Vergangenheit des jeweils anderen gesprochen, seit wir einander kannten. Manche Dinge wogen so schwer, dass man sich nicht einmal mit seinem besten Freund daran erinnern wollte. Ich wusste das, und Tyban wusste es auch.

Und dafür liebte ich ihn.

»Es ist etwas, worüber ich nicht reden will, Tyban. Nichts für ungut.«

»Hm«, machte Tyban. Mehr nicht. »Wenn du deine Meinung ändern solltest, weißt du ja, wo Caravella wohnt, schätze ich. Bist du dir eigentlich sicher, dass du auf diesem Ball erscheinen solltest? Was ist, wenn dich jemand erkennt?«

»Also bitte«, sagte ich. »Außer Kyrian Anamoias erinnert sich bestimmt niemand mehr an diese alten Geschichten. Ich muss ein-fach aufpassen, dass mich niemand ohne Verkleidung sieht.«

Tyban wirkte skeptisch, sagte aber nichts. Ich spürte instinktiv, dass er mir das alles ausreden wollte, wohl weil er auf seine Art um mich besorgt war.

»Ich kann dich nicht davon abhalten, oder?«

»Natürlich nicht«, sagte ich. »Dafür ist es viel zu wichtig.«

Tyban runzelte die Stirn. »Und was ist, wenn dieser Mörder merkt, dass du ihm hinterherschnüffelst? Wenn er dich als Nächstes ins Visier nimmt?«

»Dann soll er kommen und versuchen, mich umzubringen«, sagte ich schulterzuckend. »Ich werde bei dieser Angelegenheit nicht locker lassen, Tyban. Das darf ich nicht. Es geht hier um mehr als um mich.«

Einen Augenblick lang sagte Tyban nichts. Mit verschränkten Armen blickte er zu mir auf, doch ich sah keinen Ärger in seinem Gesicht. Nur eine merkwürdige Resignation.

Dann stieß er ein Seufzen aus.

»Also gut«, sagte er langsam. »Bereit für den Ball?«

Ich musste lächeln. Tyban hatte es vielleicht nicht immer leicht mit mir, aber ich schätzte es, dass wir uns am Ende doch stets aufeinander verlassen konnten.

»Natürlich bin ich das«, sagte ich. »Was hast du uns denn zum Anziehen beschafft?«

»Oh, ich habe zwei Männer überfallen, die in den letzten Jahren zu etwas Geld gekommen sind und wahrscheinlich eine passende Verlobte dazu finden wollten«, sagte Tyban. »Tja. Sie werden wohl noch eine Weile Junggesellen bleiben. In zehn Jahren, wenn sie eine kreischende Furie an ihrer Seite haben, werden sie mir dankbar für diesen Aufschub sein.«

Damit sprang er in seine Barke, öffnete die Kiste und warf ein Bündel zu mir hinauf. Interessiert schnürte ich es auf. Darin verbarg sich eine Maske, die deutlich größer war als mein Kopf, der samtene schwarze Stoff mit verschieden großen Perlen und Federn besetzt.

Ich drehte die Maske neugierig in den Händen. So hübsch sie auch anzusehen war, hatte es doch einen praktischen Grund, warum niemand auf solchen Festen sein Gesicht zeigte. Hier wurden Allianzen geschmiedet, die blutig enden konnten. Da war es besser, wenn ein zufälliger Beobachter nicht sofort sah, wer sich mit wem über die Intrigen in dieser Stadt austauschte.

»Hast du passende Kleidung dazu?«

»Natürlich. Ich bin doch kein Anfänger.« Tyban nahm seine eigene Maske zur Hand, die ebenfalls mit Federn besetzt war, und warf mir ein zusammengeschnürtes Kleiderbündel zu. »Also, ab mit dir in die nächste Seitengasse. Zieh dich um. Ich passe auf, dass niemand kommt.«

Ich rollte mit den Augen, ehe ich seinem Vorschlag folgte. Mit der Kleidung unter dem Arm ging ich davon, fuhr aus meinem Hemd, um ein anderes überzuziehen. In meinem Magen kribbelte es. Ich war seit Jahren nicht mehr auf einem Maskenball gewesen. Eigentlich hatte ich auch nicht das Bedürfnis, das zu ändern.

Aber manche Dinge klärten sich nicht von allein.

Als ich endlich umgezogen war, nahm ich meine Brille ab und zog die Maske über mein Gesicht. Sie fühlte sich unangenehm warm auf meiner Haut an. Wie ein Stück Vergangenheit, das zurückgekehrt war, um mich zu verfolgen.

Egal. Alles egal.

Für Gerechtigkeit konnte man sich auch einen Abend lang albern anziehen.

9

RIORA

Der Mann in Schwarz

Ich war nicht in der Stimmung, um auf einen Ball zu gehen. Natürlich nicht. Aber auf meine *Befindlichkeit*, wie mein Onkel es nannte, wollte er keine Rücksicht nehmen; hielt mir stattdessen nur einen weiteren Vortrag darüber, warum ich meine Trauer hinter mir lassen sollte.

»Überwinde das und sieh in die Zukunft«, sagte er zu mir. »Wenn ich es nach dem Tod deiner Tante genauso gemacht hätte, wäre mir viel Ärger erspart geblieben. Die Leute preisen Menschlichkeit, Riora, doch Menschlichkeit tarnt sich nur als etwas Gutes. Niemand regiert schlechter als jemand mit guten Intentionen, aber weichem Kern.«

Ich war mir langsam unsicher, ob ich überhaupt irgendetwas regieren wollte, sagte jedoch nichts. Mein Onkel hatte mich noch nie schlecht beraten. *Ordnung und Logik, keine Emotion.* Wie ironisch, dass ich mir das ausgerechnet zu Herzen nehmen sollte.

»Zieh dich an«, sagte er zu mir. »Wir müssen bald aufbrechen.«

Und damit war das Gespräch beendet.

Wenig später stiegen wir in die Barke, die uns zum Maskenball bringen würde, und fuhren in die Nacht davon. Der Kanal war so eng, dass ich mir bei einer unachtsamen Bewegung den Ellenbogen an einer der umliegenden Wände hätte stoßen können. Üppige Pflanzen wuchsen über den Stein, bildeten ein raschelndes Blätterdach, unter dem Laternen schimmerten. Am liebsten hätte ich das Boot angehalten, um die ganze Nacht lang an diesem magischen Ort zu lesen.

Aber mein Onkel ließ es natürlich unbeirrt weiterstaken.

Ich lehnte mich zurück. Das war gar nicht so leicht mit der großen Maske, zu der er mich genötigt hatte und die vom gleichen Blau wie meine Festkleidung war. Sie bedeckte nur meine Augenpartie, zog sich allerdings in einem gewaltigen Wust aus Federn und Perlen über meinen Kopf hinweg. Ich kam mir äußerst lächerlich vor, war jedoch klug genug, mich nicht bei ihm darüber zu beschweren.

Wenig später erreichten wir das Anwesen der Familie Lavori. Es lag auf einer kleinen Insel am Rand der Lagune, umgeben von einem üppigen Garten, der süße Gerüche verströmte. In der Ferne ragten dunkle Schiffsmasten auf, aber das Gebäude erstrahlte in hellem Glanz. Dazu drang Musik zu uns herüber. Offenbar war das Fest bereits in vollem Gange.

Ein Diener der Familie Lavori reichte mir seine Hand und half mir aus dem Boot. Ich dankte ihm leise, ehe ich mit meinem Onkel zum Stadtpalast hinaufging. Er war weitaus unauffälliger gekleidet als ich, trug ein dunkles Gewand und eine schwarzweiße Maske, die auf der Seite seines fehlenden Auges keinen Sehschlitz besaß.

»Ich muss dich nicht daran erinnern, wie du dich benehmen sollst, Riora?«

»Nein, Onkel«, sagte ich mechanisch.

Er nickte zufrieden. Ich biss mir auf die Unterlippe. Höflich sein, nicht sprechen, wenn ich nichts gefragt wurde. Mein Onkel hoffte, eines Tages eine gute Partie für mich auf den Maskenbällen zu finden. Da war es wichtig, sich kultiviert zu geben und an den richtigen Stellen über die Scherze von passenden Bewerbern zu lachen.

Ich setzte ein Lächeln auf, obwohl mir nicht danach war, ehe ich meinem Onkel zum Stadtpalast hinauf folgte. Draußen wimmelte es bereits vor Gästen in Kostümen, die offenbar keine Mühen bei dem Versuch gescheut hatten, einander zu übertreffen. Ich sah perlenbesetzte Masken, die Hunderte von Dukaten wert sein mussten;

teure Seidenkleider, goldene Armreife, kirschgroße Juwelen. Unter der Decke des Eingangsbereiches hingen große Kugeln aus Papier, in denen Lichter glommen. Auch das Haus war von einem diffusen Glanz erfüllt. Überall rankten sich Pflanzen an den Wänden hinauf, deren Blätter aus sich heraus leuchteten.

Das war eine der höchsten Künste der Nekrobotanik – nicht etwa Konstrukte zu verwenden, sondern die Pflanzen selbst zur Vollendung zu verfeinern. Nur wenige von uns konnten so etwas vollbringen. Das musste ein Vermögen gekostet haben!

»Willkommen im Anwesen der Familie Lavori«, sagte ein Diener, der in dem Innenhof des Gebäudes stand. »Wen darf ich der Gesellschaft ankündigen?«

»Kyrian Anamoias«, sagte mein Onkel, »und meine Nichte. Riora Anamoias.«

Ich merkte, dass mich der Diener ansah, und versteifte mich.

»Sehr wohl«, sagte er. »Wenn Sie geradeaus gehen, erreichen Sie den Garten. Dort stehen Knochendiener bereit, die Erfrischungen für Sie anbieten. Später am Abend werden einige Schausteller aus dem Kaiserreich von Melenya auftreten, um Sie zu unterhalten. Sie …«

»Das hört sich gut an«, sagte mein Onkel und ging, ohne den Diener weiter zu beachten. Ich warf ihm einen entschuldigenden Blick zu, ehe ich ihm folgte. Der Garten hinter dem Anwesen war so ansehnlich wie der, durch den wir hierher gekommen waren. An drei Seiten war er von dem Gebäude beschnitten, die Wände und Baumkronen ebenfalls mit warm glühenden Papierlaternen dekoriert, während die vierte auf die Lagune hinausging. In der Ferne bewegten sich Schiffe über das schwarze Wasser. Wohin sie wohl unterwegs waren?

Ich blickte mich um. Auch im Garten standen Gäste, unterhielten sich miteinander oder tanzten unter einem großen Seidenpavillon. Es roch stark nach den Blumen, die überall zwischen den Kieswegen wuchsen. Mir wurde etwas schwummrig von diesem übermächtigen Duft.

»Die Familie Anamoias!«, rief jemand. Ich drehte mich um, sah einen kleinen und korpulenten Mann auf uns zukommen, der eine gewaltige Maske mit Pfauenfedern trug. »Wie schön, Sie hier auf meinem Anwesen zu sehen, wirklich eine Freude.«

Ich verschränkte unwillkürlich die Arme. Ich erkannte Nerva Lavoris Vater ohne Mühe, doch mir entging keineswegs, dass er nicht einmal einen flüchtigen Blick in meine Richtung übrig hatte.

»Noch einmal mein Beileid zu Ihrem Verlust«, plapperte er. »Ich kannte Savina nicht persönlich, doch ich habe nur Gutes über sie gehört. Ein Jammer, wirklich. Ich hoffe, dass der Schuldige bald gefunden wird.«

Meine Eingeweide schienen sich mit Blei zu füllen, aber mein Onkel verengte das Auge zu einem Schlitz.

»Machen Sie sich keine Sorgen, Lavori. Ich tue alles, was ich kann, um den Mörder zu finden.« Seine Stimme war frostig. »Wie ich sehe, haben Sie sich bereits prächtig mit den anderen Gästen amüsiert?«

Ich zog eine Braue hoch. Das war eine der typischen Fangfragen von Kyrian Anamoias. Was er eigentlich wissen wollte, war natürlich, ob Lavori schon etwas mit anderen Ratsmitgliedern besprochen hatte.

»Nein«, sagte Lavori, der das ebenfalls zu ahnen schien. »Selbstverständlich nicht.«

»Gut«, sagte mein Onkel. »Haben Sie über meinen Vorschlag nachgedacht? Die Piraten auf dem Sommermeer betreffend.«

Lavori verzog den Mund, der durch den Schnitt seiner Maske freilag.

»Ich halte nichts davon, gegen sie in die Schlacht zu ziehen, Kyrian«, sagte er. »Wir alle haben Familie in der Rebellion der Wellen verloren. Niemandem steht der Sinn nach weiteren Kämpfen. Ich weiß, dass sie Ihre Frau getötet haben …«

Mein Onkel verengte das Auge zu einem Schlitz. Lavori begann, sichtbar zu schwitzen, redete aber ungerührt weiter.

»Die Piraten sind nicht zu unterschätzen. Sie würden uns einen harten Kampf liefern, sie kennen die Meere besser als wir. Man bräuchte einen zweiten Tag des Winters, um an ihnen vorbeizukommen.«

Ich erstarrte unwillkürlich.

Der Tag des Winters.

Jeder Anamoyaner kannte diesen Namen. Auch ich, obwohl mein Onkel mir bisher nie davon berichtet hatte, sodass ich auf Erzählungen von anderen angewiesen gewesen war. Ich war noch ein Kind gewesen, als Piraten über Anamoya hergefallen waren – mit der Absicht, die Stadt zu plündern und niederzubrennen. Aber mein Onkel hatte sie vertrieben. So mächtig war sein Gegenschlag gewesen, dass sich seitdem niemand mehr nach Anamoya gewagt hatte, um sich mit ihm anzulegen.

Ich konnte mich nicht daran erinnern. Doch an diesem Tag war zum ersten Mal in der Geschichte der Republik Schnee gefallen. Die üppigen Pflanzen an den Häusern waren erfroren, die Kanäle zugefroren. Ein echtes Wunder der Göttin, hatten die Leute gesagt.

Denn Anamoya lag eigentlich viel zu weit im Süden dafür.

»Dann sollten wir zu Esteria beten, noch einmal kaltes Wetter zu bekommen«, sagte mein Onkel kühl. »Vielleicht schickt sie uns einen neuen Schneesturm. Lassen Sie sich nicht von solchem Unsinn einschüchtern, Lavori.«

»Es ist eine schlechte Idee, sich mit Piraten anzulegen!«

»Und eine noch schlechtere, sich mit mir zu streiten«, sagte mein Onkel.

Seine Stimme war eigenartig hart. Eigenartig angespannt. Lavori schien seinem prüfenden Blick zumindest einige Herzschläge lang standzuhalten, ehe er mich so abrupt ins Auge fasste, als hätte er mich jetzt erst bemerkt.

»Ist das Ihre Nichte?«

»Das ist sie«, bestätigte mein Onkel, doch sein Auge war weiterhin zu einem Schlitz zusammengekniffen. »Ich habe sie dem Rat noch nicht offiziell vorgestellt, aber sie war schon einige Male bei Gesprächen anwesend.«

»Ich verstehe. Sie sieht sehr wie Ihr Bruder aus, Kyrian.«

»Finden Sie? Ich denke nicht, dass …«

»Sie hat übrigens auch einen Namen«, rutschte es mir heraus.

Die beiden ignorierten mich. Ich verkniff mir ein Seufzen. Es war eine Sache, von einem fremden Mann wie Luft behandelt zu werden, und eine andere, wenn mir das Gleiche von meinem Onkel widerfuhr.

Ohne ein weiteres Wort wandte ich mich ab und ging. Ich wusste, dass mir dafür später eine Standpauke blühen würde, doch ich konnte es nicht ertragen, wie dieser Mann über meinen Kopf hinwegredete. Also zog ich mich so weit wie möglich zurück. Dieser Abend würde lang werden. Wie sollte ich hier eine Spur zu meiner Mutter finden? Wie könnte ich das überhaupt je schaffen?

Dieser Gedanke frustrierte mich so sehr, dass ich gegen einen Zierbaum in einem großen Topf trat. Schmerz schoss an meinem Fuß hinauf, doch ich ignorierte das Gefühl. Ich würde alles ignorieren, was Schmerzen bereitete.

»Nicht gerade ein Fest, auf dem Sie gern wären, oder?«

Ich zuckte heftig zusammen. Vor mir stand ein junger Mann in einem schwarz-goldenen Festgewand, das gut zu seinem olivfarbenen Hautton passte. Er trug lediglich eine schlichte Maske, die seine Augen einrahmte, hatte sein Haar nach hinten gekämmt.

Trotzdem dauerte es eine Weile, ehe ich Nerva Lavori erkannte.

»Was machen Sie denn hier?«, platzte ich heraus, obwohl die Antwort offensichtlich war. Er wohnte in diesem Haus. Natürlich war er auf dem Fest.

»Ich habe gesehen, dass Sie vor meinem Vater davongelaufen sind«, sagte Nerva. »Da dachte ich, dass ich lieber nach Ihnen sehen sollte, bevor Sie noch mehr von seinem Eigentum zertreten.«

Ich warf dem Baum im Topf einen langen, schuldbewussten Blick zu. »Tut mir leid.«

»Muss es nicht«, sagte Nerva. »Es ist ja nicht mein Zierbaum. Wenn Sie mögen, können Sie ihn ruhig noch einmal treten. Lassen Sie alle Wut heraus, das wird Ihnen guttun.«

Ich musste lachen. Es fühlte sich an, als hätte ich das seit tausend Jahren nicht mehr getan. »Mein Onkel sagt, dass sich Wut für eine Frau nicht gehört.«

Er lachte. »Da streitet wohl jemand nicht gern mit seiner Gattin, was?«

»Meine Tante ist gestorben, als ich noch sehr klein war«, erklärte ich. »Aber ich kann mich nicht erinnern, dass sie je gestritten hätten. Haben Sie eigentlich Ihr Buch beendet?«

»Leider, ja«, sagte Nerva Lavori. »Das heißt, dass ich für heute nichts zu lesen habe. Es sei denn, Sie haben zwei Bücher dabei.«

»Mein Onkel hat mir bedauerlicherweise nicht erlaubt, etwas mitzubringen«, gestand ich.

»Schade.« Nerva seufzte. »Dann steht uns wohl ein außergewöhnlich langweiliger Abend bevor. Aber sagen Sie meinem Vater nicht, dass ich das gesagt habe. Erzählen Sie ihm am besten gar nichts über mich.«

»Einverstanden«, sagte ich belustigt.

Nerva lächelte. Im gleichen Augenblick begann, Musik zu spielen. Für einige Herzschläge standen wir da, links und rechts des armseligen Zierbaumes, ehe sich Nerva räusperte.

»Möchten Sie tanzen?«

Ich zuckte mit den Schultern. »Eigentlich nicht, aber wahrscheinlich wird es sonst schwierig, sich die Zeit hier zu vertreiben.«

Er lachte darüber. Ich hielt ihm meine Hand entgegen. Er ergriff sie, ohne zu zögern, zog mich auf die Tanzfläche, ehe wir uns mit einigen anderen Paaren im Kreis zu drehen begannen. Wir würden nicht viel Zeit haben, um uns zu unterhalten. Im Augenblick war es Mode in Anamoya, nach jedem Lied den Partner zu wechseln.

»Was lesen Sie im Moment?«, fragte ich.

»Mit den Göttern bin ich fertig«, sagte Nerva. »Inzwischen beschäftige ich mich mit den Ursprüngen der Nekrobotanik. Ich glaube ehrlich gesagt nicht, dass irgendwann einmal ein übermächtiges Wesen aus dem Meer kam und beschloss, die Leute mit seinen dunklen Kräften zu beschenken.«

»Können Sie denn beweisen, dass es nicht so war?«

Er lachte. »Nein. Ich glaube allerdings, dass es einfach eine Wissenschaft ist, über die man vor tausend Jahren stolperte – zur Zeit des alten Kaiserreiches. Es gibt sehr viele Quellen, die davon berichten, bevor der Aschekaiser fiel.«

Ich nickte stumm. Es gab einige freie Stadtstaaten hier an der Küste – Anamoya oder Savaris zum Beispiel –, die früher einmal dem Kaiser unterstanden hatten. Dutzende von Nekrobotanikern hatte er sich an seinem Hof gehalten, Heere aus Skeletten aufgestellt, gegen die kein menschlicher Krieger bestehen konnte. Der Kaiser ließ seine Wälder roden, um die nötigen Pflanzen für seine Soldaten zu finden. Die meisten Tiere wanderten davon, irgendwohin, wo es noch Nahrung für sie gab. Am Ende war er allein in seiner leeren Hauptstadt, um ihn herum nichts als eine kahle Steinwüste, den steigenden Wahnsinn bereits im Nacken lauernd.

Das war, als sich Anamoya, Savaris und all die anderen Stadtstaaten vom Kaiserreich lossagten. Sie zogen gegen den Kaiser in die Schlacht, verbrannten sein widernatürliches Heer ... und das geschundene

Land mit ihm. Noch immer lag es grau und tot da, die verlassene Hauptstadt in der Mitte der so geschaffenen Wüste. Niemand ging jemals dorthin. Es war ein verfluchter Ort.

Seitdem nannte man ihn den Aschekaiser, denn außer Asche hatte es nichts mehr gegeben, worüber er hätte regieren können. Die Nekrobotaniker hatten jedoch etwas anderes daraus gelernt. Besser war es, Einfluss nur im Stillen auszuüben. Nicht mit seinen Kräften an die Öffentlichkeit zu gehen.

Verborgen zu bleiben oder zu sterben.

»Warum interessiert Sie das eigentlich so sehr, Nerva?«

»Ach, ich bin bloß neugierig«, sagte er leichthin. »Wenn ich meinen Verstand nicht andauernd herausfordere, wird mir langweilig.«

»Ich verstehe«, sagte ich. »Ich habe kürzlich ein Buch darüber gelesen, wie sich die zwanzig Familien früher nekrobotanische Konstrukte auf den Hals gehetzt haben. Spinnen aus Knochen, die Körper voller Gift. Das war beunruhigend.«

»So etwas gibt es nicht mehr«, sagte Nerva bestimmt.

Das Lächeln war aus seiner Stimme verschwunden. Ich legte den Kopf zur Seite. Obwohl er nicht verärgert aussah, fixierte er mich genau. Als versuchte er, herauszufinden, worauf ich gerade hinauswollte.

Das gefiel mir überhaupt nicht.

»Es ist nur ...« Ich räusperte mich. »Meine Mutter ist kürzlich gestorben. Das beschäftigt mich. Nehmen Sie mir meine Fragen bitte nicht übel.«

»Das ist verständlich«, gab Nerva zu, obwohl er nicht eben besänftigt aussah. »Meine starb auch vor einer Weile. Aber warum glauben Sie denn, dass es eine Kaiserspinne war?«

»Das habe ich gar nicht gesagt.«

Sein Blick wurde ein wenig härter. Ich spürte, wie ich errötete, doch seine Reaktion ließ mich gleichzeitig stutzen. Auf dem Boden hatte Knochenstaub gelegen. Konnte es wirklich eine Spinne gewesen sein?

Aber warum war dann jemand dort gewesen, der ihr die Kehle durchgeschnitten hatte?

»Ich wollte Sie nicht ärgern«, sagte ich eilig. »Tut mir leid.«

»Das haben Sie nicht.« Nerva lächelte, aber es erreichte nicht seine Augen. »Machen Sie sich am besten keine Gedanken um Spinnen und Nekrobotaniker. Es gibt keinen Grund, ihre Dienste in Anspruch zu nehmen. Wir alle sind sehr ehrliche Leute, oder?«

Ich glaubte nicht, dass Nerva Lavori besonders ehrlich war, sagte aber nichts.

»Also ist da draußen jemand, der Kaiserspinnen baut?«, mutmaßte ich. Ich war nicht gewillt, ihn bei dieser Angelegenheit so leicht vom Haken zu lassen. »Spinnen, mit denen man Menschen töten kann?«

»Das wiederum«, sagte Nerva, »habe *ich* nicht gesagt.«

Er sagte das auf so herzliche Weise, dass ich lächeln musste. Trotzdem dachte ich darüber nach. Es würde sich vielleicht lohnen, die Werkstätten der niederen Nekrobotaniker zu besuchen. Kaiserspinnen waren kompliziert zu bauen; vermutlich gab es nur zwei oder drei unabhängige Handwerker in Anamoya, die dazu imstande waren.

»Danke«, sagte ich. »Sie haben mir sehr geholfen, Nerva.«

Er zog misstrauisch eine Braue hoch. Bevor er mir jedoch antworten konnte, lösten sich die Paare um uns herum auf. Sofort ließ er mich los, griff nach der Hand einer neuen Partnerin, wie es der Tanz verlangte. Ich achtete nicht darauf, nach wem ich eigentlich meinen Arm ausstreckte; mit welchem Mann ich als Nächstes tanzte.

Es war eine schlechte Spur. Aber es war der einzige Hinweis, den ich hatte. Ich musste ihm unbedingt nachgehen, bevor …

»In Gedanken, Riora?«

Es war eine raue, aber nicht unfreundliche Stimme. Ich zuckte zusammen, blickte meinen neuen Tanzpartner an. Es war ein großer, schlanker Mann mit einer schwarzen Maske, der ebenso in Schwarz gekleidet war. Das blonde Haar hatte er zurückgekämmt und zu einem kurzen Zopf zusammengefasst, der mit einem passenden Band aus Samt geschnürt war.

Er sah vertraut aus, aber ich brauchte eine Weile, bis ich begriff.

»Salvati? Sind Sie das?«

Seine Augen blitzten. »Tja. Und Sie dachten, dass ich mich nicht benehmen könnte.«

Ich wurde das dumpfe Gefühl nicht los, dass er sich über mich lustig machte. Am liebsten hätte ich ihm dafür gegen das Bein getreten, doch zu meiner Überraschung entpuppte sich Salvati als ein gewandter Tänzer, der sich stets außerhalb der Reichweite boshafter

Bewegungen aufzuhalten schien. Warum wurde ich eigentlich andauernd mit seiner Anwesenheit gestraft?

»Sie sind so ein ungehobelter Schuft«, beschwerte ich mich.

Salvati lachte nur noch lauter. Ich funkelte ihn an, versuchte, ihn irgendwie in der gepflegten Gestalt vor meinen Augen wiederzuerkennen. Die Maske bedeckte fast sein ganzes Gesicht, und natürlich trug er wegen des schweren Stoffes auch keine Brille. Er schien keine Probleme zu haben, mich ins Auge zu fassen. Wahrscheinlich brauchte er sie nur, um in die Ferne zu sehen.

»Wie sind Sie hier hereingekommen?«, fragte ich.

»Tyban hat mir geholfen«, erklärte Salvati. »Ich schätze, dass er gerade irgendwo Sahnetörtchen isst, er lässt nie eine Mahlzeit aus, wenn er sie nicht bezahlen muss. Wer war eigentlich der dünne Weizenzweig, mit dem Sie da getanzt haben?«

Ich runzelte die Stirn. »Sie … Sie meinen eine Ähre, oder?«

»Ach. Ach ja.« Sein Atem roch kaum merklich nach Alkohol. »Esterias Atem, der Wein hier ist gut.«

»Haben Sie sich ernsthaft betrunken?«, fragte ich empört.

Salvati schien, zu versuchen, schuldbewusst auszusehen. »Ein bisschen?«

Ich fixierte ihn ärgerlich. Salvati erwiderte meinen Blick, ohne sich zu regen, die graugrünen Augen erstaunlich klar. Merkwürdig. So sah niemand aus, der getrunken hatte.

»Moment mal«, sagte ich, als ich begriff. »Sie sind gar nicht betrunken. Sie tun nur so!«

Salvati prustete los. »Und Sie sind gar nicht so naiv, wie Sie aussehen«, konterte er. »Respekt. Die meisten Mitglieder der zwanzig Familien fallen darauf herein.«

Ich konnte nicht anders, als den Kopf darüber zu schütteln. Bestimmt hatte sich Salvati vor dem Tanz den Mund mit Alkohol ausgespült, nur damit er halbwegs angetrunken roch, wenn er sich mit einer Partnerin drehte. Wie konnte man nur so ein Benehmen an den Tag legen!

»Warum in aller Welt machen Sie so einen Unsinn?«, empörte ich mich.

»Um Leute loszuwerden, mit denen ich nicht reden will. Man haucht nur in ihre Richtung und ihnen fällt ein, dass sie noch etwas furchtbar Wichtiges zu erledigen haben.« Salvatis Mundwinkel zuckte. »Klappt immer auf solchen Festen.«

Ich starrte ihn ungläubig an. Wenn er nur halb so viel Zeit in gutes Benehmen investiert hätte, wie er auf diesen Unfug verschwendete, wäre er wahrscheinlich der begehrteste Mann von Anamoya gewesen.

»Es klappt ... was?«

»Früher war ich fast jede Woche auf diesen Bällen«, erinnerte er mich. »Ich habe meine Erfahrungen hier gemacht. Sie alle wollten meine Gesellschaft, meine Kunst. Ich wollte nur meine Ruhe. Also stiftete ich Chaos, so viel, dass sie mich nach einer Weile hinauswarfen.«

Das sieht ihm ähnlich, dachte ich. Ärger machen, weil ihm die zwanzig Familien auf die Nerven gingen, ohne Rücksicht auf die Konsequenzen.

»Das war Ihr Beweggrund? Wirklich?«

»Ich war siebzehn, Riora. In diesem Alter hat man viele dumme Ideen.« Er schnaubte belustigt. »Aber warum erzähle ich Ihnen das? Es gibt einiges, was Sie nicht über mich wissen, schätze ich.«

»Sehr gut«, sagte ich ärgerlich.

»Da haben Sie recht. Das ist sehr gut.«

Einige Augenblicke lang drehten wir uns stumm zur Musik. Ich versuchte, so gut wie möglich an ihm vorbeizusehen, was nicht leicht war auf so engem Raum. Salvati hingegen schien sich überhaupt nicht an dieser erzwungenen Nähe zu stören. Erstaunlich gewandt führte er mich durch die Musik, ohne auch nur ein einziges Mal einen falschen Schritt zu machen.

Dieser Mann war doch merkwürdig. Alles, was aus seinem Mund kam, machte mich wütend ... aber jetzt tanzte er zwischen all diesen reichen Männern und Frauen, ohne ihnen in irgendetwas nachzustehen. Elegant, gut angezogen, unauffällig. Mit der Maske auf dem Gesicht unterschied er sich in nichts von den anderen Gästen.

Warum kultivierte er also so ein schlechtes Bild von sich?

Wir tanzten schweigend weiter. Ich bemerkte, dass Salvatis Blick auf mir ruhte. Er hatte graugrüne Augen, doch im abendlichen Halbdunkel wirkten sie farbloser als sonst.

»Haben Sie eigentlich etwas herausgefunden?«, fragte Salvati plötzlich. »Sie wissen schon. Über Ihre Mutter.«

Ich erstarrte unwillkürlich. Er sprach mich einfach so darauf an?

»Warum interessiert Sie das?«, fragte ich misstrauisch.

»Ach, nur so«, sagte Salvati. »Sie wollten mir doch zeigen, wie schnell man so einen Fall lösen kann.«

Ich spürte, wie mir die Röte in die Wangen stieg. Dann erst folgte ein Brennen in meinen Augen, und das war noch schlimmer. Vor ihm wollte ich nicht weinen. Ganz besonders nicht vor ihm.

»Sie wissen gar nicht, wie es ist, oder?« Meine Stimme klang brüchig, und ich hasste mich dafür. »Jemanden zu verlieren. Alle sagen, dass ich mich nicht darum kümmern sollte, weil es sich so gehört. Aber wissen Sie was? Ich wünschte, Sie würden sich auch nicht kümmern!«

Er legte den Kopf zur Seite. »Sie glauben ernsthaft, dass ich nicht wüsste, wie es sich anfühlt?«

Wir starrten einander an. Ich wusste nicht, was ich dazu sagen sollte; ich wusste nur noch, dass ich diesen frechen Mistkerl einfach nicht mehr aushielt.

»Können Sie jetzt endlich jemand anderes belästigen?«

»Wenn die Musik endet, vielleicht«, sagte er lapidar. »Also?«

Ich fixierte ihn scharf. Er blickte zurück, ohne sich zu regen, doch seine Augen waren fest auf mich gerichtet. Ich spürte sofort, dass er mich nicht so leicht gehen lassen würde, wie er behauptete.

Im gleichen Augenblick endete das Lied. Ich ließ Salvati los und ging eilig von der Tanzfläche, mit der Absicht, ihn möglichst weit hinter mir zu lassen. Salvati ging jedoch hinter mir aus dem Garten, tief hinein in den Schutz des Gebäudes. Drinnen war es etwas zurückhaltender dekoriert als draußen, die Papierlaternen spärlicher verteilt, die Musik leise. Eilig ging ich eine Treppe hinauf, auf einen Gang, der eine Reihe glasloser Fenster zum Garten hin besaß.

Salvati folgte mir immer noch.

»Wollten Sie mich nicht in Ruhe lassen?«, fragte ich ihn.

»Erst, wenn ich von Ihren Ermittlungen gehört habe«, sagte er.

Ich wandte mich zu ihm um. Salvati blieb abrupt stehen, wo er war, als hätte ich ihn bei irgendetwas ertappt.

»Warum ist es Ihnen so wichtig, mehr über meine Mutter zu hören? Haben Sie etwas damit zu tun?«

»Nein! Ich will nur … Ach, verdammt.« Er fuhr sich durch das Haar, bis sich einige Strähnen aus seinem Zopf lösten. »Ich bin einfach nicht gut mit Menschen, in Ordnung? Es geht mir nicht um Sie. Oder Ihre Familie. Da ist etwas anderes, was ich wissen muss – etwas, das wahrscheinlich mit dieser Angelegenheit zu tun hat.«

Einige Augenblicke lang musterten wir einander prüfend. Aus der Ferne drang die Musik des Festes zu uns hinauf, doch sie hätte ebenso gut am anderen Ende der Stadt spielen können.

»Wovon reden Sie?«

Salvati antwortete nicht. Kurz glaubte ich, dass er irgendetwas Freches sagen würde, doch dann schob er lediglich seine Maske hoch und lehnte sich an die Wand. Genau zwischen zwei Fenster, wo das Mauerwerk breit genug war, um ihn von außen gesehen beinahe verschwinden zu lassen.

Um ihn herum rankten sich Pflanzen, wie überall in diesem Gebäude. Das war in vielen Häusern der zwanzig Familien so, doch mein Onkel stellte nicht einmal Zierbäume auf den Gängen unseres Stadtpalastes auf.

»Es ist nur …« Er seufzte. »Hören Sie zu, Riora. Ich will mich nicht darüber lustig machen, was Sie für Nachforschungen betreiben, ja? Da ist nur etwas, was ich weiß. Ich erzähle es Ihnen, wenn Sie mir auch etwas erzählen, in Ordnung?«

»Worauf wollen Sie hinaus?«, fragte ich skeptisch.

Salvati seufzte. »Fein«, sagte er. »Ich fange an. Sehen Sie sich das hier an.«

Damit griff er in seine Tasche und reichte mir einen Brief. Ich drehte ihn neugierig hin und her. Blütenweiße Fasern, besprenkelt mit bräunlichen Spritzern und den Überresten eines goldenen Siegels.

Ich entfaltete das Blatt mit zwei Fingern und überflog seinen Inhalt.

Anamoias.
Nehmen Sie das als eine Warnung. Diese Stadt ist ein Rattennest, das mit Feuer ausgelöscht werden muss.

Ein eisiges Gefühl breitete sich in meiner Magengrube aus.

»Woher haben Sie das?«

»Ich habe es aufgesammelt, als wir … äh … Sie wissen schon. Ihre Mutter gefunden haben.« Er räusperte sich. »Ich wollte es Ihrem Onkel übergeben, aber er war zu beschäftigt damit, mich einen faulen Dorftrottel zu nennen.«

Ein leiser Ärger begann, hinter meinen Schläfen zu pochen. »Und da haben Sie es nicht für nötig gehalten, ihm diesen Brief trotzdem zu geben? Das ist eine Drohung!«

»Ich weiß«, sagte Salvati; er klang etwas zerknirscht. »Aber sehen Sie sich das genau an. *Diese Stadt ist ein Rattennest*, schreibt der Verfasser. Vielleicht bedeutet das, dass jemand alle zwanzig Familien im Auge hat.«

Ich hörte ihm gar nicht zu. Mein Blick wanderte über den Rest des Briefes. Mit jeder Zeile schien mein Herz schneller zu schlagen, mein Körper stärker zu erkalten.

Ich gebe Ihnen eine Möglichkeit, das zu verhindern. Lösen Sie den Großen Rat auf und treten Sie von all Ihren Ämtern zurück.

Das wird mein Onkel nie tun, dachte ich. Er hatte hart dafür gekämpft, an die Position zu kommen, an der er sich jetzt befand.

Ansonsten wird das nicht das letzte Opfer gewesen sein.

»Ansonsten …«, murmelte ich, ehe mir das Herz schlagartig in die Magengrube sackte. »Nein. Nein, da liegen Sie falsch. Wissen Sie denn nicht, was das heißt, Salvati? Dieser Mann da draußen ist nicht für das Fest gekommen. Nicht einmal für die zwanzig Familien. Sondern …«

Im gleichen Augenblick spürte ich einen heftigen Stoß gegen die Brust.

»Sondern für mich«, flüsterte ich.

Ein jäher, brennender Schmerz schoss durch meinen ganzen Körper. Ich konnte sehen, dass alle Farbe aus Salvatis Gesicht wich. Unwillkürlich stolperte ich einen Schritt zurück, sah an mir hinab, ehe mir abwechselnd heiß und kalt wurde.

Ein Armbrustbolzen ragte aus meiner Brust, knapp unterhalb meines Herzens. Während ich hinsah, sog sich der Stoff meines Festgewandes mit dunklem Blut voll.

Dann gaben meine Beine nach.

Plötzlich lag ich auf dem Boden, ohne zu wissen, wie ich überhaupt dorthin gekommen war. Spürte kalten Schweiß auf meiner Haut, dumpfen Schmerz in meiner Brust wühlen. So werde ich sterben, dachte ich. Gleich würde ich meine Mutter wiedersehen, vielleicht sogar meinen Vater ...

Ich schloss die Augen.

Ich komme.

Dann legte jemand eine Hand auf meine Stirn.

Ich blinzelte träge. Salvati hatte sich über mich gebeugt, das Gesicht bleich, aber vor Konzentration verzogen. Er hatte seine Brille wieder aufgesetzt, und die Augen dahinter blickten kühl und ernst.

»Riora«, sagte er leise. »Können Sie mich hören?«

Ich konnte es, natürlich, doch regen konnte ich mich nicht. Der bloße Gedanke daran schmerzte.

»Holen Sie meinen Onkel«, stieß ich hervor. »Ich brauche ...«

»Einen Nekrobotaniker. Ich weiß.« Sein Gesicht wurde hart, aber seine Stimme blieb weich. »Es wird alles gut werden.«

Damit schloss er die Hand um den Armbrustbolzen und zog ihn mit einem Ruck aus meinem Fleisch. Ich keuchte auf. Nein!, wollte ich rufen. Nein, Sie müssen ihn in der Wunde lassen, sonst blute ich aus, sonst werde ich ...

Arias Salvati drückte die Hand auf meine Verletzung und schloss die Augen.

Das war das Letzte, was ich wahrnahm, bevor die Welt in Finsternis verschwand.

10

ARIAS

Dunkle Kunst

Riora atmete flach. Blut sickerte aus dem Loch in ihrer Brust, als sie vor mir zu Boden stürzte, als hätte sie von einem Augenblick zum anderen alle Kraft verlassen. Ich kniete mich neben sie, wobei sich mir der Armbrustbolzen höhnisch entgegenstreckte. Ich entfernte ihre Maske, um in ihr aschfahles Gesicht zu blicken.

Ein eiskalter Schauder war mir in die Glieder gefahren. Nicht von einem Moment auf den anderen. Es war ein Gefühl, das sich immer stärker nach oben schraubte, das meine Finger zum Zittern brachte.

Ich sah wieder meinen Großvater vor mir, die Augen leer. Sein Fleisch eiskalt, als ich es berührte. Knochenstaub lag auf dem Boden vor seinem Bett ... aber seine Kehle, sie war nicht durchgeschnitten.

Reiß dich zusammen, Arias. Reiß dich zusammen.

Ich schloss kurz die Augen. Einatmen. Ausatmen. Mein Großvater war schon lange tot, aber dieses Mal konnte ich ein Leben retten.

Riora stieß ein leises Röcheln aus. Ich legte zwei Finger an ihren Hals, prüfte ihren Herzschlag. Er war schwach. Kurz davor, für immer zu erlahmen.

Einen Herzschlag lang wandte ich den Blick ab. Sah aus dem Fenster, beobachtete, wie sich eine dunkle Gestalt über das Dach entfernte. Keine Zeit, dem Schützen nachzusetzen. Ich musste einen Nekrobotaniker finden ... ich musste ...

Bis du wiederkommst, ist sie tot.

Ich schluckte.

»Riora«, sagte ich leise. »Können Sie mich hören?«

Ich konnte sehen, wie ihre Lippen bebten, als sie zu antworten versuchte.

»Holen Sie meinen Onkel«, stieß sie hervor. »Ich brauche ...«

»Einen Nekrobotaniker«, sagte ich tonlos.

Sie lag so schwach vor mir. So bleich und gebrochen. Selbst wenn ich aus dem Fenster brüllte, dass ein Nekrobotaniker gebraucht wurde, würde einer nach oben kommen? Würden sie alle nicht eher abwägen, welche Vor- und Nachteile sie von einer Heilung hätten, während Riora Anamoias zu meinen Füßen verblutete?

Es gab nur eine Möglichkeit. Nur einen Weg, um sie zu retten.

»Es wird alles gut werden«, versprach ich.

Ich schloss kurz die Augen, ehe ich den Armbrustbolzen ergriff und ihn mit einem Ruck aus Rioras Brust zog. Sie keuchte leise; öffnete den Mund, als wollte sie mir etwas sagen, ehe ihr Kopf zur Seite sackte. Ich drückte meine Hand auf ihre Wunde, spürte, wie das Blut heiß und klebrig zwischen meinen Fingern hindurchsickerte.

Dann packte ich eine der Pflanzen, die an den Wänden erblühten.

Es war gut, dass sie da waren, obwohl ich sie eigentlich nicht gebraucht hätte. So war die Heilung sicherer, die Auswirkungen nicht allzu gravierend. Kälte prickelte in meinen Fingerkuppen. Ich fühlte, wie ihr Fleisch unter meiner Berührung zusammenschmolz, wie sich zertrennte Blutgefäße wieder miteinander verbanden.

Dann wurde ihr Atem ruhiger. Ich öffnete die Augen. Die Wunde in ihrer Brust war nicht ganz verschwunden, hatte sich jedoch so weit geschlossen, dass dort nichts mehr zu sehen war bis auf einen kleinen Schnitt inmitten stark geröteter Haut.

Die Pflanzen an den Wänden waren zu verdrehtem braunen Zweigwerk zusammengedorrt. Ich spürte, wie mir Blut aus der Nase lief, und wischte es unwirsch weg. Egal. Alles egal.

Wir mussten auf der Stelle verschwinden.

Ich hob Riora vorsichtig hoch. Sie stöhnte leise, kam jedoch nicht zu sich, während ich ihre Maske zur Seite trat und eilig den Gang hinunterlief. *Sie wollten nicht Rioras Mutter*, dachte ich. Sie wollten die ganze Familie. In ihrem Haus war sie nicht mehr sicher, denn wahrscheinlich würde man früher oder später herausfinden, dass sie überlebt hatte.

Wenn ich ihr den Brief nur früher gezeigt hätte.

Verdammt, was hatte ich mir dabei gedacht?

Ich hastete eine Treppe hinunter, wobei ich Riora so vorsichtig wie möglich hielt, und lief zu meiner Überraschung um ein Haar in einen unordentlich aussehenden Tyban hinein. Er wich mir gerade noch rechtzeitig aus, wischte sich über den Mund, an dem einige Krümel hingen.

Sein Blick wanderte zwischen Riora und meiner blutigen Nase hin und her. Auf seiner Stirn bildete sich eine Falte, aber nur kurz.

»Was ist denn mit euch passiert?«, fragte er.

Großartig, dachte ich. Während wir von Mördern in Schwarz belästigt wurden, aß Tyban fröhlich Sahnetörtchen und schien nicht einmal ein Problem darin zu sehen.

»Jemand hat auf sie geschossen.« Ich hob meine Arme leicht, sodass ihr regloser Körper meiner Brust entgegen fiel und Tyban den Blutfleck an ihrer nicht sehen konnte. »Wir müssen hier weg, bevor dieser Wahnsinnige wiederkommt.«

Tyban sah auf Riora hinab, schließlich zu mir. Auf seinem Gesicht arbeitete es.

Dann nickte er mir zu. Eine jähe Welle der Dankbarkeit überkam mich. Er konnte frech sein, gewiss. Aber er war es niemals, wenn es wirklich auf Ernsthaftigkeit ankam.

»Weißt du, wohin?«

Ich überlegte kurz. Nach Hause bringen konnte ich Riora auf keinen Fall. Eventuell dachte der Attentäter, dass sie tot war – und selbst wenn nicht, hatte ich doch nicht die Kraft, mich jetzt zusätzlich mit einem wütenden Kyrian Anamoias herumzuärgern.

Aber da gab es noch jemanden, der uns vielleicht helfen konnte.

»Ja«, sagte ich. »Ja, das weiß ich.«

Tyban nickte. »Dann lass uns verschwinden.«

Mehr Worte brauchten wir nicht. Er wandte sich um und hastete aus dem Gebäude, und ich folgte ihm so schnell, wie es Rioras zerbrechlicher Körper in meinen Armen zuließ. Am Eingang standen lediglich zwei Knochendiener, die uns die vollständig bedeckten Schädel zudrehten, ohne mehr als nötig auf uns zu reagieren. Wenig später erreichten wir den Kanal, in dem mehrere Barken angebunden waren. Tyban sprang in eine davon hinab und löste das Tau von einem dafür vorgesehen Pfeiler, während ich Riora vorsichtig auf den Boden unseres Fluchtbootes legte.

Riora stöhnte leise, kam jedoch nicht zu sich. Schwarze Haarsträhnen klebten an ihrem fahlen, schweißnassen Gesicht. *Das ist meine Schuld*, schoss es mir durch den Kopf. Ich war unvorsichtig gewesen, hatte den Brief an Kyrian Anamoias eigensüchtig für meine eigene Suche benutzt.

Jetzt zahlte sie den Preis dafür.

Ich schloss kurz die Augen. Spürte mich innerlich zittern. Tyban bedachte mich mit einem langen, dunklen Blick. Esteria wusste, was er in diesem Augenblick von mir dachte.

Dann sah er zu Riora hinüber und runzelte die Stirn.

»Dieser Attentäter hat also nicht getroffen, ja?«

Ich erstarrte unwillkürlich. So, wie sie jetzt dalag, konnte man den großen Blutfleck und die fehlende Wunde darunter deutlich erkennen.

»Das ist eine Edelfrau aus den zwanzig Familien, Tyban«, sagte ich steif. »Hör auf, ihr auf die Brüste zu schauen.«

»Sie hat da sowieso nichts, was mich interessieren würde«, sagte Tyban nüchtern. »Das muss ja ein erstaunlicher Assassine gewesen sein, wenn sie so sehr blutet, aber kaum einen Kratzer davonträgt.«

»Ja«, sagte ich. »Verrückt, oder?«

Er sah mich halb prüfend und halb verärgert an.

»Arias«, sagte Tyban langsam, »was verheimlichst du mir?«

Ich seufzte. Es wäre ungerecht, es ihm noch länger vorzuenthalten, das wusste ich. Ich war ihm diese Antwort schuldig.

»Tyban, du musst mir schwören, dass du niemandem erzählst, was ich dir jetzt sagen werde.«

Tyban runzelte die Stirn, während wir in einen engen Kanal zwischen mehreren Hauswänden glitten. Die Wände links und rechts von uns beruhigten meine Nerven ein wenig. Hier konnte immerhin niemand auf uns schießen.

»Na schön«, sagte er. »Versprochen. Also, was ist los?«

Ich atmete tief ein. Ich hatte es niemals jemandem gesagt. Die einzige lebende Person in Anamoya, die es noch wusste, war meine alte Meisterin – und das auch nur, weil sie meinen Großvater gekannt hatte.

»Ich bin ein Nekrobotaniker«, sagte ich matt.

Tyban zog die Brauen hoch, bis sie fast unter seinem Haarschopf verschwanden. In seinen Augen flackerte es.

»Du machst Witze«, sagte er ungläubig. »Warum hast du mir das nie erzählt?«

»Weil ich nicht wie diese Leute bin, in Ordnung?« Ich seufzte. »Ich habe nichts mit ihnen zu schaffen. Sie sollen mich mit ihren Intrigen und ihren Leichen in Ruhe lassen. An der nächsten Biegung musst du übrigens nach rechts.«

Tyban nickte, aber sein Gesichtsausdruck blieb bestenfalls zweifelnd.

»Wo in aller Welt hast du das gelernt?«

»Bitte. Das sind genug Geheimnisse für heute.« Ich schwieg kurz. »Ich will dich nicht ärgern, aber es ist schwer, darüber zu reden.«

Er sah mich lange an. Unmöglich zu sagen, was er dachte.

»Du könntest ein Vermögen damit verdienen, Knochendiener zu erschaffen«, sagte er langsam. »Du könntest die ganze Stadt nach deinem Willen formen, so wie sie. Du könntest so mächtig sein wie Kyrian Anamoias, wenn du wolltest.«

»Ja«, sagte ich. »Aber ich will nicht.«

Er schien darüber nachzudenken, während wir durch das Halbdunkel glitten. Ich störte Tyban nicht dabei, hatte ich genügend eigene Gedanken, denen ich nachhängen konnte. Er hatte recht. Diese Stadt hätte mein sein können, auf ganz andere Weise, als er womöglich glaubte.

Doch ich hatte nie daran gedacht, eine solche Macht zu ergreifen.

Stille trat ein. Ich drückte meine Nasenflügel zusammen, damit die Blutung endlich aufhörte. Tyban stakte uns mit düsterem Gesicht weiter, als hätte ich ihm etwas erzählt, was ihn ernsthaft beschäftigte.

Kein Wunder. Nekrobotaniker waren machtgierige Verrückte, selbst diejenigen, die in Werkstätten arbeiteten statt in den großen Hallen unserer Republik.

Ich hatte nichts mit ihnen gemeinsam. Gar nichts.

Mein Blick fiel auf Riora, die blass und reglos vor mir lag. Ein bleierner Klumpen bildete sich in meiner Magengrube. Wäre ich nur etwas sorgfältiger, etwas weniger selbstsüchtig gewesen, wäre das hier nicht passiert.

Oder?

Ich biss mir auf die Unterlippe, doch im gleichen Augenblick hörte ich eilige Schritte über uns. Ich hob den Kopf. Die Häuser standen hier so eng beieinander, dass kaum ein sichtbarer Spalt nach oben frei lag. Trotzdem sah ich eine vermummte Gestalt von einem Dach zum anderen springen, von Kopf bis Fuß in Schwarz gekleidet, der Körper von einem Umhang verborgen.

Plötzlich schlug mein Herz doppelt so schnell wie zuvor.

Esterias Atem. Was machte er schon wieder hier?

»Tyban, kannst du schneller staken?«

»Aber natürlich«, sagte Tyban trocken, »ich habe für diesen Fall einige zusätzliche Arme eingepackt.«

»Ach, scher dich doch in den Abgrund der Göttin«, zischte ich.

Tyban antwortete nicht, sondern tauchte die Stange ins Wasser und stieß sie hart vom Kanalboden ab. Das Boot wackelte bedrohlich hin und her. Wenn wir nicht hier herauskamen …

Ich drehte den Kopf, starrte zu der maskierten Gestalt hinauf, und im gleichen Augenblick stieß Tyban die Stange ein letztes Mal ins Wasser.

Die Häuser wichen zurück. Wir glitten auf den Fluss hinaus, der so spät am Abend mit verschiedenfarbigen Lichtern angefüllt war. Überall auf dem Deravani sammelten sich Barken, einige so groß wie Häuser, an denen Laternen hin und her schwangen. Tyban nahm ein Ruder hervor, das auf dem Boden der Barke gelegen hatte. Elegant steuerte er uns zwischen ihnen hindurch, kam ihnen dabei manchmal so nahe, dass ihm die Kapitäne der Vergnügungsboote rüde Gesten zeigten.

»Wir sind hier auf der Flucht, ihr Schweine!«, rief Tyban ihnen zu.

Ich wusste nicht, ob sie etwas erwiderten, denn ich richtete den Blick nach hinten. Der maskierte Fremde blieb auf dem Dach stehen. Sein Umhang wehte im Wind, flatterte um seine Gestalt. Er war größer und kräftiger, als ich ihn in Erinnerung hatte, trug zum Glück auch keine Armbrust mehr bei sich. Hatte er sie zurückgelassen? Oder in den Kanal geworfen, um sie loszuwerden?

Tyban legte das Ruder weg. Erst jetzt spürte ich, wie die Spannung aus meinem Körper wich.

»Das war knapp«, sagte er.

Ich beobachtete, wie die Gestalt kleiner wurde und im Dunkeln verschwand, während wir uns vom Flussufer fortbewegten. Hoffentlich hatte sie nicht sehen können, dass Riora noch am Leben war. Ich beugte mich vor, legte zwei Finger an ihren Hals, um ihren Puls zu überprüfen. Er war schwach, aber regelmäßig. Das war ein gutes Zeichen.

»Wohin fahren wir jetzt?«, fragte Tyban. »Willst du zu dir nach Hause?«

»Nicht, solange hier ein Irrer herumläuft, der Armbrustbolzen auf uns schießt«, sagte ich und schluckte. »Da gibt es noch jemanden, der uns vielleicht helfen kann, und sie wird nicht erfreut über unseren Besuch sein.«

11

Riora

Geheimnisse

Für einen Ort, der so sehr mit dem Tod verbunden war wie Anamoya, gab es im Esteriaglauben nur wenig über das Ende zu wissen. Ich war nicht besonders religiös, aber ich hatte mich trotzdem damit beschäftigt, nachdem mein Vater gestorben war. Ich hatte Antworten gesucht, natürlich. Trost darin finden wollen, dass eben doch irgendetwas nach dem Ende geschah, dass es ihm im Jenseits gut gehen würde.

Aber gefunden hatte ich nichts.

Esteria war die Göttin der Stürme und des Lichts, von allem, was an Land lebte und gedieh. Die Priester sagten, dass man ihr gefallen musste, um zu ihr in den Himmel zu kommen – in ein Paradies aus schwebenden Inseln, goldene Städte, wo ihre Auserwählten lebten. Diese Felsen gab es wirklich, das hatte ich in einer meiner Piratengeschichten gelesen. Händler wagten sich manchmal dorthin und kamen mit seltsamen Gegenständen wieder, so wie Kristallen, die nicht zerbrechen konnten.

Ob es dort auch eine Göttin mit ihren Auserwählten gab, wusste ich nicht. Aber wer das Pech hatte, ihr nicht zu gefallen, der stürzte in die Nebelhölle hinab. Ein Ödland, in dem es kein Leben gab. Dort vergaß man, was es hieß, ein Mensch zu sein ... wurde ein Monster, ohne Seele oder Gewissen, für immer und ewig zum Leiden verdammt.

Ich fühlte mich weder erlöst noch monströs. Nicht einmal lebendig. Eigentlich fühlte ich überhaupt nichts.

Hören Sie mich, Riora?

Dunkelheit umfing mich. Sie war weder heiß noch kalt; existierte einfach vor sich hin, umhüllte mich wie ein Mantel. Ich dachte an nichts, fühlte noch weniger. Spürte lediglich einen schwachen, fernen Schmerz in meiner Brust pulsieren.

Ein Schmerz, der die Welt etwas greifbarer zu machen schien.

Holen Sie meinen Onkel ...

Ich wusste, dass ich mich im Schwarz verloren hätte, wäre er nicht gewesen. Während ich dahintrieb, wurde er stärker, pochender. Da erst begann ich, mehr um mich herum zu spüren. Das Gewicht einer Decke auf meinem Körper. Ein Kissen unter dem Kopf, das von kaltem Schweiß durchnässt war.

Es wird alles gut werden.

Ich blinzelte träge.

Ein schaler Geschmack verteilte sich auf meiner Zunge. Ich lag in einem fremden Bett, umgeben von einem schwachen, aber penetranten Geruch nach Ölfarbe. Der Raum um mich herum war so gut wie leer, die meisten Möbel abgedeckt. Es sah nicht aus wie ein Ort, an dem jemand lebte, zumindest bis auf einige Details. Neben meinem Bett stand ein Stuhl, auf dem vielleicht kürzlich noch jemand gesessen hatte, und an der Wand über mir hingen mehrere erstaunlich detaillierte Zeichnungen.

In meinem Brustkorb pochte es schmerzhaft. Ich versuchte, das zu ignorieren, und blickte aus dem Fenster. Reihen gepflegter Häuser breiteten sich vor mir aus, die Fassaden bunt, die üppig wachsenden Pflanzen auf den Balkonen in voller Blüte. Ich sah Menschen in Seide, die hinter gusseisernen Gittern umherliefen, Duellanten mit Rapieren auf den flachen Dächern. Damen mit Rosen im Haar und Männer, die sie auf geschmückten Barken durch die Kanäle stakten.

Stolzer Glanz. Schillerndes Gold.

Alacravi.

Ich runzelte die Stirn. Das war der Bezirk der Künstler und der Bildhauer, derjenigen, die Schönes erschufen. Wenn ich nicht gesehen hätte, in was für einem schmutzigen Loch Arias Salvati hauste, hätte ich ihn vermutlich zuerst hier gesucht.

Aber wie war ich hierhergekommen?

Warum war ich nicht zu Hause?

Am liebsten wäre ich aufgestanden und davongegangen, um dieses Rätsel zu lösen, doch mein ganzer Körper fühlte sich schwach und zittrig an, zu kraftlos, um mich zu bewegen. Ich setzte mich mühsam auf, um meinen Kreislauf ein wenig in Schwung zu bringen. Das Stechen in meiner Brust wurde stärker.

Du meine Güte. Was war bloß los mit mir?

Eine Weile blieb ich so sitzen, rang um Atem. Wenig später hörte ich Schritte. Die Tür öffnete sich einen Spalt weit und ich erstarrte, als ein blonder Mann den Kopf ins Zimmer steckte.

»Oh, Sie sind wach«, sagte er. »Damit habe ich gar nicht gerechnet.«

Ich verkniff mir ein Seufzen. Salvati. Er trug andere Kleidung als auf dem Ball, doch sein Haar war immer noch halbwegs ordentlich zu einem kleinen Zopf gekämmt.

»Warum nicht?«, fragte ich.

»Es gibt Marmorstatuen in Anamoya, die eine gesündere Gesichtsfarbe hatten als Sie.« Sein Mundwinkel zuckte. »Ehrlich gesagt dachte ich, dass Sie noch eine Weile schlafen würden. Sie haben furchtbar ausgesehen.«

Ich runzelte die Stirn, aber Salvati sagte nichts mehr dazu. Stattdessen setzte er sich auf einen Stuhl, der neben meinem Bett stand, und schlug die Beine übereinander. Ich fragte mich dumpf, was er hier machte, ehe ich zu einem beunruhigenden Schluss kam. Vielleicht war ich irgendwann in den letzten Stunden gestorben und im Leben nach dem Tod mit seiner Anwesenheit gestraft worden, weil ich ohne mein Wissen eine unverzeihliche Sünde begangen hatte.

»Wie geht es Ihnen, Riora?«

»Meine Brust tut weh«, gestand ich.

»Hm. Das war abzusehen.« Salvati rieb sich das Kinn. »Wahrscheinlich wird das in den nächsten Tagen verschwinden. Schonen Sie sich ein bisschen, ja?«

Ich fragte gar nicht erst, woher er das wissen wollte. Es gab so viel mehr, was mich im Augenblick beschäftigte. Der Maskenball. Die Gespräche, die ich dort geführt hatte. Der Angriff …

Der Armbrustbolzen.

Etwas in mir verkrampfte sich schmerzhaft, als die Erinnerung daran in mir aufstieg. Jemand hatte auf mich geschossen. Ich hatte einen Armbrustbolzen in meinem Körper stecken gehabt. Und dann … was dann …

Ich legte eine Hand auf meine Brust.

»Was ist mit meiner Wunde passiert?«, flüsterte ich.

»Ich habe um Hilfe gerufen«, sagte Salvati eine Spur zu schnell. »Zum Glück kam ein Nekrobotaniker und hat die Verletzung geheilt.«

Ich dachte darüber nach, aber mir kam es merkwürdig vor, dass ausgerechnet in diesem Augenblick ein Helfer vorbeigelaufen gekommen sein sollte. Ein dunkler Verdacht überkam mich. Mit schief gelegtem Kopf sah ich zu Salvati auf, bemerkte erst jetzt, dass er angeschlagener wirkte als sonst. Seine Augen waren blutunterlaufen und seine Haut sehr blass, als sei er bis vor Kurzem noch krank gewesen.

Ich kannte diese Symptome. Ich kannte sie zu gut.

»Sie waren das«, murmelte ich. »Sie sind ein Nekrobotaniker.«

»Nein, bin ich nicht«, sagte er eilig.

Ich sah ihn scharf an. Salvati tat, als würde er das nicht bemerken, ergab sich jedoch nach einigen Augenblicken mit einem leisen Seufzen.

»Schön«, sagte er säuerlich. »Früher war ich einer, aber jetzt nicht mehr. Es spielt keine Rolle.«

»Wirklich? Warum haben Sie das Handwerk aufgegeben?«

»Stellen Sie mir keine Fragen und ich erzähle Ihnen keine Lügen«, sagte er. »Es wäre schön, wenn Sie das Wissen über mein … äh, Talent … für sich behalten könnten. Das muss niemand wissen.«

Das warf mehr Fragen auf, als es beantwortete. Salvati war der Letzte auf der Welt gewesen, von dem ich nekrobotanische Fähigkeiten erwartet hatte, wo er sie doch offenbar so sehr verabscheute. Warum beherrschte er das Handwerk überhaupt? Nekrobotanik erlernte man nicht von einem Tag auf den anderen; man brauchte viel Geduld, um Apparaturen aus Knochen zu bauen und zu beleben.

Ganz abgesehen davon, dass er eine Nacht in den Katakomben von Vetalia hätte schlafen müssen. Es war gemeinen Anamoyanern verboten, sich außer zu einer Beisetzung überhaupt dort aufzuhalten – selbst die freien Nekrobotaniker, die Geschäfte in der Stadt hatten, schlichen sich dort ein.

Was verschwieg er mir?

Ich blickte zu ihm auf, aber er sah mich nicht an.

»Hören Sie, ich denke, dass ich einen Fehler gemacht habe.« Er schwieg kurz. »Ich hätte Ihnen früher von der Nachricht erzählen sollen, die ich bei Ihrer Mutter gefunden habe. Sie wären gewarnt gewesen. Der Attentäter hätte Sie womöglich gar nicht verletzt.«

Ich zog unwillkürlich eine Braue hoch. Dass sich Salvati entschuldigte, war noch viel seltsamer als die Tatsache, dass er ein Nekrobotaniker war. Doch ich spürte, dass ich mich entspannte. Es war lieb von ihm. Sowohl seine Hilfe als auch seine Entschuldigung.

»Ohne Sie wäre ich jetzt tot«, sagte ich. »Vielleicht hätte es gar keinen Unterschied gemacht, mein Onkel lässt sich nicht von fremden Leuten drohen. Können wir uns einfach darauf einigen, dass es damit wiedergutgemacht ist?«

Salvati ließ sich nicht anmerken, was er darüber dachte, doch ich sah eine leise Anspannung aus seinem Körper weichen. Offenbar hatte er sich wirklich Sorgen darum gemacht, was ich dazu sagen würde.

»Sie haben mir das Leben gerettet«, fügte ich hinzu. »Danke.«

»Nicht dafür«, sagte er mit einem schwachen Lächeln. »Wenn Sie Hilfe brauchen, um den Attentäter zu finden, sagen Sie Bescheid. Wir wissen jetzt definitiv, dass jemand in Anamoya ist, der Sie töten will. Sie sollten nicht allein da draußen herumlaufen.«

Ich gab es ungern zu, aber Salvati hatte damit nicht unrecht. Mir schien jedoch, dass er mehr über die Sache wusste, als er zugab. Warum hatte er den Brief überhaupt unterschlagen? Was bedeutete ihm der Tod meiner Mutter?

Er verbarg offenbar eine Menge vor mir, aber ich beschloss, ihn vorerst nicht damit zu bedrängen. Immerhin führten wir ein halbwegs zivilisiertes Gespräch. Das war schon eine Verbesserung.

»Na schön«, meinte ich. »Ich sage Ihnen, was ich weiß, und Sie sagen mir, was Sie wissen. So, wie Sie es auf dem Ball vorgeschlagen haben. In Ordnung?«

»Klingt gut«, sagte Salvati. »Aber ruhen Sie sich erst einmal aus. Sie sehen furchtbar aus.«

Einen Augenblick lang dachte ich instinktiv, dass er schon wieder frech zu mir sein wollte, doch dann musste ich mir ein Seufzen verkneifen. Wahrscheinlich hatte er sogar recht damit.

»In Ordnung«, sagte ich. »Eine Frage noch. Wo sind wir hier?«

»Das Haus gehört meiner alten Meisterin«, erklärte Salvati. »Liviana. Ich weiß nicht, ob Ihnen der Name etwas sagt, sie hat seit zwanzig Jahren keine Aufträge mehr angenommen.«

Ich nickte, doch innerlich staunte ich. Liviana war eine der bedeutendsten Malerinnen der jüngeren Geschichte, ihre Bilder so teuer, dass sich selbst mein Onkel nicht einfach eines hätte leisten können. Mein Vater hatte voller Ehrfurcht von ihren Arbeiten gesprochen, sich gewünscht, eines Tages eine von ihnen zu erwerben. Salvati hatte von ihr gelernt?

Hundert Fragen stürmten auf mich ein, aber bevor ich eine davon stellen konnte, stand er auf.

»Wie gesagt, ruhen Sie sich aus«, sagte er. »Ihr Körper wird noch eine Weile brauchen, um sich zu erholen, auch wenn die Wunden nicht mehr da sind.«

Ich nickte stumm.

»Und Sie? Was wollen Sie jetzt tun?«

»Ich gehe zu Livia«, sagte er und verdrehte die Augen. »Ich habe ihr noch gar nicht genug Gelegenheit gegeben, um zu bemängeln, wie dünn ich bin und wie stümperhaft ich meine Gemälde male.«

Ich hatte geglaubt, eine Weile ans Bett gefesselt zu sein. Immerhin hatte ich einen Armbrustbolzen in die Brust bekommen, nekrobotanische Heilung hin oder her. Zu meiner Überraschung hatte ich jedoch schon mittags wieder Appetit, langweilte mich gegen Abend so sehr, dass ich aufstand und einige Schritte wagte. Es ging so gut wie an jedem anderen Tag auch. Salvati mochte das vielleicht nicht zugeben, allerdings verstand er sein Handwerk.

Aber warum war es ihm so unangenehm, ein Nekrobotaniker zu sein? Warum hatte er es überhaupt gelernt, wenn er doch so wenig davon hielt?

Wer hatte es ihm beigebracht?

Salvati war mir von oben bis unten ein Rätsel. Aber ich wusste, dass ich höchstens eine freche Antwort von ihm bekommen würde – wenn überhaupt. Also blieb ich im Bett liegen und dachte im Stillen über ihn nach. Was blieb mir auch anderes übrig?

Trotzdem wagte ich es später, meine Füße aus dem Bett gleiten zu lassen, tat einige zögernde Schritte und trat schließlich aus meinem Krankenzimmer. Salvati hatte mir zwar Essen und Wasser gebracht, doch vor der Tür empfing mich ein so herzhafter Geruch, dass ich ihm, ohne zu zögern, ins Untergeschoss folgte. Das Haus war reicher eingerichtet als meine schlichte Kammer, die Wände voller Gemälde, die Anamoya zeigten, oder Menschen, die ich nicht kannte. Ich ließ mich vom Duft in ein kleines Esszimmer leiten. Dort saß Salvati an einem langen ebenholzfarbenen Tisch und stocherte missmutig in einer Schale herum, neben ihm eine alte Frau, die offenbar mit deutlich mehr Appetit aß als er.

Ich legte den Kopf zur Seite. Sie hatte etwas dunklere Haut als ich, silbrig weißes Haar, das sie zu einem unordentlichen Knoten aufgesteckt hatte. Ich schätzte sie auf ungefähr sechzig, doch das war schwer zu sagen. Sie hielt sich gerader als manche Frauen, die halb so alt waren wie sie.

»Arias, du siehst aus wie eine Mumie vom Sommermeer«, sagte sie missbilligend. »Du solltest mehr essen, bevor noch ein Nekrobotaniker versucht, dich mit Rosen vollzustopfen.«

»Tue ich doch«, brummte Salvati.

»Nein, tust du nicht. Wahrscheinlich würde ich nicht einen Krümel Brot in deiner Unterkunft finden.« Sie schnaubte. »Iss deine Suppe auf oder du kannst in deinem Zimmer bleiben, so wie früher.«

»Riora schläft in meinem Zimmer«, sagte Salvati gereizt.

Das erklärt wohl die Zeichnungen an der Wand, dachte ich. Es war nichts Ungewöhnliches, dass Künstler einen oder mehrere Schüler annahmen und diese bei ihm wohnten, bis ihre Lehre beendet war. Doch es dauerte Jahre, ein solches Handwerk zu erlernen. Salvati hatte als Kind wahrscheinlich eine Menge Zeit damit verbracht, Farben anzumischen und irgendwelche Botengänge für Liviana zu erledigen, bis er seine eigenen Arbeiten hatte beginnen dürfen.

Als hätte er meine Gedanken gehört, sah Salvati zur Tür hinüber. Ich verkniff mir ein Grinsen. Es war erstaunlich befriedigend zu sehen, wie dieser Mann einmal selbst die eine oder andere Frechheit einstecken musste.

»Oh«, sagte er. »Hallo, Riora.«

Liviana hob den Kopf und sah mich mit zusammengekniffenen Augen an. Ich wappnete mich stumm für einen Schwall messerscharfer Worte, aber trotzdem zitterte ich innerlich.

»Ich habe gar nicht mit dir gerechnet«, sagte sie munter. »Hast du Hunger?«

Ich blinzelte verdutzt. »Ich könnte eine Kleinigkeit vertragen«, gestand ich leise. »Darf ich mich setzen?«

Liviana grinste. »Ha! Sieh dir diese junge Frau an, Arias. Sie fragt sogar, bevor sie etwas tut, davon kannst du dir eine Scheibe abschneiden.«

»Könnte dir auch nie passieren, du alter Teufelsrochen«, gab Salvati zurück.

Ich war schockiert darüber, wie die beiden miteinander sprachen, wünschte mich einen Augenblick lang sogar in mein Krankenbett zurück, bis ich sah, wie Liviana Salvati auf die Schulter klopfte. So etwas gab es zu Hause nicht. Eigentlich sprachen wir beim Essen überhaupt nicht miteinander.

Liviana wandte sich ab und ging in einen Nebenraum, den ich für die Küche hielt. Unschlüssig setzte ich mich Salvati gegenüber, schob die Füße so weit wie möglich unter meinen Stuhl. Wenig später kehrte Liviana zurück und stellte ohne große Umschweife eine Schale mit Suppe vor mir ab.

»Ich hoffe, dass du größeren Hunger als mein undankbarer Schüler hast«, sagte sie. »Wenigstens ist es billig, Arias zu versorgen. War es schon immer.«

»Livia!«, knurrte Salvati.

»Was denn? Wenn du hier bist, bekommst du dein Fett weg. Weißt du doch.«

Salvati bedachte sie mit einem Blick, der gereicht hätte, um ein kleines Kind zum Weinen zu bringen. Ich probierte schweigend von der Suppe. Sie war viel kräftiger als das, was im Hause Anamoias auf den Tisch kam, aber sie war vorzüglich.

»Das schmeckt wunderbar«, sagte ich.

Liviana lachte. »Siehst du, Arias? Die Frau hat Geschmack.«

Salvati verdrehte die Augen. Im gleichen Augenblick stand Liviana auf und eilte davon, als hätte sie irgendetwas gestochen. Ich blinzelte ungläubig. Langsam wurde mir klar, wo Salvati seine Manieren gelernt hatte.

»Machen Sie sich nichts daraus«, sagte Salvati. »Sie ist immer so.«

»Ach. So wie Sie?«

»Ja, so wie ich«, sagte er ungerührt. »Ich wusste nicht, wo wir uns sonst verstecken könnten. Nach Hause wollte ich Sie nicht bringen, nicht, wenn es irgendein Irrer dort draußen auf Sie abgesehen hat. Also sind Tyban und ich mit Ihnen hierhergekommen – zu meiner Meisterin.«

»Die es übrigens nicht schätzt, mitten in der Nacht von so einer Zirkustruppe überfallen zu werden!«, rief Liviana aus der Küche.

Salvati verdrehte die Augen. Ich musste ein Kichern unterdrücken.

»Wo ist Tyban jetzt?«

»Oh, er ist nach Hause gegangen. Er wird schließlich von niemandem gejagt.« Salvati zuckte mit den Schultern. »Kurz, Sie sind hier, weil ich mir ziemlich sicher bin, dass Livia Sie nicht töten würde.«

»Das ist gut, zu wissen«, sagte ich. »Es erhöht die Zahl der Personen, die mich nicht ermorden wollen, auf eins.«

»Huch. Was ist mit mir?«

117

»Sie bringen mich wahrscheinlich nur nicht um, weil es Ihnen zu anstrengend wäre«, konterte ich.

Salvatis Mundwinkel zuckte. Ich beschloss jedoch, nicht auf seine Antwort zu warten, sondern fischte ein Stück Fleisch aus meiner Suppe und schluckte es hinunter.

»Also«, sagte ich. »Wissen für Wissen.«

Seine milde Belustigung schwand sofort, als er zu begreifen schien, worauf ich hinauswollte. Eins musste man Salvati lassen: Er verbreitete zwar Chaos, wohin er ging, aber sein Verstand war flink.

»Wenn wir den Attentäter gemeinsam finden wollen«, sagte er, »sollten wir ehrlich zueinander sein. Der Brief an Ihren Onkel gibt mir einige Rätsel auf. Er trägt ein Siegel, das ich nicht kenne – und auch sonst niemand, den ich gefragt habe.«

Er nahm den Brief aus der Tasche und legte ihn zwischen uns auf den Tisch. Das goldene Siegel war entzweigebrochen, doch ich konnte genug sehen, um eine Kreatur darauf zu erkennen. Es handelte sich um eine Art riesigen Fisch mit unnatürlich vielen Flossen. Ich konnte mich nicht erinnern, so etwas je gesehen zu haben.

»Ich kenne es leider auch nicht«, gestand ich. »Aber ich weiß etwas anderes. Meine Mutter ... also, sie wurde vielleicht von einer Kaiserspinne getötet. Auf dem Boden war Knochenstaub.«

Salvati legte den Kopf zur Seite. »Warum?«

»Weil es bequem ist und keine Spuren hinterlässt?«, mutmaßte ich.

»Nein. Das meine ich nicht. Warum schickt jemand, der eine Kaiserspinne unter Kontrolle hat, auch noch einen Attentäter? Man kann die Spinne allein schicken, es braucht niemanden in der Nähe, der sie auslöst.« Salvati rührte in seiner Suppe herum, ohne zu essen, die Stirn nachdenklich gerunzelt. »Es hätte gereicht, Ihre Mutter mit der Knochenspinne zu vergiften. Stattdessen wurde ihr Tod so inszeniert. Das alles passt nicht zusammen.«

Ich blickte auf den Brief hinab. »Sie wurde nicht von der Spinne getötet.«

»Nein«, sagte Salvati und rieb sich das Kinn. »Sie wurde absichtlich dort platziert. Wahrscheinlich, damit der Verdacht auf einen Nekrobotaniker fällt. Aber das könnte jeder aus den zwanzig Familien sein.«

»Oder Sie«, sagte ich.

»Ja, oder ich«, sagte er, scheinbar ohne das persönlich zu nehmen. »Natürlich gibt es auch ein paar freie Nekrobotaniker, aber wieso sollten sie Ihre Mutter umbringen?«

Ich zuckte mit den Schultern. Dachte an die Kaiserspinnen und mein Gespräch mit Nerva Lavori zurück. Wenn der Auftraggeber selbst kein Nekrobotaniker war, mochte es sein, dass er ein derartiges Konstrukt in Auftrag gegeben hatte.

Vielleicht konnte ich eine solche Werkstatt besuchen. Ich wusste, dass es eine hier in Alacravi gab. Es wäre immerhin ein Anfang, herauszufinden, woher die Knochenspinne kam und wer sie in Auftrag gegeben hatte.

Im gleichen Augenblick, als mir dieser Gedanke kam, schob Salvati seinen Teller weg.

»Ich muss arbeiten«, sagte er, ehe er aufstand. »Nur weil ich Sie hier versteckt habe, kann ich schlecht aufhören, für Ihren Onkel zu malen. Tut mir leid.«

»Das ist schon in Ordnung«, sagte ich. »Ich kann mich hier in Alacravi umsehen. Vielleicht finde ich etwas über die Kaiserspinne heraus.«

Salvati zog eine Braue hoch. Unwillkürlich fragte ich mich, was mein Onkel wohl zu einer solchen Idee gesagt hätte, doch ich konnte mir diese Frage ebenso schnell beantworten. *Das ist unsinnig*, würde er sagen. *Geh in die Bibliothek und schreib mir einen Aufsatz* über Kaiserspinnen, wenn du unbedingt etwas über sie lernen möchtest.

Aber Salvati zuckte lediglich mit den Schultern.

»Dann sollten Sie irgendetwas mit Ihrem Aussehen anstellen, um weniger aufzufallen«, sagte er. »Wahrscheinlich weiß der Attentäter, dass Sie noch leben, Tyban und ich haben ihn über die Dächer laufen sehen. Außerdem kann ich nicht andauernd in der Nähe sein und die Löcher in Ihrer Brust flicken.«

Ich spürte, wie mir die Röte in die Wangen stieg. Gerade hatte ich noch geglaubt, dass eine halbwegs höfliche Konversation mit ihm möglich war, und dann sagte er wieder so etwas!

»Sie sind so reizend wie ein Fass Schwefelsäure«, zischte ich.

Salvati grinste. Mich überkam das Gefühl, dass er das auf seine verquere Weise als ein Kompliment betrachtete. Unglaublich. Dieser Mann war einfach unglaublich.

»Lassen Sie sich von Livia damit helfen«, sagte er. »Es ist nie verkehrt, dieser alten Schachtel etwas zu tun zu geben.«

12

ARIAS

Kreaturen der Tiefe

Es war ein Fehler gewesen, zu Livia zu flüchten. Nicht etwa, weil sie uns verraten hätte. Doch noch bevor die Sonne aufgegangen war, wachte ich auf, weil sie rastlos in der Küche umherlief – offenbar unbeeindruckt von den Zeiten, zu denen normale Menschen schlafen wollten.

Klirren. Klappern. Ich drückte mir unwirsch das Kissen auf die Ohren, doch wann immer sich mein Griff lockerte, wurden die Geräusche wieder unerträglich. Wütend klapperte ich mit einem Becher, der neben mir auf dem Boden stand. Es half nicht im Geringsten.

»Meine Güte, Livia«, fuhr ich sie an. »Es ist mitten in der Nacht.«

»Für Schwächlinge vielleicht!«, rief sie zurück. »Es tut dir ganz gut, zur Abwechslung einmal pünktlich aufzustehen, Arias. Tee?«

»Geh weg«, beschwerte ich mich.

Aber ich wusste, dass der Kampf längst verloren war, weswegen ich unwillig die Augen zusammenkniff. Weil Riora in meinem alten Zimmer schlief, hatte ich mir ein Lager in Livias Wohnstube bereitet. Jetzt kam sie aus der Küche, bereits für den Tag angezogen, stellte mir ohne Umschweife eine Tasse vor die Nase und setzte sich mir gegenüber.

»Du siehst schlecht aus«, sagte sie. »Nekrobotanik?«

Ich gab ein undefinierbares Brummen von mir, ehe ich mich widerwillig aufsetzte. Livia schnalzte mit der Zunge. Sie hatte keine Fragen gestellt, als wir hier angekommen waren, sondern uns einfach eingelassen. Dafür war ich ihr dankbar, doch ich ahnte, dass mir das Verhör jetzt blühte.

»Vor dem Mädchen wollte ich nicht darüber reden«, sagte Livia. »Also. Du hast sie geheilt, oder? Sonst würde sie nicht so leblos da oben herumliegen.«

»Richtig«, sagte ich mürrisch. »Jemand hat mit einer Armbrust auf sie geschossen. Wenn ich nichts getan hätte, wäre sie jetzt tot.«

»Anamoias wird dir das nicht danken. Das waren die falschen Hände, die seine kostbare Nichte gerettet haben, schätze ich.«

Ich blinzelte verdutzt; ich hatte ihr Rioras Nachnamen nicht genannt. Livia grinste. Sie hatte noch alle Zähne, ein echtes Wunder, wenn man ihr Alter bedachte.

»Ich bin vielleicht eine alte Schachtel, aber ich bin nicht blind«, sagte sie.

»Ja, leider«, gab ich zurück.

Sie lachte.

»Das ist das erste Mal seit Jahren, dass ich dich so etwas wie Verantwortung habe übernehmen sehen«, sagte sie. »Gut gemacht, Arias, vielleicht wirst du irgendwann doch noch erwachsen. Was willst du jetzt tun?«

Ich tat, als hätte ich ihre Kritik nicht gehört. »Den Attentäter finden, was sonst? Er hat auch Großvater getötet, ich weiß es. Er hat Rioras Mutter den Hals aufgeschnitten und sie anschließend aufgehängt, genauso, wie er es mit ihm gemacht hat.«

Livias Lächeln verschwand. »Ich verstehe«, sagte sie, ihre Stimme etwas sanfter als sonst. »Hör zu, wenn du den Mistkerl findest ...«

Ich wappnete mich stumm für ihre Standpauke. Als er gestorben war, war ich erst zehn gewesen; hatte nichts anderes im Kopf gehabt, als den Mörder zu stellen, um ihn seiner gerechten Strafe zuzuführen. Als Livia davon gehört hatte, hatte sie mir jedoch gehörig den Kopf gewaschen.

»Du bist ein Kind. Was willst du tun, ihm ewige Rache schwören? Ihn am Ende mit einem magischen Schwert umbringen? Das Leben ist kein Heldenlied, Arias. Und jetzt geh ins Atelier und bau mir ein paar neue Leinwände.«

»... dann dreh ihm den Hals um, ja?«

Ich blinzelte ungläubig. Livia erhob sich, ehe sie mich zu meiner Überraschung kurz in die Arme schloss.

»Dein Großvater war ein guter Mann«, erklärte sie. »Niemand sollte sterben müssen wie er. Vielleicht kannst du endlich deinen Frieden damit machen, wenn du herausfindest, wer es war.«

Ich dachte darüber nach. Fragte mich, wie sich das wohl anfühlen würde. Keine schlechten Träume mehr, in denen ich durch sein leeres Haus lief und nach ihm suchte. In denen ich seinen Namen rief und niemals eine Antwort bekam.

Gerechtigkeit. Nur ein Hauch davon.

Bitte.

»Ich hoffe es«, sagte ich düster. »Aber was, wenn dieses Schwein wieder versucht, Riora umzubringen?«

Livia sah mich schief an. »Wie kommst du denn dazu, dich um eine Anamoias zu sorgen?«

»Tue ich nicht«, sagte ich säuerlich. »Ich habe bloß ein Problem mit Leuten, die unschuldige Frauen über den Haufen schießen.«

Trotzdem musterte sie mich so prüfend, dass es unangenehm wurde. Ich starrte finster zurück. Nur weil ich sie nicht tot sehen wollte, hieß das nicht, dass ich die Gesellschaft von Riora Anamoias besonders schätzte. Sie hatte wahrscheinlich noch nie einen Gedanken gehabt, ohne ihren Onkel vorher um Erlaubnis zu fragen. Nie ihre Manieren vergessen bis zu dem Tag, an dem wir zum ersten Mal aneinandergeraten waren.

Dann dachte ich an den Armbrustbolzen in ihrer Brust. Das Blut an meinen Fingern, als ich ihre Wunden heilte. Die Dinge, die sie in den letzten Tagen hatte erdulden müssen.

Einschließlich mir selbst.

Ich nippte an meinem Tee, ohne Livia anzusehen, während eine leise Erkenntnis in mir aufblühte. Es wäre zu unangenehm gewesen, wenn sie mir meine Gedanken angesehen hätte. Und das tat sie immer.

Sie hatte es im Augenblick schwer genug. Warum machte ich ihr Leben noch schwerer?

Natürlich konnte ich Kyrian Anamoias nicht einfach mitteilen, dass ich seine Nichte bei meiner Meisterin versteckt hatte. Der Mann hätte mich schon für geringere Verbrechen in Stücke geschnitten, wenn ich ihm nur einen Grund dazu gegeben hätte. Also ging ich zum Stadtpalast der Familie hinunter, bestrebt, das Unschuldslamm zu spielen … nur um in zwei missbilligend dreinblickende Wachen vor der Tür zu stolpern.

»Was ist denn hier los?«, fragte ich.

Einer der beiden sah mich misstrauisch an. »Gehen Sie weiter, Salvati.«

»Ist ja gut«, sagte ich säuerlich, ehe ich mich an ihnen vorbei nach drinnen schob. Im Stadtpalast war es totenstill, die Luft erstaunlich kalt dafür, dass die Sonne schon seit dem frühen Morgen heiß auf die Dächer Anamoyas niederbrannte.

Wahrscheinlich kommt das vom Herzen des Hausherren, dachte ich.

Da mir nichts anderes übrigblieb, ging ich ins Atelier hinunter. Auch hier war es still, jetzt, wo ich ganz allein war. Ich beschloss, die Ruhe zu genießen, während ich das Porträt von Riora enthüllte und es prüfend betrachtete. Allmählich nahm es Gestalt an, obwohl ich freilich nichts daran zu tun hatte, wenn Riora gar nicht anwesend war.

Also tat ich so, als würde ich einige leere Stellen mit Farbe ausfüllen. Dachte daran, was Livia mir gesagt hatte, hörte ihre Stimme im Ohr.

»Gut gemacht, Arias, du hast ausnahmsweise einmal Verantwortung übernommen … *vielleicht kehrt eines Tages doch noch Ordnung in deinem Leben ein …*«

Aber Ordnung waren die zwanzig Familien. Ordnung waren Leute wie Kyrian Anamoias, die jeden freien Gedanken verabscheuten, die Spielsteine in den Händen haben wollten statt echten atmenden Menschen. Ich wollte nichts mit ihnen zu tun haben, nicht mehr.

Und ich wollte schon gar keine Verantwortung für irgendetwas haben.

Ich seufzte leise. Im gleichen Augenblick hörte ich Schritte. Ich wusste, dass es Kyrian Anamoias war, ohne mich umdrehen zu müssen. Der Mann stampfte mehr auf, als er musste, als sollte ihn selbst der Boden dieser Stadt fürchten lernen.

»Salvati«, sagte er kühl.

»Anamoias«, gab ich zurück. »Wo ist mein Modell? Ohne sie kann ich nicht richtig arbeiten.«

Ich wandte mich um. Kyrian Anamoias stand im Atelier, die Arme verschränkt. Der Raum war recht groß wie viele in diesem Anwesen, doch irgendwie schaffte er es trotzdem, ihn mit seiner Präsenz auszufüllen.

»Es wundert mich, dass Sie es nicht wissen«, sagte er langsam, »aber meine Nichte ist verschwunden.«

Sein Gesicht verdüsterte sich, als er das sagte. Unwillkürlich stellte ich mich so vor das Gemälde, dass er es nicht richtig sehen konnte. Ich wusste nicht einmal, warum ich das tat. Aber etwas an dem Gedanken, dass er das unfertige Bild betrachten könnte, ärgerte mich.

»Dann komme ich zurück, wenn sie wieder auftaucht«, sagte ich.

»Das würde ich vorschlagen«, sagte Anamoias kühl.

Einige Augenblicke lang fixierten wir einander wie zwei Duellanten kurz vor dem ersten Schlag. Ich sah ihm deutlich an, dass er sich darauf vorbereitete, mir eine Standpauke für irgendetwas zu halten, doch ich erwiderte seinen Blick ohne das geringste Zittern. Der Mann war ein Raubtier. Das waren sie alle.

»Jemand hat Spuren von der Leiche meiner Schwägerin entfernt«, sagte er schließlich. »Ich kann das beweisen.«

»Ach ja? Was wollen Sie damit sagen?«

Er presste die Lippen aufeinander. »Sie wollten in ihr Schlafzimmer, als ich es habe versiegeln lassen. Sie hatten irgendetwas dort vor. Wollten Sie sich an dem vergreifen, was sie zurückgelassen hat? Hat Ihr Großvater Ihnen Nekrobotanik beigebracht, von der das restliche Anamoya nichts weiß?«

Ein eisiger Schauder rann zwischen meinen Schulterblättern hinab.

»Wenn ich etwas wüsste, was Sie nicht wissen, Anamoias«, sagte ich langsam und bedächtig, »wäre es dann klug, mich zu ärgern?«

Er zuckte zurück, als hätte ihn etwas gestochen, presste die Zähne aufeinander. Wir starrten einander an, während die Wut heiß in meiner Magengrube brodelte. Für einen halben Groschen hätte ich ihn geohrfeigt. Es später bereut, gewiss, aber jetzt kribbelte es mir in den Fingern.

Dann richtete sich Anamoias auf.

»Verschwinden Sie aus meinem Haus«, sagte er barsch. »Ich will Sie heute nicht mehr sehen.«

Stumm nahm ich Rioras Porträt von der Staffelei und drehte es so, dass Anamoias nicht sehen konnte, was ich bereits gezeichnet hatte.

Er beobachtete das Ganze, ohne sich zu regen, die Arme verschränkt. Doch meine Wut war zu groß, um auf ihn zu achten.

Selecia Caravella hatte mir mehr Geld angeboten als er. Riora war bereit, ihr Wissen mit mir zu teilen. Ich brauchte ihn nicht. Nicht mehr.

»Wissen Sie was?«, fragte ich. »Behalten Sie Ihre Dukaten. Ich werde nicht wiederkommen. Dann müssen Sie sich auch nicht darum sorgen, dass ich an irgendwelchen Leichen herumspiele.«

Anamoias wurde blass. Für einen absurden Augenblick sah er fast aus wie eine blasierte Adlige, die gerade festgestellt hatte, dass ihr ein Insekt in den Tee gefallen war.

»Das können Sie nicht«, sagte er. »Sie sind noch nicht fertig.«

»Doch, das bin ich. Ich nehme meine bisherige Arbeit mit.« Ich fixierte ihn scharf. »Keine Sorge, Sie brauchen den Rest nicht zu bezahlen.«

Für einen Herzschlag sah er mich an, als hätte ich ihn gerade geohrfeigt. Für einen Herzschlag. Danach richtete sich Kyrian Anamoias auf, größer und dunkler als zuvor, sein verbliebenes Auge ein schwarzer Schlund.

»Dann ist es so«, sagte er eisig. »Wenn ich Sie noch einmal in der Nähe meines Hauses sehe, lasse ich Sie in Gewahrsam nehmen.«

»Versuchen Sie das, wenn Sie wollen«, sagte ich. »Aber denken Sie daran, was mir mein Großvater für grässliche Nekrobotanik beigebracht hat.«

Damit ließ ich ihn im Atelier stehen. Hinter meinen Schläfen pochte der Zorn, während ich ging. Aber ich wusste, dass sich Anamoias gerade mehr über mich ärgerte als ich mich über ihn, was mir zumindest eine leichte Befriedigung verschaffte.

Es waren eben die kleinen Dinge im Leben.

Eilig verließ ich den Stadtpalast von Kyrian Anamoias. Bunte Vögel flogen über meinen Kopf hinweg, kreischten, als hätten sie meine Wut gespürt. Ich achtete nicht darauf. Anamoias war das größte Ekelpaket, das mir jemals untergekommen war, selbst für die Verhältnisse der zwanzig Familien, doch er war scharfsinnig. Und das war gefährlich.

»Hat Ihr *Großvater* Ihnen *Nekrobotanik beigebracht, von der das restliche Anamoya nichts weiß?«*

126

Mein Herz schlug schwer, aber ich riss mich zusammen. Stattdessen ging ich stumm zum Hafen hinunter, in der Hoffnung, Tyban zu finden oder zumindest etwas Zeit allein für mich zu haben. Wie üblich herrschte dort reger Betrieb. Kaufleute schritten umher, kontrollierten ihre Waren. Einer von ihnen rutschte aus und fiel beinahe ins Wasser. Die Arbeiter in seiner Nähe lachten ihn aus.

Nekrobotanik, von der niemand weiß.

Ich rieb mir die Stirn. Wollte mich umdrehen und gehen, doch im gleichen Augenblick fiel mir eine blonde Frau am Hafen auf. Sie machte sich Notizen in einem teuer aussehenden Büchlein und beaufsichtigte dabei mehrere Männer, die Kisten auf ein Schiff brachten. Hinter ihr ragte ihre Leibwächterin auf. Sie wirkte gut gelaunt, doch wenn sich jemand den beiden näherte, wanderte ihre gesunde Hand jedes Mal zum Griff ihres Schwertes.

Selecia Caravella. Die kam ja wie gerufen.

Ich dachte nicht nach, als ich zu ihr hinunterging. Sofort hob Adina den Kopf und beobachtete mich mit gerunzelter Stirn, ehe sie Caravella auf die Schulter tippte und ihr irgendetwas zuflüsterte.

»Ich hoffe, dass das Schiff morgen hier ankommt«, sagte Caravella zu niemand Bestimmtem, ehe sie den Kopf hob und mich offenbar sofort erkannte. »Ach. Salvati. Was führt Sie hierher?«

»Ich gehe spazieren«, behauptete ich.

»Sie sehen nicht aus, als kämen Sie viel nach draußen«, sagte Caravella zweifelnd. »Haben Sie noch einmal über mein Angebot nachgedacht?«

»Das könnte man so sagen«, gestand ich. »Vorhin ist es plötzlich ziemlich attraktiv geworden.«

Caravella klappte ihr Buch mit einer Hand zu. Sie trug heute eine Brille, sah mich jedoch über ihren Rand hinweg an.

»Hat Anamoias Sie vor die Tür gesetzt?«, fragte sie forsch.

»Nein. Ich habe gekündigt, weil er ein dummer Mistkerl ist.«

Caravella richtete sich ein wenig auf. Neben ihr begann Adina, zu lächeln, was mich irritierte. Warum freute sie sich denn so?

»Das ist eine gute Nachricht«, befand Caravella. »Verzeihen Sie. Für Sie ist es selbstverständlich ärgerlich, aber ich freue mich, dass wir doch so schnell zusammengefunden haben.«

»Sieht man Ihnen gar nicht an«, sagte ich. Caravella stand so blass und ernst vor mir, dass ihr alles von verborgener Freude bis zu einem spontanen Mord an mir durch den Kopf hätte gehen können.

»Ich bin kein besonders emotionaler Mensch«, sagte sie. »Die Leute kommen oft nicht damit zurecht, weil sie es anders von einer Frau erwarten, aber mich interessiert ihre Meinung nicht. Nun gut. Kommen Sie in den nächsten Tagen in mein Anwesen, Salvati. Wir besprechen dann die Details.«

»In Ordnung«, sagte ich, ehe ich den Blick über die Umgebung schweifen ließ. »Was machen Sie hier eigentlich?«

»Meine Arbeit«, sagte Caravella. »Dieses Schiff soll heute noch den Hafen verlassen. Ich habe mir die Zeit genommen, die Arbeit meiner Seeleute zu inspizieren.«

»Darin ist sie gnadenlos«, sagte Adina frohgemut.

Ich schüttelte den Kopf, ehe ich mich abwandte und ging. Caravella war höflich zu mir, doch es war vermutlich besser, ihr nicht mehr als absolut nötig zu vertrauen. Während ich mich von ihr entfernte, blickte ich über den Hafen. Einige Schiffe hier gehörten Caravella, wenn man nach der Rosenflagge ging, die sie gehisst hatten. Etwas weiter draußen in der Lagune lag jedoch eines mit dunklem Rumpf und roten Segeln, das vor ein paar Tagen noch nicht da gewesen war. Von dem höchsten Mast flatterten zwei Flaggen. Eine zeigte einen silbernen Falken auf blauem Grund, die andere eine scharlachrote gewundene Kreatur. Wie ein flügelloser Drache stieg sie aus einem Wellenmuster auf, das wohl das Meer darstellen sollte, den Kopf vom Rest des Körpers getrennt.

Ein seltsamer Verdacht überkam mich. Ich runzelte die Stirn, griff in meine Tasche und förderte den Brief des Attentäters hervor. Rasch fügte ich ihn so zusammen, dass sich die Reste des Siegels aneinanderlegten.

Es war die gleiche Kreatur.

Ich zerknüllte den Brief zwischen meinen Fingern.

Da haben wir also unseren Mörder.

13

RIORA

Pflicht und Ehre

Am nächsten Morgen brach Salvati erstaunlich früh zur Arbeit im Stadtpalast meines Onkels auf. Es überraschte mich, dass er offenbar imstande war, mit dem Sonnenaufgang aufzustehen ... bis ich Liviana durch das Haus wirbeln hörte und begriff, was ihn geweckt hatte. Mir machte das jedoch nichts aus, denn ich war ans frühe Aufstehen gewöhnt. Also saß ich auf dem Boden, fügte einen kleinen Mechanismus aus Knochen und Ranken zusammen, um mir etwas zu tun zu geben.

Und blickte gelegentlich in einen Spiegel, der an der Wand lehnte.

Daraus sah mir eine junge Frau entgegen, die ich kaum wiedererkannte. In den letzten Tagen hatte ich Gewicht verloren, sodass mein Gesicht noch schmaler geworden war, und mein Haar fiel mir etwas zerzaust über die Schultern. Ich hatte es seit dem Ball nicht mehr hochgesteckt. Dazu hatte mir bisher einfach die Kraft gefehlt.

Ordnung und Logik, Riora, sagte eine leise Stimme in mir. *Ordnung und Logik. Was soll dein Onkel sonst von dir denken?*

Ich raffte mein Haar zu einem unordentlichen Knoten zusammen. Jede Strähne, die ungebändigt nach unten fiel, verursachte ein dumpfes Gefühl in meiner Magengrube. Bestimmt war er krank vor Sorge um mich. Ich musste ihn unbedingt wissen lassen, dass es mir gut ging.

Vor meinem inneren Auge ragte er über mir auf, die Arme verschränkt.

»Wo warst du? Warum bist du nicht heimgekommen?«, hörte ich ihn fragen.

Ein Zittern breitete sich in mir aus. Noch nicht. Sobald ich heimkam, würde ich nicht mehr nach draußen gehen dürfen, einige Möglichkeiten weniger haben, um Antworten zu finden.

Ich räumte die Knochen sorgfältig weg, ehe ich ging. Von Livia lieh ich mir einen weißen Kapuzenmantel, trat so verhüllt auf die Straßen von Alacravi hinaus. Von hier betrachtet waren die Häuser noch prächtiger, jedes von ihnen ein kleiner Stadtpalast. Passanten strömten an ihnen vorbei, edel gekleidet, einige von ihnen in Begleitung von Knochendienern.

Es war gar nicht so leicht, in Anamoya an Knochen zu gelangen. Man durfte sie nicht ohne Erlaubnis der Angehörigen verwenden und musste sie sorgfältig reinigen, damit die Konstrukte keine Krankheiten in der Stadt verbreiteten. Doch einige arme Familien verkauften ihre Toten, um etwas zu essen auf den Tisch zu bekommen. Nekrobotaniker zahlten viel Geld für Knochen von guter Qualität.

Ich suchte heute jedoch etwas anderes.

Weil ich nicht wusste, wo ich beginnen sollte, folgte ich einfach der Straße. Hier wurzelten Palmen, einige von ihnen mit knöchernen Laternen verbunden, in denen abends Lichter glommen. Unter zweien davon bemerkte ich einen Knochendiener. Regungslos stand er da, ein Schild in seinen Händen haltend.

Nekrobotanik für jeden, der es sich leisten kann.

Ich blickte an dem Diener vorbei. Wenige Häuser weiter entdeckte ich ein Geschäft. Es gab keine Kennzeichnung, die darauf hinwies, was dort eigentlich verkauft wurde. Doch die Tür stand offen, und darüber hing ein großer Topf voller sich nach unten rankender Pflanzen.

Ich überlegte kurz, ehe ich eintrat. Drinnen war es verhältnismäßig kühl, jede freie Oberfläche von Blumentöpfen bedeckt, deren

Inhalt langsam vertrocknete. Hinter dem Tresen arbeitete ein junger Mann in grober weiß bepuderter Kleidung. Das dunkle Haar hatte er nachlässig zurückgestrichen, sodass es ihm in einigen verirrten Strähnen in die Stirn fiel.

Das alles stand ihm erstaunlich gut. Doch mir blieb fast das gerade erst wieder zusammengefügte Herz stehen, als Nerva Lavori den Kopf hob und mitten in seiner Bewegung erstarrte.

»Was machen Sie denn hier?«, platzten wir gleichzeitig heraus.

Einen Augenblick lang war es still. Nerva öffnete den Mund und schloss ihn wieder, ohne etwas gesagt zu haben.

»Arbeiten Sie hier?«, hakte ich nach.

Er atmete schwer aus.

»Für ein paar Tage«, räumte er ein. »Mein Vater hat mich hierhergeschickt, damit ich lerne, wie Nekrobotaniker denken. Sie sind nicht die Einzige, die einen gewissen Respekt vor Kaiserspinnen hat, wissen Sie.«

Er musterte mich prüfend, als er das sagte. Ich schauderte. Nervas Augen waren grün, ähnlich wie die von Salvati, und starrten auch auf eine ähnliche Art in mich hinein.

»Ihr Vater hat Sie geschickt?«, wiederholte ich ungläubig.

Nerva seufzte. »Sagen Sie ihm nicht, dass Sie mich erwischt haben, ja?« Er rieb sich die Stirn, als hätte er Kopfschmerzen. »Ich verspreche auch, dass ich Sie nie wieder anlügen werde.«

Ich verschränkte die Arme. »Wie oft haben Sie mich denn bisher angelogen?«

Er lächelte verschmitzt, sagte aber nichts.

»Wollen Sie etwas kaufen?«, fragte er stattdessen. »Ich kann versuchen, Sie zu beraten, der Inhaber dieses Ladens ist gerade auf dem Markt und kauft Tintenfisch für das Abendessen.«

Ich schüttelte den Kopf. Nerva musste klar sein, dass er hier mit dem Feuer spielte. Die zwanzig Familien kauften andauernd bei Nekrobotanikern ein, die Geschäfte in der Stadt hatten. Falls einer von ihnen bemerkte, dass Nerva hier herumlief, würde er den Lavoris großen Ärger einhandeln.

Ich bezweifelte jedoch, dass ihn das interessierte. Nerva musste sich hervorragend mit Salvati verstehen. Beide waren völlig unbeeindruckt von so lächerlichen Dingen wie Regeln.

»Nein«, sagte ich. »Ich muss etwas wissen. Erinnern Sie sich an unser Gespräch auf dem Maskenball?«

»Ja, natürlich. Sie sind also hier, um über Kaiserspinnen zu reden?«

Ich nickte. »Ich muss mehr über sie erfahren. Vielleicht wurde die Spinne, die in den Tod meiner Mutter verwickelt war, hier in Alacravi gemacht.«

Eine feine Falte bildete sich auf seiner Stirn. »Es gibt nur wenige Nekrobotaniker, die Kaiserspinnen erschaffen können«, sagte er langsam. »Wahrscheinlich kann man sie an einer Hand abzählen. Ich habe kürzlich eine verkauft, ja. Aber nicht an jemanden aus Anamoya.«

Mein Herz setzte einige Schläge aus.

»An wen?«, fragte ich leise.

Nerva Lavori legte den Kopf zur Seite. »Er ist berühmt auf den Meeren im Westen. Hier in Anamoya nennt man ihn den Bezwinger des Leviathans. Den ersten Krieger des Meeresgottes, den Schatten über Nandes, der die Stadt in die Hände von Piraten gegeben hat. Er hat Schiffe geplündert, Könige getötet, ist reicher geworden als die meisten feinen Bürger von Anamoya. Man wird seinen Namen noch in hundert Jahren kennen. Darin sind sich die Leute einig.«

Ich biss mir auf die Unterlippe. Mein Herz begann, zu rasen. Ich hatte diese Geschichten gehört. Es gab niemanden in Anamoya, der sie nicht gehört haben konnte.

»Leyas«, flüsterte ich. »Leyas der Goldene.«

Es gab einige Erzählungen über Leyas den Goldenen. Geschichten, die man sich in Anamoya hinter verschlossenen Türen erzählte, denn mit Piraten kannte man sich aus in unserer Stadt. Einige Regenten hatten sich mit ihnen gegen größere Feinde verbündet. Andere Krieg gegen sie geführt. Doch die meisten hatten lediglich obszön hohe Schmiergelder an sie gezahlt, damit sie Anamoya in Frieden ließen.

Mein Onkel dachte natürlich nicht im Traum daran, den Piraten auch noch Geld zu geben, um sie fortzuhalten. Er hasste Leyas den Goldenen noch mehr als den halben Rat. Und das wollte etwas heißen.

»Vor fünfzehn Jahren haben diese Ratten versucht, Anamoya zu plündern«, erklärte er mir jedes Mal, wenn wir auf dieses Thema zu sprechen kamen. »Damals gab es sehr viele von ihnen. Das Kaiserreich von Melenya und die freien Städte konnten nicht viel gegen sie ausrichten – sie hatten so sehr an Macht gewonnen, dass sie sogar eine Bedrohung für uns wurden. Am Tag des Winters haben sie sich jedoch eine blutige Nase bei uns geholt. Es dauerte fünfzehn Jahre, bis sie sich von diesem Schlag erholt hatten, und der Grund dafür ist Leyas der Goldene.«

»Leyas der Goldene?«, wiederholte ich.

»Das ist ihr Anführer«, sagte mein Onkel säuerlich. »Manchmal nennt man ihn den Piratenkönig, doch das ist strenggenommen falsch – dieser Abschaum akzeptiert keinen ehrenhaften Herrscher über sich. Er hat eine gewisse Autorität über die Piraten, weil er ein guter Kämpfer ist, mehr nicht. Seit Leyas in die westlichen Meere kam, sind sie wagemutiger geworden, aber mit Angriffen auf uns halten sie sich bisher zurück. Sie konzentrieren sich um ihr albernes Nandes. Eine Piratenrepublik. Dass ich nicht lache ...«

Er klang angeekelt von der bloßen Vorstellung, dass dieser Ort existierte, aber ich fand diesen Gedanken aufregend. Eine ganze Stadt voller Piraten, die lebten, wie es ihnen gefiel. Wie es wohl wäre, Nandes zu besuchen?

»Abschaum ist das, sie alle zusammen«, schloss mein Onkel angewidert. »Daran ändert auch ein dahergelaufener Landstreicher mit einem gestohlenen Schiff nichts. Sie sind allesamt durchtrieben und bösartig. Wenn du eines Tages dem Rat vorsitzt, wirst du dich gegen diese Bastarde wappnen müssen.«

»Wappnen?«, fragte ich. »Wie denn?«

»Das werde ich dir später zeigen«, sagte er.

»Aber ...«

Er sah mich streng an. Ich seufzte.

»Ja, Onkel«, hatte ich gesagt, artig wie immer.

Er schien damit zufrieden zu sein, also fragte ich nicht weiter nach. Doch später, als ich im Bett lag, dachte ich über den Piratenkönig nach. Ich hatte gehört, dass er so groß und stark war wie ein Stier, dass er mehr Gold erbeutet hatte, als andere Leute jemals in ihrem Leben ausgeben konnten. Männer wie Frauen bewunderten ihn, und er ging auch mit Männern wie Frauen ins Bett. Allerdings musste man ihn dafür erst einmal im Kampf besiegen, hieß es, was nur die wenigsten Menschen je geschafft hatten.

Wenn sein Schiff mit den scharlachroten Segeln in Anamoya anlegte, verbot mir mein Onkel, zum Hafen hinunterzugehen. Das machte mich traurig. Zu gern hätte ich einmal einen Blick auf das Schiff des Kapitäns geworfen, der es geschafft hatte, so große Macht über die Meere des Westens aufzubauen.

Hatte Leyas der Goldene meine Mutter getötet?

Nach allem, was ich bisher wusste, mochte er durchaus in das Ganze verwickelt sein. Mein Onkel hasste ihn aus ganzem Herzen und es war möglich, dass das auf Gegenseitigkeit beruhte. Wenn Nerva ihm wirklich eine Kaiserspinne verkauft hatte … wenn er sie verwendet hatte, um meine Mutter zu töten …

Ich kniff die Augen zusammen.

Dann musste ich Leyas so schnell wie möglich finden.

Nachdem ich mich von Nerva verabschiedet hatte, ging ich zum Haus von Salvatis Meisterin zurück. Was immer er wirklich hier in Alacravi machte, ich hatte im Augenblick nicht die Zeit, um mich damit zu beschäftigen. Bewusst war mir nur, dass Nerva mich anlog. Er kochte sein eigenes Süppchen, hätte mein Onkel vielleicht dazu gesagt – und ich wusste nicht, ob mir ihr Geschmack gefallen würde.

Aber was immer es mit ihm auf sich hatte, es musste warten.

Denn ich hatte jetzt einen Piraten im Auge.

Wenig später kam ich vor Livianas Haus an. Ich war vollkommen schweißüberströmt vom kräftezehrenden Gang durch die Hitze, fühlte mich jedoch sofort besser, kaum dass ich in den Schutz des dunklen Flurs getreten war. Die Ruhe währte nicht lange. Als hätte sie nur darauf gelauert, dass ich wiederkam, steckte Liviana den Kopf aus der Küche und fasste mich prüfend ins Auge.

»Du bist ja schon wieder da«, sagte sie. »Sogar in einem Stück. Das hat Arias nicht immer geschafft, wenn er ausgegangen ist.«

»Ich … ja.« Zumindest war mir jetzt klar, woher er seine nervenaufreibend direkte Art hatte. »Was hat er getan?«

»Oh, er war beinahe jede Nacht mit diesem Tyban in der Stadt«, sagte Liviana und schnaubte. »Ich wusste, dass sie wahrscheinlich dummes Zeug anstellen, aber ich habe ihn immer gehen lassen. Ich war ja auch einmal jung. Außerdem dachte ich, dass es ihm guttun würde, nachdem der alte Elia gestorben war.«

Ich runzelte die Stirn. Ich hatte diesen Namen schon einmal gehört, war mir aber nicht sicher, wo. »Elia? Wer ist das?«

»Das war sein Großvater«, sagte Liviana. »Arias ist bei ihm aufgewachsen, seine Eltern starben sehr früh. Er war eigentlich ganz in Ordnung. Ich weiß nicht, woher der Junge seine schlechten Manieren hat.«

Mir fiel durchaus eine Ursache für sein Benehmen ein, aber ich sagte lieber nichts dazu. »Seine Eltern sind gestorben? Darf ich fragen, wie?«

»Sein Vater war Nekrobotaniker«, sagte Liviana. Sie schien keinen Anstoß an meiner Neugier zu nehmen, was mich beruhigte; mein Onkel wurde schnell ungeduldig, wenn ich zu häufig nachhakte. »Er hat sich bei einem seiner Experimente verkalkuliert und starb ein paar Tage später am Bluthusten. Seine Mutter war eine Bedienstete beim alten Elia. Ich glaube, dass sie während der Arbeit von einer Leiter fiel und sich den Hals brach, aber es könnte auch etwas anderes gewesen sein.«

»Eine Bedienstete?«, hakte ich nach.

»Natürlich. Ich weiß, dass Arias nicht so aussieht, doch er kommt aus einer reichen Familie. Hab ihm schon tausendmal gesagt, dass er sich keinen Gefallen damit tut, wie ein Landstreicher herumzulaufen.«

Ich runzelte die Stirn. Diese Information fühlte sich so surreal an, dass ich kurz in Erwägung zog, heute früh vielleicht gar nicht aufgewacht zu sein. Abgesehen davon kannte ich gar keine Familie, deren Nachname Salvati gewesen war. Da konnte ich mir sicher sein. Mein Onkel hatte mich alle wichtigen Familiennamen der letzten Jahrzehnte auswendig lernen lassen.

»Aber warum tut er das, wenn er aus gutem Hause ist?«, fragte ich. »Das ist doch verrückt.«

»Oh, ich mag dich, Riora.«

»Danke«, sagte ich etwas verwundert.

Liviana lachte. »Ich weiß nicht, was dem Jungen in den Kopf geschossen ist«, erzählte sie. »Aber als er älter wurde, fing er an, die zwanzig Familien zu hassen. Er war der Erbe seines Großvaters, er wurde jede Woche auf einen dieser Maskenbälle eingeladen – natürlich auch, weil die Leute seine Bilder begehrten. Anfangs ging er noch halbwegs ordentlich dorthin, und die Leute haben ihn geliebt. Der junge Künstler, wie Anamoya seit Ewigkeiten keinen mehr gesehen hatte, gutaussehend und zumindest dank seines Vaters von edler Abstammung. Am liebsten hätten sie ihn sofort mit ihren Töchtern verheiratet. Arias hat sie alle ignoriert.«

Liviana seufzte. »Doch dann fing er an, dort Unruhe zu stiften. Da war er sechzehn oder siebzehn. Ich habe ihm gesagt, dass das eine dumme Idee ist, dass er da oben zukünftige Auftraggeber sitzen hat, aber er war damals noch starrköpfiger als heute. Er hat mich eine verklemmte alte Schachtel genannt und trotzdem überall Chaos verbreitet. Ungezogener Bengel.«

Ich musste mir ein Lachen verkneifen, weil ich mir das zu gut vorstellen konnte. Gleichzeitig war es merkwürdig interessant, etwas über Salvati zu erfahren. Bestimmt würde er mir solche Dinge nie erzählen, nicht einmal, wenn sein Leben davon abhing.

»Danach durfte er nicht mehr zu den Maskenbällen«, sagte ich. »Er hat mir davon erzählt.«

Liviana verdrehte die Augen. »Er erzählt dir davon, wie die zwanzig Familien genug von ihm hatten, aber nicht von seinem Ruhm bei ihnen? Das sieht ihm ähnlich. Das sieht ihm wirklich ähnlich. Man sollte meinen, dass er es darauf anlegt, den Leuten so viel Ärger wie möglich zu machen.«

»Das glaube ich ehrlich gesagt auch«, gestand ich.

Liviana blinzelte mich etwas verwundert an, ehe sie mir grinsend auf die Schulter klopfte. »Lass dich nicht von ihm ärgern, Riora. Er ist ein sturer Bock, aber das sind viele Männer, und zumindest Arias meint das nicht böse.«

Ich musste lächeln. Im gleichen Augenblick hörte ich, wie die Tür hinter mir aufflog. Ich war nicht überrascht, als Salvati eintrat, eine verpackte Leinwand unter den Arm geklemmt, das Gesicht selbst für seine Verhältnisse ungewöhnlich düster.

136

»Was ist dir denn über die Leber gelaufen?«, fragte Liviana.

»Ich habe bei Anamoias gekündigt«, brummte er. »Du hattest recht, Livia. Der Mann ist ein Bastard.«

Ein bleierner Klumpen bildete sich in meiner Magengrube.

»Hat mich sowieso gewundert, dass du für ihn gearbeitet hast«, sagte Liviana schulterzuckend. »Hast du noch andere Aufträge?«

»Selecia Caravella hat mich gefragt, ob ich für sie arbeiten will, aber ich hatte bisher keine Zeit. Hab sie am Hafen getroffen. Wir klären später die Details.«

»Die Rose? Eine nette Frau ist das. Du solltest darauf eingehen, Arias.«

Salvati zuckte mit den Schultern, ehe er weiterging. Ich senkte den Kopf, damit er nicht sehen konnte, wie schwermütig mir plötzlich zumute war. Wenn Salvati nicht mehr für meine Familie arbeitete, würde er das Bild von mir bestimmt nicht beenden.

Warum sollte er auch?

Ich sah zu, wie er einige Stufen hinaufstieg, ehe mich eine jähe Hitze erfasste. Bevor ich wusste, was ich tat, wandte ich mich um und eilte hinter ihm die Treppe hinauf.

Salvati ging ungerührt weiter.

»Warten Sie!«, rief ich. »Bitte!«

Er tat jedoch noch einige Schritte, ehe er stehen blieb und sich zu mir umdrehte. »Was ist los?«

»Es ist nur ... ich ...« Ich atmete schwer. Mein Körper war, so schien es, noch nicht wieder an zu große Belastungen gewöhnt. »Wie ist das passiert? Haben Sie sich mit meinem Onkel gestritten?«

»Ja, so könnte man das sagen«, sagte Salvati mürrisch. »Es ist nicht der Rede wert. Es war nicht das erste Mal, dass wir aneinandergeraten sind.«

Ich blieb auf der Treppe stehen. »Aber das Bild ...«

Salvati zog die Brauen hoch.

»Sie werden es nicht beenden, oder?«, platzte ich heraus. »Ich würde es so gern sehen. Ich könnte Sie dafür bezahlen, aus eigener Tasche. Ich weiß noch nicht genau, wie ich das anstellen werde, aber ich finde einen Weg. Ganz bestimmt. Ich ...«

Meine Worte erstarben, als ich ihm ins Gesicht sah. Ich spürte, wie mir die Röte in die Wangen schoss. Doch Salvati sah mich nur über den Rand seiner Brillengläser hinweg an, seine Miene unergründlich.

Dann wurde sein Blick etwas weicher.

»Kommen Sie mit«, sagte er.

Ich biss mir auf die Unterlippe, ehe ich ihm folgte. Gemeinsam betraten wir ein kleines, vollgestopftes Atelier, in dem es stark nach Ölfarbe und Terpentin roch. Mehrere halb fertige Gemälde standen auf Staffeleien. Salvati stellte eines davon zur Seite, um sein eigenes Bild aufzustellen, ließ es jedoch von dem Tuch bedeckt.

»Ich weiß nicht, wie viel mein Onkel Ihnen versprochen hat …«

»Schon gut«, sagte Salvati. »Ich will kein Geld dafür.«

Seine Stimme war etwas milder als sonst. Ich blieb verwundert in der Tür stehen, doch er bedeutete mir mit einem Winken, in den Raum zu kommen. Meine Füße fühlten sich bleischwer an, aber mein Kopf war leicht.

»Sie machen das einfach so?«

»Manchmal zeichne ich auch, weil es mir Spaß macht«, erklärte er. »Wenn Sie mögen, beende ich das Bild. Ich kann sowieso nichts damit anfangen. Allerdings müssen Sie hier für mich Modell stehen.«

Ich spürte, wie mir das Herz beinahe gegen meinen Willen leichter wurde. Salvati sah mich an, als wüsste er genau, was ich dachte … doch ausnahmsweise fand ich keine Spur seiner üblichen schlechten Stimmung in seinem Gesicht.

»Das kann ich«, sagte ich. »Wirklich. Danke.«

Er lächelte schwach. Ich musste ebenfalls lächeln. Dann wandte er sich ab, nahm etwas Zeichenwerkzeug zur Hand. Ich verstand, setzte mich auf einen Hocker, der neben der Staffelei stand. Er zog das Tuch erst von seinem Bild, als er sicher zu sein schien, dass ich es nicht sah. Stumm musterte er mein Gesicht, ehe er auf der Leinwand herumzukritzeln begann.

Eine Weile war es still zwischen uns. Mir war das nicht unangenehm, im Gegenteil; immerhin konnte ich mich auf diese Weise etwas ausruhen und stand niemandem im Weg. Es war jedoch äußerst merkwürdig, dass mir niemand im Haus sagte, womit ich mich beschäftigen sollte. Mein Onkel gab mir täglich Aufgaben, die ich bis zum Abend lösen musste, setzte mich in die Bibliothek oder wies mich an, irgendetwas auswendig zu lernen.

Da mir aber all das gerade verwehrt blieb, blieb mir nichts anderes übrig, als Salvati zu beobachten. Er arbeitete schweigend an dem Bild, wobei ihm hin und wieder eine lose Haarsträhne in die Stirn fiel. Er steckte sie zurück an ihren Platz, ohne weiter darauf zu achten, warf einen langen Blick auf mich. Wenn er kein mürrisches Gesicht machte, so wie jetzt, sah er fast wie ein normaler Mensch aus.

»Darf ich mit Ihnen reden oder lenkt Sie das ab?«

»Ich habe bei Livia gelernt«, sagte er belustigt. »Was glauben Sie, wie viel sie geredet hat, während ich malen musste?«

Ich verkniff mir ein Seufzen. Hätte ein Ja nicht auch gereicht?

»Ich habe etwas herausgefunden. Über ... Sie wissen schon, das Attentat.«

Salvati hob eine Braue. »Waren Sie etwa draußen?«

Ein kleiner Teil von mir fürchtete eine Standpauke darüber, dass ich mich in meinem Zustand überhaupt auf die Straße begab, aber er sagte das sehr neutral. »Ich kann doch nicht nur hier herumliegen, während Sie da draußen Spuren suchen, es geht um meine Mutter.«

Ein Kloß bildete sich in meinem Hals, als ich das sagte, aber er zuckte lediglich mit den Schultern.

»Verständlich«, sagte Salvati. »Ich bin nicht Ihr Onkel, ja? Meinetwegen können Sie tun und lassen, was Sie wollen. Sie sind schließlich erwachsen.«

Ich blinzelte verdutzt. Das hatte noch nie jemand zu mir gesagt.

»Es geht um die Kaiserspinne«, sagte ich. »Ich war in einem Geschäft hier in Alacravi, um herauszufinden, wer sie geschaffen hat. Eine Spinne konnte ich nicht finden, aber anscheinend arbeitet Nerva Lavori dort.«

Einen Augenblick lang sagte Salvati gar nichts, sondern kritzelte auf der Leinwand herum. Ich rückte ein wenig auf meinem Stuhl herum, sagte aber nichts, um ihn nicht aus seiner Konzentration zu reißen.

»Der Mann ist Nekrobotaniker, oder?«

Ich stutzte. Daran hatte ich noch gar nicht gedacht.

»Das kann gut sein«, sagte ich. »Glauben Sie, dass er die Spinne geschaffen hat?«

»Wenn ja, dann sollten wir ein Auge auf die Lavoris haben«, sagte Salvati. »Wenn er wirklich einer ist, muss er etwas vorhaben. Kein

Knochenhexer der zwanzig Familien ist dämlich genug, um in einem Laden für Nekrobotaniker herumzulaufen. Hat er nichts gesagt, als Sie ihn erwischt haben?«

»Er meinte, dass sein Vater ihn dorthin geschickt hätte.«

»Hm. Glaube ich ihm nicht.«

Salvati begann wieder, zu zeichnen, während er das sagte. Auf seiner Stirn hatte sich eine steile Falte gebildet, doch ich überließ mich meinen eigenen Gedanken. Nerva hatte über Götter mit mir gesprochen. Über die Anfänge der Nekrobotanik und das, was danach gekommen war. Er suchte nach irgendetwas, das mit dem Handwerk verbunden war, da war ich mir sicher.

Aber was?

»Glauben Sie, dass Nerva …« Ich räusperte mich. »Sie wissen schon. Die Lavoris hätten sicher einiges vom Ende meiner Familie, es wäre ja nicht das erste Mal, dass es in Anamoya zu so einem Umsturz kommt. Außerdem mag mein Onkel Nervas Vater nicht.«

»Kann ich ihm nicht verübeln«, sagte Salvati. »Aber was immer dieser Lavori-Bengel vorhat, es passt dazu, was ich heute gehört habe. Sie erinnern sich doch bestimmt an das Siegel auf dem Drohbrief, oder?«

»Ja. Es war dieser merkwürdige große Fisch.«

»Im Augenblick liegt ein Schiff im Hafen, das diese Kreatur auf seiner Flagge führt«, sagte Salvati. »Die *Feuer von Saykas*. Das Schiff des Piratenkönigs.«

Plötzlich schlug mein Herz etwas schneller.

»Leyas der Goldene«, murmelte ich. »Oh. Natürlich! Nerva sagte, dass er die Kaiserspinne gekauft hat.«

Salvati runzelte die Stirn. »Dann sollten wir der Sache unbedingt nachgehen. Ich habe überlegt, mich in der Nähe seines Schiffes umzusehen. Wahrscheinlich ist es bald wieder verschwunden, ich muss also schnell sein. Heben Sie den Kopf ein Stück höher, ich will mir Ihre Wangen ansehen.«

Ich legte den Kopf zur Seite, obwohl ich spürte, dass mir ein wenig Röte ins Gesicht stieg. »Sie wollen das nicht allein tun, oder?«

Salvati hielt kurz inne. »Doch. Wieso?«

»Weil das gefährlich ist«, sagte ich. »Sie könnten jemanden gebrauchen, die Sie zusammenflickt, wenn Sie sich bei diesem Unterfangen den Hals brechen. Außerdem arbeiten wir doch jetzt zusammen, oder?«

»Ich dachte daran, Tyban um Hilfe zu bitten«, sagte Salvati ungerührt, aber um seinen Mundwinkel spielte ein amüsiertes Zucken. »Er ist zwar kein Nekrobotaniker, allerdings passt er auf, dass ich mir nicht wehtue.«

»Das ist ein Anfang«, sagte ich trocken.

Er schnaubte belustigt, doch er widersprach mir nicht. Ich beobachtete ihn, ohne erneut das Wort zu ergreifen. Er war manchmal unerträglich, ja. Frech und vorlaut, stetig darauf bedacht, seinem Gegenüber so viel Ärger wie möglich zu bereiten.

Aber er hatte mir bisher immer aus der Patsche geholfen. Er war da gewesen, als ich beinahe ermordet worden war. Sogar an dem Bild arbeitete er weiter, obwohl ich gar nicht wusste, ob ich es je würde bezahlen können.

Und er hat die zwanzig Familien hinter sich gelassen, dachte ich.

Ich wusste nicht, wieso mir das so klar im Gedächtnis geblieben war. Aber ich fragte mich, wie es wohl wäre, wenn ich das Gleiche tun würde. Keine Regentschaft über ganz Anamoya für mich. Ich könnte eine eigene kleine Wohnung haben, so wie Salvati, vielleicht eine nekrobotanische Werkstatt führen. Dinge bauen, die Schönheit brachten; die nicht dazu geschaffen wurden, fremde Leben auszulöschen …

Ich könnte jeden Tag tun, was ich möchte.

Salvati ließ den Kohlestift sinken.

»Lassen wir es für heute gut sein«, sagte er. »Wenn wir Leyas einen Besuch abstatten wollen, sollten wir ausgeruht sein. Außerdem werde ich Sie sowieso nicht mehr los, oder?«

Etwas an der Art, wie er das sagte, ärgerte mich. Da glaubte man, endlich halbwegs zivilisiert mit ihm reden zu können, und dann sagte er wieder so etwas!

»Darauf können Sie Gift nehmen«, erwiderte ich fest. »Wenn man nicht aufpasst, was Sie tun, enden Sie womöglich noch in Esterias kaltem Abgrund.«

Sein Mundwinkel zuckte.

»Sie sind nicht auf den Mund gefallen«, sagte er und ich glaubte, eine Art grimmige Anerkennung aus seiner Stimme herauszuhören. »Machen Sie etwas daraus, statt sich andauernd zu verstecken, Riora.«

14

ARIAS

Schattenschiff

Du bist doch verrückt«, sagte Tyban ungläubig. »Jetzt willst du auch noch unbemerkt auf ein Schiff? Was glaubst du denn, wie das gehen soll?«

Ich verzog das Gesicht, während Glühwürmchen über uns durch die Nacht flogen. Anamoya hatte sich wieder in Lichter und milden Abendwind gekleidet, sodass der Hafen voller Männer und Frauen war, die mit einem Getränk in den Händen auf die beendete Arbeit anstießen. Tyban saß etwas abseits des Trubels und beobachtete sie, Riora in einem dünnen weißen Kapuzenmantel neben sich. Niemanden schien das zu interessieren. Am Hafen gingen Menschen aus aller Welt ein und aus, keine zwei von ihnen gleich, in die Farben und Schnitte weit entfernter Länder gehüllt.

»Das weiß ich noch nicht, aber es ist wichtig«, erklärte ich. »Das Schiff fährt unter dieser grässlichen Fischflagge. Wir können es uns nicht leisten, so eine Spur zu ignorieren.«

Tyban sah stirnrunzelnd zwischen mir und Riora hin und her. Sie hörte auf, die Hafenarbeiter zu beobachten, und blickte ihn schüchtern an.

»Wir haben beschlossen, uns zu verbünden«, erklärte sie. »Wir wollen den Mörder zusammen finden.«

Einen Augenblick lang war es still. Tyban legte den Kopf zur Seite, betrachtete sie nachdenklich. Wahrscheinlich aus Vorsicht, aber zeitweise war es gar nicht so leicht, zu sagen, was in seinem Kopf vorging.

Frauen liefen Tyban oft hinterher. Früher hatte das manchmal Probleme gegeben, denn er hatte ihre Schmeicheleien nicht bemerkt und dann Ärger bekommen, wenn sie ihn später mit irgendeinem muskulösen Seemann im Arm ertappten. Ich hatte Tyban mehr als einmal bei mir schlafen lassen, weil er mitten in der Nacht panisch an mein Fenster geklopft hatte.

»*Hilf mir, Arias*«, sagte er dann. »Sie sind schon wieder hinter mir her.«

Riora schien allerdings keine Absichten zu haben, ihn zu verfolgen. Zumindest hoffte ich das. Ich hatte keine Lust, eine Knochenspinne auf Tybans totem Körper vorzufinden, nur weil er aus Versehen die falschen Nekrobotaniker gekränkt hatte.

»Es ist gefährlich für Sie, hier herumzulaufen«, sagte Tyban schließlich. »Wäre es nicht besser, sich versteckt zu halten?«

»Vielleicht«, sagte sie, »aber ich möchte helfen. Außerdem bin ich sicher bei Ihnen beiden, oder?«

Tyban blinzelte verdutzt. Ich versuchte vergeblich, nicht zu lachen.

»Ich weiß nicht«, sagte er langsam. »Ich bin ein durchtriebener kleiner Ganove. Fragen Sie nur Arias.«

»Das stimmt«, sagte ich. »Ich habe Tyban zum ersten Mal getroffen, als er versucht hat, meine Geldbörse zu stehlen.«

Riora kicherte in ihre vorgehaltene Hand, aber Tyban lachte nicht mit ihr.

»Kommen wir lieber zurück zum Schiff«, sagte er. »Es gehört Leyas dem Goldenen. Mit jemandem wie ihm wollt ihr euch nicht anlegen. Seht ihr die beiden Flaggen da?«

»Dafür habe ich eine Brille«, sagte ich.

»Prima«, sagte Tyban. »Also, Adlerauge, pass gut auf. Die obere – die mit dem Vogel –, das ist das Wappen von Saykas jenseits der Meerenge. Es ist eigentlich ein unbedeutender Ort, aber es gibt dort viele Tempelanlagen für den Gott, über den wir hier unter Esterias wachsamen Augen nicht reden.«

Ich nickte stumm. Saykas gehörte zu einer Gruppe von dreizehn Inseln, deren Berge manchmal Feuer spuckten und auf der Kinder des dunklen Gottes regierten, gezeichnet mit schwarzem Blut und scharfen Fängen. Ich hielt das für Blödsinn, aber es war schwer, zu beweisen. Die Inseln lagen eine halbe Welt entfernt.

»Die meisten Leute auf Saykas sind Fischer oder arbeiten auf Plantagen«, sagte Tyban. »Ich schätze, dass das unserem guten Freund Leyas zu langweilig war. Er sehnte sich schon immer danach, berühmt zu sein, heißt es. Berüchtigt sogar, wenn es ging. Ein Leben als Bauer ödete ihn an. Also verließ er sein Zuhause, um sein Glück auf den Ozeanen zu machen.«

Beinahe gegen meinen Willen faszinierte mich diese Erzählung. Ich sah zu Riora hinüber. Sie wirkte etwas entrückt, als hätte sie sich bereits auf ihr eigenes Piratenschiff geträumt, um es genauso zu machen wie Leyas der Goldene.

»Eine Weile diente er unter verschiedenen Kapitänen, bis er an sein eigenes Schiff kam«, erzählte Tyban weiter. »Die *Feuer von Saykas*, sein ganzer Stolz, wie es heißt. Er ist Küsten entlanggesegelt, an die sich bisher niemand getraut hat, er war in den tiefen Dschungeln von Balys, aus denen nie ein Mensch zurückgekehrt ist. Als er Nandes aus der Herrschaft von Melenya befreite, um eine Republik der Piraten zu gründen, war er schon ein berühmter Mann. Auf seiner Heimatinsel nennen sie ihn *aurenan aderia* – den *Goldenen Schatten*, reich und dunkel, hart und tödlich.«

Ich dachte darüber nach. Es gab einige Siedlungen an der Nordküste von Balys, doch wer tiefer ins Land vordrang, kehrte nicht mehr von dort zurück. Große Schätze gab es dort, hieß es; Reichtümer jenseits der menschlichen Vorstellungskraft. Aber auch Krankheiten, gegen die man sich nicht schützen konnte, Dämonen, abscheuliche Kreaturen mit großem Hunger auf menschliche Körper.

»Schatten?«, fragte ich.

»Das ist ein Ehrentitel, dort, wo er herkommt«, erklärte Tyban. »Die meisten Worte ihrer Sprache haben mehrere Bedeutungen, je nachdem, wie man sie ausspricht. Hier im Westen übersetzen wir es so, aber das ist gar nicht der Punkt. Die obere Flagge ist nämlich die, die ihn wirklich gefährlich macht. Sie zeigt den Leviathan. Die Bestie, die er getötet haben soll.«

Ich erstarrte unwillkürlich.

Ein Leviathan.

Einmal, als ich noch ein Kind gewesen war, hatte mein Großvater mir von diesen Kreaturen erzählt. Ich hatte nie ein Bild von ihnen gesehen und er mir nicht beschrieben, wie sie aussahen, als wollte er gar nicht, dass ich mehr als absolut nötig über sie erfuhr. Ich erinnerte mich, wie seltsam alt er damals ausgesehen hatte. Ganz anders, als ich ihn kannte, stets mit warmer Stimme und klarem Blick.

»Esteria hat uns Menschen gemacht«, hatte er mir erklärt, »die Vögel und Insekten, alle Tiere und Pflanzen, die an Land leben. Aber was in den Meeren lebt, ist die Schöpfung eines dunkleren Gottes. Normalerweise sind seine Leviathane friedlich, doch es gibt Orte, an denen sie jeden Eindringling angreifen – die kalten Wasser nördlich von Ailion zum Beispiel oder einige Regionen im Sommermeer. Sie können ein Schiff mit einem einzigen Schlag ihrer Flossen zertrümmern, heißt es. Aber das ist nicht das Interessante an ihnen. Ein einziger Leviathan, Arias, trägt die Lebenskraft von zehntausend Menschen in sich. Sie können Jahrhunderte alt werden, Jahrtausende, sterben nach allem, was wir wissen, vielleicht auch überhaupt nicht.«

Ich blickte zur *Feuer von Saykas* hinüber. Die Flagge mit dem Leviathan flatterte sanft im Wind. Was würde ein Mann vom anderen Ende der Welt gewinnen, wenn er die Regenten von Anamoya ermordete?

»Er hat einen Leviathan getötet?«, fragte Riora. »Wie hat er das geschafft?«

»Ich habe keine Ahnung.« Tyban rieb sich das Kinn. »Ich wüsste das auch zu gern, um ehrlich zu sein. Aber was glaubt ihr, was so ein Mensch mit euch tut, wenn ihr auf sein Schiff spaziert kommt?«

»Mir ist schon klar, dass er uns kein kühles Getränk anbieten wird«, sagte ich mit verschränkten Armen. »Darum geht es auch nicht. Woher weißt du überhaupt, dass es ein Leviathan ist? Als ich dir den Brief gezeigt habe, hast du gesagt, dass du so ein Ungetüm noch nie gesehen hast.«

Tyban sah mich schief an.

»Man hört eben hin und wieder Neues hier am Hafen«, erklärte er. »Ein Arbeiter, mit dem ich neulich im Bett war, hat es mir erzählt. Also, was ist denn dein genialer Plan, um Spuren zu finden, Arias?«

Ich hatte das eigenartige Gefühl, dass er mich anlog, sagte aber nichts. »Wir schleichen uns auf das Schiff, suchen nach Hinweisen und gehen wieder. Eine saubere Aktion.«

»Wir haben auch nicht viel Zeit«, fügte Riora hinzu. »Bald wird es wieder verschwinden, denke ich, mein Onkel duldet es nicht so lange in Anamoya.«

»Warum duldet er es überhaupt?«, fragte ich. »Ich dachte, er hasst Piraten.«

»Tut er auch«, sagte Riora. »Aber ein einzelnes Schiff richtet nicht viel Schaden an und wenn sie sich nicht benehmen, kann er sie verhaften lassen.«

Ah. Natürlich. Die kleinkarierte Rache des Kyrian Anamoias.

Ich schüttelte den Kopf und blickte zu Tyban hinüber. Für einen Herzschlag sah ich ihm deutlich an, dass ihn irgendetwas beschäftigte. Doch dann schien ein Vorhang hinter seinen Augen zu fallen, und er setzte ein Lächeln auf.

»Wie würden Sie denn auf das Schiff kommen wollen, Dama Anamoias?«

Riora richtete sich auf. »Die Besatzung muss doch Vorräte an Bord nehmen, oder? Deswegen sind sie wahrscheinlich hier eingelaufen.« Ihre Stimme wurde etwas lebendiger als sonst, als machte es ihr Spaß, Tyban von ihrer Idee zu erzählen. »Sie brauchen Fässer, Säcke, Kisten. Wir könnten uns darin verstecken.«

Tyban zog eine Braue hoch. »Das ist gar kein schlechter Ansatz«, sagte er. »Wisst ihr was? Ich helfe euch dabei, auf die *Feuer von Saykas* zu kommen. Vielleicht kann ich Leyas den Goldenen auch fragen, wie er den Leviathan getötet hat, wenn ich schon einmal auf dem Schiff bin.«

Er zwinkerte Riora zu. Sie strahlte ihn an, offenbar stolz darauf, dass er ihren Einfall für gut hielt. *Sie ist eine schöne Frau, wenn sie lächelt,* dachte ich. Vielleicht sollte ich einen Weg finden, das in mein Gemälde einzuarbeiten.

»In Ordnung«, sagte sie. »Ich freue mich darauf.«

147

Damit war das Ganze beschlossen. Tyban verschwand bald in der Menge, während Riora und ich schweigend auf seine Rückkehr warteten. Ich ließ es mir nicht nehmen, sie verstohlen zu mustern, wie sie mit dem schneeweißen Kapuzenmantel über ihren Schultern am Hafenbecken saß. Sie hatte seinen Saum in den Händen zusammengerafft, damit er nicht schmutzig wurde, und beobachtete die Arbeiter auf den anderen Schiffen – ungewöhnlich neugierig, als hätte sie so ein Treiben nie zuvor gesehen.

Sie liegt in Ketten, ohne es zu merken, dachte ich. Jetzt waren sie verschwunden, und auch das spürte sie nicht. Man merkte es an ihrer Neugier. Daran, wie sie manchmal zusammenzuckte, wenn sie dachte, eine unsichtbare Grenze übertreten zu haben. *Können Sie nicht sehen, dass das alles falsch ist?*, hätte ich sie am liebsten gefragt. Aber woher sollte sie das wissen? Sie hatte nie ein anderes Leben kennengelernt als das unter ihrem strengen Onkel.

Tut mir leid, dass ich so gemein zu Ihnen war, dachte ich. *Mir war nicht klar, dass Anamoias ein noch größeres Schwein ist, als ich angenommen hatte.*

Aber ich behielt meinen Gedanken ausnahmsweise einmal für mich.

Wenig später kehrte Tyban zu uns zurück. Er wirkte außer Atem, doch auf seinen Lippen lag ein zufriedenes Lächeln.

»Sie nehmen wirklich Vorräte auf«, sagte er. »Kommt.«

Das mussten wir uns nicht zweimal sagen lassen. Stumm erhoben wir uns, um Tyban um den Hafen herum zu folgen, so nah wie möglich an die *Feuer von Saykas* heran. Er führte uns in ein hölzernes Lagerhaus, in dem mehrere Kisten standen, und öffnete zwei davon.

»Bitte nach euch«, sagte er mit einer übertriebenen Verbeugung.

Ich blickte hinein. Schwer zu sagen, was darin gelagert gewesen war; es sah aus, als hätte Tyban sie geleert, bevor wir hierhergekommen waren. Statt ihn zu fragen, stieg ich jedoch ohne Murren in die Kiste. Sie war gerade groß genug, dass ich mit angezogenen Beinen darin liegen konnte. Doch als Tyban sie über mir verschloss, wurde mir mulmig zumute.

»Glaubst du wirklich, dass das eine gute Idee ist?«, fragte ich.

»Ich bin nicht derjenige, der auf ein Piratenschiff schleichen will«, gab Tyban zurück, ehe er scherzhaft auf den Kistendeckel klopfte. »Es sind deine Lebensentscheidungen, die dich in diese Situation geführt haben, Arias. Und jetzt sei leise, ja? Die meisten Ladungen reden nicht.«

Ich verschränkte die Arme in der Dunkelheit. Wenig später spürte ich, wie jemand die Kiste hochhob und wieder abstellte, vermutlich auf einen Karren oder ein ähnliches Gefährt. Ein Mann fluchte in einer Sprache, die ich nicht verstand, wurde von einem anderen hörbar ausgelacht. Dann setzte sich die Welt in Bewegung. Ich drehte meinen Kopf und entdeckte ein Loch im Holz, durch das ich halbwegs bequem nach draußen spähen konnte.

Eine ruckelnde Fahrt später trugen die Männer unsere Kisten auf ein Boot. Während sie zu rudern begannen, behielt ich das Schiff mit den roten Segeln im Auge, das beständig näher kam. *Feuer von Saykas* war an der Seite in das Holz geritzt, einmal auf Anamoyanisch und einmal in Schriftzeichen, die ich nicht lesen konnte.

Ich regte mich nicht, während die Männer die Kisten ausluden und an Bord der *Feuer von Saykas* brachten. Erst als wir im Lagerraum angekommen waren und die Tür hinter uns zufiel, atmete ich auf. Vorsichtig schob ich den Deckel der Kiste fort, hörte, wie es Tyban mir gleichtat. Ich rappelte mich auf und befreite Riora ebenfalls aus ihrer Kiste, während Tyban einen Stiefel auszog und eine ansehnliche Menge Körner ausschüttete.

Für einen Herzschlag verrutschte sein Hosenbein, sodass ich ein metallisches Aufblitzen sah. Du meine Güte. Hatte er seine Messer hierher mitgenommen?

»Esterias Atem«, sagte Tyban kopfschüttelnd. »Wir müssen aufpassen, dass sie uns nicht anhand der Körnerspur finden, glaube ich. Aber hübsch haben sie es hier. So ein Schiff hätte ich auch gern.«

Ich verkniff mir ein Seufzen. »Was willst du denn mit einem Schiff, Tyban?«

»Ich könnte König der Piraten werden«, gab er zurück, ehe er in der Dunkelheit verschwand. Ich tauschte einen Blick mit Riora; beeilte mich, ihm zu folgen, zuckte bei jedem noch so leisen Knarren unter meinen Füßen zusammen. *Wahrscheinlich würde Tyban wirklich versuchen, das Schiff zu stehlen*, dachte ich. Der Mann brauchte gar keinen Schnaps, um auf dumme Ideen zu kommen.

Ich allerdings auch nicht.

Wir erreichten einen Gang, auf dem Stimmen zu hören waren, doch niemand zu sehen war. Tyban überprüfte eine angelehnte Tür, ehe er mich in den Raum dahinter zog. Hier gab es ein kleines Fenster, das offenbar an der hinteren Seite des Schiffes platziert war. Tyban stieß es auf, streckte den Kopf hinaus und legte ihn so weit wie möglich zurück, während er an der Außenwand hinaufblickte.

»Sieht gut aus«, sagte er zu mir. »Die Kapitänskajüte ist wahrscheinlich im Raum direkt unter dem Steuerrad, und mir scheint, als wäre ein Fenster dort offen. Nicht dass es mich aufhalten würde, wenn es zu wäre. Ich habe schon krumme Dinger gedreht, da gab es dieses Schiff noch gar nicht.«

Mir wurde übel. »Tyban, du willst doch nicht ernsthaft nach oben klettern?«

Tyban feixte. »Wir können auch den Gang nehmen, auf dem die Seemänner hin und her laufen, ich bin sicher, dass das niemandem auffällt.«

»Fick dich, Tyban.«

»Nur, wenn du zusiehst«, gab Tyban zurück, und damit war er aus dem Fenster verschwunden. Ich trat ans Fensterbrett, um ihm nachzuschauen und zu hoffen, dass er nichts Unanständiges da draußen tat, doch er hangelte sich lediglich an den prunkvollen Verzierungen der *Feuer von Saykas* nach oben.

»Ist er immer so?«, murmelte Riora.

Ich zuckte mit den Schultern. »Man gewöhnt sich daran.«

»Du meine Güte …«

Riora verschränkte die Arme. Tyban klammerte sich am Fensterbrett fest, zog sich daran hinauf und verschwand kurz im Inneren des Schiffes. Wenig später fiel ein schlankes Seil vor uns am Fenster hinab.

»Macht schon«, sagte Tyban.

Ich verdrehte die Augen, ehe ich das Seil ergriff. Ich brauchte eine Weile, um mich nach oben zu ziehen; dennoch schaffte ich es nach einigem Zappeln, erschöpft und schwitzend in die Kapitänskajüte zu fallen. Riora folgte mir deutlich eleganter, als wäre es nichts Ungewöhnliches, sich an der Außenwand eines Schiffes nach oben zu hangeln. Kaum dass sie drinnen war, verriegelte Tyban die Türflügel der Kajüte, indem er ein Messer aus seinem Stiefel zog und es hinter den beiden Griffen daran verkeilte.

Ich nutzte die Gelegenheit, um mich umzusehen. Es gab einen Schreibtisch, eine Pritsche und mehrere Schränke, die so vollgestopft waren, dass sich ihre Türen nicht richtig schlossen. Über dem unordentlichen Nachtlager hingen verschieden große Bilder. Sie zeigten Menschen, die ich nicht kannte, fremde Küsten, fremde Inseln. Ich betrachtete sie einige Augenblicke lang, ehe ich mich dem Tisch zuwandte. Wenn etwas Interessantes in der Kajüte zu finden war, dann bestimmt dort.

Auf der Tischplatte lagen Papiere. Sie waren in der gleichen fremden Schrift verfasst, in der auch der Name des Schiffes am Bug stand, die Buchstaben von links nach rechts verwischt. Ich schob die Blätter unwirsch auseinander. Nichts, was überhaupt in unserer Sprache geschrieben war; lediglich eine Karte des Sommermeeres und der umliegenden Stadtstaaten, ein Kreis um verschiedene Städte gezeichnet.

Schritte. Ich sah auf. Riora war zu mir gekommen, musterte die Dokumente mit einem Stirnrunzeln.

»Können Sie das lesen?«

»Leider nicht«, sagte sie nach kurzem Zögern. »Das muss eine Sprache von jenseits der Meerenge sein.«

Ich dachte darüber nach, doch je länger ich auf die Karte starrte, desto stärker erhärtete sich ein Verdacht in mir. Der Mann plante wirklich irgendetwas. Aber was?

»Tyban, kannst du das lesen?«

Tyban kam zu uns hinüber und blickte auf die Papiere hinab.

»Ja«, gestand er. »Mein Vater war Seemann, das weißt du doch. Hab ihn nie kennengelernt. Aber ich weiß, dass er von den Inseln kam, ich beherrsche ein paar Bruchstücke seiner Sprache.«

Ich runzelte die Stirn. Tyban hatte mir zwar schon einmal davon erzählt, dass sein Vater zur See gefahren war, nur hatte ich das nie geglaubt. Ich wusste nicht viel über seine Familie. Aber das machte mir nichts aus, weil er auch nie nach meiner gefragt hatte.

»Was hat er aufgeschrieben?«, fragte Riora.

Tyban schwieg kurz, ehe er einen Finger auf ein Wort legte.

»Anamoias«, sagte er. »Das steht hier. Ich weiß nicht, ob ...«

Jemand rüttelte an der Tür.

Ich zuckte zusammen. Tyban spannte sich an, ehe er ohne mit der Wimper zu zucken zum Fenster hinüberlief. Ich hielt mich gar nicht damit auf, Fragen zu stellen, sondern tauschte einen Blick mit Riora. Sie schien zu verstehen, kletterte eilig wieder nach draußen und rutschte am Seil hinab, während ich ihr so schnell wie möglich folgte.

»Wohin jetzt?«, fragte Riora.

Sie klang besorgt, aber nicht ängstlich. Ich fragte mich dumpf, ob sie wirklich keine Angst hatte oder ob sie zu weit von solchen Ereignissen entfernt aufgewachsen war, um zu wissen, warum sie sich fürchten sollte.

»Könnt ihr schwimmen?«, fragte Tyban zurück.

»Was? Nein, ich ...« So etwas brachte man jemandem wie mir nicht bei. »Ich würde untergehen wie ein Stein, Tyban.«

»Ich auch«, sagte Riora bedrückt.

Tyban fluchte, ehe er sich in die Kabine zurückschwingen ließ, aus der wir gekommen waren. Wir beeilten uns, ihm zu folgen, nur um ihm wenig später um ein Haar in den Rücken zu stolpern.

»Tyban, was bei Esterias Atem ...«

Er antwortete nicht. Ich blickte an ihm vorbei in den Raum, in dem zwei Männer standen und sich offenbar bis eben angeregt unterhalten hatten. Sie starrten uns an, als hätten sie gerade drei Geister gesehen. Ich konnte spüren, wie sich mein gesamtes Inneres mit Blei zu füllen schien.

Dann zogen beide ihre Messer.

»Großartig«, seufzte Tyban. »Ich habe dir doch gesagt, dass das eine dumme Idee ist.«

Ich schluckte. »Ich kann nicht fassen, dass du ausnahmsweise einmal recht hattest, Tyban.«

15

RIORA

Leyas der Goldene

Ich hatte mich noch nie in Gefangenschaft von Piraten befunden. Eigentlich hatte ich auch nicht geglaubt, dass es jemals so weit kommen würde. Doch nun, da wir vor den bewaffneten Männern standen, war dieser Tag wohl angebrochen ... und ich empfand ein kaltes Unbehagen bei dem Gedanken daran, was mein Onkel dazu sagen würde.

Neben mir erstarrte Salvati, aber Tyban zog ein Messer aus seinem Stiefel.

»Lasst uns durch«, sagte er. »Ich würde euch ungern etwas tun.«

Die Männer reagierten nicht darauf. Ich wusste nicht, ob sie Tyban nicht verstanden hatten oder ob es sie einfach nicht interessierte, was er sagte. Als er offenbar merkte, dass er keine Antwort bekommen würde, versteifte er sich.

»Lasst uns durch«, wiederholte er.

Stattdessen hoben die Piraten ihre Waffen.

Tyban fluchte. Ich trat eilig nach hinten, doch bevor sich auch nur einer von uns regen konnte, stürmten die beiden Männer vor.

Einer von ihnen hob seine Klinge, als wollte er sie in Tybans Bauch rammen. Tyban stolperte zur Seite, wollte ihm offenbar ausweichen, nur um mit einem Arm gegen die Wand zu stoßen und ins Straucheln zu geraten.

Ich holte unwillkürlich scharf Luft.

Nein. Nein, bitte nicht.

Zwei Gegner waren die schlechteste Zahl in einem solchen Kampf. Das hatte ich in einigen Büchern gelesen, in denen Leibwächterinnen wie die von Selecia Caravella die Ehre einer edlen Frau verteidigten. Ich wusste sofort, dass Tyban verloren hatte, als er Raum auf diesem engen Gang einbüßte … und so, wie er die Zähne zusammenbiss, wusste er das auch.

Einer der Männer holte aus und schlug ihm die Waffe gegen den Kopf. Tyban keuchte auf und seine Messer rutschten ihm aus den Händen, als er kraftlos in sich zusammensackte. Die Piraten ignorierten ihn. Wortlos stiegen sie über Tyban hinweg, der still blutend zu unseren Füßen lag, ihre Klingen auf uns gerichtet.

Salvati hob stumm die Arme, wie um sich zu ergeben, sein Blick düster. Als die Männer näher kamen, trat er jedoch einen Schritt nach vorn, als wollte er sich zwischen mich und die Piraten schieben.

»Nein!«, sagte ich hastig. »Nein, bitte …«

Einer der Männer sah mich an, ehe er Salvati zur Seite stieß und mit dem Messer ausholte.

Ich zuckte zurück. Wollte nach hinten stolpern, doch irgendwie schienen sich meine Füße ineinander zu verheddern. Ich strauchelte, ging unwillkürlich in die Knie, um mich zu fangen, hob den Kopf.

Einer der Männer ragte über mir auf. Für einen Herzschlag sah ich etwas Silbernes auf mich zuschnellen.

Dann schoss ein jäher Schmerz durch meine Schläfe.

Ich keuchte auf, ehe meine Beine einknickten. Dunkle Schleier flimmerten vor meinen Augen. Doch für einen Herzschlag konnte ich sehen, wie ein dritter Mann mit hellblondem Haar an den anderen beiden vorbeitrat, um mich prüfend zu mustern.

Nein, dachte ich. *O nein.*

Das war das Letzte, was ich wahrnahm, bevor die Welt um mich herum schwarz wurde.

Das Nächste, was ich spürte, war unerträglicher Kopfschmerz.

Mein Auge tränte. Ich konnte spüren, wie Flüssigkeit über meine Wange rann, verklebte Spuren auf darauf bildete. Vorsichtig blinzelte ich in beinahe undurchdringliche Finsternis. Spärliches Licht fiel zwischen Holzplanken über meinem Kopf hindurch, doch das genügte nicht, um irgendetwas zu erkennen.

Ich tastete nach der schmerzenden Stelle an meinem Schädel. Sofort fasste ich in klebriges, halb getrocknetes Blut. Ich zuckte zusammen, als ich versehentlich die Wundränder berührte. Eine Platzwunde. Wahrscheinlich sah sie schlimmer aus, als sie war, was gut war. Nekrobotaniker konnten sich nicht selbst heilen.

Um mich brauchte ich mir also keine Sorgen zu machen. Aber was war mit Tyban und Salvati passiert? Wo waren sie? Ging es ihnen gut?

Ich wusste es nicht, natürlich nicht. Doch die Vorstellung, dass Salvati etwas zugestoßen sein könnte, schmerzte mich. Er hatte nichts unversucht gelassen, um mir zu helfen. Ganz egal, wie mürrisch er war, wie spitz seine Zunge wurde, seine Taten sprachen andere Worte.

Er hatte etwas Besseres verdient als das.

Ich hörte Holz knarzen. Es dauerte einige Augenblicke, bis ich begriff, dass sich jemand im Schiff bewegen musste. Dass er näher kam.

Dann betrat ein Mann mein Gefängnis.

Licht fiel in den Raum. Einige Herzschläge lang blinzelte ich ihm angestrengt entgegen, ehe sich meine Augen daran gewöhnten. Mein Gegenüber war so groß, dass er den Kopf ein wenig einziehen musste. Seine Haut war kupferfarben, eine Seltenheit hier im Westen, sein blondes Haar unordentlich zusammengebunden. Ich schätzte ihn auf ungefähr dreißig, doch das war schwer zu sagen, denn das Leben auf dem Schiff hatte bereits Spuren in sein Gesicht gegraben.

Seine muskulösen Unterarme waren tätowiert. Schwarze und rote Linien vermischten sich zu komplexen Mustern, die Vögel zeigten, Fische, verschlungene Gestalten in ewigem Tanz.

Ich legte den Kopf zur Seite. Leyas der Goldene.

155

Das war er also, der Piratenkönig.

»Was machst du auf meinem Schiff?«

Er hatte einen leichten Akzent, der seine Worte weicher machte, als sie eigentlich ausgesprochen wurden. Ich hob den Kopf.

»Wo sind Tyban und Salvati?«

»Ich habe zuerst gefragt«, sagte er mürrisch.

Ich verschränkte die Arme. »Ich werde Ihnen aber nichts sagen, wenn Sie mir diese Frage nicht beantworten.«

Leyas der Goldene versteifte sich. Ich nutzte die Gelegenheit, um ihn etwas genauer zu mustern. Seine Augenfarbe war im Dunkeln unmöglich zu erkennen, doch als er den Mund verzog, sah ich einen erstaunlich scharfen Eckzahn aufblitzen. Manche Menschen von jenseits der Meerenge hatten schwach ausgebildete Fänge. Ein Erbe dunkler Kreaturen, die nicht von Esteria geschaffen worden waren, hieß es.

Das war ein beunruhigender Gedanke.

»Sie sind oben«, sagte er schließlich. »Ich wollte allein mit dir reden. Was machst du hier? Anamoias wäre nicht so dumm, seine Nichte zu schicken, um hier herumzuschnüffeln.«

Ich nagte an meiner Unterlippe. Wahrscheinlich wäre es unklug, ihm zu sagen, dass mein Onkel gar nichts von diesem Ausflug wusste.

»Meine Mutter wurde vor ein paar Tagen ermordet«, sagte ich. »Ich bin auf der Suche nach dem Schuldigen.«

»Was soll das mit mir zu tun haben?«, fragte Leyas argwöhnisch.

»Da war ein Brief«, sagte ich. »Er wurde mit einem Siegel verschlossen, das den Leviathan zeigt. Wir dachten, dass wir hier vielleicht Hinweise finden können.«

Darauf sagte er einige Augenblicke lang nichts. Ich kniff kurz die Augen zu, als mein Kopfschmerz zu unangenehm wurde, um ihn noch länger zu ertragen. Doch Leyas der Goldene regte sich nicht. Im Gegenteil, auf seinem Gesicht breitete sich ein seltsames Unbehagen aus.

»Was ist ein Siegel?«

Ich blinzelte. »Was?«

»Ein *Siegel*«, wiederholte er ungeduldig. »Was ist das für ein Wort?«

Für einen Herzschlag dachte ich, mich verhört zu haben. Doch als ich zu ihm hinaufblickte, sah er nicht aus, als wollte er mir ins Gesicht lügen. Im Gegenteil, er wirkte eigenartig neugierig.

Ich begriff. Er sprach Anamoyanisch noch nicht lange, oder?

»Oh«, stieß ich hervor. »Oh, das ist … man verschließt einen Brief mit Wachs und drückt ein Bild hinein, solange es noch weich ist. Verstehen Sie?«

Leyas schien darüber nachzudenken.

»Ach, das«, sagte er, ehe er das Wort mehrmals leise für sich wiederholte. »Ja. Danke. Ich habe aber keine Briefe geschrieben. Ich kann euer Anamoya-Gekritzel nicht einmal lesen.«

Obwohl ich es nicht gern zugab, ergab das durchaus Sinn. Doch in meiner Magengrube breitete sich eine unangenehme Kälte aus. Wenn er es nicht gewesen sein sollte, wer sonst?

»Wer hat den Brief dann geschrieben?«

»Was weiß ich. Es interessiert mich auch nicht.« Leyas schnaubte. »Anamoias sucht schon seit Ewigkeiten nach einem Vorwand, um mir seine Flotte auf den Hals zu hetzen. Ich werde ihm keine Ausrede liefern, uns zu jagen, indem ich seiner Nichte ein Haar krümme.«

Ich biss mir auf die Unterlippe. »Aber Sie haben eine Kaiserspinne gekauft.«

Leyas zog eine Braue hoch. »Woher weißt du das?«, fragte er misstrauisch.

»Weiß ich eben«, sagte ich. »Was wollen Sie denn damit?«

Er verschränkte die Arme. »Ich will meine Frau umbringen, wenn ich wieder nach Nandes komme.«

Ich blinzelte ungläubig. »Was? Wieso?«

»Sie ist eine blöde Kuh.«

Du meine Güte, dachte ich. Ich hoffte inständig, dass Leyas gerade einige Worte verwechselt hatte, doch vermutlich machte ich mir etwas damit vor. Waren alle Leute von jenseits der Meerenge so verrückt?

»Eine … eine was?«

»Das versteht man nicht, wenn man sie nicht kennt«, sagte Leyas. »Also, wir waren an der Küste von Balys und haben alte Tempel erkundet. Für Gold natürlich. Dann haben wir einen gefunden, der bis zum Dach mit Schätzen vollgestopft war, und diese Hure ist mir sofort in den Rücken gefallen. Sie schlägt mich einfach bewusstlos, nimmt so viel, wie sie tragen kann, und fährt mit meinem Schiff nach

Nandes! Weißt du, wie lange es gedauert hat, bis ich meine *Feuer von Saykas* wiederbekommen habe?«

Während er geredet hatte, war sein Tonfall immer wütender geworden, doch ich spürte, dass dieser Zorn nicht mir galt. Offenbar war er ein Mann, der wusste, wie man einen Groll hegte.

Was nicht gut war. Gar nicht gut.

»Monate«, schäumte Leyas. »Monatelang segelt sie mit meinem Schiff herum! Als ich endlich in Nandes war, um es mir zurückzuholen, wollte sie es anzünden. Ein hässliches Schiff wäre das, sagte sie. Ich sollte am besten auch gleich darauf verbrennen, sagte sie. Diese verlogene Ziege. *Lysiannin tervat tailatana!*«

Ich war froh, dass ich seine letzten Worte nicht verstanden hatte, denn bestimmt wäre ich anderenfalls vor Scham darüber rot geworden. Doch ich spürte, dass es wichtig war, was ich als Nächstes zu ihm sagte. Impulsiv war er, ja. Vergaß keine Kränkung.

Es war besser, ihn nicht zum Feind zu haben. Aber ich musste ruhig bleiben. Vorsichtig vorgehen. Jetzt war niemand da, der mir half.

Da war nur ich, und das war so anstrengend wie befreiend.

»Da wäre ich auch wütend«, stimmte ich ihm zu.

Leyas nickte ernst. »Sie ist jetzt eine reiche Frau«, sagte er säuerlich. »Immer gut von Leibwächtern bewacht. Ich könnte sie niedermähen, aber ich will ihnen nichts tun – nur ihr. Deswegen habe ich so eine Spinne gekauft. Sie tötet nur, wen sie töten soll.«

»Ich verstehe«, sagte ich langsam. »Das ist sehr edel von Ihnen.«

Leyas nickte ernst.

»Was ist mit Tyban und Salvati?«, fragte ich vorsichtig. »Sie wollen sich doch nicht auch an ihnen rächen, oder?«

»Nein, nicht rächen«, sagte er, wobei er sich das stoppelige Kinn rieb. »Aber Sie brauche ich hier wirklich nicht. Ihr Onkel würde das bloß als Vorwand nehmen, um mein Schiff anzuzünden. Also. Gehen Sie. Sagen Sie Kyrian Anamoias, dass das ein ... wie heißt das in eurer Sprache ...«

»Ein Gefallen?«, half ich nach.

»Nein. Wir nennen das, äh, *sabaka*. Also, ich mag Anamoias nicht, aber wenn man jemandem etwas gibt, den man mag ...«

»Ah«, sagte ich. »Ein Geschenk.«

»Geschenk«, wiederholte Leyas. »*Geschenk*. Ja. Sagen Sie ihm, dass das ein Geschenk von mir ist. Ich hoffe, dass Kyrian Anamoias daran denkt, wenn er das nächste Mal versucht, mir das Leben zu verderben.«

Es war bereits dunkel über Anamoya geworden, als mich die Männer von Leyas dem Goldenen an Land brachten. Lichter glitten wie Fische durch das Hafenbecken, blau und grün, ehe sie in der Tiefe verschwanden. Diese Irrlichter gab es auf der ganzen Welt. Mein Onkel hatte mir erzählt, dass er sie beobachtet hatte, als er in jüngeren Jahren mit meiner Tante auf Reisen durch das Sommermeer gewesen war.

Ich beobachtete sie ebenfalls, verspürte eine merkwürdige Mischung aus Stolz und Sorge. Ich hatte es ganz allein geschafft, Leyas den Goldenen von mir zu überzeugen … doch noch besser wäre es gewesen, wenn ich das Gleiche für Tyban und Salvati hätte tun können. Die beiden hatten mir schon so viel geholfen. Es war ungerecht, sie nun ihrem Schicksal zu überlassen.

Ob mein Onkel etwas bewirken konnte? Ich wusste es nicht, aber ich spürte jetzt schon, was er von der ganzen Sache halten würde. Wenn ich zu ihm ging, würde er mir wahrscheinlich gar nicht zuhören. Oder mich fragen, was ich überhaupt bei einem Piraten machte – warum es mir so wichtig war, zwei fremde Menschen aus seinen Klauen zu befreien.

Nein. Nein, das konnte ich nicht erklären.

Ich überlegte kurz, ehe ich beschloss, vorerst einfach zu Liviana zurückzukehren. Bestimmt würde sie mir zuhören, vielleicht auch eine Idee haben, wie ich Salvati helfen konnte.

Also machte ich mich auf den Weg durch die Stadt. Anamoya fiel niemals wirklich in den Schlaf, zumindest nicht am Hafen, wo die Arbeiter Tag und Nacht Ladungen auf die Schiffe oder an Land brachten. Trotzdem begegnete ich nur wenigen Passanten. Ich wünschte mir, dass es mehr gewesen seien, damit ich mich etwas besser vor dem Attentäter hätte verstecken können.

Doch meine Gedanken rasten. Ich dachte an den Brief, den Salvati mir gezeigt hatte … aber ich glaubte Leyas dem Goldenen, dass er ihn nicht geschrieben hatte. Er sprach kein fließendes Anamoyanisch und beherrschte unsere Schrift nicht. Selbst wenn er den Text verfasst hätte, hätte man es ihm angemerkt.

Aber wer war es dann gewesen?

Ich bog in eine Gasse ein. Nach Alacravi war es nicht weit, doch es war kein Weg, den man gern allein im Dunkeln zurücklegte. Ich zog mir die Kapuze über den Kopf, blickte nach vorn, lauschte nach hinten und hörte Schritte.

Ich hielt sofort den Atem an. Drückte mich an den Stein der nächstbesten Hauswand in der Hoffnung, etwas unscheinbarer auszusehen. Wenig später streiften mehrere Männer in Schwarz und Creme an der Gasse vorbei, in der ich stand. Ich erkannte diese Farben sofort. Natürlich tat ich das.

Männer meines Onkels.

Mein Herz raste. Am liebsten hätte ich mich umgedreht und wäre davongelaufen, doch meine Beine fühlten sich wie auf dem Boden festgewachsen an. Was, wenn sie auf mich aufmerksam würden, weil ich Lärm beim Laufen machte? Wenn sie nun …

Einer von ihnen sah in meine Richtung. Ich stolperte einen Schritt an der Wand entlang nach hinten, wollte immer noch weglaufen, so schnell und weit ich konnte … doch das hier waren die Männer meines Onkels. Ich kannte so viele von ihnen, seit ich ein Kind war. Sie würden mir niemals etwas tun.

Dann betraten sie die Gasse.

»Esterias Atem!«, rief einer von ihnen. »Dama Riora! Sind Sie das?«

Am liebsten hätte ich mich auf der Stelle in Luft aufgelöst.

»Ich kann nicht mitkommen«, versuchte ich, zu erklären. »Es tut mir sehr leid. Bitte sagen Sie meinem Onkel, dass es mir gut geht.«

»Wir haben den Befehl, Sie wohlbehalten heimzubringen«, sagte der Mann. »Wenn Sie sich uns anschließen würden …«

Ich wusste genau, was er damit sagen wollte. Wenn ich nicht freiwillig mit ihm ging, würde ich es wie eine Gefangene tun.

Ich schloss kurz die Augen. *Es tut mir leid*, dachte ich, doch ich wusste nicht einmal, wen ich damit meinte.

Warum mir plötzlich so unwohl zumute war.

»Ich komme mit«, stimmte ich zu, meine Stimme leise.

Was blieb mir auch für eine Wahl?

16

ARIAS

Piratengeschichten

Ich verbrachte die Nacht in einem Raum auf der *Feuer von Saykas*, den bewusstlosen Tyban neben mir, während die Männer Riora ohne ein Wort davongetragen hatten.

Stille. Gelegentlich hörte ich Schritte und Gesprächsfetzen um uns herum, doch die Piraten unterhielten sich in einer Sprache, die ich nicht verstand. Es machte mich unruhig, so in der Dunkelheit herumzusitzen, ohne zu wissen, wo Riora war. Was, wenn Leyas der Goldene ihr irgendetwas antat?

Ich hätte schreien können vor Frustration. Im gleichen Augenblick hörte ich jedoch, wie Tyban neben mir ein leises Zischen ausstieß. Ich konnte gerade so ausmachen, dass er still blutend auf dem Boden lag, ohne sich zu regen. Eine Platzwunde prangte an seinem Kopf. Wahrscheinlich sah sie schlimmer aus, als sie war.

Trotzdem wollte ich sie nicht unversorgt lassen. Man wusste nie, was noch passierte, vor allem in der Gefangenschaft eines Piraten … und ich war es Tyban schuldig, ihm etwas Gutes zu tun, nachdem er uns hierher gebracht hatte.

Was hat Ihr Großvater Ihnen beigebracht, Salvati?

Mehr, als Kyrian Anamoias dachte. Viel mehr.

Ich legte zwei Finger neben Tybans Wunde, so nah wie möglich, ohne das Fleisch durch meine Berührung zu reizen. Sie begannen, vor Kälte zu prickeln, als ich mich konzentrierte, ehe sich das Gefühl schlagartig bis zu meinem Ellenbogen hinaufzog. Einen Herzschlag lang wurde mir schwarz vor Augen. Dann begann die Platzwunde, zusammenzuschmelzen, bis nur noch leicht gerötetes Fleisch übrig war, umgeben von verklebten roten Haarsträhnen.

Ich atmete schwer aus. Spürte, dass mir etwas Warmes aus der Nase rann. Als ich es mit dem Handrücken wegwischte, blickte ich auf mehrere dunkle Blutflecken.

Gut. Alles gut.

Tyban war nicht mehr in Gefahr, falls er es überhaupt je gewesen war ... auch wenn es womöglich nicht die beste Idee war, meine Fähigkeiten auf einem Schiff voller Feinde zu zeigen. Der Gedanke an Leyas den Goldenen ließ mich schaudern. Wenn er wirklich in diese Angelegenheit verstrickt war, mochte Riora gerade ebenso gut mit durchgeschnittener Kehle im Hafenbecken treiben.

Ich schloss kurz die Augen. Versuchte, diese ungebetene Vorstellung zu verscheuchen. Wenig später hörte ich es rascheln. Tyban stöhnte leise, berührte seine blutverkrustete Schläfe.

»Das würde ich lassen, wenn ich du wäre«, sagte ich mit rauer Stimme. Auch wenn ein Nekrobotaniker eine Wunde heilte, dauerte es eine Weile, bis der Körper seines Patienten neue Kraft gesammelt hatte.

Tyban blinzelte. »Mein Kopf ...«

»Ich habe die Wunde verschwinden lassen«, sagte ich zu ihm. »Du solltest liegen bleiben, solange du kannst, dein Körper wird eine Weile auf die verschwundene Verletzung zu reagieren versuchen. Es kann sein, dass du heute noch Kopfschmerzen haben wirst. Aber morgen sollte das weg sein.«

Tyban schloss die Augen. »Hier sind gar keine Pflanzen.«

... was hat Ihr Großvater Ihnen ...

»Doch, doch«, sagte ich ausweichend. »Sie sind vertrocknet. Ich habe sie zerkrümelt, weil mir langweilig war.«

Tyban seufzte. »Du machst das alles so schwer, Arias.«

»Was?«

Doch er antwortete nicht. Ich überlegte, ob er eingedöst sein mochte, wagte es aber nicht, ihn noch einmal anzusprechen. Manchmal redeten die Leute seltsam daher, wenn man sie von schlimmen Verletzungen heilte. Vor allem, wenn sie den Kopf betrafen.

»Wo ist Riora?«, murmelte er.

»Wenn ich das bloß wüsste«, sagte ich. »Ich hoffe, dass sie ihr nichts tun.«

»Dass du so besorgt um sie bist …«, sagte Tyban, die Stimme immer noch matt. »Hast du nicht vor Kurzem gesagt, dass du sie nicht magst?«

»Ich mag viele Leute nicht, Tyban. Das bedeutet gar nichts.«

»Und sie? Ist sie anders?«

Sein Tonfall war matt. Ich achtete nicht darauf, weil sich plötzlich ein Gefühl in mir ausbreitete, das ich nicht recht einordnen konnte. Ich hatte Riora für ein jüngeres Abbild ihres Onkels gehalten, doch nun wurde mir klar, dass das nicht stimmte. Sie war voller Sanftmut, voller Freude. Regungen, zu denen Kyrian Anamoias wahrscheinlich nie in seinem Leben fähig gewesen war.

»Ich verstehe, wie sie sich im Augenblick fühlt«, sagte ich leise. »Mehr ist das nicht. Ich verstehe, wie sie alles dafür tun will, die Fragen zu beantworten, die sie quälen. Warum es geschehen ist. Warum ihre Mutter sterben musste und dann sie selbst.«

Tyban sagte nichts, aber ich spürte seinen Blick auf mir ruhen.

»Ich hätte ihr nicht ausreden können, hierher zu kommen«, sagte ich. »Ich weiß das, weil es mir auch niemand ausreden konnte. Sie ist stur. Sie ist bereit, alles dafür zu geben, die Wahrheit zu erfahren. Und …«

Ich schluckte. Sah mich einen Herzschlag lang selbst in der Dunkelheit stehen, noch ein Kind, weiße Trauerkleidung am Körper hängend und Tränen in den Augen.

»Sie ist ganz allein, auch wenn sie es nicht weiß«, flüsterte ich.

Darauf wurde es eine Weile still in der Finsternis zwischen uns. Ich spürte, dass eine vage Kälte über meine Haut kroch, die ich normalerweise nicht in Tybans Anwesenheit empfand. Aber er schwieg. Saß nur in der Schwärze, so nah neben mir, so unendlich weit entfernt.

»Du benimmst dich in letzter Zeit merkwürdig, Arias«, sagte Tyban schließlich. »Du tauchst einfach mit ihr auf dem Arm auf.

Sagst, dass du sie geheilt hast, dass du sie verstecken musst. Was hat sie an sich, was dir so wichtig ist? Riora Anamoias gehört zu den zwanzig Familien, sie wurde dazu erzogen, andere zu manipulieren. Hast du vergessen, dass du diese Leute hasst?«

»Nein«, sagte ich gereizt. »Aber sie ist nicht wie sie, in Ordnung?«

Tyban sah mich lange an. Es war mir unmöglich zu sagen, was er dachte. Dann ließ er sich wieder auf den Boden zurücksinken, schloss die Augen, als hätte er üble Kopfschmerzen.

»Wenn du meinst«, sagte er.

Damit ließ er mich mit meinen Gedanken allein.

Stille kehrte ein. Ich sprach Tyban nicht an, weil er alle Ruhe brauchte, die er bekommen konnte. Er hatte doch keine Ahnung. Ich hatte zu früh und zu scharf über Riora geurteilt, so wie man früher über mich geurteilt hatte, und ihr dabei unrecht getan.

Mehr nicht.

Eine Weile saßen wir schweigend in der Finsternis. Ich wusste nicht, ob Tyban wach war oder nicht, sah jedoch auch nicht nach. Dann hörte ich Schritte, die sich ganz nah an unserem Gefängnis bewegten – die direkt auf uns zuzukommen schienen.

Wenig später flog die Tür auf. Ich kniff die Augen zusammen, als trübes Licht in den Raum fiel; Tyban zischte vor Schmerz. Zwei Männer traten ein, vielleicht diejenigen, die uns überhaupt erst hierher gebracht hatten.

»Leyas will euch sehen«, verkündete einer von ihnen mit schwerem, weichem Akzent. »Er hasst es, wenn jemand ungefragt in seinen Geheimnissen stöbert. Er wird euch umbringen.«

»Großartig«, sagte ich lahm. »Noch mehr Wahnsinnige, die Messer in unschuldige Leute wie mich zu rammen versuchen.«

Die Männer lachten darüber, ehe sie uns auf die Beine zogen. Ich wehrte mich nicht einmal, sondern folgte ihnen durch die *Feuer von Saykas*. Ohne ein Wort gingen wir hinauf zur Kapitänskajüte, die wir so spektakulär verlassen hatten. Unsere Begleiter schoben uns mit schadenfrohen Mienen nach drinnen, blieben jedoch vor der Tür stehen, als wollten sie uns belauschen.

Das gefiel mir überhaupt nicht.

Leyas der Goldene erwartete uns bereits. Schweigend stand er hinter seinem Schreibtisch, zwei Schwerter vor sich abgelegt. Er war so groß, dass er sich fast den Kopf an der Decke des Raumes stieß, und noch dazu von oben bis unten mit Muskeln bepackt. Das hellblonde Haar hatte er zu einem Zopf zusammengefasst. Wahrscheinlich war es ganz gut, dass er selten länger an einem Ort sein dürfte, dachte ich bei mir. Der Mann war aus dem Stoff geschaffen, der so manche Frau den Verstand verlieren ließ.

Neben mir legte Tyban den Kopf zur Seite. Er lächelte leicht.

»Ich hätte nicht gedacht, dass so viele Leute versuchen, sich auf mein Schiff zu schleichen«, sagte Leyas schließlich. »Wisst ihr, was man in meiner Heimat mit Gaunern wie euch macht?«

»Sie mit einem Händedruck gehen lassen?«, fragte Tyban.

»Nein. Man bindet ihnen einen Stein um den Hals und wirft sie ins Meer.«

Tybans Lächeln gefror. Das Blut in meinen Adern ebenfalls. Ich blickte auf die beiden Schwerter, die auf dem Tisch lagen. Eines davon war nicht weiter ungewöhnlich, das andere leicht gekrümmt und mit einer eigenartig spiegelnden Klinge.

Ob das wohl die Waffe war, mit der er den Leviathan getötet hatte?

»Wo ist Riora?«, fragte ich. »Geht es ihr gut?«

Leyas zuckte mit den Schultern. »Ich habe sie gehen lassen. Was soll ich mit ihr anfangen? Anamoias hätte nur einen Vorwand, mein Schiff in der Lagune zu versenken.«

Obwohl er das in einem Ton sagte, der mir nicht gefiel, atmete ich im Stillen auf. Wenigstens war sie sicher. Wenigstens das.

»Ich habe nichts mit irgendwelchen Mordkomplotten zu tun«, sagte Leyas; er klang beinahe beleidigt. »Das habe ich schon diesem Mädchen erklärt. Lasst mich in Ruhe damit.«

Ich runzelte die Stirn. »Wie erklären Sie mir dann das hier?«

Ich griff in meine Tasche, um den Brief hervorzuziehen, der an der Brust von Rioras Mutter befestigt gewesen war.

»Das habe ich an der Leiche der Frau gefunden«, sagte ich vage. Leyas musste nicht wissen, dass ich mich hier nach mehr als einem Toten erkundigte. »Auf dem Siegel ist ein Leviathan. Ihr Leviathan.«

Er nahm das Papier misstrauisch entgegen, entfaltete es, um es zu studieren. Eine steile Falte bildete sich auf seiner Stirn.

»Jemand schreibt also Briefe und behauptet, dass ich es war, ja? Das hat das Anamoiasmädchen auch gesagt ...« Sein Gesicht war düster. »Wieso sollte ich einen Assassinen beauftragen, um jemanden zu töten, nur um dann meinen Leviathan an die Leiche heften zu lassen? Wenn ich jemanden umbringen will, mache ich das selbst. Jemand missbraucht meinen guten Namen.«

Ich verkniff mir ein Schnauben. Ein guter Name. Der Mann war Pirat, wen versuchte er hier zu veralbern?

Was er sagte, ergab jedoch Sinn. Leyas der Goldene hätte mit so einem Brief sein eigenes Todesurteil unterschrieben; es war weithin bekannt, dass Anamoias einen nahezu irrationalen Hass auf Piraten hegte. Also wäre es vielleicht gar nicht so dumm, einen Brief an ihn zu schicken und es aussehen zu lassen, als käme er von Leyas.

Denn Anamoias würde außer sich sein. Sein Urteilsvermögen verlieren. Und womöglich übersehen, dass er und Leyas gegeneinander ausgespielt wurden.

»Wer könnte so etwas tun?«, fragte ich.

»Ich weiß nicht«, sagte Leyas. »Es ist mir auch egal. Ich bin nur hier, um Geschäfte zu erledigen, Anamoias kann meinetwegen machen, was er will. Ich werde euch beide in eine Kabine bringen lassen. Bei Sonnenuntergang laufen wir aus. Sobald wir die Gewässer von Anamoya verlassen haben, lasse ich euch ins Wasser werfen.«

Ich zuckte heftig zusammen.

»Das erscheint mir etwas überzogen«, sagte Tyban vorsichtig.

Leyas zuckte mit den Schultern. »Ich kann nicht dulden, dass hier jemand herumläuft, Lügen verbreitet und auf meinem Schiff herumschnüffelt. So einfach ist das. Wenn ich euch im Ozean jenseits der Stadt ins Wasser werfe, kann sich auch niemand beschweren, dass ich ein Gesetz gebrochen hätte.«

»Sind Sie eigentlich völlig wahnsinnig?«, brauste ich auf.

»Das ist wirklich nicht nett«, sagte Tyban. »Arias kann nicht schwimmen.«

»Tyban!«, zischte ich.

Aber zu meiner Überraschung stand Tyban auf, die Arme immer noch hinter dem Rücken gefesselt, und blieb vor Leyas stehen. Sein Gesicht war ungewöhnlich ernst. Ungewöhnlich kühl.

»Ich fürchte, das kann ich nicht zulassen«, sagte er. »Ich habe einen anderen Vorschlag. Sie lassen uns von diesem Schiff verschwinden und wir versprechen, nicht wieder in Ihre Nähe zu kommen.«

»Warum sollte ich darauf eingehen?«, fragte Leyas misstrauisch.

»Weil ich Sie hiermit zum Duell fordere«, sagte Tyban. »Ich denke, dass ich ein Recht darauf habe, uns hier herauszukämpfen.«

Ich erstarrte. Er wollte was?

Leyas richtete sich auf. Seine Augen funkelten. »Ein Duell.«

»Sie sehen aus wie ein Mann, der sich gern prügelt, Leyas«, sagte Tyban. »Kommen Sie. Lassen Sie uns diesen Tanz wagen. Was haben Sie schon zu verlieren?«

Einen Augenblick lang starrte Leyas der Goldene misstrauisch auf ihn hinab, ehe ein vages Lächeln über sein Gesicht flackerte. Er kämpfte es rasch nieder, doch ich musterte seine beeindruckenden Muskeln und schauderte innerlich. Esterias Atem. Tyban hatte sich eben noch bewusstlos schlagen lassen und jetzt wollte er unbedingt mit diesem Riesen kämpfen?

»Ich werde dich umbringen«, drohte Leyas.

»Versuchen Sie es doch«, sagte Tyban munter.

Leyas nahm seine beiden Schwerter vom Tisch. Ließ sie in einer fließenden Bewegung in die dafür vorgesehenen Schlaufen an seinem Gürtel schnellen. Tyban beobachtete das, ohne sein Lächeln fallen zu lassen. Einen Augenblick lang bekam ich das Gefühl, dass mir hier irgendetwas entging.

»Dann soll es ein Duell sein«, entschied Leyas. »Jetzt.«

»Mit Freuden«, sagte Tyban gelassen, als wäre er gerade nur zum Tee geladen worden. »Ziehen Sie sich warm an, Goldener Schatten.«

Ich hoffte dumpf, dass er sich nicht gleich umbringen lassen würde.

»Bist du sicher, dass das eine gute Idee ist?«, raunte ich Tyban zu.

»Nein«, sagte Tyban. »Aber ich will dich daran erinnern, dass wir gar nicht in dieser Situation wären, wenn du nicht unbedingt auf dieses Schiff hättest steigen müssen.«

Ich seufzte. »Ja, ich weiß. Ich sollte verantwortungsbewusster werden, das hat Livia mir auch schon erklärt.«

»Das hast du jetzt gesagt, Arias, nicht ich. Ich mag dich genauso, wie du bist. Wärst du so gut, meinen Umhang für mich festzuhalten? Danke.«

Ich tat wie geheißen, obwohl mir das alles überhaupt nicht gefiel. Wir standen auf dem Deck der *Feuer von Saykas*, und die Sonne brannte unangenehm in meinem Nacken, während sich Leyas und Tyban für ihr Duell herrichteten. Schweigend band Tyban sein Haar zusammen, sein Blick dunkel, seine Schläfe immer noch blutverklebt. Ich war unsicher, was ich davon halten sollte. Tyban hatte vorhin erst gegen die beiden Männer verloren, die uns gestellt hatten. Wie sollte er da gegen Leyas den Goldenen bestehen?

Leyas hingegen ließ sich überhaupt nicht aus der Ruhe bringen. Er stand auf der anderen Seite des Decks, prüfte seelenruhig seine Klingen, wobei er mit seinen Männern schwatzte. Ich verstand kein Wort von dem, was sie sagten, aber das musste ich auch nicht. Leyas sah vollkommen entspannt aus, lachte sogar, ehe er einem seiner Piraten auf die Schulter klopfte und zu uns hinübersah.

Das sagte mehr aus, als ich wissen wollte.

»Tyban«, sagte ich vorsichtig. »Du weißt, dass er Kleinholz aus dir machen wird, ja?«

»Du hast recht. Ich sollte dir die beiden Messer geben.« Tyban lächelte schelmisch, doch das Lächeln erreichte nicht seine Augen. »Ein Gegner ist günstiger im Kampf als zwei und hier ist es nicht so eng, dass ich gegen eine Wand stoßen könnte. Beides ist ein Vorteil. Stell dich einfach an den Rand und lass mich das machen, ja?«

Ich hob abwehrend die Hände, ehe ich an die Reling trat, wo ich hoffentlich niemandem im Weg stand. Mehrere Männer grinsten sich zu, als sie das sahen; einige lachten sogar offen in meine Richtung. Ich ignorierte sie und verschränkte die Arme, als ich Tyban und Leyas beobachtete.

Sie schritten aufeinander zu, ohne ein Wort zu sagen. Konzentriert auf das, was gleich geschehen würde. Ganz genau fiel mir in diesem Augenblick der Unterschied zwischen den beiden Männern auf. Tyban war fast einen Kopf kleiner und deutlich schlanker als Leyas, trotz seiner kräftigen Arme kein Vergleich zu dem Piraten vor ihm. Ich hoffte inständig, dass das kein Nachteil für ihn sein würde.

»Also«, sagte Tyban. »Bis zum ersten Blut?«

Leyas legte den Kopf zur Seite, ehe er verstohlen lächelte. Er hatte erstaunlich scharfe Zähne, die mich an Fänge erinnerten.

»Abgemacht.«

Tyban nickte, ehe er ihm eine Hand hinhielt. Leyas wirkte verwundert, schüttelte sie jedoch, ohne zu zögern. Das würde nicht gut ausgehen. Ich wusste einfach, dass es nicht gut ausgehen würde.

Dann, ohne ein weiteres Wort, drehten sich die beiden den Rücken zu und gingen jeweils zehn Schritt auseinander. Ich hielt unwillkürlich den Atem an, während sie sich umdrehten, wortlos ins Auge fassten. Tyban umklammerte die Messer in seinen Händen fester, während der Wind sein Haar zerzauste. Auf seinem Gesicht zeigte sich kein Lächeln, kein Funkeln in seinen Augen. Mir wurde unwohl, als ich begriff, dass ich ihn noch nie so ernst gesehen hatte.

Dann drehten sie sich um und liefen aufeinander zu.

Stahl traf klirrend auf Stahl. Ich hielt den Atem an, als Tyban ein Schwert mit seinen Messern abwehrte, einen Herzschlag später mühelos das zweite parierte. Funken sprühten, wo sich die Klingen getroffen hatten. Ich konnte sehen, wie Leyas die Augen weitete. Er hatte das nicht erwartet. Das spürte ich.

Ich allerdings auch nicht.

Tyban holte mit einem Messer aus. Leyas wehrte es mühelos ab, drehte sich elegant zur Seite, konterte mit einem eigenen Schlag. Immer wieder klirrten ihre Waffen, in einem so schnellen Rhythmus, dass ich ihm kaum folgen konnte. Tyban tänzelte leichtfüßig um Leyas herum, wich mehr als einmal seinen Hieben aus, wobei er vor Konzentration die Augen zusammenkniff.

Bis zum ersten Blut. Das mochte viel heißen.

Meine Güte, Tyban, pass bloß auf dich auf.

Tyban duckte sich unter einem Schlag hinweg, holte mit seinem Messer aus; doch Leyas bemerkte die Bewegung, trat zur Seite und ließ ihn an sich vorbeitaumeln. Dann hob er seine Schwerter, schlug zuerst mit dem einen, schließlich mit dem anderen zu – Tyban wich dem ersten aus, die Augen geweitet, rollte sich ab und entging um ein Haar dem zweiten ...

»Schon müde?«, fragte er.

»Hör auf, so herumzuspringen«, erwiderte Leyas gereizt. »Das zieht es nur in die Länge.«

»Wie du willst«, sagte Tyban und warf sein Messer.

Ein silbernes Blitzen in der Luft. Leyas wehrte es mit einem Schwert ab, sodass es klirrend über das Deck rutschte, und Tyban nutzte die Gelegenheit und schnellte wie eine Schlange nach vorn. Einen Herzschlag lang sah ich, wie Leyas erschrocken nach hinten fuhr. Wie Tyban die verbliebene Klinge nach oben riss, ehe beide auseinanderstoben.

Einen Augenblick herrschte eine seltsame Stille, in der sie einander schwer atmend anstarrten. Dann, ganz langsam, ließ Tyban sein verbliebenes Messer sinken, während Leyas ungläubig seine Wange berührte.

Ein feines Rinnsal Blut sickerte zwischen seinen Fingern hervor. Leyas legte sofort die Hand darauf, sodass es niemand mehr sehen konnte.

Tyban lächelte verschmitzt.

»Sehr schön«, sagte er. »Dann können wir ja jetzt gehen.«

Leyas presste die Lippen aufeinander. Sah einen Augenblick lang aus, als hätte er Tyban am liebsten auf der Stelle die Kehle herausgerissen. Schließlich steckte er seine beiden Schwerter weg. Aber in seinem Blick stand etwas, das mehr zu sein schien als reiner Ärger.

Um uns herum war es totenstill.

Erst dann begriff ich, was gerade geschehen war.

Tyban hatte die ganze Zeit mit ihm gespielt. Nicht einen Herzschlag lang war Leyas ihm eine ernsthafte Gefahr gewesen. Tyban hatte den Piratenkönig gerade vor seiner gesamten Mannschaft gedemütigt – nicht nur mit seinem Sieg, sondern auch mit den Worten, die er danach verloren hatte.

Und so, wie Leyas der Goldene dreinblickte, wusste er das ebenso gut wie ich.

»Dafür wirst du bezahlen«, zischte Leyas.

Tyban warf ihm einen langen Blick zu. »Glaubst du das?«

Leyas biss die Zähne so heftig zusammen, dass es mich nicht gewundert hätte, sie splittern zu sehen. Falls Tyban etwas davon bemerkte, schien ihn das jedoch nicht zu interessieren. Er hob sein verlorenes Messer auf, als täte er so etwas jeden Tag, und kam beinahe entspannt auf mich zugeschlendert.

»Das war unangenehm«, sagte er. »Lass uns gehen, bevor es noch schlimmer wird.«

Ich starrte ihn ungläubig an. »Was war das denn?«, zischte ich.

Tybans Lächeln verblasste. Kurz wirkte er sogar merkwürdig schuldbewusst, so wie ein Kind, das ich bei einem bösen Streich erwischt hatte.

»Vielleicht sollte ich dir ein paar Dinge erklären, wenn wir dieses Schiff verlassen haben, Arias.«

17

RIORA

Dunkle Geheimnisse

Sie brachten mich noch in dieser Nacht ins Arbeitszimmer meines Onkels.

Obwohl ich nicht lange fort gewesen war, fühlte es sich seltsam an, wieder im Stadtpalast meiner Familie zu sein. Die Gänge erschienen mir dunkler als sonst, die wenigen offenen Türen wie schwarze Löcher, die ins Nichts führten. Ich fröstelte unwillkürlich, während mich die Männer zu Kyrian Anamoias brachten. Ich hatte gesehen, dass er am Fenster gestanden hatte, als ich gekommen war. Eine dunkle Gestalt mit dunklem Blick, die Arme vor der Brust verschränkt.

Schuldgefühle wühlten in meiner Magengrube. Ich hatte ihm große Sorge bereitet. Ich war nicht sofort nach Hause zurückgekommen, obwohl ich es gekonnt hätte.

Jetzt würde er mich auf seine Weise dafür strafen.

Wir erreichten sein Arbeitszimmer, ohne ein Wort zu sprechen. Ebenso stumm schoben mich die Wachen hinein, während sich bleierne Kälte über meine Schultern legte. Mein Onkel stand noch immer am Fenster, regte sich nicht, als ich mich setzte. Dann überkam mich ein Schaudern. Denn als sich Kyrian Anamoias zu mir umdrehte, sah er nicht nur milde verärgert aus; in sein Gesicht hatte sich eine kühle Wut gefressen, wie ich sie nur selten gesehen hatte.

»Riora.« Seine Stimme war messerscharf. »Erklär mir das.«

Ich senkte den Kopf.

»Du verschwindest spurlos auf diesem Maskenball«, setzte mein Onkel hinzu, »hinterlässt keine Nachricht, gehst einfach in die Nacht hinaus. Dir hätte alles Mögliche passiert sein können! Wo bei Esterias Atem hast du dich herumgetrieben?«

»Ich habe mich versteckt«, sagte ich leise. »Es tut mir leid, Onkel, es ging nicht anders. Jemand hat versucht, mich zu erschießen.«

Ich hatte gehofft, dass seine Haltung ein wenig weicher werden würde, doch er regte sich nicht. Stattdessen erschien ein merkwürdiges Flackern in seinem Blick. Was immer er für eine Antwort erwartet hatte, diese schien es nicht gewesen zu sein.

»Warum bist du damit nicht zu mir gekommen?«

»Ich wollte dir schreiben«, sagte ich. »Salvati hat mir geholfen, mich zu verstecken. Ich war verletzt, ich glaube nicht, dass ich es mit einem Mörder auf den Fersen bis hierher geschafft hätte ...«

»Salvati?«, wiederholte mein Onkel scharf.

Ich sah ungläubig zu ihm auf.

»Riora«, sagte er, offenbar bemüht, seine Stimme halbwegs ruhig zu halten. »Dieser Mann ist nicht das, was er zu sein scheint. Du solltest dich von ihm fernhalten.«

»Warum? Was ist mit ihm?«

Er schwieg kurz.

»Nichts«, sagte er plötzlich sehr fest. »Gar nichts. Du hättest sofort hierherkommen müssen, statt mit diesem verlogenen Mistkäfer auszureißen. Hat er dir irgendetwas getan? Hat er dich angerührt?«

»Nein!«, sagte ich erschrocken. »Er würde nie ... Onkel, er sieht nicht so aus, aber er ist ein Mann mit Ehre. Das kann ich dir versprechen.«

Kyrian Anamoias schnaubte. »Er ist ein stinkender Herumtreiber, und ich wünsche nicht, dass du irgendeinen Kontakt mit ihm suchst. Er ist eine Gefahr für unsere Familie, mehr, als du es dir vorstellen kannst. Es war ein Fehler, ihn mit Bildern zu beauftragen.«

173

Ich runzelte die Stirn. Noch nie hatte ich meinen Onkel sagen hören, dass irgendetwas in der Stadt eine Gefahr für uns war, nicht einmal die von ihm so verhassten Piraten.

»Er hat mir das Leben gerettet«, begehrte ich auf.

Aber mein Onkel schien mir gar nicht zuzuhören.

»Warum bist du nicht sofort zurückgekommen?«, hakte er wieder nach. »Riora, wenn da draußen jemand ist, der dir Schaden zufügen will ...«

»Weil jemand, der mich mitten auf einem Fest erschießt, bestimmt kein Problem damit hat, hier einzubrechen und mir im Schlaf die Kehle durchzuschneiden«, brauste ich auf.

»Riora!«, sagte mein Onkel mahnend.

Ich klappte sofort den Mund zu. Dachte daran, was Salvati mir gesagt hatte, spürte eine eigenartige Mischung aus Scham und Wut in meiner Magengrube brodeln. *Machen Sie etwas aus Ihrem Mundwerk, Riora. Man muss sich nicht alles gefallen lassen.*

Er hat es gut, dachte ich. Wenn er nach Hause kam, war da keine Familie, die sich vor ganz Anamoya als unfehlbar präsentierte. Keine tausend Regeln, die mir manchmal den Hals abzuschnüren drohten. Nur ein ungemachtes Bett, in dem sich Salvati verkriechen konnte, bis die Welt dort draußen wieder schön aussah. Ein Atelier, in dem er tat, was ihn glücklich machte.

Warum konnte ich nicht glücklich sein?

Warum hatte mich niemals jemand gefragt, was ich mir wünschte?

»Du benimmst dich absolut lächerlich«, sagte mein Onkel ver-ärgert. »Das habe ich davon, dich mit Arias Salvati in einen Raum zu stecken. Dieser Mann ist ein schlechter Umgang für dich, Riora – er kennt keine Moral, kein Benehmen, er hat immer wieder Schande über die zwanzig Familien gebracht. Du solltest dich mit Menschen umgeben, die Manieren haben.«

»Ich wollte ihn ja nicht gleich heiraten«, sagte ich bissig.

»Siehst du? Spricht eine junge Frau der zwanzig Familien so mit ihrem Onkel?« Er rieb sich die Stirn. »Nun gut. Wenn du so sehr um dein Wohl besorgt bist, gebe ich dir ein Zimmer mit vergitterten Fenstern. Das sollte selbst erfahrene Auftragsmörder in ihrer Arbeit behindern.«

174

Du sperrst mich ein, dachte ich. Ballte unwillkürlich die Hand zur Faust. *Du sperrst mich wirklich ein.*

»Du sagst gar nichts«, stellte er fest.

Einen Augenblick lang starrten wir einander an. Ich spürte den Ärger in mir brodeln, die heiße, alles verzehrende Wut. Noch nie hatte ich daran gedacht, ihm einfach alles entgegenzuschleudern, was ich dachte. Aber jetzt schon. Jetzt hätte ich ihm gern alles gesagt.

Doch ein kleiner Teil von mir zögerte. Er würde mich nur noch härter bestrafen, wenn ich Widerworte gab. Einmal hatte ich eine Woche lang in meinem Schlafzimmer bleiben und Aufgaben lösen müssen, bis er mir wieder erlaubt hatte, nach draußen zu kommen.

»Nein, Onkel«, sagte ich matt. »Vielen Dank, Onkel.«

»Gut«, sagte er. Mehr nicht. Für einen Augenblick schien die Stille zwischen uns anzuschwellen, erdrückte selbst meine Atemzüge. Bleierne Kälte füllte meinen Magen. Warum hatte ich diese unangenehme Lautlosigkeit im Stadtpalast niemals wahrgenommen?

Oder hatte ich mich einfach daran gewöhnt?

Dann stand mein Onkel abrupt auf.

»Jetzt, wo du zurückgekommen bist, haben wir Wichtiges zu tun«, sagte er, wurde mit jedem Wort wieder ganz der Alte. »Wenn da draußen jemand ist, der dich töten will, müssen wir Vorkehrungen treffen. Es gibt einige nekrobotanische Kniffe, die ich dir erst zeigen wollte, wenn du in den Rat eintrittst. Aber jetzt haben wir keine Wahl mehr. Ich möchte, dass du dich heute Nacht ausschläfst. Du wirst all deine Kräfte brauchen.«

Ich nickte, obwohl es mir schwerfiel, mich nun dafür zu interessieren. Absurderweise musste ich wieder an Salvati denken, konnte förmlich hören, wie er den Kopf schütteln und das Ganze als lächerlich bezeichnen würde. *Ich habe alles getan, was ich in dieser Situation tun konnte*, würde er vielleicht sagen. Schamlos würde er meinem Onkel seine Gedanken ins Gesicht schleudern – und am Ende womöglich sogar damit durchkommen.

Mein Onkel sah stumm auf mich herab. Ich spürte instinktiv, was er von mir erwartete. Doch in meiner Magengrube wühlte noch immer eine Mischung aus Zorn und Beklommenheit, wie ich sie nie zuvor empfunden hatte. Ich wollte ihm nicht gefallen, nicht jetzt.

Der Gedanke daran, dass er über mein Benehmen lächeln, zufrieden damit sein könnte, stieß mich sogar ab.

»Ich gehe ins Bett«, sagte ich.

Er nickte darüber. Mehr nicht.

»Schlaf gut, Riora«, sagte er, ehe er mich mit einer Handbewegung entließ. Auf einmal war ich unsicher, ob er das ernst meinte oder ob es sich nur um eine Floskel handelte. Doch in diesem Augenblick wurde mir bewusster als je zuvor, dass ihn nicht interessierte, was ich über seine Pläne dachte.

Dass ich niemals mein eigenes Leben führen würde.

Und dass Salvati möglicherweise recht hatte, was meinen Onkel anging.

Ich verbrachte den Rest der Nacht in einem Zimmer mit vergitterten Fenstern, wie mein Onkel es beschlossen hatte. Natürlich tat ich kein Auge zu. Also lag ich im Dunkeln da, still, mein Herz klopfend und mein Magen flau. Neben dem Bett statt darin. Nur dünn zugedeckt, weil mir unwohl bei dem Gedanken war, möglicherweise doch von draußen gesehen und getötet zu werden.

So zu enden wie meine Mutter.

Ich spürte, wie mir eine Träne über die Wange lief, und hasste mich dafür. Es brachte jetzt nichts, um sie zu weinen, wo doch Tyban und Salvati noch in Gefahr waren … aber ich konnte mich nicht daran hindern. Also rollte ich mich unter der Decke zusammen. Ließ die Tränen über mein Gesicht laufen, ohne zu schluchzen, denn das würde vielleicht mein Onkel hören.

Wenn sie bloß hier gewesen wäre, um mir einen Rat zu geben. Vielleicht hätte sie gewusst, was zu tun war, einen Weg gesehen, auch Tyban und Salvati zu helfen. Vielleicht hätte sie mich auch nur umarmt. Mich getröstet. Mir gesagt, dass am Ende alles gut würde.

Eine Weile lag ich da und weinte in mich hinein. Danach fühlte ich mich eigenartig ausgelaugt, eigenartig wach. Der Gedanke, hier im Schlafzimmer zu bleiben, wurde unerträglich. Also kam ich auf die Beine, zog einen Morgenmantel über und verließ den Raum. Ich nahm keine Laterne mit. Es kam mir vor, als würde ich dem Attentäter damit nur zurufen, wo ich gerade herumlief.

So leise wie möglich, damit mein Onkel mich nicht erwischte, ging ich davon. Lauschte auf herumstreifende Wachen, schob wenig später die Tür der Bibliothek auf. Nach Büchern über Nekrobotanik stand mir nicht der Sinn. Doch vielleicht fand ich eine Geschichte, in der ich mich heute Nacht verlieren konnte.

Irgendetwas, um alles zu vergessen, dachte ich. *Irgendetwas Schönes. Etwas, das …*

Schritte im Dunkeln.

Ich versteifte mich. Schob die Tür eilig zu und ging hinter einem Regal in Deckung. Ich konnte hören, dass es kein Knochendiener war, der sich viel langsamer bewegt hätte. Nicht mein Onkel, der nicht so leichtfüßig umhergelaufen wäre.

Er ist es, schoss es mir durch den Kopf. *Er ist hier, um mich zu töten.*

Licht flackerte auf. Ganz schwach, von einer Hand beschirmt, als sollte es nicht gesehen werden. Ich runzelte die Stirn, als eine Gestalt um die Ecke schlich. Ein Mann, der meinem Versteck den Rücken zudrehte, ein Buch aus dem Regal zog und zu lesen begann.

Er war kaum größer als ich, sein Körper schlank, sein dunkles Haar zerzaust.

Nerva Lavori. Was tat er denn hier?

Ich trat aus den Schatten. Er wirbelte sofort zu mir herum, die Augen vor Schreck geweitet.

»Riora?«

»Was machen Sie denn hier?«, fragte ich empört.

Einen Augenblick lang starrte er mich erschrocken an, ehe er sich räusperte und ein Lächeln aufsetzte. »Nun, ich wollte ein gutes Buch lesen. Warum sonst sollte man in eine Bibliothek kommen?«

Ich verschränkte die Arme. Nerva war manchmal genauso unverschämt wie Salvati, nur verstand er es meist besser, das mit seinem Charme zu überspielen.

»Sie sind nicht ernsthaft hier eingebrochen, oder?«

»Das ist so ein hässliches Wort«, beklagte sich Nerva. »Sagen wir einfach, dass ich zufällig vorbeikam und ein Fenster entdeckt habe, das sich sehr leicht öffnen ließ.«

»Reden Sie sich nicht heraus«, schäumte ich. »Sie schnüffeln hier herum!«

Er zuckte mit den Schultern, doch ich kannte ihn inzwischen gut genug, um die Anspannung dahinter zu sehen. »Natürlich tue ich das. Ich fürchte, dass Ihr Onkel mich nicht einfach so in diese Bibliothek gelassen hätte.«

Ich verkniff mir ein Schnauben. Dieser Mann hatte Nerven!

»Was tun Sie ausgerechnet bei uns? Sie …« Ein kalter Schauder fuhr zwischen meinen Schulterblättern hinab. »Oh. Sie suchen wieder Bücher über Nekrobotanik, nicht wahr? Wie lange wissen Sie schon, wer wir sind?«

»Ich bin erst darauf gekommen, nachdem wir auf dem Maskenball gesprochen haben«, sagte er. »Aber es liegt eigentlich nahe. Warum sollte die mächtigste Familie in Anamoya nicht über die Toten gebieten? Jedenfalls dachte ich, dass es sich lohnen würde, hier einzubrechen. Dass ich hier mehr darüber erfahren würde, was an der Nekrobotanik nicht stimmt.«

Ich runzelte die Stirn. »Was meinen Sie damit?«

»Wir wissen weniger über das Handwerk, als wir glauben«, sagte Nerva. »Wir betrachten es als eine Kunst des Todes. Dabei dreht sich alles, was wir damit tun, um die Verschiebung von Lebenskraft. Wir entziehen Pflanzen Energie und bannen sie in Knochen, wir heilen Lebendes mit ihrer Kraft. Aber funktioniert das auch mit anderen Materialien? Könnten wir Mechanismen aus Holz oder Metall erschaffen – oder andere Quellen als Pflanzen verwenden?«

»Davon habe ich bisher nie gehört«, sagte ich zweifelnd.

»Natürlich nicht. Es gibt Dinge, von denen noch nie jemand in dieser Stadt etwas gehört hat, aber ich habe so viele Fragen dazu.« Er fuhr sich durchs Haar. »Ein anderes Beispiel wäre Vetalia. Die Insel, auf der jeder Nekrobotaniker geschlafen hat. Warum können wir nur dort unsere Kräfte erlangen? Warum gibt es nirgendwo auf der Welt Menschen, die eine ähnliche Gabe wie unsere haben?«

Ich dachte darüber nach. Das war wirklich merkwürdig.

»Haben Sie denn eine Theorie dazu?«

»Noch nicht. Deswegen bin ich hier.«

Ich verschränkte die Arme. Es war zwar interessant, was er sagte, aber er war immer noch ein Einbrecher in diesem Haus.

»Warum interessiert Sie das alles so sehr?«, fragte ich. »Selbst wenn es möglich wäre, andere Quellen für Nekrobotanik zu finden – was könnten wir daraus machen?«

»Was könnten wir nicht daraus machen, Riora?«, fragte er zurück. »Wer die Magie des dunklen Gottes beherrscht, der hat einen Vorteil gegenüber denen, die es nicht können. Eine neue Art der Nekrobotanik würde die zwanzig Familien und alles, wofür sie stehen, ins Schwanken bringen. Anamoya würde sich grundlegend verändern – zum Besseren, hoffe ich.«

»Sie gehören doch selbst zu den zwanzig Familien«, sagte ich.

»Ja, das tue ich«, sagte er mit einem Gesichtsausdruck, den ich nicht recht deuten konnte. »Wenn Sie erlauben, würde ich mich noch ein wenig hier umsehen, Riora. Ich will Ihrer Familie keinen Schaden zufügen. Können Sie mir wenigstens das glauben?«

Ich verschränkte die Arme. Nerva erwiderte meinen prüfenden Blick scheinbar ruhig; doch dann bemerkte ich, dass er mir nicht direkt in die Augen sah. Er ging ein Risiko nach dem anderen ein. Er wusste es. Und jetzt fragte er sich wahrscheinlich, ob er nicht doch zu weit gegangen war.

Aber ein Teil von mir glaubte ihm, dass er nur wegen der Bücher gekommen war. Kein Attentäter war so dumm, mit einer leuchtenden Laterne im Haus seines Opfers herumzulaufen.

»Es ist schon in Ordnung«, sagte ich. »Nehmen Sie sich ein paar Bücher mit und verschwinden Sie, bevor mein Onkel Sie findet, ja? Das bin ich Ihnen schuldig, weil Sie mir so viele Fragen beantwortet haben.«

Einen Augenblick lang schien er nicht zu wissen, was er darauf sagen sollte. Ganz deutlich sah ich ihm an, dass er eine andere Antwort erwartet hatte ... dass ich ihn aus dem Haus jagen lassen würde, statt ihm zu helfen.

Aber ich hatte genug von all der Feindschaft. Nerva war verschlagen, gewiss, doch vielleicht würde er sich eines Tages als wertvoller Freund herausstellen.

»In Ordnung«, sagte Nerva. »Danke.«

Ich lächelte schwach. Er lächelte zurück, ehe er sich abwandte und mehrere Bücher aus den Regalen zog.

»Ich bringe sie wieder, sobald ich kann«, versprach er. »Es gehört sich ja nicht, das zu fragen, aber wie geht eigentlich Ihre Suche nach dem Mörder Ihrer Mutter voran?«

»Nicht gut«, gestand ich. »Ich weiß nur sicher, dass es nicht Leyas der Goldene war.«

»Das ist doch besser als gar nichts. Wenn meine Kaiserspinne daran schuld gewesen wäre …« Er seufzte, fuhr sich erneut durchs Haar. »Natürlich baut man diese Konstrukte, um zu töten, aber Sie wollte ich nun wirklich nicht leiden lassen. Sie haben also keine Ahnung, wer es sein könnte?«

Ich schüttelte den Kopf.

»So, wie ich das sehe, ist die Lösung leicht zu finden«, sagte Nerva. »Es geht nicht um die Aktion, sondern um die Reaktion. Ihre Mutter hatte keine politische Bedeutung. Aber ihre Abwesenheit hat es sehr wohl.«

»Ich fürchte, ich kann Ihnen nicht ganz folgen«, sagte ich zögernd.

»Denken Sie nach, Riora«, sagte Nerva geduldig. »Was hat der Tod Ihrer Mutter bewirkt? Wer hat wie auf das Ereignis reagiert – und wer hätte den größten Vorteil von ihrem Ende? Wenn Sie diese Frage beantworten können, dann werden Sie herausfinden, wer es war.«

Ich dachte darüber nach. »Sie haben ein Händchen für Politik, wissen Sie das?«

»Natürlich habe ich das«, sagte er munter. »Ich bin ja ein Lavori.«

Nerva grinste, während er mehrere Bücher aus den Regalen zog und sie in seinen Armen auftürmte. Dann ging er aus der Bibliothek, so gelassen, als würde ihm der Stadtpalast gehören. Einige Augenblicke lang blieb ich stehen, wo ich war. Hörte seine Worte in meinem Hinterkopf widerhallen, fast zu klar für all das Durcheinander, das sich um mich herum entfaltet hatte.

Wer hätte den größten Vorteil davon?

180

Ich stellte sicher, dass Nerva wirklich aus dem Haus verschwand, ehe ich in das Schlafzimmer zurückkehrte. Er tat mir diesen Gefallen, aber den ganzen Weg über gingen seine Worte in meinem Kopf herum, begleiteten mich noch bis ins Bett.

Und mit ihnen die eine Frage, die ich beantworten musste.

Es geht nicht um die Aktion, sondern um die Reaktion.

Um die Lücke, die sie hinterlassen hat.

Ich dachte darüber nach, rollte diese Worte im Kopf herum ... doch dann döste ich langsam über meinen Gedanken ein. Am nächsten Morgen fühlte ich mich wie gerädert; ich hatte über Nacht Kopfschmerzen bekommen, die hinter meinen Schläfen pochten, und obendrein nagten die Ereignisse des letzten Tages an mir. Salvati würde sich bestimmt fragen, wo ich war, falls er es vom Schiff des Piratenkönigs geschafft hatte. Wenn er nun dachte, dass mir etwas zugestoßen war?

Ich musste unbedingt etwas tun, um ihm zu helfen. Aber was?

Im gleichen Augenblick klopfte es. Ich spähte durch das Schlüsselloch, ehe ich einem gehetzt aussehenden Diener öffnete.

»Frühstück ist fertig, Dama Riora«, sagte er zu mir. »Ihr Onkel lässt ausrichten, dass er Sie erwartet.«

Ich hatte ihn noch nie so wenig sehen wollen wie heute, aber ich nickte. Stumm kleidete ich mich an, bevor ich nach unten ins große Speisezimmer ging. Mein Onkel saß bereits am Kopf der Tafel, wie so oft, spießte Fruchtstücke mit einer silbernen Gabel auf. Er sah nicht aus, als hätte er Hunger. Das machte nichts. Den hatte ich auch nicht.

Vor ihm lag ein Brief ohne Beschriftung. Ich konnte nicht sehen, ob er ein Siegel hatte, denn seine Unterseite war der Tischplatte zugewandt.

»Guten Morgen, Onkel«, sagte ich.

»Guten Morgen, Riora«, gab er zurück. »Ich habe darüber nachgedacht, was du mir berichtet hast. Über diesen Attentäter.«

Ich richtete mich auf.

»Wenn dieser stinkende Pirat glaubt, dass er damit davonkommt, hat er sich geirrt«, sagte er kühl. »Ich werde nicht gestatten, dass ...«

»Redest du von Leyas dem Goldenen?«

»Unterbrich mich nicht«, sagte mein Onkel. »Zuerst schickt er mir Drohbriefe und dann das. Wenn er Krieg haben will, soll er einen bekommen.«

»Was für Drohbriefe?«, fragte ich verdutzt.

Er blickte starr auf mich hinab. Kurz sah ich Leyas vor mir aufragen, die Arme verschränkt. Hörte ihn leugnen, dass er irgendetwas an uns geschrieben, meine Mutter getötet hatte. Aber der einzige Brief, den ich kannte, steckte wahrscheinlich gerade in Salvatis Westentasche. Hatte man meinem Onkel einen zweiten geschickt, weil er den ersten ignoriert hatte?

»Das hier«, sagte er und tippte mit einem Finger auf den Umschlag, »habe ich gestern hier gefunden. Jemand versucht, mich zu erpressen, Riora.«

Ich musterte den Brief. Ein schrecklicher Verdacht drängte sich mir auf.

»Kann ich ihn vielleicht sehen?«, fragte ich. »Ich sollte mit so etwas umgehen können, wenn ich die Stadt irgendwann regiere, oder?«

Mein Onkel sah mich prüfend an. Dann, ganz langsam, schien sein Misstrauen in eine Art grimmiger Zufriedenheit umzuschlagen. Stumm schob er den geöffneten Brief neben meinen Teller. Ich drehte ihn sofort um und starrte auf einen großen, goldenen Wachsfleck.

Das Siegel des Leviathans.

Das ist unmöglich, dachte ich. Mein Herz raste und meine Finger zitterten, als ich den Brief hervorzog und auf den ordentlich geschriebenen Text starrte.

Anamoias.
Nehmen Sie das als eine Warnung. Diese Stadt ist ein Rattennest, das mit Feuer ausgelöscht werden muss. Ich gebe Ihnen eine Möglichkeit, das zu verhindern. Lösen Sie den Großen Rat auf und treten Sie von all Ihren Ämtern zurück.
Ansonsten wird das nicht das letzte Opfer gewesen sein.

Ich biss mir auf die Unterlippe.

Das war der gleiche Text wie in dem ersten Brief. Doch das war nicht alles, was mir auffiel. Die Dokumente in der Kapitänskajüte der *Feuer von Saykas* waren allesamt von links nach rechts verschmiert gewesen. Selbst wenn Leyas die anamoyanische Schrift beherrscht hätte, hätte man sehen müssen, dass er der Verfasser dieses Briefes war.

Aber nicht eine einzige Schmiererei war zu finden. Klar und schwarz hoben sich die Lettern vom Papier ab, so ordentlich, dass sie in einem gedruckten Buch hätten stehen können.

Ich sah zu meinem Onkel auf, der mich mit einem langen Blick bedachte.

»Leyas wird dafür bezahlen«, sagte er. »Ich werde den Hafen abriegeln lassen. Und nach dieser Ratte sind all die anderen Piraten dran.«

»Nein!«, platzte ich heraus. »Er war es nicht, Onkel, du musst mir zuhören.«

»Riora.«

Ich verstummte, als er düster auf mich hinunterblickte.

»Es reicht«, sagte er. »Ich möchte nichts mehr darüber hören. Du solltest aufhören, diese Leute in Schutz zu nehmen, sie wollen Anamoya nichts Gutes.«

»Jemand spielt euch gegeneinander aus«, beharrte ich. »Leyas hat diese Briefe nicht geschrieben. Er kann kein Anamoyanisch schreiben, er hat es mir gesagt!«

»Du hast mit ihm geredet?«, brauste mein Onkel auf.

Ich schluckte.

»Das hast du also getan, während du weg warst?«, fragte er; sein Gesicht war leichenblass. »Er hätte dich umbringen können, Riora! Außerdem hat er dich wahrscheinlich belogen. Leyas der Goldene ist nicht das hellste Licht auf dem Sommermeer, natürlich würde er einen Brief an mich schreiben.«

Ich hätte mich dafür schlagen können, dass mir das überhaupt herausgerutscht war. Und ihn dafür, dass er mir einfach nicht zuhörte. Er wollte diesen Kampf. Wer immer ihn aufstachelte, hatte Erfolg damit.

Das durfte doch nicht wahr sein.

»Genug davon«, sagte mein Onkel. »Wir reden später darüber, dass du dich mit stinkenden Piraten einlässt. Das wird nicht ungestraft bleiben, Riora.«

»Aber …«

»Es reicht«, sagte er eisig. »Es gibt da etwas anderes, womit wir uns beschäftigen müssen. Ich denke schon seit einer Weile darüber nach, dir etwas Wichtiges anzuvertrauen. Ich bin in letzter Zeit nicht sehr zufrieden mit dir, aber es gibt Dinge, die du erfahren musst, bevor noch mehr passiert als das. Ich möchte nicht, dass du schutzlos dastehst, falls mir etwas zustoßen sollte. Ich werde dir das größte Geheimnis unserer Familie zeigen.«

»Ein Geheimnis?«, fragte ich verdutzt. Wie sollte das helfen? »Was für ein Geheimnis?«

»Es wäre ja keines mehr, wenn ich es dir sofort erzählen würde«, sagte er. »Zieh dich heute Abend dunkel an, Riora. Wir gehen nach Vetalia. Bis dahin möchte ich nichts mehr über irgendwelche Piraten hören.«

Einen Augenblick lang wusste ich nicht recht, was ich darauf sagen sollte. Nekrobotaniker besuchten diesen Ort nur, um sich mit dem Tod in all seinen Stadien zu beschäftigen, Leichen zu öffnen und ihr Inneres zu erkunden. Was sollte es dort geben, wovon ich noch nichts wusste?

»Vetalia?«, erkundigte ich mich vorsichtig. »Was willst du dort?«

»In die Tiefe gehen«, sagte er schlicht. »Unter Anamoya verbergen sich unzählige Tunnel. Die meisten von ihnen sind abgesperrt, damit sich niemand dort verirrt. Aber einige Abstiege führen dorthin, wo unser Geheimnis verborgen liegt.«

Noch nie hatte ich ihn so eine Geschichte erzählen gehört. Eigentlich hatte ich sogar überhaupt nie mitbekommen, dass jemand über die Tunnel unter Anamoya sprach. Wovon redete er da?

»Du wirst hier im Anwesen bleiben, wo du sicher bist«, sagte er. »Ich muss etwas anderes erledigen. Ich werde den Hafen absperren lassen, bevor die *Feuer von Saykas* auslaufen kann. Ich hole dich heute Abend ab, Riora.«

»Was hast du vor?«, fragte ich. »Ich weiß nicht, ob …«

Aber etwas in seinem Blick brachte mich zum Schweigen.

»Ich werde dir das größte Geheimnis unserer Familie zeigen«, sagte Kyrian Anamoias, sein Auge dunkel, sein Gesichtsausdruck grimmig. »Ich werde dir zeigen, wie ich die Rebellion der Wellen für Anamoya gewonnen habe.«

18

ARIAS

Blut und Knochen

Wir verließen die *Feuer von Saykas* deutlich komfortabler, als wir sie betreten hatten. Leyas der Goldene ließ uns in einem Boot am Hafen absetzen, wobei er ein Gesicht machte, als hätte er uns am liebsten doch umgebracht. Ich war froh, ihn bald hinter mir gelassen zu haben, aber ich hatte ein ungutes Gefühl. Diese Sache war noch nicht ausgestanden. Ich spürte das.

Wenigstens ist Riora nicht mehr auf dem Schiff, dachte ich.

Aber ich sagte nichts mehr dazu. Stumm folgte ich Tyban durch den Hafen und in eine Seitengasse, die ich bisher nie betreten hatte. Dort schwang er sich über eine halbhohe Mauer auf eine andere Straße, die knietief unter Wasser stand, führte mich unter mehreren Brücken hindurch.

»Leyas ist ganz niedlich, findest du nicht?«, fragte er abrupt.

Ich brauchte einige Augenblicke, um zu begreifen, dass ich mich nicht verhört hatte.

»Niedlich?«, wiederholte ich ungläubig. »Der Mann wollte uns beide umbringen, und du nennst das *niedlich*?«

»Ja, natürlich. Er ist so stark, so wild – er weiß genau, was er will. Angeblich haben ihm die feinen Diplomaten von Melenya gesagt, dass er Nandes in Ruhe lassen soll, und ein paar Wochen später hatte er die Stadt erobert.« Tyban schien darüber nachzudenken. »Behalt das für dich, wenn du kannst, aber ich wollte Leyas schon ewig kennenlernen.«

»Ach? Wieso das?«

»Weil die Leute sagen, dass er mehr ist als ein gewöhnlicher Pirat. Er soll einiges in seiner Heimat angestellt haben, bevor er in den Westen gekommen ist. Aber statt sich darüber zu ärgern, besorgte er sich ein Schiff und begann, die Handelsflotten des Westens zu überfallen. Dass er einen Leviathan getötet hat, hat seiner Geschichte nur die Krone aufgesetzt. Menschen wie er verändern die Welt im Guten und im Schlechten. Ich war neugierig auf diese Gerüchte.«

»Und zu welchem Schluss bist du gekommen?«, fragte ich.

Tyban grinste. »Der Mann könnte einen Gott umbringen, wenn er wollte, denke ich. Ich würde ihn zu gern für eine Weile auf seinen Reisen begleiten. Er ist ein interessanter Mensch, findest du nicht?«

Ich verschränkte die Arme. »Ich glaube, er wird dir den Kopf abreißen, wenn er dich das nächste Mal trifft.«

»Ja, er schien mir auch etwas rachsüchtig«, sagte Tyban. »Aber wenn er mich verfolgen sollte, versetze ich ihm einfach eine Tracht Prügel.«

Großartig, dachte ich. Während ich froh war, noch mit meinem Kopf auf den Schultern herumzulaufen, dachte Tyban über das kleine Gehirn und die großen Muskeln des Mannes nach, dem wir das alles überhaupt erst zu verdanken hatten. Warum war er immer so chaotisch?

Mir blieb jedoch keine Zeit, ihn zu fragen. Vor mir zwängte sich Tyban in eine Gasse, die kaum breit genug für einen erwachsenen Menschen war. Ich folgte ihm unter einiger Mühe in einen kleinen, aber üppigen Garten, beschattet von mehreren großen Bäumen. Um uns herum ragten zu allen Seiten Häuser auf, doch kein einziges Fenster zeigte in unsere Richtung hinaus.

Tyban setzte sich in den Schatten eines Baumes und streckte die Beine aus.

»Fühl dich wie zu Hause, Arias. Setz dich, wohin du willst. Meine Schwester und ich ruhen uns hier aus, wenn es schön draußen ist, meine Unterkunft hat keinen eigenen Garten.«

»Du hast eine Schwester?«, fragte ich stirnrunzelnd. Ich kannte Tyban seit fünfzehn Jahren und er erzählte mir so etwas nicht?

»Ja, natürlich. Meine Eltern waren so begeistert von mir, dass sie gar nicht anders konnten, als sich an einem zweiten Kind zu versuchen.« Tyban lachte, aber nur kurz. »Du hast sie bestimmt schon einmal gesehen. Adina. Sie arbeitet für die Rose von Anamoya.«

Ich dachte an die Leibwächterin, von der Selecia Caravella unbedingt ein Bild hatte haben wollen. Jetzt, wo Tyban es sagte, meinte ich mir einer gewissen Ähnlichkeit zwischen ihnen bewusst zu werden.

»Adina ist deine Schwester? Sie ist doch ...«

»Einen Kopf größer als ich, ich weiß«, sagte Tyban leichthin. »Als wir noch Kinder waren, hatten wir nicht immer genug zu essen. Ich habe ihr oft von meinen Portionen abgegeben. Wahrscheinlich bin ich deswegen kleiner als sie.«

Ich wusste nicht, ob das stimmte; ich hatte stets ausreichend zu essen gehabt und fühlte mich einen Augenblick lang schlecht deswegen. »Habt ihr zusammen gelernt, zu kämpfen?«

»Ha! Sehr gut.« Tyban lächelte. »Aber nein, haben wir nicht. Wir sind auf der Straße aufgewachsen. Wenn man da nicht beizeiten lernt, ein Messer zu führen, wird man schnell selbst aufgeschnitten. Adina ist jünger als ich – und sie hat ja nur einen ganzen Arm, das hast du sicher bemerkt. Ich habe sie beschützt, so gut ich konnte, und Geld für richtigen Unterricht für sie gestohlen.«

Das war mehr, als Tyban je über seine Familie erzählt hatte, doch mir schien es immer noch viel zu wenig. »Auf der Straße? Du bist auf der Straße aufgewachsen?«

Tyban zuckte mit den Schultern, aber sein Blick wurde dunkel.

»Ich rede normalerweise nicht darüber«, sagte er. »Es ist etwas, was man gern vergisst. Als Kinder haben Adina und ich in einem der Kissenhäuser von Dunkelwasser gewohnt. Ich kann dir nicht einmal sagen, ob meine Schwester und ich den gleichen Vater haben, obwohl ich schwer davon ausgehe. Meine Mutter kam viel herum, wenn du verstehst. Aber es gab einen Mann von jenseits der Meerenge, über den sie oft sprach. Der sie immer besuchte, wenn sein Schiff in Anamoya lag.«

»Oh«, sagte ich leise. »Dann war sie also eine ... äh ...«

»Du kannst es ruhig beim Namen nennen, Arias, sie war eine Hure.« Tyban seufzte. »Als Adina sechs Jahre alt wurde, starb sie. Da war ich erst acht. Im Hurenhaus wollte man uns nicht mehr haben, wir kosteten Geld, ohne welches einbringen zu können. Ich weinte damals, weil sie uns hinauswarfen, aber es war wohl besser so – es gibt überall schlechte Menschen, die schlechte Dinge mit Kindern tun.«

Als ich begriff, worauf er anspielte, wurde mir kalt. Vorsichtig setzte ich mich neben Tyban ins Gras, das satt und smaragdgrün schimmerte, wo die Sonne es nicht direkt bescheinen konnte.

»Hat sie … äh, du weißt schon. Den Arm auf der Straße verloren.« Tybans Gesicht verdüsterte sich.

»Es war ein Angriff«, sagte er. »Jemand hat ihn ihr abgeschlagen, als wir noch Kinder waren. Ich will nicht darüber reden. Es war schrecklich, ich dachte damals, dass sie daran sterben würde.«

Ich biss mir auf die Unterlippe. »Tut mir leid. Ich hätte nicht fragen sollen.«

»Das konntest du ja nicht wissen«, sagte Tyban, wirkte aber immer noch etwas schlecht gelaunt. »Danach haben wir uns eben durchgeschlagen. Es gibt so viele Waisenkinder in Anamoya, die niemanden haben. Da fielen wir nicht weiter auf. Zu dritt konnten wir uns gegen den Rest der Welt behaupten, bis wir alt genug waren, um etwas aus uns zu machen – Adina wurde Söldnerin, ich fand einen Lehrmeister, der mir den Kampf mit verschiedenen Waffen zeigte. Aber natürlich verdiene ich das meiste Geld als Dieb.«

Ich wurde das Gefühl nicht los, dass er diese Aussage absichtlich sehr allgemein hielt, sagte jedoch nichts. »Zu dritt? Hast du noch mehr Schwestern, von denen du mir nichts erzählt hast?«

Einen Augenblick lang wirkte Tyban verdutzt, als hätte ich ihn bei irgendetwas ertappt, ehe er lächelnd den Kopf schüttelte. »Wie könnte ich das ausschließen? Aber nein. Nein. Das dritte Kind in unserem kleinen Bund war Selecia Caravella.«

Ich konnte spüren, wie mir um ein Haar die Kinnlade herunterfiel. Rasch täuschte ich ein Husten vor, um mein Gesicht wieder in Ordnung zu bringen, was Tyban ein Grinsen entlockte.

»Selecia Caravella war ein Straßenkind?«

»Ja, unsere Mütter haben im gleichen Haus gearbeitet. Sag Selecia aber nicht, dass du das weißt, sie hasst es, daran erinnert zu werden.« Tybans Lächeln verblasste. »Selecia war schon immer gerissen. Sie wollte mehr als ein Leben in Armut, und wer kann ihr das verübeln? Sie arbeitete hart an sich, lernte Lesen und Rechnen – und schaffte es, eine Händlerin so sehr zu beeindrucken, dass sie ihr Lehrling werden durfte. Als sich Selecia einen gewissen Reichtum erarbeitet hatte, lud sie Adina ein, ihre Leibwächterin zu werden. Adina nahm das Angebot sofort an. Sie liebt es, zu kämpfen, obwohl es für sie nicht immer leicht ist, und sie ist gern bei Selecia.«

Ich dachte an ihre Armprothese und nickte. Gleichzeitig erklärte das einiges. Deswegen hatte Caravella also gewusst, dass ich für Anamoias arbeitete; Tyban musste es ihr erzählt haben.

»Und was ist mit dir? Hat sie dich auch eingestellt?«

»Nein, ich wäre den beiden nur im Weg«, sagte Tyban belustigt. »Esteria hat sich mit Adina und mir einen kleinen Scherz erlaubt, glaube ich, ich brachte die Männer heim und sie verliebte sich in eine Frau. Wie auch immer. Ich kann ganz gut von meiner eigenen Arbeit leben. Kein Grund, Selecia damit zu belasten.«

Ich nickte stumm, aber meine Gedanken blieben bei Tybans Erzählung. Caravella als Straßenkind, das Waren aus einer Holzkiste verkaufte, die mit konzentrierter Miene in einem Buch las. Kein Wunder, dass man in den zwanzig Familien so große Probleme mit ihr hatte. Sie hatte sich nicht nur Reichtum erworben, der sonst vererbt wurde. Sie hatte es auch noch als Tochter einer Prostituierten getan.

»Jedenfalls bin ich froh, dass wir es jetzt besser haben«, erklärte Tyban. »Adina hat es gut bei Selecia. Sie hat eigene Zimmer in ihrem Stadtpalast, bekommt ein Gehalt und hat einmal in der Woche einen freien Tag. Ich hätte nie zugelassen, dass sie sich der gleichen Arbeit widmen muss wie unsere Mutter.«

Das verstand ich nur zu gut … was ich jedoch nicht verstand, war der ganze Rest. Bis eben hatte ich gar nicht gewusst, dass Tyban eine Schwester hatte, obwohl ich ihn schon so lange kannte und sie ihm offenbar einiges bedeutete. Warum hatte er nicht von ihr erzählt?

Ich wollte ihm so viele Fragen stellen, doch am Ende beschloss ich, es dabei zu belassen. Er hatte mir gerade den Hals gerettet, und außerdem war ich ihm gegenüber ebenfalls nicht immer offen gewesen. Da war ich ihm wohl etwas Diskretion schuldig.

»Wie auch immer«, sagte Tyban schließlich. »Hast du denn die Antworten bei unserem Piratenkönig gefunden, die du suchst?«

»Mehr oder weniger«, sagte ich. »Jemand schiebt ihm das alles zu, denke ich. Ich werde mit Riora darüber sprechen, wenn wir uns wiedersehen. Ich muss sie finden. Das alles gefällt mir überhaupt nicht.«

»Glaubst du denn, es ist klug, sich noch weiter in diese ganze Angelegenheit einzumischen?«, fragte Tyban skeptisch. »Leyas hätte dich gerade umgebracht, wenn ich nicht da gewesen wäre.«

»Dafür werde ich dir auch für immer dankbar sein«, sagte ich, »aber es lässt mir keine Ruhe, in Ordnung? Ich kann nicht …«

Ich dachte an Riora. Daran, wie sie beinahe in meinen Armen gestorben war. Ein Gefühl der Kälte erfasste mich, das nicht weichen wollte, obwohl ich mir die plötzlich klammen Hände rieb.

Aber Tyban schien nicht mitzubekommen, was mir durch den Kopf ging.

»Für immer?«, wiederholte er ungläubig.

»Ja, für immer«, sagte ich und klopfte ihm auf die Schulter. »Du bist mein bester Freund, Tyban, was erwartest du?«

Tyban lächelte schwach. »Ach, das ist lieb von dir«, sagte er. »Also. Genug von mir. Ich schätze, dass du nach Riora suchen willst?«

»Natürlich. Aber wo könnte sie sein?«

»Vielleicht ist sie zu ihrem Onkel gegangen«, gab Tyban zu bedenken. »Sie scheint mir relativ folgsam zu sein. Und wohin sollte sie sonst gehen?«

Ich musste zugeben, dass das stimmte. Doch ich hatte sie anders gesehen, anders erlebt. Riora hatte einen wachen Verstand und eine lebendige Fantasie, und sie verdiente eine Familie, die das auch schätzte.

»Ich werde es bei ihm versuchen«, sagte ich. »Anamoias meinte zwar, dass er mich nie wieder sehen will, aber hier geht es um etwas Wichtigeres als seine Befindlichkeiten. Kommst du mit?«

Tyban schüttelte den Kopf. »Ich werde mich am Hafen umsehen. Wir können uns später wieder hier treffen.«

»In Ordnung«, sagte ich, drehte mich um und ging. *Keine Zeit verlieren*, sagte ich mir. Jeder Augenblick, den Riora nicht mit ihrem fürchterlichen Onkel verbrachte, würde ihr guttun.

Außerdem wollte ich noch mein Bild von ihr beenden. Sie würde sich freuen, wenn ich es ihr überreichte, das wusste ich. Sich freuen und auf eine Art erröten, die ihr vermutlich peinlich war, aber sie dennoch zum Leuchten brachte.

Ich überlegte, ehe ich mein Haar nach hinten strich. Auf dem Schiff hatte ich mich ziemlich schmutzig gemacht; meine Kleidung war zerknittert, meine Arme voller Dreck. Vielleicht sollte ich ein Bad nehmen, bevor ich ihr entgegentrat.

»Was soll das heißen?«, fragte ich ungläubig. »Sie ist nicht hier?«

Die beiden Wachmänner sahen mich düster an. Sie hatten die Hände um ihre Waffen gelegt, auch wenn ich vermutete, dass das eher aus Gewohnheit geschehen war, denn aus einem Bestreben heraus, mich um einen Kopf kürzer zu machen. Wir standen vor dem Stadtpalast der Familie Anamoias, doch die Fenster waren dunkel. Das war seltsam. Die Sonne war vor fast einer Stunde untergegangen und ich bezweifelte irgendwie, dass Anamoias schon so früh ins Bett ging.

»Die Dama Anamoias und ihr Onkel sind außer Haus«, erklärte einer von ihnen. »Sie werden im Morgengrauen zurückkehren.«

Ich fuhr mir durch das noch feuchte Haar. Bevor ich hierhergekommen war, hatte ich gebadet und mir so feine Kleidung angezogen, wie ich es gerade ertrug. Der Gedanke, Riora damit zu einem kleinen Wortgefecht anzustacheln, amüsierte mich.

Leider war die Mühe offenbar vergebens gewesen.

»Aber sie war hier im Haus?«, hakte ich nach.

»Das war sie«, bestätigte die Wache.

Ich atmete im Stillen auf. Der Gedanke, dass sie vielleicht verletzt oder tot in irgendeiner Gasse hätte liegen können, jagte mir einen Schauder über den Rücken. Aber wenn ich sie heute nicht fand, würde sie wahrscheinlich spätestens morgen wieder hier sein. Das war eine Erleichterung.

»Danke«, sagte ich, drehte mich um und ging. Ich beeilte mich damit, durch die Gassen des Bezirks zu laufen; erreichte eine der großen Brücken, die über den Herzkanal führten, eine der mächtigsten Wasserstraßen in Anamoya. Ich blieb stehen, blickte darüber hinweg ... und das war, als ich eine Barke in Schwarz und Cremeweiß unter der Brücke hindurchgleiten sah.

Ich erstarrte. Versuchte, in der Menge zu bleiben, während ich sie beobachtete. Unter einem hellen Tuch saß Kyrian Anamoias, die Beine übereinandergelegt und einen Ausdruck im Gesicht, als würde er gerade zu seiner eigenen Hinrichtung fahren. Ihm gegenüber saß eine junge Frau mit dunklem Haar, die Hände in ihrem Schoß verkrampft.

Mein Herz stockte.

Riora.

Sie sah unverletzt aus. Allein deswegen fühlte es sich an, als hätte sich gerade ein Knoten in meiner Brust gelöst. Trotzdem machte sie nicht den Eindruck, als sei sie sonderlich guter Laune, was mich unwillkürlich in Unruhe versetzte. Wohin fuhren die beiden?

Ich ließ der Barke etwas Vorsprung, ehe ich eine Kapuze über mein Haar zog und mich an die Verfolgung machte. Es war nicht besonders schwer, sie im Blick zu behalten, denn sie folgte den großen Kanälen an der Straße bis hinunter in den Handelsbezirk von Anamoya. Dann, ganz langsam, änderte sie die Richtung und bewegte sich auf die Lagune zu. Was wollten sie dort?

Jemand legte eine Hand auf meine Schulter.

Ich zuckte heftig zusammen. Erwartete jemanden, der mich auf meine Albereien ansprach, einen eifrigen Verkäufer, den Attentäter des Maskenballs. Stattdessen stand Tyban hinter mir, ausnahmsweise ohne all die Federn und Perlen, die er sich gern ins Haar hängte. Sein Blick funkelte schelmisch. So wie immer.

Auf dem Rücken trug er einen Bogen mit Köcher. Ich konnte nur mutmaßen, was er jetzt wieder getrieben hatte; Tybans Interessen wechselten manchmal täglich.

»Wo kommst du denn her?«, fragte ich.

»Von meiner Schwester«, sagte Tyban. »Wir üben hin und wieder zusammen an unseren Waffen, weißt du. Hast du Riora wiedergefunden?«

»Sozusagen«, sagte ich. »Da fährt sie dahin mit ihrem liebreizenden Onkel neben sich.«

Tyban kniff die Augen zusammen, als er das Wasser nach der Barke abzusuchen schien. »Glaubst du denn, er würde ihr etwas tun?«

»Ich glaube, dass dieser Mann alles tun würde, um einen Vorteil über andere zu haben«, sagte ich. »Auch, Riora zu verkaufen.«

Er schnaubte amüsiert. Ich beachtete das nicht weiter; in meiner Magengrube wühlte ein hohles, dumpfes Gefühl. Wenn ich jetzt nichts tat, würde vielleicht etwas Schlimmes passieren. Ich spürte das. Ich fürchtete das.

»Lass sie fahren, Arias«, sagte Tyban. »Du machst das alles nur noch schlimmer. Siehst du das denn nicht?«

»Was soll das heißen?«, fragte ich scharf.

»Glaubst du, dass auch nur die Hälfte der letzten Ereignisse ohne dich passiert wären?«, fragte Tyban. »Du verbreitest Chaos, wohin du gehst. Du wirst die beiden auch jetzt stören, was immer sie tun wollen. Hör zu, Arias, ich ... ich stifte wirklich gern Unruhe mit dir zusammen. Damals auf den Maskenbällen hatte ich den größten Spaß meines Lebens. Aber das hier ist kein Spiel mehr.«

Ich blickte auf das Boot, das sich langsam entfernte.

»Warum versuchst du eigentlich die ganze Zeit, mir das alles auszureden?«

Er runzelte die Stirn. »Ich mache mir nur Sorgen um dich«, sagte er langsam.

»Ich weiß«, sagte ich matt. »Und ich weiß auch, dass ich ihr einigen Ärger gemacht habe, ohne es zu wollen. Tyban, ich bin dir wirklich dankbar für alles, was du bisher getan hast. Aber ich muss gehen, für Rioras Wohl. Was ist, kommst du mit?«

»Arias, du wirst doch nicht ernsthaft ...«

Ich wandte mich zum Gehen. Tyban lief mir eilig nach, allerdings konnte ich seine Skepsis spüren, ohne ihn ansehen zu müssen. Wenig später fuhr die Barke auf die offene Lagune hinaus, verlor sich beinahe im mitternachtsschwarzen Wasser. Doch ich sah das dunkle Land, auf das sie zusteuerte. Das verfluchte Land. Die Friedhofsinsel.

Vetalia.

Ich änderte die Richtung, Tyban immer noch hinter mir; lief auf die geschwungene Brücke zu, die über einen Arm der Lagune auf die Insel führte. Alles, was Anamoias dort tun konnte, war geschmacklos. Wer auf Vetalia begraben lag, befand sich dort, weil er im Tod seine Ruhe haben wollte.

Doch dann kam mir ein Gedanke – jäh und kalt, wie Eiswasser, das über meinem Rücken ausgeschüttet wurde. Für einen Augenblick sah ich meinen Großvater vor mir, wie er auf die Friedhofsinsel zeigte. Wie er eine Pflanze pflückte, nur um sie vom Wind aus seiner Hand wehen zu lassen.

Du brauchst sie nicht, Arias. Es gibt andere Wege in die Nekrobotanik, gefährlicher als das hier. Nutze sie nur in größter Not.

Das letzte große Geheimnis unseres Handwerks. Er hatte versprochen, es mir zu zeigen, doch dann war er gestorben. Aber ich hatte es vermieden, die Nekrobotanik je wieder anzurühren. Zu viel daran erinnerte mich an meinen Großvater, an den einen Augenblick, in dem ich ihm nicht mehr hatte helfen können.

Was immer dort draußen verborgen lag, mein Großvater hatte es respektiert und gefürchtet. Wenn Anamoias diesen Ort jetzt mit Riora aufsuchte …

… dann wird er sie in Gefahr bringen.

Wir erreichten die Brücke, die ebenso dunkel dalag wie Vetalia. Lediglich die beiden Monde spendeten etwas bläuliches Licht; erzeugten geisterhaftes Schimmern auf den Wellen. Tyban folgte mir, ohne zu zögern. Sein Gesicht war im Mondlicht noch blasser als sonst.

»Du solltest nicht weitergehen«, flüsterte er. »Das sind Nekrobotaniker, Arias, sie werden nichts Gutes im Schilde führen.«

»Ja, ich weiß«, sagte ich. »Ich traue Kyrian Anamoias nicht einmal so weit, wie ich spucken kann. Es ist mir egal, ob Riora mit ihm verwandt ist, bei ihm ist sie im Augenblick nicht sicher. Was, wenn er ihr irgendeinen nekrobotanischen Firlefanz zeigt und sie fast umbringt? Oder wenn sie wieder angeschossen wird?«

Tyban fasste mich ins Auge, als sähe er mich zum ersten Mal. Ein Lächeln flackerte über sein Gesicht, das ich nicht einordnen konnte, doch es verschwand ebenso schnell wieder von seinen Lippen.

»Oh, jetzt verstehe ich. Du magst sie, oder?«

194

»Halt die Klappe«, sagte ich barsch.

»Dass ich das noch erleben darf. Der große Salvati, Schrecken der zwanzig Familien, wirft ein Auge auf die künftige Regentin.«

»Ein weiteres Wort darüber und ich ertränke dich«, drohte ich. »Da ist überhaupt nichts, verstanden? Ich mache das hier nur, weil es das Richtige ist. Ich übernehme Verantwortung. Sie wird nicht noch einmal verletzt werden.«

Tyban ließ seinen Kopf langsam von einer Seite zur anderen fallen. Sein Gesichtsausdruck war nachdenklich, sein Blick ernst. Unmöglich zu sagen, was in ihm vorging.

Dann klopfte er mir auf die Schulter.

»Du machst es wirklich kompliziert, Arias«, sagte er. »Aber mach dir keine Sorgen. Ich denke nicht, dass jemand auf dieser Insel eine Armbrust auf uns richten wird.«

19

RIORA

Der größte Nekrobotaniker der Welt

Dunkelheit breitete sich über Anamoya aus.

So weit im Süden unterschieden sich die Tage kaum noch in ihrem Verlauf. Ich hatte gehört, dass die Nächte im fernen Ailion manchmal zwanzig Stunden dauerten; hier jedoch trat die Dämmerung so gleichmäßig ein, dass man seine Uhr danach stellen konnte. Jetzt fiel die Nacht wie ein Vorhang über der Stadt, und trotz des klaren Himmels war keiner der beiden Monde zu sehen. Das war ein seltenes Ereignis. Und eines, das Unheil verhieß.

Es half nicht, dass mein Onkel noch ernster gestimmt war als sonst, als er mich später aus dem Haus führte. Sein Gesicht war düster; seine Hand tippte unruhig auf dem Rand der Barke herum, die uns nach Vetalia brachte. Ich wagte es nicht, ihn anzusprechen. Er wirkte selbst für seine Verhältnisse ungewöhnlich starr, ungewöhnlich entrückt.

Leyas hat nichts getan, Onkel, wollte ich ihm sagen. *Du machst einen großen Fehler.* Aber wenn ich den Mund öffnete, sah er mich so böse an, dass ich ihn sofort wieder zuklappte.

Also saß ich schweigend in der Barke. Sah zu, wie die erleuchteten Häuser an uns vorbeizogen, hörte das Rascheln der Blätter in der Dunkelheit. Auch der Deravani zog stumm vorüber, die Boote darauf voller Lachen und Leben. Unendlich weit entfernt.

Dann verließen wir den Glanz von Anamoya. Steuerten auf Vetalia zu. Die Friedhofsinsel lag schwarz in der Lagune da, und ich schauderte unwillkürlich, als wir wenig später an einem kleinen Steg anlegten und ausstiegen. Zum letzten Mal war ich nachts allein hier gewesen, als ich meine Fähigkeiten erlangt hatte. Das machte diesen Ort trotz meiner Vertrautheit mit dem Tod noch unheimlicher als sonst.

Mein Onkel schien jedoch, wie so oft, keinen Blick für solche Dinge zu haben. Wortlos ging er zwischen den alten Grabmälern hindurch, wobei er darauf achtete, nicht auf dem glatten Marmorboden auszugleiten. Doch zu meiner Überraschung schlugen wir nicht etwa die Richtung ein, die uns zur Gruft unserer Familie gebracht hätte. Stattdessen führte mich mein Onkel an Statuen vorbei, die ich nie gesehen hatte. Ein Mann mit verwitterten Gesichtszügen, umgeben von mehreren Menschen, die zu ihm aufsahen. Steinerne Bildnisse von Esteria, mit zwei Köpfen und acht Händen, die sich mahnend nach uns ausstreckten …

Nekrobotaniker, schien sie zu flüstern. *Ihr seid hier nicht erwünscht.* Ich schauderte.

Stumm gingen wir weiter durch das kühle Dunkel. Wenig später erreichten wir eine Gruft, die ich nie zuvor gesehen hatte und die, um ehrlich zu sein, nicht einmal beeindruckend aussah. Es war ein schmuckloser steinerner Kasten, in dem ein Loch wie eine Wunde klaffte. Mir dämmerte, dass der Eingang verschlossen gewesen und von außen freigelegt worden sein musste. Warum?

Mein Onkel zwängte sich durch den Spalt, doch ich war klein genug, um halbwegs bequem eintreten zu können. Drinnen war es deutlich kälter als draußen, die Luft abgestanden, aber zumindest nicht nach Moder riechend. Stumm verschränkte ich die Arme, während mein Onkel zwei Kerzen entzündete und mir eine davon in die Hand drückte.

»Was ist das für eine Gruft?«

»Wir wissen es nicht«, sagte er. »Diese Insel hier war früher ein Ort, an dem die Pestkranken leben mussten, das weißt du. Doch ihre Geschichte reicht viel weiter zurück. Hier wurden schon immer Menschen beerdigt; deswegen kann man sogar Knochen finden, die zu den ersten Einwohnern von Anamoya gehören und die viele Jahrhunderte alt sind.«

Er blickte sich um, als erwartete er, einen dieser Menschen hier im Dunkeln auszumachen. »Die Existenz dieser Kammer hier war lange unbekannt. Früher lag sie unter einer Tempelanlage, aber sie wurde von den Esteriapriestern zerstört. Sie huldigte dem falschen Gott, hieß es. Dem Herren über Meer und Finsternis, dem wir die Nekrobotanik verdanken.«

»Der falsche Gott«, wiederholte ich leise. Das hatte Nerva auch gesagt. »Er hat die Leviathane erschaffen.«

»Richtig«, sagte mein Onkel; falls es ihn irritierte, dass ich das wusste, ging er nicht darauf ein. »Vor ungefähr tausend Jahren war der Esteriaglauben anders. Wir finden Hinweise darauf in unseren ältesten Schriften. Damals verehrten wir noch zwei Gottheiten – interessanterweise wie viele Kulturen auf der Welt. Leben und Tod. Sturm und Meer. Ordnung und Chaos.«

Er hob seine Kerze, sodass ich zur Decke hinaufsehen konnte. Dort verliefen komplizierte Muster in Schwarz und Weiß, im Lauf der Jahre zu kaum sichtbaren Strichen verschwommen. Die dunklen Linien liefen zu einer Form zusammen, die mich vage an das Siegel des Leviathans erinnerte; die hellen verschwammen in diffusen Flecken, als hätte man sie hastig verwischt.

»Aber die Esteriapriester haben den Glauben an den zweiten dunkleren Gott ausgerottet«, erklärte mein Onkel. »Warum, können wir heute nicht mehr nachvollziehen. Esteria ist eine eifersüchtige Göttin, heißt es. Möglicherweise hat es mit der Nekrobotanik zu tun – einer Kunst, die von ihr gehasst wird, weil er sie uns geschenkt hat.«

Ich dachte darüber nach. Auch das hatte Nerva offenbar ohne Hilfe herausgefunden. Wie viel mehr würde ich erfahren, wenn ich jetzt die richtigen Fragen stellte? Gab es wirklich Dinge, die wir nicht über die Nekrobotanik wussten?

»Warum ist das so wichtig, Onkel?«, fragte ich.

»Weil nicht nur das in der Vergangenheit verschollen ist«, sagte er schlicht. »Ich werde es dir zeigen. Komm mit.«

Damit wandte er sich ab und stieg in die Tiefe hinab. Mir blieb nichts anderes übrig, als ihm zu folgen, nur mit meiner Kerze in der Hand. Sie spendete so gut wie gar kein Licht. Dennoch sah ich Bilder an den Wänden, als wir an ihnen vorübergingen. Schwarze und silberne Gestalten, nur menschenartig, die einander im Kampf gegenübertraten. Ein Riss im Himmel, aus dem Nebel quoll, schwebende Felsen darin verstreut. Schriftzeichen in einer Sprache, die ich nicht lesen konnte, die mir nicht einmal vage bekannt vorkamen.

Ich fragte meinen Onkel nicht danach, weil ich wusste, dass ich keine Antwort bekommen würde. Stattdessen folgte ich ihm in einen niedrigen Raum, den ich für die Grabkammer hielt. So weit ich sehen konnte, gab es keine Nischen, in die man die Toten betten konnte. Nur Pflanzen.

Pflanzen, so weit das Auge reichte.

Es war kalt hier unten, so kalt, dass ich meinen Atem sah. Doch das Grün um uns herum war kräftig, unbeeindruckt davon, dass es hier unten weder Licht noch Wasser gab. Ich umklammerte meine Kerze fester, sah mich aus den Augenwinkeln um. In der Finsternis schien sich nichts zu befinden außer einer Statue, die ungefähr in der Mitte des Raumes stand. Bis zur Taille war sie ein gewöhnlicher Mensch undefinierbaren Geschlechtes, doch darüber trieb sie aus wie ein Baum, bildete zwei Körper mit unzähligen Armen aus. Ein Mann und eine Frau. Beide hatten ein Paar Köpfe, die in verschiedene Richtungen wiesen, sodass kein Fleck der Gruft unbeobachtet zu bleiben schien.

Doch das war nicht das Seltsamste an diesem Ort.

Mit jedem Herzschlag spürte ich das Leben hier pulsieren. Normalerweise konnte ein Nekrobotaniker nicht fühlen, wie viel Kraft durch seine Umgebung floss; es war eher ein wissenschaftlicher Prozess, ein Konstrukt zu schaffen, Handwerk statt Eingebung. Aber hier lag ein Summen in der Luft. Eine bedrückende Spannung wie vor einem Gewitter.

Ich schauderte. Mein Onkel drehte sich zu mir um. Falls er das Gleiche spürte wie ich, merkte ich es ihm nicht an.

»Ich werde dir jetzt etwas über die Geschichte dieses Ortes erzählen. Stell solange die Kerzen auf. Ein großer Kreis um diese Statue, jeweils ungefähr drei Schritte Abstand – immer eine blaue, dann eine weiße.«

Ich nickte und machte mich an die Arbeit. Die Kerze in meinen Händen war weiß; ich nahm mir eine blaue, entzündete den Docht an der Flamme und stellte sie etwas weiter entfernt auf. Die Gruft war nicht so groß, dass es lange dauern würde. Trotzdem wünschte ich, dass wir uns so bald wie möglich wieder auf den Rückweg begeben würden.

»Anamoya ist alt, sehr alt sogar«, erklärte er mir. »Genau können wir es nicht mehr bestimmen, aber es gibt Gebäudereste hier, die älter sind als das Kaiserreich der Asche. Die Stadt wurde in die Bucht hineingebaut, nur durch eine Brücke mit dem Rest der Welt verbunden. Lange Zeit wusste man nicht, warum unsere Vorfahren das getan haben. Hier gab es keine Feinde, gegen die man sich verteidigen musste – keine Gründe, sich zu verstecken.«

Er berührte eine der dicken Ranken, die von der Decke der Gruft hingen. »Aber eines Tages fanden wir die Antwort. Unsere Vorfahren haben sich hier angesiedelt, weil es sich um einen besonderen Ort handelt. Das Land hier ist ungewöhnlich fruchtbar, ungewöhnlich lebendig. Egal, wie viel Energie wir den heimischen Pflanzen entziehen, sie hören niemals auf, zu wachsen.«

Ich runzelte die Stirn, sagte aber nichts.

»Hier sind diese Energien am stärksten«, meinte er. »Deshalb kommen zukünftige Nekrobotaniker her, um eine Nacht hier zu verbringen. Das ist genug, damit sie die Kraft dieses Ortes auch in sich aufnehmen. Damit sie das Leben in Anamoya formen können.«

Ich nickte, weil ich spürte, dass er das von mir erwartete. Aber mein Herz klopfte schwer. Was hatte er vor?

»Wir werden diesen Umstand jetzt nutzen«, erklärte mein Onkel. »Hier unten gibt es eine Menge Knochen, die wir verwenden können. Es ist unsere wichtigste Pflicht, Anamoya zu beschützen. Egal, wie hoch der Preis ist.«

Ich schluckte, aber er wandte sich von mir ab. Ohne dass ich einen Auslöser dafür erkannt hätte, hörte ich die Pflanzen um uns herum rascheln. Mein Onkel schien es nicht zu bemerken; er hatte das Auge geschlossen, als müsste er sich stark konzentrieren.

Was tat er hier? Was wollte er ...

Schritte hinter mir.

Ich wirbelte herum. Erstarrte unwillkürlich, als ich zwei Schatten am Eingang der Gruft entdeckte. Einen Augenblick lang setzte mein Herz aus, doch dann erkannte ich die beiden Gestalten. Es war Salvati, der erstaunlich ordentlich aussah, Tyban mit hoch erhobenem Bogen hinter sich.

Eine grenzenlose Welle der Erleichterung erfasste mich. Es ging ihnen gut. Leyas hatte ihnen nicht wehgetan.

Ich warf meinem Onkel einen kurzen Blick zu, ehe ich mich umwandte und zu ihnen lief. Er schien es nicht einmal zu bemerken, aber das war mir egal. Es ging ihnen gut. Wenigstens ging es ihnen gut.

»Was machen Sie denn hier?«, platzte ich heraus.

»Ich habe gesehen, dass Sie mit Ihrem Onkel weggefahren sind.« Salvatis Stimme war ernst und leise, doch ich glaubte, ihm eine gewisse Erleichterung anzumerken. »Geht es Ihnen gut?«

»Ja. Ja, natürlich. Wie sind Sie Leyas entkommen?«

»Tyban hat sich mit ihm duelliert. Ich erzähle es Ihnen später. Aber jetzt sind wir hier, weil ich dachte, dass es besser wäre, Ihnen zu folgen.«

»Was? Warum?«

»Weil ich Ihrem Onkel nicht über den Weg traue«, sagte er ungehalten. »Das hier ist ein gefährlicher Ort. Hier liegen Geheimnisse verborgen, an denen man nicht rühren sollte, auch wenn man so sehr von sich überzeugt ist wie Kyrian Anamoias. Er sollte nicht ...«

Es raschelte.

Staub fiel mir auf die Schultern. Ich sah auf. Über uns gerieten die Pflanzen in Bewegung, wiegten sich hin und her, ehe sie sich an der Decke entlangzuschlängeln begannen. Tyban trat einige Schritte zurück, den Bogen fest umklammert, doch Salvati verfolgte das Schauspiel mit dem Blick und wurde dabei merklich blasser.

»Wir müssen ihn aufhalten«, sagte er. »Sofort.«

Ich hatte nicht mehr die geringste Ahnung, was hier passierte, doch die Vorsicht in seiner Stimme alarmierte mich. Langsam zogen sich die Pflanzen über die Wand hinweg zurück. Der Boden erzitterte unter unseren Füßen; Staub fiel über uns aus der Decke. Tausend Fragen drängten sich auf meine Zunge. Ich wagte es nicht, auch nur eine einzige davon zu stellen.

Dann zischte etwas ganz nah an meinem Kopf vorbei.

Und Kyrian Anamoias keuchte.

Das Rascheln um uns herum erstarb. Ich zuckte zusammen. Mein Onkel drehte sich träge um, das Gesicht sehr blass, und stürzte ohne ein Geräusch nach vorn.

Aus seinem Rücken ragte ein langer dunkler Pfeilschaft.

Ich schlug die Hände vor den Mund. Drehte mich um, spürte mein Herz rasen. Im Eingang der Gruft stand Tyban, seinen Bogen in den Händen, einen Pfeil aufgelegt. Sein Gesichtsausdruck war düster.

Salvati stieß seinen Atem aus.

»Esterias Atem«, sagte er hörbar erleichtert. »Du weißt nicht, was du dieser Stadt gerade für einen Gefallen getan hast, Tyban.«

Ein seltsam harter Zug stahl sich in Tybans Mundwinkel.

»Doch«, sagte er. »Doch, das weiß ich.«

Er hob den Bogen und schoss.

Salvati keuchte auf. Ich konnte es hören, ohne zu begreifen ... blinzelte ihn an, während das Blut in meinen Adern zu erlahmen und erkalten schien. Der Pfeilschaft ragte aus seinem Bauch. Ich konnte sehen, wie er etwas benommen die Hand um ihn schloss, als könnte er nicht begreifen, was gerade geschehen war.

Nein ... nein, das kann nicht ...

»Tyban?«, fragte er leise. Es klang anders, als ich es von ihm gewöhnt war, eigenartig verletzt. »Das kann nicht ... du warst beim Fest bei uns ...«

»Ich hatte meine Schwester gebeten, sich in der Nähe herumzutreiben, für den Fall, dass etwas schiefgeht«, sagte Tyban leise. »Und ... alles ging schief an diesem Abend, fürchte ich. Sie hat uns verfolgt, als wir mit der Frau geflohen sind, die ich hätte töten sollen. Ich wusste ja nicht ...«

Er unterbrach sich. Blickte auf eine Weise zwischen ihm und mir hin und her, die ich nicht verstand. Salvati musterte ihn, als sähe er ihn zum ersten Mal. Ich hatte nicht gewusst, dass er überrascht aussehen konnte, ja sogar schockiert.

Dann gaben seine Beine nach. Er stürzte zu Boden, schlug hart mit dem Kopf auf dem uralten Stein auf. Mein Herz pochte schwer. Warum hatte Tyban ...

Das kann doch nicht sein ...

In meinem Magen bildete sich eine unerträgliche bleierne Kälte. Tyban legte stumm einen Pfeil auf. In seinem Gesicht stand ein Gefühl geschrieben, das ich nicht deuten konnte.

»Hast du meine Mutter ...«

»Es tut mir leid«, sagte Tyban leise.

Ich starrte ihn an. Spürte, dass mir eine ungebetene Träne über die Wange lief, wischte sie unwirsch weg. Ich hatte ihm vertraut. Und er hatte sie getötet.

Neben mir regte sich Salvati schwach, als versuchte er, sich aufzusetzen. Ich kniete nieder, half ihm dabei, blickte auf die Waffe in Tybans Händen. Er würde es gleich beenden. Wir würden hier sterben, Salvati, mein Onkel und ich.

»Ich habe dir nie etwas getan«, flüsterte ich.

»Ich weiß«, sagte Tyban matt. »Ich wünschte, es hätte anders enden können.«

Er schloss kurz die Augen, ehe er den Bogen hob und die Pfeilspitze auf meine Brust richtete. Im gleichen Augenblick griff Salvati nach meiner Schulter. Ich zuckte unter der Berührung seiner rauen, kühlen Finger zusammen, erstarrte, als er sich mit einem schmerzvollen Zischen in eine sitzende Position zog.

»Da ist noch etwas«, flüsterte Salvati.

Tyban ließ den Bogen ein kleines Stück sinken.

»Diese Pflanzen«, sagte er leise. »Sie sind sehr alt, weißt du. Voller Leben. Aber man muss vorsichtig damit sein. Lebenskraft, die man einem Körper entzieht, ist volatil. Sie verursacht Chaos, denn die Natur selbst ist chaotisch.« Salvati richtete sich auf. »Und dieser Ort hier ... er ist etwas Besonderes. Die Friedhofsinsel, die Insel des Todes, ist der Ort mit dem allermeisten Leben in Anamoya. Hier gelten die Gesetze nicht, die wir in der eigentlichen Stadt kennengelernt haben.«

Seine Gesichtszüge verzogen sich unter jähem, heißem Zorn.

»Was bedeutet, dass ich das hier tun kann.«

Damit hob er eine Hand. Griff nach einer Ranke, die in seiner Reichweite hing, berührte sie kurz mit seiner Fingerspitze. Licht stieg in feinen, nebelartigen Fäden aus der Pflanze auf, ehe es sich verflüchtigte.

Das hatte ich noch nie zuvor gesehen.

Tyban hob stirnrunzelnd den Bogen.

Und das war, als ein Knochen aus dem Nichts auf ihn zuflog.

Tyban stolperte zurück. Salvati umklammerte die Ranke fester, sein Gesichtsausdruck wutentbrannt. Hinter ihm ertönten klackernde Schritte. Ich hob den Kopf und erstarrte, als ich ein Skelett auf Tyban zutaumeln sah.

Eine feine Schicht aus Eis bildete sich auf Salvatis Kleidung. Immer mehr Skelette traten aus der Dunkelheit hervor, von schweren Ranken zusammengehalten. Wenn er das geschafft hatte, verletzt, ohne Hand an sie zu legen … ohne sie zu sehen …

Es war unmöglich. Hätte unmöglich sein sollen.

Aber er tat es vor meinen Augen.

Er ist der größte Nekrobotaniker, den ich je gesehen habe.

Tyban hob den Bogen und schoss. Salvati keuchte auf, als der Pfeil sich in seinen Bauch grub, nur wenige Fingerbreit vom ersten Schaft entfernt. Um ihn herum knickten die Skelette leicht ein, blieben jedoch stehen, wo sie waren.

»Lass das bleiben, Tyban«, zischte er. »Ich lasse nicht zu, dass …«

Tyban ließ den Bogen fallen und zog ein Messer.

»Das, was ich hier tue, ist für einen guten Zweck«, sagte er leise. »Du hast recht mit vielem, was du sagst, weißt du? Die zwanzig Familien sollten keinen Platz mehr in Anamoya haben. Und ich habe die ganze Zeit versucht, dich von deinen Nachforschungen abzubringen. Dich zu beschützen.«

Eine einzelne Träne lief über seine Wange. Salvatis Augen flatterten. Ich wusste nicht, wie viel davon er wirklich wahrgenommen hatte, doch allmählich wurde er beunruhigend blass.

»Tyban?«, fragte er leise.

Tyban sah ihn beinahe hoffnungsvoll an. »Was ist?«

Salvati lächelte. Seine Zähne waren blutverschmiert.

»Soll dich doch der namenlose Gott holen …«

Sein Kopf sackte zur Seite. Ich packte ihn erschrocken beim Arm, aber bevor ich ihn richtig zu fassen bekam, war sein gesamter Oberkörper nach hinten gefallen. Die Skelette um uns herum brachen auseinander, als hätte sie ein Windstoß erfasst. Er musste bewusstlos geworden sein.

Es knirschte über uns. Sofort hob Tyban seinen Bogen auf, die Hand bereits am Köcher. Ich fuhr zurück; mein Herz raste.

Nein, bitte nicht …

Staub rieselte aus der Decke.

Tyban sah sofort nach oben. Plötzlich wurde mir klar, was hier vor sich ging. Jahrhundertelang waren die Pflanzen zwischen den Steinen gewachsen, hatten sie verdrängt. Jetzt hatte Salvati sie bewegt.

Was bedeutete, dass der Stein über uns locker geworden war.

Ich griff nach einer der Pflanzen und konzentrierte mich. Es fühlte sich anders an als alle Nekrobotanik, die ich je zuvor ausgeübt hatte. Unter meinen Fingerspitzen summte die Energie, als ich die Ranke berührte. Ich fühlte, wie sie sich unter den Stein ringelte. Wie fest verbunden sie mit all den anderen Pflanzen über unseren Köpfen war.

Und zog alles Leben heraus.

Ich hatte nichts damit vor. Es gab nichts zu beleben, zu konstruieren; ich stieß lediglich mit einem Fuß an Salvatis reglosen Körper in der Hoffnung, dass er etwas von dieser Kraft abbekommen würde. Meine Fingerkuppen wurden kalt, aber das Gefühl streckte sich nicht auf den Rest meines Körpers aus.

Die Ranke in meinen Händen schmolz leicht zusammen.

Nicht weit von uns fiel ein Stein aus der Decke.

Tyban stolperte einen Schritt zurück. Ich achtete nicht darauf, konzentrierte mich stärker auf die Pflanzen, fühlte eine nach der anderen über uns verdorren. Ein zweiter Stein löste sich und stürzte nicht weit von uns zu Boden, dann ein dritter, ein vierter, irgendwann ein zehnter. Stumm sandte ich ein Stoßgebet zum Himmel. *Hilf uns, das zu überleben, wenn du zusiehst, Mutter.*

Ein großer Steinbrocken stürzte direkt vor mir zu Boden. Tyban sprang hastig einen Schritt zurück, wollte um ihn herumlaufen, doch im gleichen Augenblick spürte ich eine Ranke über uns zerreißen.

Ein dunkles Grollen. Ein Zittern ging durch die gesamte Kammer.

Dann geschah alles auf einmal.

Ein zweiter Brocken brach aus der Decke. Schlagartig breitete sich so viel Staub um uns herum aus, dass ich die Pflanze losließ, mein Gesicht mit dem Ärmel beschirmte. Ich konnte Tyban aufkeuchen hören, aber ich sah ihn nicht. Wo war er?

Wo war mein Onkel?

Ich hustete, stolperte einige Schritte durch die undurchdringlich gewordene Dunkelheit. Wenn es Tyban nur von uns trennte, war schon viel gewonnen, aber trotzdem mussten wir von hier verschwinden.

Etwas traf mich hart an der Schläfe. Ich schrie auf und stolperte nach vorn, das donnernde Grollen der einstürzenden Kammer um mich herum.

Dann verschwand die ganze Welt in Dunkelheit.

20

ARIAS

Ein Schicksal wählen

Einmal, als ich noch ein Kind gewesen war, hatte mich mein Groß-vater in seine Bibliothek mitgenommen. Dort hatte er mir die Grundlagen der Nekrobotanik gezeigt, die Geheimnisse seiner Magie und unseres Blutes, die dunkle Macht, die wir besaßen. Ich hatte ihm gern zugehört, auch wenn ich später einen anderen Weg gegangen war. So viel über unsere Künste gelernt wie möglich, weil er niemals mit Lob sparte, mich stets zu mehr ermutigte.

Nekrobotanik war Liebe, damals jedenfalls. Sie war etwas, was uns verband. Erst viele Jahre später wurde es auch meine Verbindung zu den zwanzig Familien, und erst dann riss ich es mir aus dem Herzen wie eine welk gewordene Pflanze.

»Jedes Lebewesen besteht aus drei Teilen«, hatte er mir erklärt. »Körper, Geist und Seele. Doch nur einer davon ist für unsere Magie bestimmt. Du kannst einen lebenden Körper heilen, Arias, aber ver-suche nie, ihn zu lenken. Das ist allein dem Toten vorbehalten.«

»Das hatte ich sowieso nicht vor«, sagte ich trocken.

Mein Großvater nickte.

»Da ist noch etwas«, sagte er, wobei der heitere Ton aus seiner Stimme verschwand. »Hier in Anamoya gibt es Orte, an denen die nekrobotanische Energie sehr stark ist. Trotzdem solltest du sie nie aufsuchen. Versprich mir, dass du Vetalia meidest, wenn du dort nichts zu erledigen hast, ja? Von dort geht es weit in die Lagune hinein. Die Kraft, die sich an diesem Ort befindet, beherrschen nur die größten Nekrobotaniker.«

Ich nickte darüber. Tatsächlich machte mir der Gedanke daran, etwas Derartiges zu tun, sogar Angst. Mein Großvater war der weiseste Mann, den ich je gekannt hatte. Was war schlimm genug, um ihm einen Schrecken einzujagen? Hielt er sich etwa nicht für stark genug, um zu beherrschen, was immer sich unter Vetalia befand?

»Versprochen«, murmelte ich.

Mein Großvater lächelte. Strich mir durch das Haar, wie er es gern machte, wenn er zufrieden mit mir war. Ich schloss die Augen. Niemals würde ich mich mit solchen Mächten einlassen, dachte ich.

Doch wenn ich mich nicht irrte, hatte Kyrian Anamoias genau das versucht und war daran gescheitert.

Als ich zu mir kam, war es dunkel um mich herum.

Mein Kopf pochte. So sehr, dass mir sogar das Auge davon tränte. Ich versuchte, es so gut wie möglich auszublenden, nur war das ungefähr so erfolgreich, als hätte ich ein gebrochenes Bein ignorieren wollen.

Doch allmählich nahm meine Umgebung Gestalt an. Ein Kreis aus beinahe niedergebrannten Kerzen flimmerte in der Dunkelheit; darüber, wie eine Art unheimlich verdrehter Baum, ragte eine Statue aus einem Gewirr von Händen auf. Ein Teil des Raumes war offenbar eingestürzt. Dort, wo der Eingang gewesen war, lagen große Steinbrocken und zerbrochene Ziegel.

Dahinter die Finsternis der Nacht, der sternenklare Himmel. Ich konnte ihn kaum sehen; meine Brille hing mir schief im Gesicht, bedeckt von einer Staubschicht. Aber schlimmer als das war das grässliche Brennen in meiner Magengrube. Als ich an mir hinabblickte, sah ich zwei lange gefiederte Pfeilschäfte daraus aufragen, an denen verkrustetes Blut klebte.

Nein. Nein, bitte nicht.

Mir wurde schlecht. Stumm streckte ich mich auf dem Rücken aus, wollte die Augen schließen. Doch dann nahm ich einen Körper wahr, der dicht neben meinem lag.

Schlagartig kehrten die Erinnerungen der letzten Stunden zu mir zurück.

Kyrian Anamoias. Tyban.

Riora.

Ich blickte zur Seite. Neben mir lag Riora, das dunkle Haar mit hellem Staub bepudert, die Augen geschlossen. Eine getrocknete Blutspur zog sich von ihrer Schläfe über ihr Gesicht. Ich konnte spüren, wie mich ein Gefühl der Taubheit erfasste, bis ich sah, dass sich ihr Brustkorb hob und senkte. Schwach. Doch die Bewegung war da, und nichts anderes zählte.

Es war ein Wunder, dass sie am Leben war. Dass *ich* es noch war, verdammt. Wie hatte Tyban nur …

Ich biss die Zähne zusammen.

Ich hatte ihn für meinen Freund gehalten. Ihm vertraut. Ganz offensichtlich hatte er diese Gefühle nicht geteilt, und das schmerzte fast mehr als die Pfeile in meiner Magengrube.

Warum, Tyban? Warum?

Ich wusste es nicht. Doch ich wusste, was ich als Nächstes tun würde.

Stumm drückte ich meine Hand auf Rioras Kopfwunde. Fühlte, wie sie unter meinen Fingern zusammenschmolz, ohne dass ich nach einer Pflanze hätte greifen müssen. Ich schmeckte Blut auf der Zunge, während ich arbeitete. Egal. Ich musste ihr genug Kraft geben, damit sie überlebte.

Das Brennen in meiner Magengrube wurde stärker. Mein Körper würde mir die Nekrobotanik nicht mehr lange vergeben, doch als ich hörte, dass Rioras Atemzüge kräftiger wurden, war mir das seltsamerweise nicht mehr so wichtig. Sie hatte genug gelitten. War genug herumgeschubst, genug verletzt worden.

Rioras Lider flatterten. Ich zog vorsichtig meine Hand zurück.

»Sie haben Blut im Gesicht«, flüsterte sie.

»Ja. Ich weiß.« Ich schwieg kurz. »Ruhen Sie sich aus, Riora. Sie werden nicht sterben. Auf Vetalia stirbt niemals wirklich jemand.«

Ich hatte erwartet, dass sie darauf wieder einschlafen würde. Aber sie tat es nicht. Langsam setzte sie sich auf, blickte an mir hinab und zuckte heftig zusammen, als sie die Pfeile in meinem Bauch entdeckte.

»Esterias Atem!«, entfuhr es ihr. »Sie sind so schwer verletzt und Ihnen fällt nichts anderes ein, als mich zu heilen?«

»Wenn ich sterben sollte, hätte ich das schon getan«, sagte ich mit brüchiger Stimme. »Wie gesagt – das hier ist ein besonderer Ort.«

»Sie sind ein besonderer Dummkopf«, schalt mich Riora, ehe sie sich neben mich kniete und mein Hemd öffnete, um die Wunden zu begutachten. »Das muss sofort versorgt werden. Ich suche Pflanzen ...«

»Sie werden keine brauchen«, sagte ich schwach.

»Seien Sie still und ruhen Sie sich aus«, sagte sie aufgebracht.

Damit stand sie auf und eilte über das Geröll hinweg davon. Ich nutzte die Gelegenheit, um meine Augen zu schließen, auch wenn der Schmerz dadurch nur noch schlimmer in meinem Bauch zu pulsieren schien. Wenig später kehrte sie wieder, die Arme voller ausgerissener Ranken, und ließ sie neben mich fallen.

Dann zog Riora den ersten Pfeil aus meinem Bauch. Ich zischte leise. Sie zuckte zurück, schien sich schließlich jedoch ein Herz zu fassen und entfernte auch den zweiten mit einem kräftigen Ruck.

Ich schrie auf.

»Tut mir leid«, sagte sie eilig.

»Schon gut.« Meine Augen tränten. »Machen Sie weiter. «

Riora nickte, ehe sie eine Hand auf meinen Bauch und die andere auf die ausgerissenen Ranken legte. Ich spürte einen Herzschlag lang, dass ihre Fingerkuppen kühl wurden, bevor das schmerzhafte Pochen stärker wurde.

Doch ich spürte, wie der Schmerz allmählich verebbte. Mein Fleisch prickelte, wo es langsam wieder zusammenwuchs. Jeder Nekrobotaniker hatte eine eigene Art, sein Handwerk auszuführen, einen unverwechselbaren Fingerabdruck. Riora ging sanft und vorsichtig vor, das spürte ich. Sie dachte über jeden ihrer Schritte nach.

Dann verschwand das Prickeln aus meinem Körper. Ich blickte zur Seite, während Riora die Finger zurückzog. Ringe hatten sich unter ihren Augen gebildet, doch die Ranke in ihrer Hand war noch frisch und grün.

»Danke«, murmelte ich.

Riora nickte. Ich setzte mich vorsichtig auf, blickte an mir hinab. Mein Hemd war blutgetränkt, natürlich. Doch durch die beiden Löcher im Stoff konnte ich nur noch glatte Haut sehen.

»Was ist passiert?«

»Ich habe die Halle zum Einstürzen gebracht«, gestand Riora. »Ich wusste nicht, was ich sonst tun soll, um Tyban zu vertreiben. Aber mein Onkel ...«

Sie sah zu den Trümmern am halbwegs intakten Teil der Gruft hinüber, biss sich auf die Unterlippe. Ich wusste, dass sie sich fragte, ob er darunter begraben lag.

»Das war eine gute Entscheidung«, bekräftigte ich sie. »Machen Sie sich keine Sorgen um ihn. Von hier führen Tunnel nach unten. Er könnte mit dem Leben davongekommen sein.«

Ich sah einen Funken von Hoffnung in ihrem Gesicht aufleuchten, als ich das sagte. Aber nur kurz. Fast, als wüsste sie selbst nicht, was sie über das alles denken sollte.

»Ich hätte nie gedacht, dass Tyban ...« Riora schüttelte den Kopf. »Er hat uns geholfen. Warum hätte er das tun sollen, wenn er mich doch die ganze Zeit töten wollte?«

Ihre Stimme brach, aber ich dachte darüber nach.

»Er hat mich auf den Maskenball mitgenommen«, sagte ich langsam. »Allerdings hatte er ein eigenes Interesse, sich dort einzuschleichen – er wollte Sie ja töten. Als ich Sie geheilt und fortgebracht habe, war er überrascht, weil er nicht wusste, dass ich ein Nekrobotaniker bin. Aber er ist mitgekommen, und das ergibt Sinn. Er hätte Sie sonst aus den Augen verloren.«

Riora schluckte.

»Er hat die ganze Zeit versucht, mir alles auszureden, was ich plante«, sagte ich nachdenklich. »Vor allem, bevor wir auf die *Feuer von Saykas* gegangen sind. Wahrscheinlich wollte er nicht, dass wir herausfinden, dass Leyas der Goldene nichts damit zu tun hat.«

»Trotzdem ist er mitgekommen«, wandte Riora ein. »Das hätte er nicht tun müssen, oder? Hätte Tyban denn überhaupt einen Grund, meine Familie zu stürzen?«

»Ich weiß es nicht«, sagte ich. »Ich weiß es wirklich nicht.«

Riora verstummte. Überließ mich meinen Gedanken, während ich die Augen schloss. Ich kannte Tyban schon so lange, hatte ihm vertraut und ihn geschätzt. Aber offenbar hatte ich mich in ihm geirrt, und das schmerzte. Er war ein Mörder. Er hatte Savina Anamoias getötet, es mit Riora versucht. Er hatte sogar mich ...

Ein jäher Zorn überkam mich.

Dafür würde er bezahlen.

»Ich weiß nicht, wie ich Ihnen jemals danken soll, Arias«, flüsterte Riora.

Ich musste lächeln. *Sehr schön*, hörte ich Livia irgendwo in meinem Hinterkopf sagen. *Du hast endlich einmal Verantwortung übernommen, ohne dabei alles zu ruinieren.*

»Viertausend Dukaten sollten es tun«, sagte ich. »Normalerweise nehme ich fünftausend, wenn ich eine Jungfrau in Nöten rette, Sie können sich also glücklich schätzen.«

»Sie sind so ein Idiot.« Rioras Mundwinkel zuckte. »Außerdem habe ich Sie jetzt auch einmal gerettet. Da sollte ich ebenfalls ein paar Dukaten verlangen, oder?«

Ich musste lachen, obwohl mein Schädel davon nur noch schlimmer zu pulsieren drohte. »Wo Sie recht haben.«

Riora kicherte in ihre vorgehaltene Hand. Dann, ganz vorsichtig, richtete ich mich auf. Es schmerzte, aber es ging. Das war ein gutes Zeichen.

»Wohin wollen Sie?«, fragte Riora, streckte jedoch einen Arm aus, ohne eine Antwort abzuwarten. »Kommen Sie. Stützen Sie sich an meiner Schulter ab, dann geht es leichter.«

Ich tat schweigend wie geheißen. Gemeinsam kamen wir auf die Beine, und obwohl mir kurz schwindelig wurde, konnte ich zumindest aus eigener Kraft stehen.

»Wir müssen uns verstecken«, sagte ich. »Fürs Erste scheint Tyban weggelaufen zu sein, aber er wird wiederkommen. Er muss uns suchen. Er muss sichergehen, dass wir tot sind.«

»Das stimmt«, sagte Riora. »Aber wo?«

Ich dachte nach. Weder mein Zuhause noch das von Livia schienen mir eine Möglichkeit für ein Versteck zu sein; Tyban kannte beide

Orte und würde möglicherweise dort nach uns suchen. Doch auch der Stadtpalast von Rioras Familie kam nicht in Frage. Wenn er nicht dort auftauchte, würde es womöglich ein äußerst lädierter Kyrian Anamoias tun, und das war das Letzte, was wir heute brauchten.

Was blieb, war also ein Ort, den ich schon lange nicht mehr betreten hatte. Einer, von dem Tyban nicht wusste, weil ich ihm mein letztes und größtes Geheimnis nie verraten hatte.

»Kommen Sie, Riora«, sagte ich. »Ich weiß, wohin wir gehen können.«

Ich brauchte sie nicht zu sehen, um zu wissen, dass sie die Stirn runzelte. Dennoch gingen wir ohne ein weiteres Wort hinaus. Inzwischen dämmerte es über Anamoya; einer der Monde war bereits im Meer versunken, der zweite eine schmale Sichel, die jenseits des Horizonts verblasste. Ich nutzte die Gelegenheit, um nach Riora zu sehen. Sie war blass, natürlich, ihre Kleidung von getrockneten rostbraunen Blutflecken besudelt ... doch zumindest schien es ihr gut genug zu gehen, um sich zu bewegen.

Dann drehte sie den Kopf in Richtung der Stadt und erstarrte. Ich folgte ihrem Blick, ohne darüber nachzudenken.

Und spürte, wie mir ein jäher Schauder in die Glieder fuhr.

Die Lichter in Anamoya waren erloschen. Am Horizont dämmerte es bereits, aber über den Dächern der Stadt stiegen Rauchwolken auf. Die meisten steinernen Gebäude waren unversehrt, doch ich bemerkte einige brennende Holzhäuser, nur noch Gerippe in flammendem Orange.

Ich blickte über die Lagune. Die Handelsschiffe, die sonst im Hafen lagen, hatten sich so weit wie möglich aus der Stadt zurückgezogen; zwischen ihnen lag jedoch auch die *Feuer von Saykas*, die roten Segel eingeholt.

»Wieso laufen sie nicht aus?«, fragte ich. »Wenn ich ein Schiff hätte, wäre das wahrscheinlich das Erste, was ich heute Nacht getan hätte.«

Riora versteifte sich neben mir.

»Mein Onkel wollte den Hafen absperren lassen«, sagte sie matt. »Aber das Feuer ... ausgerechnet heute, wo er nicht da ist ...«

Sie verstummte, doch im gleichen Augenblick dämmerte mir etwas. Tyban hatte mich in der Nähe des Stadtpalastes gefunden, bereits mit seinem Bogen bewaffnet. Das konnte nur eins bedeuten.

»Das hier muss geplant gewesen sein«, sagte ich. »Ihr Onkel sollte heute außer Gefecht gesetzt werden. Dass es auf Vetalia passiert ist, war nicht von Tyban beabsichtigt – und es erklärt, wieso er weggelaufen ist, statt nach ihm oder uns zu suchen. Er wird gebraucht. Und zwar da draußen.«

Ich deutete auf die flammenden Häuser. Riora nickte; sie war sehr blass.

»Wir sollten besser verschwinden«, flüsterte sie.

Dann wandten wir uns in stiller Übereinkunft ab. Überquerten die Brücke, die ins brennende Anamoya zurückführte. Im gleichen Augenblick hörte ich ferne Schreie, gefolgt von einem donnerartigen Grollen. Stichflammen schossen in einer Gasse nach oben, und wenig später fing ein Baum in der Nähe des Ganzen Feuer.

Riora schloss kurz die Augen. »Wo ist dieses Versteck, von dem Sie gesprochen haben, Arias?«

»Auf der anderen Seite der Stadt«, sagte ich. »Regierungsbezirk.«

Sie warf mir einen halb amüsierten und halb müden Blick zu.

»Sehr gut«, sagte sie, doch ich konnte nicht aus ihrem Tonfall ableiten, ob sie das ernst meinte oder nicht. »Wir verstecken uns einfach dort, wo gerade der größte Aufruhr stattfinden muss.«

21

RIORA

Anamoyas neuer Morgen

Früher hatte ich geglaubt, dass es anders verlief, wenn eine Welt zerbrach. Dass es mit großem Aufruhr geschah, mit Lärm, mit Aufregung. Doch jetzt, während wir durch das brennende Anamoya liefen, begriff ich, dass ich mich geirrt hatte. Manchmal kam das Ende schleichend, still.

Manchmal sah man es gar nicht kommen.

»Unsere Vergangenheit ist blutig, selbst ohne Nekrobotanik«, hatte mein Onkel mir einmal erklärt. »Nach dem Fall des Kaiserreiches hatte Anamoya stets eigene Herrscher. Regenten, die Attentaten zum Opfer fielen, sobald sie das Missfallen eines stärkeren Gegners erregten. Der Große Rat, wie wir ihn kennen, besteht erst seit einhundertfünfzig Jahren. Damit endete diese unruhige Zeit, aber wir dürfen nie vergessen, dass unsere Macht zerbrechlich ist.«

Ich nickte stumm, ohne das zu verstehen. Ich war damals noch zu jung gewesen, um zu erkennen, dass nichts in dieser Welt wirklich Bestand hatte.

»Wo es etwas zu holen gibt, warten die Raubtiere auf einen Fehler«, hatte Kyrian Anamoias erklärt. »Man darf sich keine Blöße geben, keine Schwäche zeigen. Sie werden dich genau beobachten, um dich zu stürzen. Deswegen musst du dich verteidigen können, Riora.«

»Versprochen.«

Er hatte darüber genickt, eine ernste Zufriedenheit im Blick. Aber jetzt wusste ich nicht mehr, ob ich mich wirklich vor irgendetwas verteidigen konnte. Ob überhaupt ein Mensch auf der Welt imstande war, sich zu schützen, wenn Spiele um die Macht gespielt wurden.

Meine Mutter hatte es nicht gekonnt.

Ich schloss kurz die Augen, atmete tief durch, um meine Gedanken zu beruhigen. Neben mir ging Arias, sah genauso müde aus, wie ich mich fühlte. Ich sah ihm deutlich an, dass ihn seine Verletzungen erschöpft hatten. Eine Linie aus getrocknetem Blut zog sich von seinem Mundwinkel nach unten, und tiefe Schatten hatten sich unter seinen Augen gebildet.

Ich wusste nicht, wie ich ihm das jemals danken sollte.

»Wir sollten warten, bis es ruhiger geworden ist«, schlug ich vor.

Arias ließ den Blick über die brennenden Gebäude wandern.

»Nicht hier draußen«, sagte er, wobei sich ein harter Zug in sein Gesicht schlich. »Wenn diese Kämpfe vorbei sind, wird es hier nicht ruhiger werden. Das hier, Riora, ist mehr als ein gewöhnliches Feuer.«

Ich schluckte. Gemeinsam mit ihm verließ ich die Brücke und ging in die Stadt hinein. Der Gestank von Qualm lag in der Luft, so schwer, als versuchte Anamoya, den Aufruhr in seinem Herzen auf eigene Faust zu ersticken. Wir stahlen uns zwischen die Häuser, auf menschenleere Gassen, die Fensterläden um uns herum verschlossen. Bis auf das ferne Knistern der Flammen war es nahezu gespenstisch still.

Dann riss mich ein jäher Aufschrei aus meinen Gedanken.

Sofort drückte ich mich an die nächstbeste Wand. Arias tat es mir gleich, der Ausdruck auf seinem Gesicht angespannt. Mit einer Hand rieb er das getrocknete Blut fort, offenbar um sich irgendetwas zu tun zu geben, während ich um die Ecke spähte. Mehrere Männer traten aus einem Haus, in ihrer Mitte jemanden, der mir vage bekannt vorkam.

Ich legte den Kopf zur Seite. Die Männer stießen ihren Gefangenen weiter. Es war ein rundlicher Anamoyaner mittleren Alters, der lediglich in einen Morgenmantel gekleidet war. Eine Frau stolperte hinter ihnen hinaus und starrte der Prozession entsetzt nach. Sie drückte eine Decke an ihre Brust, in die sie sich notdürftig gewickelt hatte, schien ansonsten jedoch nackt zu sein.

Erst nach einigen Augenblicken erkannte ich, wem sie da gerade nachsah.

»Das ist jemand aus dem Großen Rat«, flüsterte ich. »Der Vater von Nerva Lavori. Ich weiß nicht, wie sein Vorname lautet.«

»Wahrscheinlich müssen Sie sich auch nicht mehr die Mühe machen, ihn zu lernen«, sagte Arias düster. »Sieht aus, als hätte er eine Mätresse gehabt.«

Ich beobachtete die Frau, die sich jetzt eilig ins Haus zurückzog und hörbar die Tür verriegelte. »Ist das Tybans Werk?«

»Gestern hätte ich noch gesagt, dass er so etwas nie tun würde.« Er unterbrach sich. »Aber vielleicht habe ich ihn gar nicht wirklich gekannt.«

In seinem Tonfall lag eine vage Bitterkeit. Ich sprach ihn nicht darauf an, weil ich spürte, dass er nicht darüber würde reden wollen. Mein Onkel hatte mir niemals gestattet, Freunde in meinem Alter zu finden. Doch ich ahnte, wie betrogen er sich jetzt fühlen musste, wie wütend und traurig.

Vielleicht, weil ich selbst traurig darüber war, mich in Tyban getäuscht zu haben.

Wir erreichten einen schmalen Kanal, in dem mehrere Boote angebunden waren. Auf der anderen Seite gab es einen kleinen Platz, der von einer Statue eines Kriegers beherrscht wurde, eine Esteriakirche mit golden verzierten Türmen hinter sich. Mehrere Männer liefen dort herum, die Hände auf den Griffen ihrer Klingen. Zwischen ihnen knieten mehrere Gefangene. Einige von ihnen trugen feine Kleidung, seidene Morgenmäntel, andere so gut wie nichts.

Ich biss mir auf die Unterlippe. Obwohl ich bisher nur wenig Zeit im Großen Rat verbracht hatte, erkannte ich fast alle Männer und Frauen, die am Kanal vorübergingen. Das waren die einflussreichsten Menschen Anamoyas. Diejenigen, zu denen man aufblickte, die Seide und Juwelen trugen, die das Geld ganzer Republiken durch ihre Finger gleiten ließen.

Aber jetzt saßen sie im Dreck, manche von ihnen unverhohlen schluchzend, andere leichenblass ins Nichts blickend. Mir wurde kalt, als mir ein grässlicher Gedanke kam. Wäre ich heute im Stadtpalast meiner Familie gewesen, würde ich dann auch dort sitzen?

Ich merkte, dass Arias sich neben mir anspannte. Dann zog er mich abrupt in eines der Boote und förderte eine Decke hervor, mit der man eigentlich größere Gegenstände vor schlechtem Wetter schützte.

»Esterias Atem«, platzte ich heraus. »Was tun Sie ...«

»Leise«, sagte er ernst, aber nicht unfreundlich. »Machen Sie sich so flach wie möglich, Riora.«

Ich runzelte die Stirn, tat jedoch wie geheißen. Arias legte sich neben mich, das Gesicht düster; verhüllte uns mit der Decke, sodass man uns nicht mehr sah. Stickige Hitze breitete sich in unserem Versteck aus. Ich spähte angestrengt durch einen kleinen Spalt, den Arias offen gelassen hatte. Was, wenn uns nun jemand fand?

Wenig später traten die Männer auf den Platz, die wir schon gesehen hatten, den älteren Lavori zwischen sich. Stumm führten sie ihn neben die anderen Gefangenen, ehe sie sich lachend abwandten. Ich wagte es nicht, mich zu bewegen, doch mir drängte sich unwillkürlich eine Frage auf: Wo war Nerva?

Schritte. Hinter den Männern kam eine Frau aus der Gasse, die sich deutlich von der kleinen Menge um sie herum unterschied. Sie hatte hellblondes Haar, das knapp oberhalb ihrer Schultern endete, trug eine enge grüne Lederrüstung mit einem angedeuteten Schuppenmuster. Dazu hatte sie ein Rapier an ihrer Hüfte befestigt. Es sah zu reich verziert aus, um wirklich nützlich im Kampf zu sein.

Arias versteifte sich.

»Caravella?«, flüsterte er.

Ich blickte stirnrunzelnd zu ihr hinüber. Erst jetzt erinnerte ich mich daran, wie sie dem Großen Rat entgegengetreten war ... wie mein Onkel sie abgeschmettert hatte. Weil die Rose von Anamoya nicht reich geboren worden war. Weil sie nicht zu den zwanzig Familien gehörte.

War das hier ihre Rache?

»Natürlich«, flüsterte Arias. »Tybans Schwester arbeitet für sie. *Er* arbeitet für sie, verdammt, er hat mir sogar gesagt, dass sie sich kennen. Sie haben das alles geplant.«

Ich biss mir auf die Unterlippe. Im gleichen Augenblick wandte sich Caravella ab, als hätte sie etwas gehört – drehte sich einem rothaarigen Mann zu, der gerade aus einer der Gassen kam.

Ich versteifte mich.

»Hast du es getan?«, fragte Caravella.

Tyban nickte. Er hatte einige üble Kratzer und Blutergüsse im Gesicht, schien ansonsten jedoch unverletzt.

»Es gab einen Vorfall«, sagte er. Er klang müde. »Sie waren auf Vetalia, die Decke der Gruft dort ist eingestürzt. Wir wurden voneinander getrennt. Ich habe Anamoias gesucht, aber ich konnte ihn nicht finden, bevor ich umdrehen musste.«

Caravella runzelte die Stirn. »Was ist mit seiner Nichte?«

»Ich habe sie nicht mehr gesehen«, sagte Tyban matt. »Wahrscheinlich liegt sie auch unter den Trümmern.«

»Wenn wir hier fertig sind, musst du nachsehen, ob sie tot ist«, sagte Caravella sehr ernst. »Aber Kyrian Anamoias ist im Moment wichtiger. Falls er noch am Leben ist, wird er versuchen, das alles aufzuhalten.«

»Ich weiß«, sagte Tyban mit einem bitteren Unterton.

Einige Augenblicke lang war es still. Ich schloss die Augen; mein Schädel pochte. Der Gedanke, dass mein Onkel tot sein könnte, löste jedoch nichts in mir aus außer einer gereizten Müdigkeit.

Wahrscheinlich war heute einfach zu viel passiert.

»Es gibt keinen Grund, sich Gedanken zu machen«, sagte Selecia Caravella. »Wir tun hier etwas Gutes, Tyban. Das weißt du doch.«

»Riora Anamoias hat uns nichts getan«, sagte Tyban. »Du weißt das.«

»Wenn sie auch nur annähernd die Nichte ihres Onkels ist, dann musste sie sterben, damit Anamoya sicher ist. Damit wir sicher sind. Ist dir das nicht klar?« Sie verschränkte die Arme. »Du hast so viele Menschen getötet. Warum machst du dir Gedanken um sie?«

Tyban rieb sich die Stirn. Ich konnte sehen, wie blass er war, fast, als hätte er selbst einen Pfeil in den Bauch bekommen.

»Du hast wohl recht, Selecia«, sagte er schwach. »Am besten schlafe ich eine Nacht darüber.«

Caravella legte ihm eine Hand auf die Schulter, ehe sie sich umdrehte. Ohne ein Wort zog sie ihr Rapier, fasste ihre Gefangenen ins Auge.

»Sind das alle Ratsmitglieder, die ihr gefunden habt?«, fragte sie.

Einer der Männer nickte. Selecia Caravella ging an den Gefangenen vorbei, die sie gemacht hatte, bis sie vor dem älteren Lavori stehen blieb. Er blickte zu ihr auf. Ich erkannte nicht, welche Gefühle sich auf seinem Gesicht abspielten. Wut? Angst? Arroganz?

»Was soll das werden, Caravella?«, fragte er.

»Etwas, was schon längst hätte passieren müssen«, sagte sie.

Damit hob sie ihr Rapier und stach ihm durch den Hals. Lavori keuchte auf. Ich schlug mir die Hände vor den Mund, als sie die Waffe langsam herauszog, der Stahl rot vor Blut … als er nach vorn kippte, sich leise röchelnd auf dem Boden krümmte.

Es schien Stunden zu dauern, bis seine Bewegungen schwächer wurden und erstarben. Die ganze Zeit über war es totenstill unter den anderen Gefangenen. Ich blickte zu Selecia Caravella hinüber, allein um das grässliche Schauspiel nicht mehr vor Augen zu haben. Falls sie irgendeine Art von Bedauern empfand, sah ich keine Spur davon auf ihrem Gesicht.

»Werft sie ins Wasser«, sagte sie zu den Männern um sie herum.

Sie gehorchten sofort. Kamen auf die Beine, zogen die Mitglieder des Rates mit sich zum Kanal, auf dem wir uns versteckt hielten. Ich spannte mich an, als sie unser Boot zur Seite stießen und den ersten gefesselten Mann ins Wasser warfen. Es gab ein grässliches Platschen, ehe er wie ein Stein unterging.

Dann der nächste.

Und der nächste.

Ich stieß ein leises Keuchen aus, während immer mehr Ratsmitglieder in den Kanal stürzten und unser Boot in Bewegung versetzten. Sofort schob Arias mir eine Hand auf den Mund. Ich schloss die Augen, versuchte, mich auf meine Atemzüge zu konzentrieren … aber jedes dumpfe Platschen ließ mich innerlich erzittern.

»Ruhig, Riora«, flüsterte Arias. »Bleiben Sie ruhig.«

»Ich kann nicht«, wisperte ich. »Ich kann nicht …«

»Doch. Sie können. Und Sie müssen.«

Die Geräusche erstarben. Ich blinzelte. Das Wasser kräuselte sich, ehe es langsam glatt wurde, und bald lag unser Boot wieder ruhig im Kanal.

Stille breitete sich über dem kleinen Platz aus. Selecia Caravella sah mit starrer Miene auf die Wasseroberfläche. Ganz langsam wischte sie ihre blutige Klinge an einem Tuch ab, ehe sie die Waffe wegsteckte. Es war mir unmöglich zu erraten, was gerade in ihr vorging.

Dann gab sie den Männern ein Zeichen. Abwesend, ohne sie weiter zu beachten. Sie zerstreuten sich sofort in den Seitengassen … vielleicht, um irgendwo anders zu plündern und zu töten. Von den abscheulichen Dingen, die sich eben hier zugetragen hatten, war nichts mehr hier verblieben. Als hätte es den Großen Rat von Anamoya niemals gegeben.

»Selecia?«, fragte Tyban vorsichtig.

Sie hob den Kopf, sah ihn an, als hätte sie vergessen, dass er hier war.

»Alles in Ordnung?«

»Ja«, sagte sie. »Ja, ich glaube schon. Hör zu, Tyban. Wir müssen in den Regierungsbezirk, sofort. Wenn die Anamoyaner merken, dass der gesamte Rat gestürzt worden ist, wird es Unruhen geben.«

»Ich bitte dich, Selecia«, sagte Tyban, »unruhig wird es sowieso.«

»Ich weiß. Aber wir dürfen kein Risiko eingehen.« Sie schwieg kurz. »Anamoya muss erfahren, dass sich die Dinge ändern werden. Zum Besseren, hoffe ich.«

Tyban seufzte. »Denken wir nicht alle, dass wir auf der richtigen Seite der Geschichte stehen?«

Selecia Caravella ignorierte ihn. Stattdessen richtete sie sich auf, ihre Haltung entschlossen, ihre Miene ernst.

»Heute bricht ein neuer Morgen für Anamoya an«, erklärte sie. »Die Tyrannei des Großen Rates hat endlich ihr Ende gefunden.«

22

ARIAS

Lange, dunkle Nacht

Tyban und Caravella blieben nicht mehr lange in der Gasse. Sie versicherten sich lediglich, dass niemand aus dem Kanal auftauchte, ehe sie ohne ein weiteres Wort in der Dunkelheit verschwanden. Stille kehrte ein; trotzdem verharrten wir noch in unserem Versteck. Warteten ab, ob sie zurückkommen würden, bis die ersten Sonnenstrahlen über die Dächer fielen.

Danach hielten wir uns nicht mehr mit irgendetwas auf.

Schweigend verließen wir das Boot und eilten in eine Seitengasse. Um uns herum war es still bis auf die fernen Schreie, das Knistern der Flammen. Ich spürte, dass Riora zutiefst erschüttert von dem war, was wir gerade beobachtet hatten. Das konnte ich ihr nicht verübeln. Zuerst brachte Tyban ihre Mutter um, dann beinahe sie selbst, und nun hatte Caravella ein Auge auf ihren grässlichen Onkel geworfen – falls er überhaupt noch lebte.

Das alles war nur innerhalb weniger Tage passiert. An Rioras Stelle hätte ich mir in diesem Augenblick wirklich Ruhe gewünscht, am besten gleich für zwei oder drei Jahre.

»Ich kann nicht glauben, dass Caravella …«, setzte Riora irgendwann an. Allmählich sah man ihr die Spuren der Nacht an; das sonst so ordentlich hochgesteckte Haar fiel ihr über die Schultern, und ihr Gesicht war fahl. »Sie kam mir nicht vor wie eine Person, die so etwas tun würde.«

»Mir auch nicht«, gestand ich. »Aber sie hat mir einmal gesagt, dass sie unzufrieden mit dem Großen Rat ist.«

Riora sah bekümmert über die brennenden Häuser hinweg. »Warum musste sie all diese Leute allerdings gleich töten? Warum meine Mutter? Warum mich?«

Ich erwiderte nichts. Wusste nichts zu erwidern. Es gab keinen Grund, ihr jetzt zu sagen, dass Menschenleben keinen Wert im großen Spiel um die Macht besaßen … dass man nichts im Frieden gewinnen konnte.

»Ich weiß es nicht«, sagte ich schließlich. »Kommen Sie. Ruhen wir uns aus. Es wird Ihnen guttun, ein wenig zu schlafen.«

Riora nickte stumm. Ich klopfte ihr etwas unschlüssig mit der Hand auf die Schulter, ehe wir gingen. Manchmal sah ich Gestalten auf den Dächern lauern, Menschen, die sich wahrscheinlich einen Überblick über ihre brennende Stadt machen wollten. Sie waren eher Schleier vor meinen Augen als echte lebende Personen. Auf der schmerzenden Seite meines Kopfes war meine Sicht so verschwommen, dass ich sie kaum erkennen konnte. Dass sie Gestalten annahmen, an die ich nicht denken wollte.

Ein blonder Mann, groß und stark, zwei Schwerter an der Hüfte hängend. Kyrian Anamoias, der uns mit düsterem Blick beobachtete. Adina, die uns über die Dächer verfolgt hatte, während Tyban bei uns gewesen war …

Meine Güte, ich brauche wirklich etwas Ruhe.

In der Ferne läuteten Glocken.

Wenig später erreichten wir den Regierungsbezirk. Hier brannten nur einige Gebäude, da die meisten Familien nicht hier lebten. Ich sah mich trotzdem argwöhnisch um, als ich Riora zu einem verfallenen Stadtpalast führte. Die Fenster waren dunkel, die Luft kühl und abgestanden, als ich eines der schweren Tore öffnete. Es war nicht verschlossen. Gelegentlich kam jemand vorbei, um im Haus nach dem Rechten zu sehen, doch hier gab es schon seit einiger Zeit nichts mehr von Wert zu finden.

Riora trat mit bedächtigen Schritten ein, während ich die Tür hinter uns schloss. Drinnen schmeckte die Luft kühl und abgestanden; die wenigen Möbel, die noch hier waren, hatte man mit weißem Stoff bedeckt. Nicht weit entfernt entdeckte ich einen Haufen aus schmutzigen Decken. Offenbar schliefen hier öfter Menschen, die kein eigenes Zuhause hatten.

Das schmerzte mich, aber Riora bemerkte natürlich nichts davon. Stumm sah sie zu der bemalten Decke der Eingangshalle hinauf. Blass waren die Bilder dort geworden, der Putz teilweise herausgebrochen und auf dem Boden zerschellt. Es war der letzte Hauch von Prunk, der diesem Ort geblieben war.

»Was ist das für ein Haus?«, fragte sie leise.

»Ein sicherer Ort«, sagte ich ausweichend. »Fürs Erste.«

Sie wirkte skeptisch, schien jedoch zu beschließen, diese Antwort einfach hinzunehmen. »Und die Decke? Haben Sie das gestaltet?«

»Nein, damals war ich noch ein Kind. Aber ich habe oft hier gespielt und nach oben gesehen.« Ich musste lächeln. »Das war der Moment, in dem ich entschied, dass ich das auch lernen wollte. Zu malen wie die größten Künstler, die Anamoya je hervorgebracht hat. Mein Großvater hat jedes Bild aufbewahrt, das ich damals gezeichnet habe. Er stand vollkommen hinter meinen Plänen.«

Riora blinzelte ungläubig. »Ihr Großvater?«

Ich zögerte, aber nur kurz. Es war vielleicht an der Zeit, ehrlich mit ihr zu sein. Alles mit ihr zu teilen, was ich wusste, um uns gegen die Gefahren da draußen zu wappnen.

»Das hier, Riora«, sagte ich, »ist der ehemalige Stadtpalast von Elia Anamoias. Livia hat das Gebäude verkauft, ich war damals noch zu jung, um es zu behalten. Für heute sollte uns niemand hier stören. Seit er starb, ist es unbewohnt.«

»Elia Anamoias? Das war doch …«

»Der Regent der Stadt, bevor Ihr Onkel an die Macht kam, ja.« Ich legte den Kopf zur Seite. »Erzählen Sie es niemandem, in Ordnung?«

Riora sah mich an, als hätte sie mich noch nie zuvor gesehen. Schockiert, erschrocken. Das hatte ich erwartet, jedoch nicht, dass ihr Gesichtsausdruck wenig später milder wurde.

Beinahe neugierig.

»Versprochen«, sagte sie. »Aber warum sagen Sie das denn niemandem?«

»Weil es mir nie gefallen hat«, sagte ich. »Verstehen Sie mich nicht falsch, ich habe meinen Großvater sehr geliebt. Aber als er starb, hielt ich das alles einfach nicht mehr aus. Seine Leiche war noch nicht einmal kalt, da stritten die zwanzig Familien schon darum, wer ihm als Regent folgen sollte. Um mich hat sich niemand gekümmert. Wenn Livia nicht gewesen wäre, wäre ich auf der Straße gelandet.«

»Das ist furchtbar«, sagte Riora erschrocken. »Wie konnten sie so etwas tun?«

»Ich war noch ein Kind«, sagte ich matt. »Ich war damals nichts für sie wert, aber als ich älter wurde, änderte sich das. Sie wurden neugierig auf mich, meine Talente, meine Geheimnisse. Jede Woche luden sie mich zu ihren albernen Maskenbällen ein. Für eine Weile spielte ich mit. Ich hatte gehofft, wieder einen Platz unter ihnen zu finden, wirklich. Aber es dauerte nicht lange, bis sie mich anwiderten. Sie wollten ihre Intrigen auch um mich spinnen. Einfach, weil ich der Enkel des letzten Regenten war, weil ich einen ehrenhaften Namen hatte und Wissen, das sie begehrten. Also fing ich an, ihre Feiern zu ruinieren. Es dauerte lange. Aber eines Tages hatten sie mich endlich satt und ließen mich allein.«

»Das tut mir leid«, sagte Riora schwach. »Ich weiß, wie es ist, benutzt zu werden.«

Sie schien erschrocken darüber, es ausgesprochen zu haben, kaum dass es ihr über die Lippen gekommen war. Ich nickte schlicht, damit sie wusste, dass ich verstanden hatte.

»Darf ich fragen, wie Ihr Großvater … Sie wissen schon. Sie müssen es mir nicht erzählen, wenn Sie nicht möchten, ich bin nur …«

»Neugierig. Ich weiß.«

Sie wurde ein wenig rot. Ich musste lächeln. Manchmal, dachte ich, war Riora Anamoias nahezu charmant. Manchmal konnte man gar nicht anders, als einem ihrer Wünsche nachzukommen.

»Sagen Sie nicht, ich hätte Sie nicht gewarnt«, sagte ich leise.

225

Manchmal reichte ein Augenblick, damit sich ein ganzes Leben veränderte. Ein Erlebnis, das alles in ein Vorher und Nachher teilte, ungebeten, unerwartet. Für mich kam dieser Tag, als ich noch ein Kind war, kaum elf Jahre alt geworden. Seit ein paar Monaten wohnte ich bei Livia, weil es so Sitte in Anamoya war, lernte von ihr das so schwierige wie befreiende Handwerk der Malerei.

Trotzdem ging ich jede Woche für zwei Tage zu meinem Großvater. Dann aßen wir zusammen, unternahmen etwas in der Stadt oder der Umgebung, genossen unsere Zeit miteinander. Oft brachte ich Bilder für ihn mit, um ihm zu zeigen, wie viel ich gelernt hatte. Er hängte sie stets in seinem Arbeitszimmer auf, sodass es dort mehr flatterte und rauschte als in einem Wald, wenn er das Fenster öffnete.

Das waren die Erinnerungen, die am meisten schmerzten. Nicht die bitteren, nicht die an das Ende, das er nicht verdient hatte.

Sondern die süßen.

»Er war ein besonderer Mann, mein Großvater«, sagte ich langsam. »Er war in sehr jungen Jahren Regent geworden, aber er hatte Anamoya so umsichtig angeführt, dass sich nicht einmal die zwanzig Familien beschweren konnten. Als ich auf die Welt kam, hatte er seinen Sitz schon dreißig Jahre. Eine der längsten Zeiten für einen Regenten in unserer Geschichte, wenn ich mich nicht täusche.«

Riora nickte stumm.

»Doch die Art der zwanzig Familien, alles zum eigenen Vorteil zu tun, ging ihm ab«, erklärte ich. »Mein Großvater hatte einen Sohn, aber er zwang meinen Vater nicht in den Großen Rat. Er verlangte nicht einmal von ihm, eine Ehe einzugehen, und das tat er auch nie – meine Mutter war eine Bedienstete, die hier im Stadtpalast arbeitete.«

»Oh«, sagte sie. »Sie sind ein uneheliches Kind?«

»Ja, aber das hat meinen Großvater nicht interessiert«, sagte ich. »Er hat sie gern in seiner Familie aufgenommen und später auch mich. Ich war sein Enkel, und das genügte ihm, um mich zu lieben. Als ich älter wurde, ließ er mich wählen, was ich wollte, wie er ebenso meinen Vater hatte wählen lassen. Zuerst wollte ich Nekrobotaniker werden wie er, deswegen schlief ich auf Vetalia und erlangte meine Kräfte. Aber später änderte ich meine Meinung. Ich wollte Gemälde schaffen, keine Konstrukte aus Pflanzen und Knochen. Also suchte er mir eine Lehrerin und er unterstützte mich, wo er konnte … und freute sich über alles, was ich tat.«

»Das würde mein Onkel nie tun«, gestand Riora leise.

Ich nickte, damit sie wusste, dass ich ihre Antwort wahrgenommen hatte. *Natürlich würde er das nicht,* dachte ich bei mir.

»Aber eines Tages …«

Ich unterbrach mich. Ich wusste nicht recht, wie ich weitermachen sollte, ob es überhaupt Worte für den namenlosen Schrecken gab, den ich damals gesehen hatte.

»Ich kam an diesem Abend von Livia wieder«, flüsterte ich. »Das Anwesen war dunkel, obwohl es schon sehr spät war. Die Wachen wunderten sich, dass sie nichts von meinem Großvater gehört hatten – er legte gern nachmittags ein Schläfchen ein und arbeitete nachts. Aber niemand hatte nach dem Rechten gesehen. Es war nichts Ungewöhnliches passiert. Wieso hätten sie es auch tun sollen?«

Ich schluckte. Schon in diesem Augenblick hatte mich eine grässliche Vorahnung überfallen. Ein eisiges Prickeln, das ich nicht hatte einordnen können und das mich mit Angst erfüllt hatte.

»Trotzdem ging ich zu seinen Räumlichkeiten hinauf«, sagte ich. »Da … fand ich ihn. Leblos über dem Bett hängend, genau wie Ihre Mutter, die Reste einer Kaiserspinne vor sich auf dem Boden. Ich weiß nicht, was ich danach getan habe. Ich weiß nur noch, dass ich schrie, sodass die Wachen kamen. Dass danach die halben zwanzig Familien im Anwesen standen …«

Meine Stimme brach. Wie Geier hatten sie sich auf das Unglück gestürzt, denn für sie war es kein Albtraum gewesen, sondern eine Möglichkeit. Ich wusste nicht mehr, was danach passiert war. Ich wusste nur noch, dass ich weinend zu Livia gelaufen war, dass sie mich zum ersten und einzigen Mal in die Arme genommen hatte, bis ich mich beruhigte.

»Es ist gut, Arias«, hatte sie gesagt. »*Alles gut.*«

Aber das war es nicht gewesen. Viele Male hatte ich gezeichnet, was an diesem Abend geschehen war … hatte nach einer Antwort in meinen eigenen Bildern gesucht, denn die Realität hatte mir alle Antworten vorenthalten.

227

»Deswegen wollten Sie also so dringend herausfinden, wer meine Mutter getötet hat«, sagte Riora matt. »Weil Sie dachten, dass ihr Mörder auch Ihren Großvater getötet hat.«

Ich nickte schwach. »Ich hätte es Ihnen früher sagen sollen.«

»Es ist schon in Ordnung«, flüsterte sie. »Und es tut mir so leid.«

Sie umschloss meine Finger mit ihren, als sie das sagte, und drückte sie wie zum Trost. Ich spürte mein Herz schwer in meinem Brustkorb hämmern. Noch nie hatte ich jemandem die ganze Wahrheit anvertraut. Livia hatte es gewusst, natürlich ... aber Riora verstand besser als sie, wie es sich anfühlte.

»Muss es nicht«, sagte ich schwach.

»Doch. Es ist schrecklich, und Sie sollten nicht andauernd so tun, als hätten Sie keine Gefühle. Das ist ungesund.«

»Ich wusste nicht, dass Sie sich so gut mit Medizin auskennen.«

Sie versetzte mir einen ärgerlichen Stoß mit dem Ellenbogen. Ich musste lächeln, weil es nicht wehtat, und das tat gut.

Doch Rioras Gesichtsausdruck wurde bald wieder ernster.

»Es wird nie besser, oder?«, fragte sie etwas bedrückt. »Der Schmerz. Der Verlust ... Sie wissen schon, was ich meine.«

Ich wusste es tatsächlich, aber ich schüttelte den Kopf.

»Ein Teil von Ihnen wird es nie vergessen«, sagte ich. »Es ist nicht gut, dass man in Anamoya nicht über solche Dinge spricht, denke ich. Livia hat es doch getan, und das hat mir geholfen ... Aber manchmal bin ich mit irgendetwas beschäftigt, was nichts mit meinem Großvater zu tun hat. Dann kommt mir ein Gedanke an ihn, schlagartig, und alles drängt erneut an die Oberfläche. Es ist, als wäre ich in einem Boot, mitten auf einem stürmischen Ozean. Immer wieder kommen die Wellen. Versuchen, mich zu erdrücken. Dann kann ich nichts anderes tun, als mich festzuhalten und versuchen, zu überleben.«

Riora schluckte leise. »Aber Sie haben es irgendwie überwunden. Oder? Wie haben Sie das geschafft?«

Ich dachte darüber nach. Erinnerte mich daran, wie ich mir in Livias Armen die Augen aus dem Kopf geweint hatte, wie mich jede Nacht Albträume heimgesucht hatten. Wie ich mir eine Maske auf das Gesicht schob und mit Tyban auf die Feste ging, auf denen sich in meiner Vorstellung diese Bestie von einem Mörder herumtrieb. Wie ich mich in jähem Schmerz betrank, zu spät zu meinem Auftrag bei Kyrian Anamoias kam, die Leiche von Rioras Mutter über ihrem Bett hängen sah.

Wie ich Riora half, weil mir niemand geholfen hatte.

Tat ich das alles wirklich noch für meinen Großvater?

»Ja«, sagte ich. »Der Tag wird kommen, an dem es besser wird. Man krallt sich so lange an diesem Boot fest, verstehen Sie? Man glaubt, dass man es nicht einen Augenblick länger ertragen kann, dass man loslassen und ertrinken sollte. Aber eines Tages wird dieses Meer ruhiger. Es ist leichter, sich gegen die Wellen zu wehren – auch wenn manchmal ein weiterer heftiger Stoß kommt, einer, unter dem man wieder zusammenzubrechen droht.«

Ich schloss kurz die Augen.

»Aber das ist das Leben. Es wird nicht der letzte Sturm sein, dem Sie sich stellen müssen, Riora – niemand kann ein Leben ohne Schmerz oder Verlust führen. Doch man kann lernen, damit zurechtzukommen ... nicht zu vergessen, dass es auch Licht in dieser Welt gibt.«

»Sie sind viel weiser, als Sie aussehen«, sagte Riora schließlich.

»Danke. Jahrelange Übung.«

Sie lächelte schwach. »Sie haben mir wirklich geholfen«, sagte sie, ehe sie aufstand. »Ruhen Sie sich aus, ja? Sie sehen nicht gut aus.«

»Nur, wenn Sie das auch machen«, sagte ich.

Sie lachte leise. Es war ein schönes Geräusch. Dann jedoch stand sie auf, ging mit vorsichtigen Schritten die Treppe hinauf und verschwand auf einem Gang. Ich blieb noch eine Weile sitzen, wo ich war. Blickte in die Dunkelheit, die sich langsam im Licht der Morgendämmerung aufzulösen begann.

Vielleicht ist es an der Zeit, dass ich meinen eigenen Rat annehme, dachte ich. Die Vergangenheit war tot, würde nie wiederkehren. Nichts auf der Welt, nicht einmal die Wahrheit, würde meinen Großvater ins Leben zurückbringen.

Aber die Zukunft gehörte uns.

Und der Sturm über meinem Ozean schien sich zum ersten Mal seit langer Zeit zu legen.

23

RIORA

Dunkelheit

Es war still über Anamoya, als ich endlich ein Schlafzimmer fand. Leise schloss ich die Tür hinter mir. Sperrte alle Geräusche, alle Sorgen aus. Seltsamerweise war ich bis jetzt nicht müde gewesen, als hätte die Aufregung meinen Körper wach gehalten. Als ich jedoch das verlassene Bett sah, von einem Laken abgedeckt, fühlte ich mich plötzlich viele hundert Pfund schwerer. Ich machte mir nicht einmal die Mühe, meine Kleidung abzulegen. Ich fiel einfach hinein in einen festen, traumlosen Schlaf.

Als ich wieder zu mir kam, war es dunkel. Ich wusste nicht zu sagen, ob ich nur ein paar Stunden oder den ganzen Tag geschlafen hatte. Eine Decke rutschte von meinen Schultern, als ich mich aufsetzte. Merkwürdig. Ich hätte schwören können, dass ich mich nicht zugedeckt hatte, bevor ich eingeschlafen war.

Doch dann entdeckte ich eine Karaffe mit Wasser auf dem Nachttisch, und ich begriff. Arias musste noch einmal nach mir gesehen haben. Das erfüllte mich mit einer seltsam warmen Dankbarkeit, die meinen Magen kribbeln ließ.

Er war ein ungehobelter Schuft, aber er stand zu mir. Sogar seine eigenen Geheimnisse hatte er mir verraten, obwohl ihm das bestimmt nicht leichtgefallen war. Jetzt verstand ich auch, warum mein Onkel Arias nicht mochte. Mit seiner Abstammung und seinen Fähigkeiten musste er ihn die ganze Zeit als Gefahr betrachtet haben.

Aber Arias interessierte das alles nicht. Er hatte die Politik hinter sich gelassen. Die Nekrobotanik aufgegeben, um zu tun, was ihn wirklich glücklich machte.

Und hatte wahrscheinlich kein einziges Mal zurückgeblickt.

Ich will es auch so machen, dachte ich.

Der Gedanke kam jäh, ungebeten. Doch er versetzte mich in Aufregung. Ich könnte die Dschungel von Balys erforschen oder über die Meere segeln wie eine Piratin. Ich könnte einen Laden für Nekrobotanik eröffnen, eine große Händlerin werden, an eine Universität gehen und nach Herzenslust dort studieren.

Vielleicht würde es helfen, die Wunden der letzten Wochen zu heilen. Vielleicht wäre es schön, Orte zu sehen, hinter deren Ecken nicht die Vergangenheit lauerte. Die Welt stand mir offen, dachte ich ... aber ich war nicht fertig mit dieser Stadt.

Noch nicht.

Vorsichtig glitt ich aus dem Bett und ging nach unten. Ich fand Arias in einem Raum vor, dessen Fenster er mit dunklem Tuch verhängt hatte – wohl damit man das Licht nicht sah, das ihm mehrere Kerzen spendeten. Er stand hinter einer Staffelei und arbeitete an einem Bild, doch ich konnte von hier nicht sehen, was darauf abgebildet war.

Einen Augenblick lang blieb ich in der Tür stehen, um ihn zu mustern. Inzwischen war etwas Farbe auf seine Wangen zurückgekehrt, was mich freute, und auch der Ausdruck darauf war entspannt. Nicht zum ersten Mal fiel mir auf, dass er eigentlich gar nicht schlecht aussah. Sein Haar war unordentlich, hatte aber eine schöne Farbe, und sein Gesicht hatte eine erstaunlich aristokratisch anmutende Form. Kein Wunder, dass ihm früher so viele Frauen nachgelaufen waren.

Ich trat in den Raum. Arias blickte zu mir hinüber. Sein Gesicht war voller Farbspritzer. Das stand ihm.

»Sie sind ja wieder wach«, begrüßte er mich.

Ich seufzte. Manierlich wie ein ungewaschener Pirat, so wie immer ... doch dieses Mal beschloss ich, ihn ebenfalls etwas zu ärgern.

»Ja, das bin ich«, sagte ich. »Haben Sie mich zugedeckt?«

Sein Pinsel verharrte mitten in der Bewegung. Ich verkniff mir ein Grinsen.

»Nein«, sagte er eilig. »Wieso sollte ich das denn machen?«

Ich verschränkte die Arme. »Es ist sonst niemand im Haus. War es der Geist unserer Göttin?«

»Vielleicht haben Sie sich im Schlaf ja selbst zugedeckt.«

»Ja. Ja, natürlich. Ich habe mir auch im Schlaf eine Decke geholt, oder?«

Er öffnete den Mund, aber ich sah ihn mahnend an. Arias hielt meinem Blick erstaunlich lange stand, ehe er seufzte.

»Ich dachte, Ihnen wäre vielleicht kalt«, wehrte er sich. »Ich, äh ... habe auch Essen mitgebracht, wenn Sie Hunger haben.«

»Und ein Bild?«, hakte ich nach.

»Sie sind eine vorlaute kleine Ziege, wissen Sie das?«

»Ich habe vom Besten gelernt«, erklärte ich.

Einen Augenblick lang musterte er mich fast verdutzt, ehe er lachte. Ich ließ mich unwillkürlich davon anstecken, spürte ein merkwürdiges Kribbeln in meinem Bauch. Ja. Vielleicht sollte ich etwas essen.

»Ich war nur kurz bei Livia«, erklärte Arias. »Riskant, ich weiß. Aber ich wollte ihr sagen, dass es uns gut geht und mir etwas zur Beschäftigung holen.«

Ich konnte nicht anders, als ihn ungläubig anzustarren. Statt sich auszuruhen, lief er also durch die Stadt, nur weil er sich langweilte. Unglaublich!

»Haben Sie denn gar keine Sorge gehabt, dass Tyban Sie findet?«

»Ich glaube, er ist im Moment beschäftigt«, sagte Arias düster. »Wie es aussieht, hat Selecia Caravella inzwischen fast den ganzen Rat umgebracht.«

Ich biss mir auf die Unterlippe, als ich daran dachte, wie viele Leute ich bei meinem letzten Besuch im Rat gesehen hatte. Mein Herz raste. Tot. Sie alle waren tot.

»Einige Stadtpaläste haben gebrannt«, sagte Arias. »Als ich in der Stadt war, waren die Leute immer noch damit beschäftigt, die Feuer zu löschen. Ich glaube aber, dass es das Anwesen Ihrer Familie nicht erwischt hat – weil offenbar niemand weiß, wo Ihr Onkel ist.«

Ich schluckte. »Lebt er denn noch?«

»Ich weiß es nicht«, sagte Arias, »aber ich gehe davon aus. Es ist schwer, auf der Insel der Toten zu sterben.«

Das hatte er schon einmal gesagt, doch jetzt runzelte ich die Stirn. Arias hatte so große Nekrobotanik dort vollbracht. Dinge, die ans Unmögliche grenzten. Dann jedoch erinnerte ich mich an etwas, was ich dort gesehen hatte.

»Sie haben die Pflanze nicht festgehalten«, sagte ich.

»Was meinen Sie?«

Seine Antwort kam zu schnell, zu betont neugierig. Mir wurde klar, dass er ganz genau wusste, wovon ich redete, aber in diesem Augenblick nahm ich es ihm nicht übel.

»Die Ranken an der Decke. Sie haben Nekrobotanik gewirkt, ohne sie zu berühren. Das sollte eigentlich unmöglich sein.« Ich blinzelte schwach. »Wie haben Sie das geschafft?«

Arias sah mich prüfend an. Ich spürte, dass er abwog, ob er meine Frage beantworten sollte … jedenfalls kurz.

»Wissen Sie, wie der Aschekaiser fiel, Riora?«

Ich runzelte die Stirn. Wie kam er plötzlich darauf?

»Er hat Nekrobotanik genutzt, um sein Land auszulaugen«, sagte ich. »Warum fragen Sie? Das ist doch schon tausend Jahre her.«

»Das stimmt«, sagte er, »aber es ist wichtig für uns und außerdem nicht die ganze Wahrheit. Der Aschekaiser ließ die Wälder seines Landes bis auf den letzten Grashalm aussaugen, ja. Doch danach verlor er nicht sein Heer, wie es in den Geschichtsbüchern steht. Er tat etwas anderes. Etwas, was nicht einmal von den dunkelsten Nekrobotanikern erwähnt wird, weil es ein Verbrechen gegen das Leben selbst ist.«

Arias schwieg kurz.

»Er laugte Tiere aus und danach Menschen«, fügte er schließlich hinzu.

»Das ist unmöglich«, sagte ich prompt.

»Nein, ist es nicht. Vieles, was wir über unser eigenes Handwerk zu wissen glauben, ist eine Lüge. Man kann Nekrobotanik ohne Pflanzen ausüben, und wir können dafür unsere eigenen Körper auszehren.« Er schwieg, als wüsste er nicht, wie er fortfahren sollte. »Das ist es, was der Aschekaiser getan hat. Wofür er sterben musste und seine Nekrobotaniker in so große Ungnade fielen. Als er keine Pflanzen mehr hatte, ließ er die Tiere in seinem Reich auszehren. Aber eines Tages waren auch sie fort. Geflohen oder aufgebraucht. Also wandte er sich in seinem Wahnsinn den Menschen zu.«

Ich schlug erschrocken eine Hand auf meinen Mund. Nein. Niemand würde es jemals wagen, ein so großes Verbrechen zu begehen. Oder?

»Er ließ sein eigenes Volk auszehren«, erklärte Arias. »Diejenigen, die daran starben ... tja, sie traten seinem Heer ungewollt bei, wenn Sie verstehen. Überall am Sommermeer betrachtete man das als ein Verbrechen gegen die Menschheit – zu Recht, wenn Sie mich fragen. Aber nicht nur die Gegner des Kaisers waren der Meinung, dass er zu weit gegangen war, sondern den Geschichten zufolge auch die Götter selbst. Angeblich kam Esteria selbst vom Himmel, um den Aschekaiser zu stürzen, begleitet von zwölf auserwählten Rittern. Deswegen straft der Glauben die Nekrobotanik. Dieser Unsinn über den dunklen Gott ist nur die Rechtfertigung, die sie ihren Anhängern auftischen.«

Ich schluckte schwer, sagte aber nichts. *Wir erzeugen kein Leben*, dachte ich. *Wir nehmen es, um Totes damit zu beseelen.*

»Selbst das Wort Nekrobotanik ist eine Lüge«, sagte Arias matt. »Wir brauchen keine Pflanzen dafür, und was wir betreiben, ist kein Handwerk des Todes – sondern des Lebens. Wir entziehen einer Quelle Lebenskraft, um etwas Neues daraus zu formen. Wahrscheinlich wäre es nicht einmal notwendig, Knochen damit zu beleben, aber bisher hat es noch niemand mit einem anderen Material geschafft.«

Ich musste an Nerva Lavori denken. An seine Forschungen, die in genau die gleiche Richtung gegangen waren. Konnte es wirklich möglich sein?

»Nekrobotanik ohne Pflanzen und Knochen«, sagte ich langsam. »Das würde unser Handwerk für immer verändern.«

»Richtig«, sagte Arias matt. »Und was Vetalia betrifft ... dort liegt etwas verborgen, was es uns erleichtert, diese Grenzen zu übertreten. Es gibt so viel Energie ab, dass die ganze Stadt davon aufblüht. Ich weiß nicht genau, was es ist, aber Ihr Onkel muss es wissen. Er hat versucht, es zu nutzen.«

Und er wollte es mir ebenfalls zeigen, dachte ich.

»Sie müssen sich keine Sorgen um ihn machen«, setzte Arias nach. »Es ist der beste Ort in ganz Anamoya, um zu überleben.«

Ich nickte stumm. Doch erst jetzt fiel mir auf, dass ich in den letzten Tagen eigentlich kaum an meinen Onkel gedacht hatte. Kein Schatten, der über mir aufragte und über jeden meiner Schritte urteilte. Der meine Zukunft schon an dem Tag geplant hatte, an dem ich auf die Welt gekommen war.

»Ich werde ihn finden, wenn das alles vorbei ist«, sagte ich. »Dann werde ich über einige Dinge mit ihm sprechen müssen, denke ich. Aber zuerst müssen wir uns um Selecia Caravella kümmern. Ich muss wissen, warum sie das alles getan hat.«

Arias sah mich seltsam an. Ich wusste nicht, ob ich ihn überraschte oder ob es genau das war, was er von mir erwartet hatte.

»Ich helfe Ihnen dabei«, sagte er.

»Das müssen Sie nicht. Sie haben schon so viel für mich getan.«

»Richtig. Da macht ein Gefallen mehr oder weniger auch nichts aus, oder?«

Ich schnaubte. Er lachte.

»Ich werde Ihnen dabei helfen, die Wahrheit herauszufinden«, versprach er. »Es ist ja auch eine Wahrheit, die ich gern hören würde. Aber Sie sollten erst einmal etwas essen. Irgendetwas muss noch unten sein.«

Damit wandte er sich ab und ging. Ich konnte seine Schritte auf dem Gang hören, als er sich entfernte. Einige Herzschläge lang stand ich unschlüssig da, wo er mich zurückgelassen hatte.

Dann wanderte mein Blick zu der Staffelei.

Ich hatte das Bild kein einziges Mal gesehen, seit er begonnen hatte, daran zu arbeiten. Aber jetzt erfasste mich eine kribbelnde Neugier, die mich wie von selbst vor die ausgefüllte Leinwand trieb. Es war beinahe zu dunkel, um etwas zu erkennen … doch als ich sah, woran er da arbeitete, stockte mir der Atem. Es war ein Gemälde von einer Frau in weißer Bluse, über der sie eine Weste trug. Das dunkle Haar hatte sie hochgesteckt, sodass ihr lediglich einige lose Strähnen in den Nacken fielen, und ihr Gesicht wirkte edel.

So edel, dass ich für einen Moment nicht begriff, dass es ein Bild von mir war.

Mein Herz stockte. Nur mit Mühe konnte ich mich davon abhalten, das Gemälde zu berühren, die Farbe zu spüren, die Arias auf die Leinwand aufgetragen hatte. Die Frau auf dem Bild wirkte so schön, so stolz. Viel eher wie ein Wesen, das Esteria selbst ebenbürtig war, als ein fehlerhafter, sterblicher Mensch.

War das, wie er mich sah?

Ein seltsames Kribbeln erfasste mich. Im gleichen Augenblick hörte ich Schritte. Arias war mit einem Tablett zurückgekommen, auf dem etwas Obst lag, stieß die Tür hinter sich mit dem Fuß zu. Da erst bemerkte er, dass ich sein Bild betrachtete, und wurde merklich blasser.

»Tut mir leid«, sagte ich sofort. »Ich wollte nicht ...«

»Gefällt es Ihnen?«, fragte Arias.

Er wirkte untypisch nervös. Als würde er sich wirklich Gedanken darum machen, was er tun sollte, falls ich es nicht mochte. Aber das musste er nicht. Es war ein Meisterwerk.

»Es ist noch schöner, als ich es mir vorgestellt habe«, sagte ich. »Haben Sie es beendet, während ich geschlafen habe?«

Arias schien sich bei diesen Worten merklich zu entspannen.

»Ich hatte nicht viel zu tun«, sagte er; er klang verlegen. »Wenn wir das hier überleben sollten, können Sie es haben. Es ist ein Geschenk.«

»Ein Geschenk? Aber das muss mehrere tausend Dukaten wert sein.«

»Ich weiß nicht, was ich sonst damit anfangen sollte.«

Er sagte das sehr sanft. Ich blickte ihn an, bekam auf einmal das Gefühl, ihn zum ersten Mal wirklich zu sehen. Obwohl sein Haar wieder zu einem unordentlichen Knoten zusammengebunden war, er Farbspritzer wie Schrammen im Gesicht trug, sah ich ein Funkeln in seinem Blick. Als würde es ihn ernsthaft freuen, dass ich sein Gemälde mochte.

Zumindest so sehr, wie er es zeigen konnte.

Arias hatte vielleicht eine stachelige Schale. Er konnte frech und ordinär sein, weil er es lustig fand – und er machte niemals einen Hehl daraus, was er dachte. Aber in all dem Chaos um mich herum hatte er die ganze Zeit an meiner Seite gestanden. Er war ehrlicher, als ich gedacht hatte. Edler, als er aussah.

Er war der Einzige, der mich nie betrogen hatte.

»Danke«, sagte ich leise.

Arias lächelte. Wärme breitete sich in meiner Magengrube aus. Es war ein so unvertrautes Gefühl, dass ich es zuerst gar nicht einordnen konnte. Aber es brachte mich dazu, seinen Blick zu meiden, meine Wangen zum Brennen. Ich räusperte mich eilig und sah zur Seite.

Doch bevor ich etwas sagen konnte, rumpelten Schritte durch das Haus.

Ich zuckte zusammen. Hastig sah ich zu Arias hinüber, der sich anspannte, ehe wir in stiller Übereinkunft hinter einen großen, abgedeckten Tisch krochen. *Tyban*, dachte ich atemlos. Es war ganz bestimmt Tyban, und er war gekommen, um alles zu beenden.

Nein. Nein, bitte nicht.

Die Tür flog auf. Eine Gestalt trat ins Halbdunkel, ein Schwert in der Hand, das andere noch am Gürtel hängend. Er war so groß, dass er sich fast den Kopf an der Türkante stieß, als er eintrat. Sein Blick jedoch war düster.

Ich tauschte einen verdutzten Blick mit Arias.

Leyas?

Ich hatte nicht die geringste Ahnung, wie er uns gefunden hatte oder warum er überhaupt hierhergekommen war. Aber Leyas der Goldene trat weiter in den Raum, musterte skeptisch das Gemälde von mir, ehe er sich umdrehte. Ich bekam das dumpfe Gefühl, dass er genau wusste, wo er uns finden würde.

Dann fasste er unser Versteck ins Auge und kam direkt darauf zu.

Arias versteifte sich. Einen Herzschlag lang befürchtete ich, dass er irgendetwas Dummes tun würde, doch dann blieb Leyas stehen und verschränkte die Arme.

»Ihr könnt ruhig herauskommen«, sagte er. »Ich bin nicht hier, um euch etwas zu tun.«

Arias verzog den Mund, aber ich steckte den Kopf aus unserem Versteck.

»Woher wissen Sie, dass wir hier sind?«

»Ich war in Anamoya, als Caravella angefangen hat, alles anzuzünden.« Er wirkte wütend, wie so oft, aber zumindest schien es dieses Mal nicht an uns zu liegen. »Anamoias hat den Hafen abgesperrt, dieser Schwachkopf. Ich kann sowieso nicht auslaufen, bis die Lagune wieder geöffnet ist. Also war ich hier in der Stadt unterwegs. Ich habe gesehen, wie ihr zwei durch die Gassen geschlichen seid. Ich dachte, dass Tyban in eurer Nähe wäre, aber das war er nicht. Deswegen bin ich umgedreht.«

»Und jetzt bist du trotzdem hergekommen?«, fragte Arias misstrauisch.

»Ich will Tyban finden«, sagte Leyas. »Er hat mich vor meiner Mannschaft geschlagen. Dafür wird er büßen.«

Er verschränkte die Arme. Ich nutzte die Gelegenheit, um auf die Beine zu kommen, ging um das Sofa zu ihm hinüber. Schon bei unserer letzten Begegnung hatte ich gut mit Leyas sprechen können. Er mochte impulsiv sein, doch er hörte zu, wenn man es richtig machte.

»Tja«, sagte Arias, »er ist aber nicht hier. Warum sagst du uns das so deutlich? Tyban hat mich von deinem Schiff befreit, du könntest davon ausgehen, dass ich ihn nicht an dich verkaufen würde.«

Leyas zuckte mit den Schultern.

»Ich habe gesehen, wie ihr allesamt nach Vetalia gegangen seid«, sagte er, »aber nach einer Weile kam nur er aus der Gruft heraus. Bewaffnet. Das war kein gutes Zeichen.«

Arias hob stumm eine Braue, als hätte Leyas ihn gegen seinen Willen beeindruckt. Ich konnte ihm das nicht verübeln. Leyas war vielleicht nicht der eloquenteste Mann, den diese Stadt je gesehen hatte, doch er schien eine gute Intuition zu haben.

»Tyban steckt mit Caravella unter einer Decke«, erklärte ich. »Sie haben jedes Ratsmitglied umgebracht, das sie finden konnten.«

Leyas rieb sich das Kinn. »So ein Theater gibt es zu Hause auch manchmal«, sagte er. »Die Leute hassen unsere Königin, also versuchen sie, gegen sie zu rebellieren, und dann werden sie enthauptet. Fand ich schon immer albern. Kein Grund, dort wohnen zu bleiben, wenn es ihnen nicht gefällt.«

Ich dachte nicht, dass es so einfach war, aber Leyas redete bereits weiter. »Ich will wieder gegen Tyban kämpfen. Hundertmal, wenn es sein muss, bis ich ihn besiegt habe. Niemand hat mich je zuvor geschlagen. Er soll dafür büßen.«

Ich verkniff mir ein Seufzen. Manchmal schien Leyas tatsächlich Gedanken in seinem Dickschädel zu kultivieren, nur um wenig später wieder vollkommen mit seiner Rache beschäftigt zu sein. Aber ich glaubte nicht, dass er mich belog. Wenn er mir ein Leid hätte zufügen wollen, hätte er nur sein Schwert heben müssen.

»Gut«, sagte ich. »Was halten Sie davon, wenn wir fürs Erste zusammenarbeiten, Leyas? Tyban wird bestimmt erneut versuchen, mich zu verletzen. Dann können Sie ihn noch einmal bekämpfen.«

Ein Leuchten trat in seine Augen, als ich das sagte. Ohne zu zögern, streckte er mir seine Hand entgegen und ich ergriff sie, um sie zu schütteln.

»So machen wir es«, sagte er voller Enthusiasmus. »Ich muss wissen, wie er das gemacht hat. Ich muss besser werden, gut genug, um ihn zu besiegen. Er ist stark und klug. Ich bin trotzdem stärker.«

»Aber nicht klüger«, sagte Arias.

»Was war das?«, brauste Leyas auf.

»Arias!«, zischte ich, ehe ich beschwichtigend die Hände hob. »Bitte hören Sie ihm nicht zu, Leyas. Er ist ein ausgemachter Grobian, der nicht weiß, wann er sich zurückhalten sollte.«

Arias schnaubte. Leyas funkelte ihn an, verzichtete aber zum Glück darauf, ihn für seine frechen Worte zu erschlagen.

»Reden wir lieber über etwas anderes«, sagte ich rasch. »Sie waren eine Weile in Anamoya unterwegs, nicht wahr? Wie sieht es dort draußen aus, regiert Selecia Caravella?«

»Sie versucht es«, sagte Leyas, der zu meiner Erleichterung ein wenig besänftigt wirkte. »Es wird dauern, bis sie alles unter Kontrolle hat. Sie hat doch bestimmt nicht alle Leute aus dem Rat erwischt?«

»Wahrscheinlich nicht«, sagte Arias. »Es wird einige Ratsmitglieder geben, die nicht in der Stadt waren oder die nicht von Caravellas Männern gefangen wurden.«

»Vielleicht könnten wir Freunde unter ihnen gewinnen«, sagte ich, und dann kam mir eine Idee. Es gab jemanden, den ich für klug genug hielt, sich dem ganzen Aufruhr entzogen zu haben. Der möglicherweise bereit war, uns beizustehen.

»Nerva Lavori«, sagte ich. »Wissen Sie, ob er noch lebt, Leyas?«

Leyas hob eine Braue. »Wer ist das denn?«

Ich seufzte. »Er sagte, dass Sie eine Kaiserspinne bei ihm gekauft haben. Ich weiß ehrlich gesagt nicht, warum, aber er hat in einem Geschäft in Alacravi gearbeitet.«

»Ach, er«, sagte Leyas; er wirkte nachdenklich. »Komischer Junge. Kam mir gar nicht vor wie ein Schnösel aus den zwanzig Familien.«

Irgendetwas passt hier auch nicht zusammen, dachte ich. Doch was immer Nerva die ganze Zeit über veranstaltete, es schien zumindest nichts mit dem Sturz des Rates zu tun haben. Oder?

»Wir müssen ihn finden«, erklärte ich. »Vielleicht wäre er bereit, uns zu helfen.«

»Hm.« Leyas verschränkte die Arme. »Je mehr Freunde wir haben, desto besser, schätze ich. Wo könnte er denn sein?«

»Ich habe eine Idee«, sagte ich. »Am besten gehen wir, solange es noch Nacht ist. Ich bräuchte nur eine Verkleidung.«

Zu meiner Überraschung lächelte Leyas der Goldene.

»Überlasst das nur mir«, sagte er. »Ich habe schon ganz andere Leute durch Städte voller Feinde geschmuggelt.«

24

ARIAS

Lavoris größter Trick

Ich hatte keinen Grund, Leyas dem Goldenen zu vertrauen. Eigentlich gab es sogar einige, es nicht zu tun. Aber ich hatte auch Tyban vertraut und war von ihm verraten worden, und ich traute Leyas nicht zu, uns so schamlos ins Gesicht zu lügen wie mein angeblich bester Freund.

Riora hingegen schien seine Anwesenheit nichts auszumachen, im Gegenteil. Falls sie irgendwelche Zweifel ihm gegenüber hegte, merkte ich es ihr nicht einmal an. Stattdessen saß sie vor ihm auf einem Hocker, hatte sich elegant zurückgelehnt, während er ihr mit erstaunlich gekonnten Bewegungen das Haar schnitt.

»Das wird schon einiges an deinem Aussehen ändern«, erklärte Leyas. »Wenn ich könnte, würde ich es färben. Aber wahrscheinlich findet man im Moment nicht einen Tropfen Färbemittel in der Stadt.«

Riora nickte bedächtig. »Können Sie es ungefähr so lang schneiden, Leyas?« Sie zeigte es mit zwei Fingern an, die sie in etwa auf Kinnlänge hielt. »So kurzes Haar hatte ich noch nie. Das ... hat mir nie jemand erlaubt.«

Sie errötete ein wenig, aber Leyas nickte darüber. Ich beobachtete das Geschehen mit verschränkten Armen, unfähig, das Ganze auf irgendeine Weise zu kommentieren. Leyas der Goldene, der große Piratenkönig und Schrecken aller Regenten, schnitt in seiner Freizeit Haare. Schön. Warum nicht?

»Esterias Atem«, sagte ich kopfschüttelnd. »Wieso kannst du so etwas?«

»Meine Eltern haben viele Schafe«, sagte Leyas.

Ich sah ihn finster an. Riora kicherte verhalten.

»Ach, bitte«, sagte sie sanft. »Erzählen Sie uns die Geschichte. Sie sind so ein berüchtigter Mann, aber eigentlich wissen wir gar nichts über Sie. Das ist schade.«

Sie macht das gut, dachte ich. Riora hatte zweifellos ein Talent dafür, mit Menschen zurechtzukommen – eines, das die Leute stets an mir vermisst hatten. Falls sie jemals Regentin von Anamoya wurde, würde es ihr gewiss leichtfallen, die nötigen Kompromisse mit den Resten der zwanzig Familien einzugehen.

»Da gibt es nicht viel zu erzählen«, sagte Leyas etwas mürrisch, aber nicht widerwillig. »Ich habe mich vor Jahren öfter auf Festen eingeschlichen, auf denen ich nichts zu suchen hatte. Damals, als ich geholfen habe, Nandes aus den Klauen von Melenya zu befreien. Es war besser, wenn mich niemand erkannte – aber Nandes liegt weit im Süden, wer blondes Haar hat, fällt dort auf. Also habe ich es geschnitten und dunkel gefärbt.«

»Und dann?«, fragte Riora.

»Dann habe ich diese gepuderten Bastarde verjagt und eine Stadt für Leute wie mich aus Nandes gemacht«, sagte Leyas nüchtern. »Was glaubst du denn, warum sie mich den Piratenkönig nennen?«

Riora kicherte in ihre vorgehaltene Hand. Ich verspürte eine seltsame Wärme, als ich beobachtete, wie ihre Wangen ein wenig mehr Farbe bekamen. Es war schön, dass sie allem Chaos zum Trotz noch lachen konnte. Caravella würde dafür büßen, dass sie ihr etwas hatte antun wollen, und Tyban gleich dazu.

»Das klingt nach einem Abenteuer«, sagte Riora. »Apropos. Wie haben Sie es eigentlich geschafft, einen Leviathan zu töten? Sind diese Kreaturen nicht riesig?«

Leyas richtete sich auf, als hätte er gehofft, danach gefragt zu werden. »Größer als mein Schiff«, sagte er mit Stolz. »Damals hatte ich meine *Feuer von Saykas* noch nicht lange. Wir waren auf dem Weg nach Balys, um Tempelanlagen zu plündern – das Land ist voller Urwälder, in denen angeblich große Schätze liegen. Auf halbem Weg passierten wir eine Inselgruppe, die eigentlich nicht der Rede wert war. Bis uns ... wie sagt ihr hier ... aus heiterem Himmel der Leviathan angriff.«

»Aber warum? Haben Sie ihn gestört?«

»Das möchte ich meinen«, sagte Leyas düster. »Ich änderte sofort den Kurs, doch es war zu spät – die Bestie fing an, uns zu verfolgen. Ich wusste, dass sie uns alle ertränken würde, wenn ich nichts unternahm. Also nahm ich mein Schwert und wartete, bis der Leviathan nahe genug bei uns schwamm, um ihm auf den Rücken zu springen. Er bemerkte das gar nicht, er war viel zu groß. Ich nutzte das aus, kletterte an ihm nach oben, während er immer wieder untertauchte, bis hinauf zum Auge.«

Leyas runzelte die Stirn, als dächte er darüber nach, was er als Nächstes sagen wollte.

»Wie heißt dieses ... dieses Ding. Das Loch, in dem ein Auge sitzt?«

»Augenhöhle?«, half ich nach.

»Ja. Genau.« Leyas schwieg kurz. »Also, seine Augenhöhle war klein für eine solche Bestie. Nicht so viel höher, als ich groß bin. Ich habe mein Spiegelschwert hineingerammt. Das reichte aus. Der Leviathan schlug um sich, zuerst so kräftig, dass ich beinahe unter meinem eigenen Schiff ertrank. Aber meine Männer zogen mich heraus. Als ich wieder zu mir kam, trieb das Monster regungslos im Wasser. Das Meer war schwarz von seinem Blut. Da wusste ich, dass ich etwas getan habe, was nie jemand vor mir geschafft hat.«

»Leviathane bluten schwarz?«, staunte Riora.

»Alle Kinder des Meeresgottes bluten schwarz«, erklärte Leyas. »Das wisst ihr Westländer nicht, weil es sie hier nur im Wasser gibt, aber es stimmt.«

Ich stellte mir das vor. Die *Feuer von Saykas* mitten auf einem von Tintenflecken durchzogenen Meer. Der Kadaver einer Bestie, die wahrscheinlich ganz Anamoya unter sich hätte begraben können.

»Das ist beeindruckend«, sagte Riora. »Aber hatten Sie gar keine Angst, dass Sie sterben würden?«

»Ich war mir sicher, dass ich sterben würde«, sagte Leyas, der erstaunlich zufrieden damit klang. »Es war in Ordnung. In diesem Moment musste ich alles versuchen, um das Leben meiner Mannschaft zu schützen. Dafür bin ich ihr Kapitän.«

»Das ist sehr edel von Ihnen«, sagte Riora.

Leyas richtete sich vor Stolz ein wenig auf. Dann, ganz plötzlich, trat er von Riora zurück. Das Haar reichte ihr jetzt nur noch zum Kinn, hob ihre Gesichtszüge hervor, statt sie zu verstecken. Es stand ihr hervorragend.

»Sieht gut aus«, sagte ich und hielt einen Daumen nach oben. Riora errötete. Leyas steckte jedoch schweigend sein Messer weg, als täte er den ganzen Tag lang nichts anderes, als fremden Frauen das Haar zu schneiden.

»Wird das helfen, damit mich weniger Leute erkennen?«

»Ein Haarschnitt kann viel ausmachen«, sagte Leyas, »aber ziehen Sie trotzdem lieber eine Kapuze über. Sie gehen jetzt zu Lavori, ja?«

Riora nickte, wobei sie ihre Haarspitzen befühlte. Ich wusste instinktiv, dass sie darüber nachdachte, was ihr Onkel wohl zu dieser Veränderung sagen würde. Wahrscheinlich nichts Gutes, dabei war sie schön. Wunderschön sogar.

»Kommen Sie gar nicht mit?«

Leyas schüttelte den Kopf. »Ich muss nach meinen Männern sehen. Ich komme später wieder.«

»Versprochen?«

»Versprochen«, sagte Leyas, ehe er sich umdrehte und ging.

Für einige Augenblicke breitete sich Schweigen im Raum aus. Es hätte mir zwar nichts ausgemacht, jemanden dabei zu haben, der sich auf das Kämpfen verstand. Allerdings würde Leyas wahrscheinlich mehr auffallen als wir. Der Mann war sechseinhalb Fuß groß und wie ein Stier mit Muskeln bepackt. Da mussten Caravellas ungewaschene Krieger schon blind sein, um ihn nicht zu bemerken.

»Er ist wirklich seltsam«, sagte Riora. »Aber nett.«

»Seltsam ist gar kein Ausdruck. Haben Sie gesehen, wie gut er gelaunt war, als er über den Leviathan gesprochen hat?«

Sie kicherte. »Warum sollte er auch nicht so sein, wenn er über etwas redet, worauf er stolz ist? Als ich klein war, hat mir mein Vater jedes Kunstwerk in Anamoya gezeigt. Alle Bilder und Statuen, sogar die, die schon seit Jahrhunderten vergessen im Brackwasser stehen. Er kannte jede Geschichte dazu. Darauf hat er sich viel eingebildet.«

Das weckte mein Interesse. »Kunstwerke, ja?«

»Ja. Er hat Bilder sehr geliebt.« Sie wurde ein wenig rot. »Und ich auch.«

Ich musste lächeln. Mir fiel ein, dass Kyrian Anamoias mir von der Liebe seiner Nichte für die Kunst erzählt hatte. Ich hatte das damals gar nicht wirklich gehört. Ich war viel zu beschäftigt damit gewesen, mich über einen Menschen zu ärgern, über den ich mich nicht hätte ärgern müssen.

»Wenn das hier vorbei ist, müssen Sie mir das alles zeigen«, sagte ich. »Ich würde die Geschichten auch gern hören. Livia hat mir nie welche erzählt. Nur darüber geschimpft, dass einige der Künstler keine Ahnung hätten, was sie tun.«

Riora lachte leise. »Das machen wir«, sagte sie und ihre Augen leuchteten. »Versprochen.«

Wir warteten, bis es dämmerte, ehe wir nach draußen schlichen.

Heute standen keine Monde über Anamoya. Der Himmel war bewölkt, der Wind trotz der späten Stunde unangenehm warm. Ich achtete weder auf das eine noch das andere.

Anamoya lag kalt und dunkel da, das Kanalwasser unnatürlich klar, als wir uns eine Barke nahmen. Das war kein gutes Zeichen. Die Kanäle waren fast immer trüb; wenn der Dreck Zeit gehabt hatte, sich zu setzen, waren sie lange nicht befahren worden.

»Wohin fahren wir?«, fragte ich, während ich stakte.

»Zum Anwesen der Lavoris«, sagte Riora. Sie trug den Kapuzenumhang, den sie noch von Livia hatte, und auch ich hatte mein Gesicht so gut wie möglich unter einer Kapuze verborgen. »Ja, ich weiß, was Sie denken. Es wäre der erste Ort, an dem jemand nach Nerva suchen würde, doch ich glaube, dass ihm das klar ist. Er ist gerissen. Bestimmt hat er sich irgendwo versteckt, als man nach ihm gesucht hat, aber jetzt …«

»… ist er vielleicht am sichersten, wo sein Versteck am offensichtlichsten wäre.« Ich rieb mir das Kinn. »Clever.«

»Das ist er«, stimmte Riora zu. »Deswegen hoffe ich, dass er uns helfen wird. Er hätte einen guten Grund dazu, wenn er weiß, dass sein Vater tot ist.«

Wenn er es weiß und seinen Vater gern genug hatte, um irgendeine Art von Rachegefühl zu verspüren, dachte ich. Andererseits spielte das vielleicht gar keine Rolle. Anamoyaner schworen gern Blutfehden, wenn man ihre Familien beleidigt hatte, ob sie ihre Verwandten nun mochten oder nicht.

Das gehörte sozusagen zum guten Ton in der Stadt.

Wenig später erreichten wir das Anwesen der Familie Lavori. Es schien ewig her zu sein, dass ich zum letzten Mal hier gewesen war – in der Nacht, in der Riora beinahe gestorben war. Damals war hier alles voller Lichter und Musik gewesen, aber jetzt lag das Gebäude dunkel da, ohne eine Spur von Wachen. Es war nicht schwer, uns Einlass durch das große Hauptportal zu verschaffen. Ein Türflügel war nur angelehnt.

Was das für Lavori heißen mochte, wollte ich nicht wissen.

Vorsichtig tasteten wir uns in den Innenhof des Gebäudes vor. Noch immer erinnerten einige traurig herumhängende Papierlaternen an den Maskenball, der so abrupt ein Ende für uns gefunden hatte. Auf dem Boden hatten sich Pfützen gebildet. Ich sah zu Riora hinüber, die diesen Anblick etwas deprimiert betrachtete, und klopfte ihr stumm auf die Schulter.

»Wahrscheinlich ist er noch am Leben, Riora.«

»Darum mache ich mir gar keine Sorgen. Es ist nur so traurig anzusehen.«

Sie klang wirklich bedrückt, als sie das sagte. Aber sie legte ihre Hand auf meine, als wollte sie ihre Wärme spüren, um sie kurz zu drücken. Im gleichen Augenblick hörte ich ein Rascheln. Sofort zog ich meine Hand zurück und Riora zuckte zusammen.

»Wer ist da?«, fragte Riora scharf.

Stille. Ich spannte mich an; wünschte mir einen Moment lang, dass ich irgendeine Waffe gehabt hätte, obwohl ich nicht einmal damit hätte umgehen können.

»Riora? Sind Sie das?«

Riora stutzte, aber sie regte sich nicht.

»Nerva? Kommen Sie ins Licht, ich will sehen, ob Sie es wirklich sind.«

Etwas bewegte sich in den Schatten. Wenig später trat ein junger Mann nach vorn. Nerva Lavori sah fast so aus, wie wir ihn vor einer gefühlten Ewigkeit auf dem Fest zurückgelassen hatten, sein Haar zerzauster, seine Wangen hohler. Ich konnte ihm das nicht verübeln. Wahrscheinlich hielt er sich versteckt, seit Selecia Caravella durch die Stadt tobte.

»Ich dachte, Sie wären tot«, gestand Lavori, ehe er zu mir hinüberblickte. »Salvati? Sind Sie das?«

»Wen haben Sie denn erwartet, den Aschekaiser?« Ich sah ihn prüfend an. »Wir müssen reden, Lavori.«

Er seufzte. »Wie Sie wünschen. Kommen Sie mit. Hier unten sind wir zu ungeschützt.«

Damit wandte er sich ab und ging. Wir folgten ihm eine Treppe hinauf, betraten ein Arbeitszimmer, von dessen Fenster man einen guten Blick auf die Straße hatte. Lavori stellte sich so neben den Rahmen, dass er bequem nach draußen spähen konnte, ohne selbst gesehen zu werden.

Riora hatte recht. Der Mann war verdammt clever.

»Ich habe Sie nicht hier erwartet«, gestand er. »Eigentlich dachte ich eher an Caravellas Männer, als ich mich hier versteckt habe. Anamoya brodelt. Sie haben den ganzen Rat in der Hand.«

»Wie man's nimmt«, sagte ich. »Der größte Teil des Rates ist tot. Was Ihren Vater ausdrücklich einschließt.«

Darauf tat Lavori etwas Seltsames. Für einen Herzschlag, kaum zu sehen, zuckte sein Mundwinkel nach oben … doch dann hatte er sich wieder völlig in der Gewalt. Riora schien das ebenfalls nicht entgangen zu sein, denn sie verschränkte die Arme, ihr Gesichtsausdruck merkwürdig grübelnd.

»Wieso sind Sie denn so glücklich darüber?«

»Oh, wir hatten keine gute Beziehung«, sagte Nerva etwas zu schnell. »Manchmal war es, als wüsste er gar nicht, dass es mich gibt. Oder haben Sie ihn einmal sagen hören, dass er einen Sohn hat?«

Das war mir sowieso neu gewesen, doch Riora musterte ihn misstrauisch. Ich konnte förmlich hören, wie die Gedanken in ihrem Hinterkopf ratterten.

Dann schlug sie plötzlich eine Hand vor ihren Mund.

»Esterias Atem!«, platzte sie heraus. »Jetzt verstehe ich. Sie sind gar nicht sein Sohn. Sie haben nur so getan!«

Nerva Lavori wich alle Farbe aus dem Gesicht. Das war alles, was ich zu sehen brauchte, damit ich wusste, dass Riora recht hatte. Für einige sehr lange Augenblicke sagte er nichts, wohl weil er überlegte, was es überhaupt noch zu sagen gab.

Dann rang er sich ein Lächeln ab.

»Unser Treffen im Laden hat mich verraten, oder?«

»So herum ergibt es mehr Sinn«, sagte Riora aufgeregt. »Sie haben sich in die zwanzig Familien geschlichen statt in das Geschäft. Außerdem habe ich noch nie gehört, dass die Lavoris einen Sohn hätten.«

Nerva schmunzelte. »Sie sind gerissener, als Sie aussehen. Sie haben recht. Ich bin mit niemandem von den zwanzig Familien verwandt – zumindest nicht offiziell.«

Ich legte den Kopf zur Seite. Riora verschränkte die Arme.

»Was meinen Sie damit?«

»Meine Mutter hat mir oft erzählt, dass sie und der alte Lavori eine Affäre hatten«, sagte Nerva. »Ich bezweifle, dass das stimmt, ich sehe wie keiner der beiden aus. Aber was spielt es für eine Rolle? Die Lüge war da, sie hatte Wurzeln geschlagen. Ich konnte sie ebenso gut für mich nutzen.«

»Nutzen?«, fragte ich. »Wofür das denn?«

»Ich wollte mir Klarheit über einige Dinge verschaffen«, sagte Nerva. »Es heißt, dass einige Nekrobotaniker der zwanzig Familien Wissen besitzen, das sie den Handwerkern der Stadt vorenthalten. Deswegen kam ich auf die Idee, mich auf ihren Festen einzuschleichen. Von ihnen zu lernen, wenn Sie wollen. Auch im Großen Rat selbst sah ich mich um. Ich wollte sehen, welche Menschen dort die größte Macht besaßen, denn wahrscheinlich besaßen sie ebenso die interessantesten Geheimnisse.«

»Von ihnen lernen«, sagte Riora. »Das heißt, in ihre Bibliotheken einzubrechen?«

»So ist es«, sagte Nerva. »Deswegen bin ich auch hierher gekommen. Leider hat die Familie Lavori keine Bücher, die ich nicht schon kenne. Und glauben Sie mir, ich habe sie alle gelesen – ich steige regelmäßig hier ein, der Herr des Hauses verbringt viel Zeit in fremden Betten.«

Ich musste es mir schwer verkneifen, die Augen zu verdrehen. Da war es ja fast schon eine Erleichterung, dass Caravella die zwanzig Familien in einen Kanal geworfen hatte.

»Und jetzt haben Sie sich hier in Lavoris Stadtpalast eingenistet?«, fragte ich misstrauisch. »Was hätten Sie denn gemacht, wenn Sie jemand erwischt hätte?«

»Oh, ich dachte nicht, dass ich es überhaupt so lange schaffe«, sagte Nerva schulterzuckend. »Wenn das passiert wäre, wäre ich wohl gezwungen gewesen, Anamoya zu verlassen. Aber nicht einmal die zwanzig Familien hätten mir das Wissen nehmen können, das ich bis dahin erworben hätte. Ich hätte auf eigene Faust weitermachen können.«

Ich schnaubte leise, sagte aber nichts. Ich traute diesem Kerl nicht weiter, als ich spucken konnte, doch das galt für den gesamten verblichenen Rat. Für Nerva sprach, dass er immerhin zugab, wie verlogen er war.

Und dass Riora ihm offenbar vertraute.

»Würden Sie mir versprechen, niemandem von meinen kleinen Geheimnissen zu erzählen?«, fragte Nerva. »Das wäre eine Hilfe für mich.«

»Nur, wenn Sie bereit sind, uns zu helfen«, sagte Riora.

Nerva zog eine Braue hoch. Ein schwaches, beinahe unsichtbares Lächeln stahl sich in Rioras Mundwinkel. Es war beeindruckend, wie gut sie mit Menschen umgehen konnte. Sanft, wenn Gefühl gefragt war, auf ihre Art bestimmt, wenn sie etwas Nachdruck brauchte.

Dann stieß er ein Seufzen aus.

»Das bin ich Ihnen wohl schuldig«, sagte er. »Immerhin haben Sie mir auch einige interessante Bücher geliehen. Also gut. Wie kann ich Ihnen helfen?«

Riora lächelte, offenbar erleichtert, weil er so schnell auf sie eingegangen war.

»Selecia Caravella hat die gesamte Stadt unter ihrer Kontrolle«, erklärte sie. »Mein Onkel ist ebenfalls verschwunden. Ich muss herausfinden, wo er ist und warum sie das alles getan hat.«

Mir entging nicht, dass sie Anamoias erst nach Caravella nannte, auch wenn es ihr selbst womöglich kaum bewusst war. Was wohl in ihr vorging, jetzt, wo sie vielleicht zum ersten Mal in ihrem Leben seinem Einfluss entgangen war?

»Außerdem hat Caravella versucht, Riora umzubringen«, fügte ich hinzu. »Ich nehme ihr das etwas übel, um ehrlich zu sein.«

Riora schnaubte. »Danke, Arias.«

»Kein Problem. Ich bin gern Ihre moralische Stütze.«

Sie sah aus, als wollte sie mit aller Macht ein düsteres Gesicht machen, aber ihr Mundwinkel zuckte verdächtig. Ich musste lachen. Nerva lächelte ebenfalls, doch mir entging nicht, dass er verstohlen zwischen uns hin und her sah.

»Gut«, sagte er. »Lassen Sie mich einen Vorschlag machen. Es ist im Augenblick besser, wenn wir alle für Selecia Caravella verschwunden bleiben. Wenn wir sie beobachten, bis wir eine Möglichkeit finden, sie zu stellen. Das kann dauern. Anamoya ist unruhig, irgendjemand wird versuchen, sie zu entmachten.«

Ja, dachte ich. *Wir zum Beispiel.*

»Wir müssen einen Weg finden, sie allein zu stellen«, sagte Riora. »So wird auch niemand mehr verletzt.«

Nerva musterte sie, als sähe er sie zum ersten Mal, ehe ein Lächeln um seine Mundwinkel spielte. »Sie wären nicht die schlechteste Regentin, die Anamoya je gesehen hat.«

Einen Augenblick lang zögerte Riora bei diesen Worten. Einen Augenblick lang. Dann stahl sich ein Lächeln auf ihre Lippen, eines, das ihr ganzes Gesicht zum Leuchten brachte.

»Mag sein«, sagte sie fest. »Aber ich bin nicht für die Politik gemacht, denke ich.«

25

RIORA

Audienz im Auge des Sturms

Wir verließen das Anwesen in Begleitung von Nerva. Vermutlich war es besser so. Allein würde er wohl nicht lange im Stadtpalast zurechtkommen, und gewiss war es ganz gut, unsere Kräfte an einem sicheren Ort zu bündeln.

»Wie sollen wir Sie jetzt überhaupt nennen?«, fragte Arias ihn. »*Lavori* ist ja wohl kaum passend.«

»Es genügt mir für heute«, sagte Nerva munter. »Sehen Sie, wenn der echte Lavori tot ist, kann ich wahrscheinlich ohne größere Probleme seinen Stadtpalast übernehmen. Ich habe einigen Leuten erzählt, dass ich mit ihm verwandt wäre. Jetzt muss ich nur noch ein paar Dokumente fälschen und schon brauche ich nie wieder in meinem Leben zu arbeiten.«

»Sie sind ein durchtriebener kleiner Mistkerl, wissen Sie das?«, murrte Arias.

»Wer in Anamoya lebt, muss lernen, nach anamoyanischen Regeln zu spielen«, sagte Nerva zwinkernd. »Ich bin bestimmt nicht der Erste, der sich in die zwanzig Familien geschummelt hat.«

»Nein, aber der Erste, der es zugibt«, bemerkte Arias.

Er sagte das in dem trockenen Tonfall, den ich früher nicht gemocht hatte, allerdings musste ich jetzt darüber schmunzeln. Trotzdem schwieg ich. Nerva war der Frage, warum er das alles tat, ausgewichen. Ich nahm ihm das nicht übel, doch es machte mich nachdenklich.

Arias und Nerva hatten nur wenig gemeinsam. Aber beide von ihnen taten einfach, was sie wollten, nahmen ihr Schicksal selbst in die Hand. So etwas war mir früher nie auch nur in den Sinn gekommen.

Und dennoch hatte ich das Undenkbare ausgesprochen.

Ich will keine Regentin werden, denke ich.

Ich blickte zu Arias hinüber, dachte an das stürmische Meer, von dem er mir erzählt hatte. Meine Mutter hätte bestimmt nicht gewollt, dass ich mich von den Wellen zerbrechen ließ … mich dabei unterstützt, meinen eigenen Weg zu gehen. Mir fiel ein, dass sie vor dem Ereignis mit mir über die Pläne meines Onkels hatte sprechen wollen. Dass ich ihr versichert hatte, glücklich zu sein. Doch ich war es damals nicht gewesen, nicht wirklich.

Und heute auch nicht.

Aber wie sollte ich das nur meinem Onkel erklären?

Ich war heilfroh, als wir endlich wieder im Schutz des vergessenen Stadtpalastes eintrafen. Es war ein großes Haus, sodass mehr als genug Platz für einen weiteren Bewohner war … auch wenn es Arias nicht zu schmecken schien, dass sich Nerva zu uns gesellte. Mir war das allerdings ganz angenehm. Je mehr wir hier waren, desto erträglicher wurde das Gefühl, fast allein in dieser Stadt zu sein.

Es wunderte mich jedoch nicht, dass von Leyas dem Goldenen jede Spur fehlte, als wir eintrafen. Er schlief nicht hier, sondern kehrte jedes Mal zu seinem Schiff zurück, vermutlich weil er sich dort wohler fühlte als in Anamoya. Ich konnte ihm das nicht verübeln. Bestimmt wuchs man mit seiner Mannschaft zusammen, wenn man so große Abenteuer bestand wie Leyas.

»Wie gehen wir jetzt vor?«, fragte Nerva schließlich. »Wir müssen Caravella unbedingt stellen, wenn sie es am wenigsten erwartet. Aber wie? Ich weiß nicht, ob ...«

»Ich habe eine Idee«, sagte ich.

Arias und Nerva sahen mich an. Keiner von beiden schien auch nur daran zu denken, mir über den Mund zu fahren, was mich ermutigte.

»Ich werde um eine Audienz bitten«, sagte ich und dachte an den Tag zurück, an dem Selecia Caravella selbst vor den Rat getreten war. »Sie wird mich anhören. Da bin ich mir sicher.«

»Was?«, fragte Arias ungläubig. »Wieso das denn?«

»Weil ich die Einzige bin, die sie zu meinem Onkel führen kann«, sagte ich geduldig. »Sie muss ihn aus dem Weg räumen, wenn sie Anamoya halten will.«

»Aber was, wenn er tot ist?«, fragte Nerva. »Sie würden sich ihr ausliefern.«

»Ich bin mir sicher, dass er lebt.« Was ich jedoch tun sollte, wenn ich ihn wiedersah, wusste ich noch nicht. »Selecia Caravella ist eine Geschäftsfrau. Wenn sie mich sieht, wird ihr erster Impuls wahrscheinlich nicht sein, mich zu töten. Aber falls sie mich in die Finger bekommt, kann sie im Notfall mit meinem Onkel handeln – und das ist ihr bestimmt bewusst.«

»Das stimmt«, sagte Nerva nachdenklich. Aber ich beachtete ihn kaum; sah zu Arias hinüber. Er musterte mich mit einem grüblerisch dunklen Ausdruck, doch ich kannte ihn inzwischen gut genug, um seine eigentlichen Gefühle zu erkennen.

»Das ist zu gefährlich, Riora. Sie sollten nicht allein gehen.«

»Mir wird nichts passieren«, versuchte ich ihn zu beruhigen. »Ich werde mit ihr sprechen. Ich weiß, dass ich es gut machen kann.«

Er öffnete den Mund und schloss ihn wieder, ohne etwas gesagt zu haben. Schwer zu sagen, was in ihm vorging. Doch die Vorstellung, dass er sich Sorgen um mich machte, löste Wärme in meiner Magengrube aus.

»Wenn Tyban da sein sollte ...«

»Caravella sagte, dass er meinen Onkel suchen soll«, erinnerte ich ihn. »Es ist natürlich möglich, dass er trotzdem bei ihr ist, aber sie hat ja Adina. Sie bräuchte keine zwei Leibwächter.«

»Da hat sie recht«, sagte Nerva. »Außerdem können Sie sich immer noch mit Nekrobotanik verteidigen, nicht wahr?«

Ich wusste gar nicht, ob ich das konnte, aber ich nickte. Es war gut, dass sich Nerva meiner Idee so bereitwillig anschloss.

»Mir gefällt das trotzdem nicht«, sagte Arias säuerlich.

»Das muss es auch nicht, Salvati«, erwiderte Nerva. »Lassen Sie uns einen Plan schmieden. Die Nacht ist lang, und ich sehe, dass wir noch einiges zu besprechen haben.«

Den Rest der Nacht verbrachten wir damit, unseren Überfall auf Selecia Caravella zu planen. Als es dämmerte, stieß Leyas zu uns, der sich dem Vorhaben mit grimmiger Befriedigung anschloss. Trotzdem spürte ich, dass Arias die ganze Zeit über unruhig war. Er wollte mich begleiten. Das war schön, machte mir jedoch auch Sorgen. Ich war hier nicht die Einzige, die bereits verletzt worden war.

»Was wollen Sie tun, wenn Sie Caravella treffen?«, fragte Leyas mich, als wir unsere Planungen beendet hatten. »Rache nehmen?«

Ich runzelte die Stirn über seine plötzliche Frage. Es war schon spät geworden und mein Kopf drehte sich von all den Dingen, über die wir heute gesprochen hatten.

»Ich weiß es noch nicht«, gestand ich. »Fürs Erste tut es die Wahrheit, denke ich.«

Leyas nickte bedächtig.

»Das hier habe ich bei diesem Lavori gekauft«, sagte er und nahm eine Schachtel aus seiner Tasche, um sie mir zu überreichen. »Vielleicht wird das helfen, wenn Caravella versuchen sollte, Sie umzubringen. Ich wollte das eigentlich für meine ehemalige Frau aufheben. Aber man kann nicht alles haben.«

Neugierig hob ich den Deckel an. Auf einem samtenen Tuch lag eine Kaiserspinne, der filigrane Unterleib mit einer Flüssigkeit gefüllt, die ich nicht einordnen konnte.

»Als Geschenk, oder?«, fragte ich vorsichtig.

Er lächelte. Einen Herzschlag lang blitzten seine merkwürdig scharfen Zähne auf, die im falschen Blickwinkel fast wie Fänge wirkten.

Ich schauderte, aber ich fragte lieber nicht weiter nach. Stattdessen nahm ich die Spinne entgegen, wobei ich die Hand auf dem Deckel der Schachtel liegen ließ. Jetzt hatte ich keinen Grund mehr, mich zu fürchten. Wenn Caravella versuchte, mir etwas zu tun, würde sie sich wundern.

»Danke«, sagte ich. »Vielen Dank.«

Leyas nickte, ehe er ging. Ich bemerkte, dass Arias zu mir hinübersah, und klopfte auf die Schachtel. Einen Augenblick lang dachte ich, dass er etwas sagen würde. Dann nickte er mir zu.

»Ruhen Sie sich aus, Riora«, sagte er. »Sie schaffen das schon.«

Ich lächelte, aber ich sagte nichts, als ich nach oben ging und ins Bett kroch. Seltsam, dass er mich jetzt einfach so gehen ließ. Erst nach einer Weile begriff ich, warum mich das so verwunderte.

Niemand hatte mich jemals zuvor einfach gehen lassen. Mir vertraut. Doch Arias bot mir seinen Rat an, ohne über mich zu urteilen. Er sagte mir, dass er eine Entscheidung für gut oder schlecht hielt, aber er hielt mich von nichts ab.

War das Freiheit?

Es war beängstigend, trotzdem auch aufregend. Vielleicht war dies genau das, was Freiheit ausmachte. Ich dachte darüber nach, doch noch mehr als das dachte ich an Arias. Wenn wir das alles unbeschadet überstanden, was dann? Würde ich ihn wiedersehen?

Ich wusste es nicht. Aber es war ein schöner Gedanke, einer, der mich in mein Kissen lächeln ließ.

Morgen wird sich alles verändern.

Ob nun zum Guten oder zum Schlechten.

Der Morgen begann erstaunlich kalt. Gleichgültig bewegten sich die Wolken am Horizont, verdunkelten gelegentlich die vorüberziehende Sonne. Wir verließen den Stadtpalast so gut ausgerüstet, wie es nur möglich war, doch trotzdem fröstelte ich nicht nur innerlich. Seltsam. Ich konnte mich nicht erinnern, wann es zum letzten Mal so eisig in Anamoya gewesen war.

»Dann weiß jeder, was zu tun ist?«, fragte Nerva munter, während wir auf die Stadt hinausblickten. »Riora, Sie gehen zu Caravella und sprechen mit ihr. Wir machen uns auf die Suche nach Ihrem Onkel. Wir werden ihn brauchen, wenn wir wieder etwas wie Ordnung in dieser Stadt wiederherstellen wollen.«

»Ich will Tyban erschlagen«, sagte Leyas düster.

»Und Leyas will Tyban erschlagen«, schloss Nerva. »Sind Sie bereit?«

Ich nickte. Mir entging jedoch nicht, dass Arias das Gespräch mit dem mürrischen Gesichtsausdruck verfolgt hatte, den er immer aufsetzte, wenn ihn eigentlich irgendetwas anderes beschäftigte. Er glaubte nicht, dass man mit Caravella reden konnte, das wusste ich.

Aber ich schon. Sie mochte eine erbarmungslose Händlerin sein, doch Händler machten Geschäfte. Alles in Anamoya drehte sich um Vereinbarungen. Wenn ich ihr etwas anbieten konnte, was sie interessierte, würde sie mir zuhören.

Ich zog die Kapuze über meinen Kopf, ehe wir gingen. Der Himmel war wolkenlos, die Sonne so kräftig wie immer. Trotzdem konnte ich die merkwürdige Kälte nicht abschütteln, die sich über die Stadt gelegt hatte.

»Sie müssen das nicht allein tun, Riora«, sagte Arias zu mir.

Ich sah zu ihm auf. Er wirkte besorgt.

»Es ist in Ordnung«, sagte ich. »Ich kann auf mich aufpassen. Außerdem habe ich ja die Kaiserspinne.«

»Schon, aber ...«

Er seufzte. Ich musste lächeln. Es war schön, dass sich ausnahmsweise einmal jemand um mich sorgte, nur wollte ich Arias eigentlich überhaupt keine Sorge bereiten.

»Wir machen es so wie besprochen«, sagte ich. »Sie und Nerva sehen, ob Sie meinen Onkel finden können. Leyas passt auf, dass Ihnen niemand dabei wehtut. Wir werden das schaffen.«

Arias sah aus, als wollte er mir widersprechen, sagte aber nichts. Ich war ihm nicht böse deswegen; ich hätte seine Meinung gern gehört. Stattdessen verfielen wir in Schweigen, den ganzen Weg zum Regierungsbezirk hinunter. Erst kurz vor dem Regierungsgebäude blieben wir stehen, in einer Seitenstraße, die vollkommen leer dalag. Meine Nerven zitterten, doch es fiel mir seltsam leicht, nichts davon nach außen dringen zu lassen.

Ich habe Schlimmeres erlebt als das.

Nerva räusperte sich. »Wir gehen weiter zur Lagune«, sagte er. »Wenn Anamoias zuletzt auf Vetalia war, sollten wir dort nachsehen. Kommen Sie wirklich allein zurecht?«

Ich ballte die Faust, in der Hoffnung, dass es mir ein wenig mehr Entschlossenheit verleihen würde. »Ja. Ich werde es schaffen. Wenn es Probleme gibt, mache ich es, wie wir es geplant haben.«

Nerva nickte, während Leyas hinter ihm über die Straße sah.

»Er ist nicht hier«, sagte er.

Man brauchte mir nicht zu sagen, über wen er redete ... auch wenn ich nicht wusste, warum er sich so sicher war, dass Tyban nicht hier lauerte. Mein Blick wanderte jedoch zu Arias hinüber, der mich mit schief gelegtem Kopf musterte.

»Passen Sie auf sich auf«, sagte er leise.

Mein Herz flatterte.

»Das mache ich«, versprach ich ihm. »Sie aber auch.«

Arias schmunzelte, doch ich sah, dass das Lächeln nicht zu seinen Augen vordrang. Ich bemerkte aus den Augenwinkeln, dass Nerva die Stirn runzelte, dass er Leyas auf die Schulter tippte, ehe sich beide geräuschlos entfernten. Arias sah den beiden kurz nach, ehe er den Blick wieder auf mich richtete. Ich hatte das Gefühl, dass er irgendetwas zu mir sagen wollte, ohne zu wissen, wie er es in Worte hätte verpacken können.

»Ich werde schon nicht sterben«, sagte ich zu ihm. »Versprochen.«

»Wenn Sie allein sind, kann ich Ihnen nicht helfen«, sagte er.

Ich musste lächeln. »Das hier muss ich allein tun. Wir beide wissen das.«

Er biss sich auf die Unterlippe, als ich das sagte. Da erst begriff ich, was ihn eigentlich bewegte, wieso er sich so seltsam verhielt.

Sorge, ja.

Aber noch so viel mehr als das.

»Danke«, sagte ich. »Danke für alles. Ohne Ihre Hilfe wäre ich nie so weit gekommen.«

Arias schüttelte den Kopf. »Schon gut. Das hätte jeder gemacht.«

»Machen Sie sich nicht kleiner, als Sie sind. Sie wissen, dass das nicht stimmt. Vor allem in einer Stadt wie dieser.«

»Ja, aber ...«

Doch er kam nicht weiter als das, als ich ihn in die Arme schloss. Einen Herzschlag lang zuckte Arias zurück, ehe er die Umarmung erstaunlich sanft erwiderte. Sein Körper war angenehm warm, jetzt, wo es so eisig in der Stadt geworden war. Mein Herz raste. Doch ich war ihm so nahe, dass ich spürte, wie seines ebenfalls in seinem Brustkorb flatterte.

»Ich weiß, dass ich mich immer auf Sie verlassen kann«, flüsterte ich. »Jetzt muss ich es erneut tun. Ich komme wieder – Sie aber auch. Versprochen?«

Er legte die Hände an meinen Rücken. Auch das war eine erstaunlich warme, erstaunlich willkommene Berührung. Hatte mich jemals jemand so umarmt? Hatte ich mich jemals so wohlgefühlt?

»Versprochen«, sagte er. »Wir haben einiges zu bereden, wenn das hier vorbei ist, oder?«

»Schon in Ordnung. Ich weiß, dass Sie nicht gut im Reden sind.«

Er lachte, ehe er mich vorsichtig losließ. Sofort brach die Kälte wieder über mich herein. Ich zog meinen Umhang etwas enger, blickte ihm ins Gesicht. Sah sein Lächeln, strahlender, als er es mir je zuvor geschenkt hatte.

»Sie schaffen das«, sagte er. »Das weiß ich.«

Ich musste lächeln.

»Bringen wir Anamoya wieder in Ordnung«, sagte ich.

Arias grinste, ehe er sich ohne ein weiteres Wort abwandte, um Nerva und Leyas nachzulaufen.

Es war das Schwerste, was ich seit langer Zeit getan hatte, allein aus der Gasse und auf den Regierungspalast zuzutreten. Eine merkwürdige Mischung aus Wärme und Nervosität wühlte in meinen Eingeweiden, als ich einen Fuß vor den anderen setzte, entschlossen, kein einziges Mal stehenzubleiben. Ich wusste, dass ich mich nicht mehr hätte rühren können, wäre ich in meinen Bewegungen verharrt.

Und dann wäre alles verloren gewesen.

Also ging ich weiter. Schritt für Schritt, mit kühlem Kopf und rasendem Herzen. Diesen Weg hier ging ich allein. Aber ich war mir sicher, dass Arias gerade an mich dachte, mir auf seine Weise gewiss Glück wünschte.

Wenn das hier vorbei ist, haben wir einiges zu bereden.

Darauf hoffte ich. Darauf freute ich mich.

Aber zuerst musste ich Selecia Caravella sprechen.

Kalter Wind fuhr über die Dächer der Stadt hinweg, als ich den Platz vor dem Sitz des Großen Rates betrat. Er lag so da, wie ich ihn in Erinnerung hatte, nur schien das inzwischen viele Jahrhunderte her zu sein. Dunkel lagen die Fenster da und die großen Tore waren geschlossen. Davor standen zwei Wachen in Grün. Sie mussten zu Caravella gehören.

Ich fasste all meinen Mut zusammen und trat auf sie zu. Sie musterten mich stirnrunzelnd, aber zumindest zog keiner der beiden seine Waffe.

»Ich möchte mit Selecia Caravella sprechen«, sagte ich.

Die Wachen begutachteten einander.

»Name?«

Ich schluckte. »Riora Anamoias«, sagte ich. »Ich denke, dass sie mich erwartet.«

Ich umklammerte die Kaiserspinne in meiner Tasche, aber keiner der beiden regte sich. Stattdessen tauschten sie Blicke, ehe einer von ihnen langsam die Tür öffnete.

»Bitte. Gehen Sie, Dama Anamoias.«

Mein Herz flatterte. Doch ich wandte mich um, kerzengerade, und betrat die Hallen des Großen Rates. Keine Angst anmerken lassen. Nicht jetzt, wo so viel auf dem Spiel stand.

Es war Zeit, zu beweisen, aus welchem Holz ich wirklich geschnitzt war.

Die Versammlungshalle war fast vollständig leer. Niemand saß auf den hohen Rängen, auf denen sich vor Kurzem noch Mitglieder des Rates gesammelt hatten, um sich zu beratschlagen. Auf dem Sitz des Regenten, dem Sitz meines Onkels, saß Selecia Caravella. Sie hatte sich über ihren Tisch gebeugt, einen großen Stapel mit Papier zu einer Seite und einen kleineren zur anderen. Das blonde Haar hatte sie zu einem Knoten gebunden, sodass ihr nur einige einzelne Strähnen am Gesicht hinabfielen, trug dazu eine Lesebrille mit Messinggestell. Sie sah nicht aus wie eine Frau, die eine Republik entmachtet hatte. Sondern wie eine, die sich mit Steuern beschäftigte und dabei müde, aber konzentriert vorging.

Neben ihr saß ihre Leibwächterin, den Rücken in meine Richtung gewandt. Adina. Sie hatte breite Schultern für eine Frau, Arme, die doppelt so dick waren wie die von Selecia Caravella … und ein Schwert, das aussah, als wäre es größer als ich.

Plötzlich fühlte sich die Kaiserspinne in meiner Tasche wie ein armseliger Schutz an, als wäre ich ein Ritter, der mit einem Schild aus Papier in eine Schlacht ziehen wollte.

»Ihr Anliegen«, sagte Caravella, ohne aufzusehen.

Ich richtete mich auf. Immerhin war Tyban nicht hier. Immerhin das.

»Ich möchte mit Ihnen sprechen.«

Selecia Caravella hob den Kopf, die grünen Augen zu Schlitzen verengt. Neben ihr drehte sich Adina um und musterte mich mit neugierig schief gelegtem Kopf.

Dann legte Caravella ihre Schreibutensilien weg.

»Sie haben Nerven, hier aufzutauchen, Anamoias«, sagte sie.

Ich blickte mich aus den Augenwinkeln um. Keine plötzlich auftauchenden Angreifer, kein Tyban, der mich aus der Distanz erschoss. Nicht einmal Adina hatte ihr Schwert gezogen, obwohl sie mich durchaus interessiert musterte.

»Sie haben Nerven, den ganzen Rat umzubringen«, sagte ich.

Caravellas Mundwinkel zuckte. Mit fließenden Bewegungen erhob sie sich, kam um den Tisch herum, um einige Schritte von mir entfernt stehenzubleiben. Erst jetzt sah ich, dass sie einen Mantel trug, der ihr etwas zu groß war – der jedoch aussah, als würde er gut über Adinas Schultern passen.

»Warum sind Sie hier?«, fragte sie. »Es ist doch gut möglich, dass ich Sie jetzt umbringe.«

»Das werden Sie nicht. Sie wundern sich zu sehr darüber, dass ich hier bin.«

Caravella sah mich verwundert an. Adina lachte.

»Ha«, sagte sie kichernd, »jetzt haben Sie Selecia erwischt.«

Caravella stieß ihr den Ellenbogen in die Seite, sagte aber nichts. Seltsamerweise ermutigte mich das Schauspiel. Wenn sie mich jetzt hätte tot sehen wollen, dann wäre es schon geschehen.

»Das mag stimmen«, gestand sie. »Adina, halt sie fest.«

Adina richtete sich auf. Ich stolperte einen Schritt zurück, doch sie kam mit erstaunlicher Geschwindigkeit um den Tisch, drehte mir einen Arm auf den Rücken. Heißer Schmerz schoss bis zu meinem Schulterblatt hinauf. Ich kniff die Augen zusammen, zischte unwillkürlich.

»Oh«, sagte Adina. »Entschuldigung.«

Sie lockerte ihren Griff ein wenig, nur um mich so zu packen, dass ich mich gar nicht mehr bewegen konnte, einen muskulösen Arm fest um meinen Oberkörper geschlossen. Ich konnte ihren Herzschlag in meinem Rücken pochen fühlen. Mein eigenes Herz raste ebenfalls.

»Bring sie in unsere Villa«, sagte Selecia Caravella. »Wir sollten sie bei uns behalten, bis Anamoias wieder auftaucht. Wir ...«

Adina hob mich mühelos hoch. Ich strampelte mit den Füßen.

»Nein!«, keuchte ich. »Nein, hören Sie mir zu. Bitte. Danach können Sie mich immer noch einsperren.«

Caravella hob eine Hand. Adina verharrte in ihrer Bewegung, setzte mich aber nicht wieder auf dem Boden ab. Obwohl mir selten so unwohl gewesen war, staunte ich über die Stärke, die das erfordern musste.

»Fein«, sagte sie. »Adina, setz sie ab. Ich möchte hören, was sie zu sagen hat.«

Vorsichtig ließ Adina mich wieder nach unten gleiten. Ich spürte, dass sie sogar meinen Kapuzenumhang glattstrich, als täte es ihr leid, ihn zerknittert zu haben.

»Kommen Sie, Anamoias«, sagte Caravella. »Wir sollten das in einer anderen Umgebung bereden, ich bin mir unsicher, ob man hier nicht hinter den Wänden lauschen könnte. Sie können einen Leibwächter mitnehmen, wenn Sie mögen.«

Ich umklammerte die Kaiserspinne in meiner Tasche. »Nicht nötig.«

»Dann gehen wir in den Garten«, schlug Caravella vor. »Da haben Sie einige Pflanzen, die Sie mir an den Kopf werfen können, wenn Sie sich bedroht fühlen.«

»Selecia!«, sagte Adina entsetzt. »Das lasse ich nicht zu.«

»Ich weiß, Adina. Ich weiß.«

Caravella streckte eine Hand aus, um die von Adina leicht zu streicheln. Ich beobachtete das Ganze stirnrunzelnd, sagte aber nichts. Stattdessen gab Caravella ihrer Leibwächterin ein Zeichen, ehe sie sich zum Gehen wandte. Stumm folgte ich beiden aus dem Gebäude, auf einen begrünten Innenhof, dem keine Fenster zugewandt waren. Das war Absicht. Der Hof war gebaut worden, damit man hier ungestört Ränke schmieden konnte.

Auch hier war es eigenartig kalt. Ich schlang die Arme um meinen Körper, während Caravella im Schatten eines Baumes stehen blieb, Adina neben sich. Sie hatte ihren Namen geflüstert, als sie den ganzen Rat ermordet hatte. Warum?

Caravella sah mich mit schief gelegtem Kopf an.

»Also«, sagte sie. »Ich nehme an, dass Sie Antworten von mir hören wollen, nicht wahr? Warum ich all das getan habe, was sich in den letzten Tagen hier ereignet hat. Warum ich am Sturz von Kyrian Anamoias und des gesamten Rates gearbeitet habe.«

»Ich habe nur eine Frage«, sagte ich. Mein Herz klopfte. »Warum haben Sie meine Mutter ermordet?«

Selecia Caravella blinzelte mich an.

»Warum hätte ich versuchen sollen, Ihre Mutter zu töten?«, fragte sie ernsthaft erstaunt. »Sie war keine Nekrobotanikerin, sie gehörte nicht einmal dem Rat an. Für sich genommen war sie nichts. Ich hätte nie ...«

Aber ich hörte sie nicht mehr. Das Blut rauschte in meinen Ohren.

»Sie haben sie nicht getötet?«, flüsterte ich.

Caravella schüttelte den Kopf. »Tyban hat mir davon erzählt, dass er es getan hat, aber er tat es nicht auf meinen Wunsch. Jemand anderes hat ihn dafür bezahlt.«

Taubheit erfasste mich. Gleichzeitig schlug mein Herz so schwer, dass mein ganzer Körper ins Taumeln zu geraten schien. Das war unmöglich. Das konnte nicht ...

Doch dann durchstieß ein Gedanke meinen Schrecken. Einen Herzschlag lang hörte ich, was Nerva mir gesagt hatte, als ich ihn in unserer Bibliothek erwischt hatte.

»Wer hat den *größten Vorteil vom Tod Ihrer Mutter, Riora?*«

Selecia Caravella hätte nichts dadurch zu gewinnen gehabt. Aber dann waren die Briefe aufgetaucht, die Leyas anklagten, ohne dass er sie hätte schreiben können. Briefe, die meinen Onkel in Wut über die Piraten versetzt hatten.

Die völlig identisch gewesen waren. Als hätte jemand gewusst, dass der erste Brief verschwunden war, und ihn einfach erneut geschrieben.

... wer hat den größten Vorteil ...

Mein Onkel hatte die Piraten schon einmal geschlagen. Jetzt waren sie wieder stärker geworden und er träumte davon, es ein zweites Mal zu tun. Es gab nur eine Person, die das alles hätte tun können. Die wirklich etwas gewinnen konnte.

Es war nicht Leyas. Nicht einmal Selecia Caravella.

Sondern Kyrian Anamoias.

Ich spürte, wie mir heiße Tränen in die Augenwinkel schossen. Aber vor Caravella verbot ich es mir, zu weinen. Er würde doch nicht wirklich ...

»Er hat es getan, oder?«, flüsterte ich. »Mein Onkel hat meine Mutter töten lassen.«

Caravellas hartes Gesicht wurde etwas weicher.

»Sie wussten es nicht?«, fragte sie in seltsamem Tonfall.

»Nein! Ich hätte nie gedacht ...« Ich kniff die Augen zusammen, um die Feuchtigkeit herauszuzwingen, spürte zwei Tränen über meine Wangen rollen. »Er hatte sie gern. Und ich ... hat er mich ...«

Caravella seufzte. »Nicht er«, sagte sie. »Er hat Tyban beauftragt, Ihre Mutter zu töten, aber um den Angriff auf Sie habe ich ihn gebeten. Ich werde Ihnen nicht sagen, was Anamoias mir angetan hat, doch Tyban, Adina und ich haben schon sehr lange unsere Rache an ihm geplant. Wissen Sie, ich beobachte ihn seit langer Zeit. Vor Kurzem erhärteten sich die Zeichen, dass Anamoias irgendetwas gegen die Piraten plante. Seine Flotte zog sich zusammen, die Schiffe wurden repariert und besser ausgestattet. Ich weiß, dass er im Augenblick auch neue bauen lässt, aber ich schätze, dass er sie nicht mehr brauchen wird.«

Sie legte den Kopf zur Seite.

»Dann starb Ihre Mutter – ironischerweise von Tybans Hand. Tyban erzählte mir davon, dass er ausgerechnet von diesem Mistkerl einen Auftrag bekommen hat. Da sahen wir die Gelegenheit, auf die wir schon so lange gewartet haben. Wir beschlossen, ihn innerhalb unserer Möglichkeiten zu sabotieren, keiner von uns hat einen Grund, ihn zu mögen. Also führte Tyban das Attentat durch, setzte eine

Kaiserspinne im Schlafzimmer Ihrer Mutter aus. Sie zerbarst und hinterließ Knochenstaub. Das war ein deutlicher Hinweis auf einen Nekrobotaniker – eine erste Warnung von uns an ihn. *Wir wissen, was Sie sind*, wollten wir ihm damit sagen. *Und wir sitzen Ihnen im Nacken.*«

Ich schluckte schwer. Ein Teil von mir wollte sich einreden, dass Caravella mich anlog, dass sie meine Mutter aus irgendeinem Grund doch hatte ermorden lassen. Dann dachte ich darüber nach, wie sich mein Onkel nach ihrem Tod verhalten hatte. Wie schnell er seine Trauerkleidung abgestreift hatte. Wie er mich ermahnte, meinen Gefühlen nicht allzu viel Aufmerksamkeit zu schenken …

»Du brauchst sie nicht, Riora«, hörte ich ihn beinahe sagen. *»Konzentriere dich auf die Zukunft.«*

»Tyban hängte die Leiche außerdem wie den letzten getöteten Regenten unserer Stadt auf«, sagte Caravella. »Elia Anamoias. Es sollte unsere zweite Warnung an seinen Nachfolger sein, ein kleiner Hinweis darauf, dass er nicht tun konnte, was ihm gefiel. Ich weiß nicht, ob Ihr Onkel das so verstanden hat, aber mir gab etwas anderes ein Rätsel auf. Ich konnte mir nicht vorstellen, warum Anamoias seine Schwägerin hätte ermorden lassen sollen – bis Tyban mir von dem Brief erzählte, den Salvati ihm gezeigt hat. Eine Drohung, die angeblich von Leyas verfasst worden war, aber Leyas kann kein Anamoyanisch schreiben. Da wurde uns klar, dass Kyrian Anamoias versucht, Kämpfe mit den Piraten heraufzubeschwören. Und wir beschlossen, ihn zum dritten und letzten Mal zu warnen.«

Ich legte unwillkürlich eine Hand über mein Herz. »Mit meinem Tod?«

»Ja«, sagte Selecia Caravella. »Aber wir hatten nicht damit gerechnet, dass Salvati ein Nekrobotaniker ist. Dass er Sie nicht nur retten, sondern auch auf eigene Faust nachforschen würde. Wir taten, was wir konnten, um ihn von dieser Sache abzubringen. Tyban wollte es ihm ausreden, ich bot ihm einen Auftrag an, damit er bei Anamoias kündigte. Doch Salvati blieb stur und wir verloren langsam die Kontrolle über diese Angelegenheit. Als Anamoias begriff, dass Sie in Gefahr waren, dass sein Plan nach hinten loszugehen drohte, verdoppelte er seine Anstrengungen. Wir auch, aber wir kamen zu spät. Kyrian Anamoias ist irgendwo da draußen – und lauert.«

Ich schluckte. Mit jedem Wort, das Caravella sagte, wurde mir kälter. Ich schlang die Arme um meinen Körper; bemerkte aus den Augenwinkeln, wie sich Adina regte, ehe sie ihren Mantel abnahm und ihn mir um die Schultern legte.

»Es tut mir sehr leid für Sie«, sagte sie zu mir. »Ich habe Selecia und Tyban gesagt, dass sie Ihnen nicht wehtun sollen. Sie haben nichts getan, Riora.«

»Das ist Politik, Adina«, sagte Caravella mit gereiztem Unterton.

»Es ist falsch«, gab Adina zurück. »Ich helfe euch gern, Anamoias zu töten, aber Riora hat das alles nicht verdient.«

»Danke«, nuschelte ich.

Adina lächelte. Ich schluckte; meine Augen brannten.

»Werden Sie wieder versuchen, mich zu töten?«, fragte ich.

Adina warf Caravella einen langen Blick zu. Sie seufzte.

»Nein«, sagte Selecia Caravella. »Nein, werde ich nicht. Mir war nicht klar, dass Sie nicht die Nichte Ihres Onkels sind.«

Einen Augenblick lang wusste ich nicht, was sie damit sagen wollte. Doch dann blickte ich in ihr Gesicht, ohne jeden Zorn darin, und begriff. Mein Onkel hatte sie erst kürzlich dieser Mauern verwiesen, ohne sie überhaupt anzuhören. Er hörte niemals jemandem zu, nicht einmal mir.

Aber ich schon.

»Ich hätte das vorher überprüfen müssen«, sagte Caravella. »Dafür will ich mich entschuldigen. Es macht nichts von dem, was geschehen ist, wieder gut. Trotzdem hoffe ich, dass wir wenigstens für die nächsten Tage zusammenarbeiten können.«

»Um meinen Onkel zu finden«, mutmaßte ich leise.

»Um Ihren Onkel zu finden«, sagte sie nickend. »Ich will Ihnen nichts vormachen. Ich bin ihm nicht wohlgesonnen. Ich mache Ihnen keinen Vorwurf, wenn Sie mich nicht auf diesem Weg begleiten wollen, denn er wird in Blut enden.«

Damit streckte sie mir eine kühle bleiche Hand entgegen. Ich hob den Kopf, blickte Selecia Caravella ins Gesicht. Stolz sah sie mir entgegen, ihr Gesicht so unbewegt wie immer, ihre Augen funkelnd.

»Ich muss die Wahrheit von ihm erfahren«, sagte ich leise. »Können Sie mir das gewähren, wenn wir ihn finden? Egal, was danach passiert?«

Caravella nickte feierlich. Einen Herzschlag musterten wir einander, ohne etwas zu sagen, während kalter Wind durch den Garten fuhr.

Sie ist nicht deine Feindin, Riora, dachte ich. *Jedenfalls nicht mehr.*

In Anamoya ging es immer nur darum, einen Handel abzuschließen.

Damit ergriff ich ihre ausgestreckte Hand. Selecia Caravella sah mich verwundert an, als hätte sie das gar nicht erwartet, ehe wir sie einander schüttelten. Sie hatte weiche, kühle Finger. Man merkte ihnen an, dass sie Federn statt Klingen führten.

»Wir müssen unbedingt …«, setzte sie an.

Rascheln.

Wir fuhren auseinander, als ein jäher, eisiger Wind über uns hinwegzog. Ich schlang die Arme um meinen Körper, spürte, wie meine Haut klamm wurde. Schmerz kroch in meine Fingerspitzen. Als ich auf sie hinuntersah, bemerkte ich, dass sie rot angelaufen waren.

Schneeflocken fielen aus dem Himmel, sanken an uns vorbei, ehe sie auf dem Boden zerschmolzen.

»Esterias Atem«, murmelte Caravella. Ihr Atem zeichnete sich kurz als weiße Wolke in der Luft ab, bevor er verschwand. »Das kann nicht sein.«

Ich blickte in den Himmel. Die Sonne schien so kräftig wie eh und je, umgeben von einem tiefen Blau, das durch keine einzige Wolke befleckt war. Es war unnatürlich. Unvertraut.

Unmöglich.

»Der Tag des Winters«, flüsterte ich.

26

ARIAS

Rebellion der Wellen

E s ist so kalt hier«, sagte Nerva.
Stille lag über der Stadt. Das war ungewöhnlich für Anamoya, wo eigentlich immer irgendwelche Geräusche zu hören waren, ob nun aus den nahe gelegenen Dschungeln oder den Straßen der Stadt selbst. Ich fröstelte, während wir in Richtung des Hafens hinuntergingen. Bisher hatte ich das kaum zur Kenntnis genommen; ich hatte an Riora gedacht, ihr schweigend Glück gewünscht für das, was ihr nun bevorstand.

Ich hätte bei ihr sein sollen, verdammt. Aber jetzt war ich eben bei Nerva, und Nerva hatte recht. Es war wirklich kalt heute.

»Merkwürdig«, sagte ich. »Vorhin war es noch so warm wie immer.«

Nerva nickte, sagte aber nichts. Auf seinem Gesicht arbeitete es. Das gefiel mir überhaupt nicht, doch aus irgendeinem Grund vertraute Riora ihm, und deswegen hakte ich nicht weiter nach.

»Ich verstehe es auch nicht«, gestand er schließlich. »Ich denke, dass ...«

Aber er unterbrach sich, als etwas Kleines und Weißes an ihm vorbei zu Boden segelte. Dann noch eine Flocke und eine weitere. Ich kniff die Augen zusammen, als sie auf das Pflaster fielen und beinahe auf der Stelle schmolzen.

Schnee.

Unmöglich, dachte ich sofort. In Anamoya hatte es zum letzten Mal vor fünfzehn Jahren geschneit und davor viele Jahrhunderte so gut wie gar nicht. Doch dann erreichten wir den Deravani, der träge in seinem Bett dahinfloss, nur vereinzelt von Booten und Barken befahren. Während ich hinsah, bildeten sich dünne Eisschollen zwischen ihnen, die sofort wieder in sich zusammenfielen.

»Esterias Atem«, murmelte Nerva.

Ich achtete nicht auf ihn, sondern blickte mich um. Überall hatten sich weiße Krusten an den Häusern festgesetzt, die auf die Pflanzen übergriffen und sie mit schimmerndem Eis überzogen.

Da erst dämmerte mir, was hier passierte.

»Der Tag des Winters«, sagte ich leise. »Es ist wie der Tag des Winters.«

»Das kann nicht sein«, erwiderte Nerva prompt. »Vorhin war es noch warm. Es sei denn ...«

Er unterbrach sich, wie um über seine nächsten Worte nachzudenken, aber ich wusste sofort, was er meinte. Ich blickte nach oben, sah, dass uns immer mehr Schneeflocken entgegensegelten.

Doch der Himmel war fast vollkommen blau.

Schlagartig fiel der Groschen in meinem Hinterkopf.

»Das ist kein Wetter«, sagte ich leise. »Das hier ist menschengemacht. Es ist eine nekrobotanische Entladung.«

»Unmöglich«, sagte Nerva prompt. »So viel Kälte kann kein Nekrobotaniker der Welt erzeugen. Es würde ihn umbringen.«

Ich verschränkte die Arme. Er hatte nicht unrecht; man hätte schon einige sehr große und alte Bäume auslaugen müssen für genug nekrobotanische Kunststücke, um nur eine Wanne voller Wasser zu Eis zu gefrieren. Und doch ...

... *der Tag des Winters, an dem die Piraten starben* ...

»Tun wir einfach kurz so, als wäre es eine Entladung, ja?«, fragte ich etwas ungeduldig. »Dann wäre die Frage gar nicht, warum es hier so kalt ist. Sondern, was gerade mit all der freigesetzten Energie passiert.«

Nerva wurde blass, sagte aber nichts mehr. Ich spannte mich an, als wir weitergingen. Neben mir zog Leyas sein Schwert, drehte den

Kopf, als würde er auf irgendetwas lauschen. Dann gingen wir um eine Ecke, betraten eine breite Straße, die zum Hafen hinunterführte und völlig verlassen dalag. Ich hob den Kopf. Die Fensterläden waren geschlossen, die Lagune bis auf einige vereinzelte Schiffe leer. Auch hier schwammen Eisschollen auf dem Wasser, die bereits etwas dicker waren und gelegentlich aneinanderstießen.

Aber das war nicht das Seltsamste.

Obwohl es totenstill um uns herum war, war der Hafen voller Gestalten. Regungslos standen sie im kalten Wind, die zerrissene Kleidung flatternd. Ich konnte sie eher riechen, als dass ich sie sah. Der erdrückende Gestank von Verfall und Moder, selbst im beständig eisigen Luftzug.

Denn keine von ihnen war am Leben.

Mir blieb kurz das Herz stehen, als ich begriff, worauf ich da hinuntersah. Es waren Skelette in einer so großen Zahl, wie ich es noch nie zuvor gesehen hatte. Spärlich hing ihnen die Kleidung von den gelben Knochen, zerfressen und zerfallen, die Schädel nackt, die Füße manchmal in einem oder gar keinen Schuhen mehr steckend. Ihre Brustkörbe waren mit Pflanzen gefüllt, von denen blaue Funken auf ihre Knochen übersprangen. Erstaunlich zielgerichtet gingen sie umher, bewegten die Gelenke, einige von ihnen mit einfachen Waffen ausgerüstet. Jeder Feldherr, der noch bei Trost war, hätte eine menschliche Streitmacht mit dieser Ausrüstung höchstens als Futter für die Krähen missbraucht.

Aber das hier waren keine lebendigen Wesen. Sie empfanden keinen Schmerz, gingen nicht nieder, nur weil man ihre Schädel einschlug. Skelettkrieger waren unermüdlich. Selbst wenn man ihnen einen Arm abtrennte, würde dieser noch seine Gegner angreifen, und deswegen waren sie den meisten Heeren überlegen.

Neben mir versteifte sich Leyas.

»*Kolman adeniin*«, sagte er, offenbar in Gedanken, ehe er den Kopf schüttelte. »Das sind sie. Die Piraten erzählen Geschichten über sie. Die Wächter von Anamoya. Die Winterkrieger.«

Die Winterkrieger, wiederholte ich stumm. Ein hübscher Name für eine so schreckliche Sache, nur schien es mir nicht, als würde sich Leyas davon beeindrucken lassen. Hatte dieser Mann eigentlich überhaupt vor irgendetwas Angst?

»Man muss die Pflanzen herausschneiden, oder?«

»Theoretisch ja«, sagte Nerva. »Praktisch wird das nicht funktionieren. Niemand kann einfach eine Horde Skelette zertrümmern.«

Leyas schien darüber nachzudenken, ehe er auch seine zweite Klinge zog.

»Das werden wir sehen«, sagte er und begann, zu laufen. Ich blinzelte ungläubig, tauschte einen Blick mit Nerva, der genauso verdutzt aussah wie ich. Der Mann war doch wahnsinnig. Er konnte unmöglich glauben, dass ...

Leyas holte zum Schlag aus.

Es knackte, ehe eines der Skelette in zwei Teile zerfiel.

Ich blinzelte ungläubig. Doch Leyas ließ sich nicht aufhalten, eilte an dem auseinanderfallenden Skelett vorbei und zerschlug das nächste. Mir fiel auf, dass er das immer mit seinem seltsamen Spiegelschwert tat; die andere Klinge sogar wegsteckte, als er zu bemerken schien, dass er sie nicht brauchte.

Nerva und ich tauschten einen kurzen Blick, ehe wir ihm in stiller Übereinkunft nachliefen. Doch es war schwierig, nicht auf Leyas zu starren, der sich elegant wie ein Tänzer in einem Weizenfeld bewegte. Im Vergleich zu seinen Bewegungen waren die der Skelette langsam und träge; ihre Hände immer einen Herzschlag davon entfernt, ihn zu fassen zu bekommen.

Ich hatte noch nie so einen eleganten Kämpfer gesehen.

Aber ich hielt mich nicht damit auf, über Leyas zu staunen. Stattdessen folgte ich ihm durch die Lücke, die er geschlagen hatte, ans Hafenbecken. Ich sah daran auf und ab, entdeckte ein verlassenes Boot. Ohne zu zögern, sprang ich hinein, wobei es stark wackelte, und ergriff die Ruder.

»Kommt schon!«, rief ich Nerva und Leyas zu.

Das ließen sie sich nicht zweimal sagen. Sie sprangen zu mir ins Boot hinab, wobei es erneut gefährlich ins Schwanken geriet. Eilig ergriff ich die Ruder, während sich Nerva setzte und Leyas die Klinge wegsteckte.

»Was ist das für ein Schwert?«, fragte Nerva ungläubig. »Keine Waffe kann ein ganzes Skelett in zwei Teile schlagen.«

»Das Spiegelschwert gehörte unserem ersten König«, sagte Leyas schulterzuckend. »Lyash der Grausame. Vor über tausend Jahren hat er unsere Vorfahren auf unsere Heimatinseln geführt. Seitdem haben es viele große Männer getragen, bis es einer von ihnen einem Tempel auf Saykas schenkte. Es ist eine legendäre Waffe, ein Schatz unseres Landes. Ich habe es gestohlen, bevor ich die Insel verlassen habe.«

»Warum das denn?«, fragte ich.

»Weil ich ein sturer Sechzehnjähriger war, der das konnte, ohne erwischt zu werden«, sagte Leyas. »Schätze mochte ich schon immer, ob nun zu Hause auf Saykas oder hier im Sommermeer. Was glaubst du denn?«

Nerva lachte. Ich musste ebenfalls lachen, wenn auch nur kurz. Wenn dieses Schwert nach so langer Zeit immer noch scharf war, musste es wirklich eine außergewöhnliche Waffe sein.

Den Rest der Fahrt sprachen wir kein Wort mehr, wechselten uns lediglich hin und wieder an den Rudern ab. Wenig später kam Vetalia in Sicht, ein dunkler Schatten über dem Wasser. Wenn wir eine Spur zu Kyrian Anamoias finden konnten, dann hier.

Wir legten am Ufer der Friedhofsinsel an. Ohne zu zögern, ging ich auf die Gruft zu, in der ich vor so kurzer Zeit noch mit Riora ausgeharrt hatte, Nerva hinter mir. Aber Leyas folgte uns nicht durch den Spalt im Mauerwerk nach drinnen. Stattdessen drehte er sich um, blieb mit gezogenem Schwert draußen stehen.

»Ich habe kein gutes Gefühl«, sagte er. »Ich warte hier draußen und passe auf, dass euch niemand stört.«

Sein grimmiger Tonfall ließ mich sofort darauf schließen, dass er auf Tyban warten wollte. Dass er vielleicht sogar hoffte, ihm hier zu begegnen. Ich dachte daran, wie Leyas durch all die Skelette gepflügt war wie ein Bauer durch sein Korn, und schauderte.

Tyban hatte diesen Mann besiegt. Was sagte das über ihn aus?

Doch ich nickte stumm, drehte mich um und trat in die Dunkelheit. Drinnen war es noch kälter als in der Stadt, die Wände mit einer dünnen Eisschicht bedeckt, die gelegentlich aus dem Schwarz ragenden Pflanzen erfroren.

Vor mir entzündete Nerva eine Laterne, ehe er sich versteifte.

»Esterias Atem«, murmelte er.

Ich blickte an ihm vorbei in die Gruft und erstarrte. Die Grabnischen waren leer. Auf dem Boden lagen nur noch einige zerrissene Tücher, in die man die Toten vor Hunderten von Jahren eingewickelt hatte.

Ein Beben zog sich durch die Finsternis.

Das ist gar nicht gut, dachte ich.

Dunkelheit um uns herum.

Eine seltsam kribbelnde Energie lag in der Luft. Eine Kälte, die unbehaglicher war als das, was gerade oben in Anamoya vor sich ging. Das konnte nicht sein. Ich hatte all die Skelette draußen im Hafen gesehen, und dennoch …

Es dauerte einige Augenblicke, bis ich die Stimme wiederfand.

»Das muss Anamoias gewesen sein«, murmelte ich.

»Das ist unmöglich«, sagte Nerva. »Wenn er das hier wirklich verursacht hätte, wäre er tot. All diese Skelette, diese Kälte. Kein Mensch kann so viel Energie …« Er unterbrach sich. »Kein Mensch«, wiederholte er. »Natürlich.«

Ich fragte ihn nicht, was er damit meinte. Ging an ihm vorbei in den halb eingestürzten Raum, in dem Tyban uns alle verraten hatte. Von Anamoias fehlte jede Spur, doch ich bemerkte eine Öffnung in der gegenüberliegenden Wand, die mir beim letzten Mal entgangen war.

Vorsichtig trat ich an das dunkle Loch heran. Eine steinerne Treppe führte in die Tiefe, die in der Mitte ungewöhnlich glatt und eingedellt aussah. Offenbar waren im Lauf der Jahrhunderte viele Menschen hier entlanggewandert.

»Ich habe Bücher gelesen«, sagte Nerva hinter mir; er klang aufgeregt. »Bücher über die Anfänge dieser Stadt. Niemand wusste, warum Anamoya hier gegründet wurde, welchen Zweck die Ruinen unter der Lagune erfüllten und wohin sie führen. Warum die Esteriapriester eines Tages begannen, den Glauben an den namenlosen Gott auszulöschen. Aber jetzt ergibt es einen Sinn.«

Es bebte unter unseren Füßen.

»Wovon zur Hölle reden Sie, Lavori?«

»Unter Anamoya schläft ein Leviathan«, sagte er knapp.

Ein eisiger Schauder lief mir über den Rücken. Einen Augenblick lang wollte ich abtun, was er gerade gesagt hatte, ihm erklären, dass kein Wesen von solchen Ausmaßen in der Lagune schlafen könnte. Doch dann dachte ich an meinen Großvater. An die Macht, von der er mir erzählt hatte.

Verdammt. Er musste es gewusst haben.

»Anders passt es nicht zusammen«, sagte Nerva. »Es muss schon seit tausend Jahren Nekrobotaniker geben, die seine Existenz geheimhalten. Damit sie ihn benutzen können, in Krisenzeiten oder für eigene Zwecke. Das ist sinnvoll, wenn wir uns das Ende des Aschekaisers ansehen, finden Sie nicht?«

Er klang aufgeregt, ja nahezu begeistert über seine Entdeckung. Aber es fiel mir schwer, mich diesem Gefühl anzuschließen. Am Ende ging es immer nur um Macht. Geheimnisse horten, ausnutzen, zu Gold und Einfluss machen. Lavori wusste das nicht, weil er außerhalb der zwanzig Familien stand, doch ich war damit aufgewachsen.

Ich ging die Treppe hinunter, ließ Nerva jedoch nach einigen Schritten an mir vorbei, weil er die Laterne in der Hand hatte. Staunend blickte er über die schwarzen und weißen Malereien an den Wänden. Der Wissensdurst dieses Mannes fing langsam an, mich zu beunruhigen.

»Dann ist der Leviathan auch der Grund für unsere Kräfte«, flüsterte Nerva; er klang ehrfürchtig. »Er ist so voller Energie, dass es etwas mit uns macht, wenn wir hier auf Vetalia übernachten. Er macht uns zu Nekrobotanikern, aber ...«

»Wie ist er unter die Stadt gekommen?«, unterbrach ich ihn.

Nerva blinzelte.

»Wenn Leyas recht hat, sind diese Wesen ziemlich groß«, sagte ich. »Außerdem muss er ewig hier sein, Nekrobotanik wurde schon hier betrieben, bevor der Aschekaiser fiel.«

»Ich weiß nicht«, sagte Nerva. »Das werden wir noch herausfinden müssen.«

Ich legte den Kopf zur Seite. »Und wäre dieses Wissen gut bei Ihnen aufgehoben? Sie haben danach gesucht, sich unter die reichen Schnösel dieser Stadt gemischt, einen Namen angenommen, der

Ihnen nicht zusteht. Was wollen Sie jetzt, wo Sie wissen, was hier unten versteckt ist?«

Einige Augenblicke lang sagte er nichts, während wir hintereinander durch die dunkle Kälte gingen. Da war nur seine Laterne, die in der Finsternis umherschwang, gelegentlich Licht auf uralte Zeichnungen an den Wänden warf. Zwei Gestalten in Schwarz und Silber. Die silbrige kniete unter einem Sternenhimmel und weinte, während sich die schwarze einer Gruppe aus schattenhaften Menschen anschloss.

»Selecia Caravella ist nicht die Einzige, die von einem anderen Anamoya träumt«, sagte Nerva schließlich, als ich schon lange nicht mehr mit einer Antwort gerechnet hatte. »Wir alle wissen, wie dieser Ort ist. Wir werden damit groß, ohne jemals die Macht zu erlangen, etwas daran zu ändern. Nekrobotaniker wie ich werden von Wissen ausgeschlossen, das die zwanzig Familien für ihre Intrigen gebrauchen. Sie zählen ihre Dukaten und ziehen in den Krieg, wenn es sich für sie rechnet. Das hier ist meine Heimat. Ich will sie besser machen, für uns alle.«

Ich dachte darüber nach. »Ein Mann, der Macht will, aber niemandem dafür in den Rücken fällt? So etwas gibt es hier nicht, Lavori.«

»Noch nicht«, sagte Nerva. »Auch das werde ich ändern müssen.«

Ich warf ihm einen verstohlenen Blick zu, aber der Ausdruck auf seinem Gesicht war ernst. Mir wurde klar, dass er lange darüber nachgedacht haben musste, was er in den letzten Wochen getan hatte. Dass er meinte, was er sagte.

Und er war damit durchgekommen.

Mein Großvater hätte Nerva Lavori gemocht, dachte ich. Doch ich sagte nichts mehr dazu. Es wurde wieder still in der Finsternis. Erschreckend still sogar, bis Nerva plötzlich vor mir stehen blieb.

Vor uns führte eine Treppe in die Tiefe. Sie war dick von Eis überzogen und schwach bläulich leuchtende Ranken zogen sich an uns vorbei und in die Decke. Ich wusste sofort, dass wir hier richtig waren. Dass dies der Ort war, an dem Anamoyas größtes Geheimnis verborgen lag.

Nerva nickte mir zu, ehe wir gemeinsam nach unten gingen. Die Ranken gaben so viel Licht ab, dass ich den Gang gut sehen konnte, doch wegen des dicken Eispanzers bewegten wir uns beide vorsichtig.

Die Treppe war länger, als ich dachte, begann, sich nach einer Weile zu winden. Wir mussten schon ein gutes Stück unter der Stadt sein.

Aber es ging immer tiefer hinunter.

Bis die Treppe abrupt endete.

Ich merkte es nur, weil Nerva plötzlich stehen blieb. Er drehte sich zu mir um, die Augen geweitet, während er feine weiße Wolken ausatmete.

»Sehen Sie sich das an, Salvati.«

Ich ging einige Schritte nach vorn, an ihm vorbei. Vor uns tat sich, so weit ich es im Dämmerlicht sah, eine gewaltige Höhle auf. Sie hatte unregelmäßige Wände, die wohl natürlichen Ursprungs waren, durchzogen von leuchtend blauen Adern. Manche davon sahen aus wie Ranken. Andere bohrten sich in die Pflanzen hinein.

Wir traten einige Schritte in die Halle. Es war so kalt geworden, dass ich auch meinen Atem vor mir sehen konnte, aber gleichzeitig war die Luft eigenartig geladen. Angefüllt mit Energie.

Dann bewegte sich etwas vor uns.

Es war, als bewegte sich die Höhle selbst. Ich brauchte einige Augenblicke, um zu begreifen, dass da etwas war, was sich vor den Lichtern regte. Es war etwas Gewaltiges, Dunkles, annähernd drei-eckig geformt.

»Eine Flosse«, flüsterte Nerva. »Das ist eine Flosse.«

Und in der Dunkelheit öffnete sich ein glühendes blaues Auge.

Mir klappte der Mund auf. Ich hatte keine Ahnung, wie Leyas das Auge des Leviathans klein hatte nennen können, denn es war doppelt so hoch, wie ich groß war. Es war von wulstiger graublauer Schuppen-haut umgeben, durch die gelegentlich Adern aus blauem Licht brachen.

Einige davon verließen das, was ich für seinen Körper hielt. Sie verloren sich im eisüberzogenen Boden, brachen an den Wänden wieder heraus und verloren sich im Nichts. Ich konnte die Energie spüren, die durch diese Verbindung floss, als hätte ich die Hand in kaltes Wasser gehalten.

»Esterias Atem«, flüsterte ich. »Wie hat Leyas eines von diesen Dingern umgebracht?«

Nerva antwortete nicht. Er starrte so ungläubig wie ich zu der Bestie hinauf, offenbar vollkommen unfähig, etwas dazu zu sagen.

»Wie hat Anamoias ihn sich untertan gemacht?«

Ich blickte auf die blauen Adern, die überall um uns herum verschwanden. Wahrscheinlich zogen sie sich durch die Pflanzen, die überall auf Vetalia wuchsen, und Anamoias hatte die Skelette mit ihnen gefüllt. Das erklärte auch, wieso ihn ein paar Tage niemand gesehen hatte.

Wie er solche Macht freigesetzt hatte.

»Die Pflanzen, die er hier gepflückt hat, welken nicht«, murmelte ich. »Oder? Seine Konstrukte werden nicht aufhören, zu arbeiten.«

»Nein«, sagte Nerva leise. »Aber das bringt mich auf eine Idee.«

Damit griff er in seine Tasche, zog einen Beutel heraus und drückte ihn mir in die Hand. Ich schnürte ihn auf, runzelte die Stirn, als ich auf einen großen Haufen verschiedener Blumensamen blickte.

»Was soll ich damit?«

»Wir können die Pflanzen säen und die Energie in sie umleiten«, sagte Nerva etwas ungeduldig. »Wenn sie wachsen, können wir zumindest verhindern, dass noch mehr Skelette oben in Anamoya auftauchen.«

Und sei es nur, weil sie das Labyrinth verstopfen, dachte ich.

Ich nickte schlicht.

»Gehen wir nach oben zurück«, sagte Nerva. »Wir können jetzt nichts für den Leviathan tun. Streuen Sie alle paar Schritte einige Samen aus und bringen Sie die Pflanzen zum Blühen. Ich mache es genauso, aber ich gehe in die andere Richtung. Wir können nach und nach einen großen Teil des Labyrinths verstopfen.«

»Esterias Atem. Wie viele Eingänge gibt es denn?«

»Schwer zu sagen«, sagte Nerva. »Wahrscheinlich hat halb Anamoya einen Zugang zu den Katakomben unter dem Haus, ohne es zu wissen. Aber wenn wir einige Gänge blockieren, können wir vielleicht einen Unterschied machen.«

Ich beschloss, das einfach so hinzunehmen, umklammerte den Beutel und streute probehalber einige Samen auf den Boden. Sofort bildeten sie kleine Wurzeln aus, obwohl ich mich nicht auf sie konzentrierte.

»Kommen Sie hier unten zurecht?«

Nerva nickte. »Ich kenne ein paar alte Karten der Katakomben. Ich werde einen Weg nach oben finden.«

Ich nickte, ehe wir ohne ein weiteres Wort nach oben gingen. Ein Beben fuhr durch die Höhle, wohl weil sich der Leviathan regte, als wir die Treppe hinaufliefen. Oben im Gang blieben wir kurz stehen, um Atem zu holen. Das hatten wir auch bitter nötig.

»Machen wir uns an die Arbeit«, sagte Nerva. »Viel Glück.«

»Ihnen auch«, sagte ich, ehe ich mich umdrehte und ging. Hinter mir hörte ich Schritte, als sich Nerva ebenfalls entfernte. Ich ließ die Blumensamen fallen, spürte die Energie des Leviathans durch meinen Körper fließen.

Ranken schossen in die Höhe.

Ich stolperte reflexartig zurück. Noch nie hatte ich so eine Entladung gesehen, nicht einmal, wenn ich all meine Kraft auf einen solchen Trick konzentriert hatte. Unwillkürlich tastete ich über mein Gesicht. Aber weder aus meiner Nase noch aus meinem Mund lief Blut.

Esterias Atem, dachte ich. *Wenn das nur wegen des Leviathans ist ...*

Ich wandte mich ab, ließ die Samen fallen, wobei ich meine Schritte beschleunigte. Sofort schossen sie in die Höhe, als ich mich darauf konzentrierte – bildeten dicke bläulich schimmernde Ranken, die den gesamten Gang verstopften.

So etwas hatte ich noch nie erlebt.

Ich hastete um eine Ecke, blieb kurz stehen, um Atem zu holen. Im gleichen Augenblick nahm ich eine Bewegung wahr. Ich hob den Kopf, kniff die Augen zusammen; sah eine aus Knochen zusammengesetzte Gestalt mit einem Bogen in der Hand am Ende des Ganges stehen.

Großartig.

Ich verharrte, wo ich war. Wagte es nicht, mich zu bewegen; wusste sowieso nicht, was ich eigentlich hätte tun sollen. Das Skelett drehte den Kopf in meine Richtung, als wollte es mich im Auge behalten. Dicke Geflechte aus Wurzeln hatten sich um seine Gelenke geschlungen, während ein bläuliches Glimmen unter seinem Brustbein hervordrang.

Doch das war nicht das Schlimmste. Jetzt, wo ich diesem Wesen gegenüberstand, fühlte ich, dass eine fürchterliche Kälte von ihm ausging; hörte, wie die Luft knisterte, wie sich Raureif auf dem Boden zu seinen Füßen bildete.

Ich trat einen Schritt zurück. Das Skelett folgte mir, ebenfalls um einen Schritt. Ich wusste instinktiv, dass es mir nachsetzen würde, sobald ich mich umdrehte und rannte. Dass es schneller wäre als ich.

Das Skelett hob seinen Bogen.

Schritte hinter mir.

Ich drehte den Kopf zur Seite. Im gleichen Augenblick flog etwas haarscharf an mir vorbei. Ich zuckte zusammen, hob den Blick; sah gerade noch, wie ein zweiter Pfeil auf das Skelett zuschoss und sein knöchernes Handgelenk zerschmetterte. Das Konstrukt stolperte nach hinten, wobei ihm der Bogen samt Hand vom zerschlagenen Gelenk fiel.

Ich wich zurück. Im gleichen Moment trat ein Mann in einem dunklen Kapuzenumhang an mir vorbei. In einer Hand hielt er seinen eigenen Bogen, den nächsten Pfeil bereits aufgelegt. Einige Augenblicke lang fixierten sie einander, ehe der Mann seinen eigenen Bogen wegwarf, zu laufen begann und sich mit voller Kraft gegen das Skelett warf.

Es gab einen erstaunlich dumpfen Schlag, als sie gemeinsam auf den Boden stürzten, bevor der Mann das Wurzelwerk von ihm zu reißen begann. Ich begriff, was er dort tat, hastete zu ihm, um ihm zu helfen. Das Skelett bewegte sich unter uns wie ein Käfer, der auf den Rücken gefallen war. Zuerst schnell, dann mit jeder ausgerissenen Wurzel langsamer, bis es völlig reglos dalag.

Ich starrte auf das Skelett hinab. Es bestand nicht aus gereinigten Knochen wie normale Konstrukte. An einigen Teilen des Schädels klebte noch trockene Haut, aus denen einige armselige Haarbüschel wuchsen, an den Gliedmaßen die letzten Reste zerfallenen Fleisches.

Widerlich war das. Absolut widerlich.

»Danke«, sagte ich. »Vielen Dank.«

Der Mann reagierte nicht darauf.

»Beeil dich«, sagte er. »Wir müssen schleunigst von hier verschwinden. Ich habe keine Ahnung, wo dieses Ding herkommt, aber wahrscheinlich hat es eine Menge Freunde mitgebracht.«

Damit drehte er sich um, schlug seine Kapuze zurück. Dunkelrotes Haar fiel ihm auf die Schultern, und er schüttelte den Kopf, um es nicht in den Augen zu haben. Goldene Augen, in die sich Müdigkeit eingegraben hatte. Das Gesicht des Mannes, den ich von allen Anamoyanern am allerwenigsten sehen wollte.

Ich ballte unwillkürlich die Hand zur Faust.

»Tyban.«

27

RIORA

Die Studien meines Onkels

Neben mir sah Selecia Caravella stirnrunzelnd in den Himmel. »Der Tag des Winters?«, fragte sie. »Das kann nicht wahr sein.«

Sie war sehr blass, als sie das sagte. Neben ihr legte Adina ihr eine Hand auf die Schulter; doch ich sah, dass die große Leibwächterin kaum merklich zitterte, dass ihr Blick ins Leere ging. *Sie fürchtet sich*, dachte ich. Aber wovor?

Caravella legte ihre Finger auf die von Adina.

»Es ist alles gut«, sagte sie. »Denk nicht daran.«

Adina kniff die Augen zu, sagte aber nichts. Plötzlich war sie leichenblass.

»Was hat das zu bedeuten?«, flüsterte Caravella.

Ich hatte nicht die geringste Ahnung. Doch dann fiel mir etwas ein. Mein Onkel, der die Piraten am Tag des Winters geschlagen hatte. Der mir ein großes Geheimnis hatte zeigen wollen …

… werde dir zeigen, wie ich die Rebellion der Wellen gewonnen habe …

Ich schluckte schwer.

... genug von diesen Drohbriefen ...

Eine Schneeflocke fiel mir auf die Schulter und zerschmolz, und erst dann begriff ich, was gerade hier passierte.

»Das ist eine nekrobotanische Entladung«, murmelte ich. »Aber in solcher Größe sollte es eigentlich nicht möglich sein.«

Caravella zuckte nicht einmal mit der Wimper, obwohl ich unsicher war, ob sie die Bedeutung dieser Worte erfasste. »Hat Ihr Onkel etwas damit zu tun?«

»Wahrscheinlich«, gestand ich.

»Dann müssen wir ihn finden, bevor er auf dumme Ideen kommt.« Sie ballte eine Hand zur Faust. »Ich werde nicht zulassen, dass er noch einmal einen Tag des Winters über Anamoya bringt.«

Ich nickte. Neben Caravella richtete sich Adina auf, die immer noch aussah, als wäre ihr übel.

»Ich muss Tyban finden«, verkündete sie. »Er muss wissen, dass wir jetzt zusammenarbeiten. Er darf Ihnen nichts tun, Riora.«

»Ich glaube nicht, dass das passiert«, sagte Caravella nüchtern. »Wenn er sie tot sehen wollte, hätte er uns nicht angelogen. Er ist furchtbar, wenn er so sentimental wird. Nimm dir bloß kein Beispiel an ihm, Adina.«

»Es ist nicht schlimm, Gefühle zu haben«, widersprach Adina. »Das sage ich euch beiden dauernd, aber ihr wollt nie zuhören.«

Caravella schmunzelte.

»Finden Sie Kyrian Anamoias«, sagte sie. »Wahrscheinlich sollte ich ihm nicht unter die Augen treten, er hat inzwischen gute Gründe, mich zu töten. Was seine Nekrobotanik angeht ...«

»Arias kümmert sich darum«, sagte ich.

Caravella hob eine Braue. »Gut«, sagte sie, ohne weiter darauf einzugehen. »Sehen Sie, ob Sie Ihrem Onkel ins Gewissen reden können. Wenn er wirklich dafür verantwortlich ist, hat er das hier schon einmal getan, und dann müssen wir ihn um jeden Preis aufhalten.«

Sie wandte sich ab. Ihre Finger streiften Adinas Prothese. Adina lächelte schwach, schüttelte sie jedoch nicht ab.

»Warum hassen Sie meinen Onkel so sehr?«, fragte ich. »Ist es, weil er Sie nicht im Großen Rat haben wollte?«

»Nein, da war noch etwas anderes. Mit einer Kränkung kann ich leben, mich haben schon bessere Männer als Anamoias beleidigt.« Selecia Caravella presste die Lippen aufeinander. »Ich habe mich zweimal um einen Sitz beworben. Einmal, als ich eine junge Frau war, gerade zu etwas Reichtum gekommen. Er wies mich damals barsch ab. Ich sei nur ein junges Mädchen, das keine Ahnung von Politik hätte.«

Caravella schnaubte. »Natürlich wollte ich nur in seiner Nähe sein, damit wir unsere Rache an ihm planen konnten, doch seine Abschätzigkeit ließ mich etwas erkennen. Ihr Onkel ist ein verbohrter Schwachkopf, der keine Meinung außer seiner eigenen für richtig hält, aber auch der Große Rat regiert nur für sein eigenes Wohlwollen. Er bringt Anamoya mehr Schaden als Nutzen. Also beschloss ich, etwas dagegen zu unternehmen.«

Sie schüttelte den Kopf.

»Wenn es Salvati gelingen sollte, die nekrobotanischen Spielchen Ihres Onkels zu schwächen, können wir ihn vielleicht überwältigen. Es ist nicht gut, dass er jetzt auf die Waffe zurückgreift, mit der er die Piraten ausrotten wollte.«

Ich schluckte. Nein, das war es nicht. Aber was bedeutete das? Was hatte mein Onkel jetzt vor?

»Ich werde versuchen, ihn zu finden«, sagte ich. »Vielleicht kann ich mit ihm sprechen. Aber ich glaube nicht, dass das so leicht ist.«

Ein Lächeln stahl sich auf Caravellas blasse Lippen.

»Natürlich nicht«, sagte sie. »Aber Sie sind die Einzige, die es womöglich schaffen könnte, ihn aufzuhalten.«

Danach gab es nicht mehr viel zu sagen. Ich verabschiedete mich fürs Erste von Adina und Selecia Caravella, verließ das Gebäude und lief in die Stadt hinunter. Der Schneefall wurde allmählich heftiger; waren die Flocken vor einer Stunde noch geschmolzen, wo sie den viel zu warmen Boden berührten, bildeten sie jetzt an manchen Stellen einen dünnen weißen Teppich. Ich musste aufpassen, wohin ich lief, um nicht auszurutschen. Weder meine Kleidung noch mein Schuhwerk waren für so ein kaltes Wetter geeignet.

Hoffentlich ging es wenigstens Arias gut. Später würde ich ihm helfen, wenn ich konnte, doch jetzt war es wichtiger, meinen Onkel zu finden. Ich hatte keine Ahnung, wo ich nach ihm suchen sollte. War er immer noch auf Vetalia? Oder hatte er sich ein besseres Versteck gesucht?

Versteckt hält er sich auf jeden Fall, dachte ich. Es sah ihm sogar sehr ähnlich, sich an einem sichereren Ort zu verbergen, während jemand anderes die Arbeit für ihn machte.

So, wie Tyban seine Drecksarbeit gemacht, wie er deine Mutter für ihn getötet hat ...

Es brannte in meinen Augenwinkeln, aber ich riss mich zusammen. Noch konnte ich nicht sagen, wie viel Wahrheit in Caravellas Erzählung steckte, auch wenn ein schrecklich großer Teil von mir befürchtete, dass sie recht hatte.

... der zweite Tag des Winters ...

Nebelschwaden zogen über den Himmel. Obwohl ich vom Laufen erhitzt war, spürte ich, wie die Temperatur um mich herum fiel; hörte es knistern, als sich Eisschichten auf den Kanälen bildeten. Ich hatte noch nie eine so mächtige magische Entladung beobachtet. Kein Nekrobotaniker der Welt hätte eine ganze Stadt zum Abkühlen bringen können. Die Menge der Energie, die man dafür brauchte, musste astronomisch hoch sein.

Ich blieb kurz stehen, um Atem zu holen. Sah mich schweigend um. Wenn mein Onkel dafür verantwortlich war, musste er irgendwo sein, wo er das Geschehen im Auge behalten konnte. Ein Turm vielleicht. Oder?

Mir kam eine Idee. Ich blickte mich um, bis ich die Türme der nächsten Esteriakirche entdeckte, die Dächer mit einer dicken Eisschicht überzogen. Obwohl mein Onkel nichts von Religion hielt, war er gelegentlich dorthin gegangen. Um die Statuen und Malereien zu betrachten, sagte er, aber vielleicht war das nicht sein einziger Grund gewesen.

Dort konnte ich zumindest anfangen.

Also begann ich, zu laufen. Obwohl mir schon bald die Brust wehtat, wo mich Arias vor einer Weile geheilt hatte, behielt ich mein Tempo so lange wie möglich bei. Niemand kreuzte meinen Weg. Es war, als hätten sich die meisten Anamoyaner vor dem Schnee versteckt; als spürten sie instinktiv, dass etwas in der Stadt nicht stimmte.

Es wunderte mich deshalb nicht, auch vor der Esteriakirche niemanden vorzufinden. Trotzdem hielt ich einen Augenblick lang inne, bevor ich eintrat. Von innen sah das Gebäude viel größer aus als von draußen, die Decke mit einem gewaltigen Fresko verziert, die Säulen vergoldet. Ich hielt jedoch nicht lange inne, um mich umzusehen, sondern eilte eine Seitentreppe hinauf.

Wenig später erreichte ich die Spitze des Turms, den ich von draußen gesehen hatte. Eine schwere, eisverkrustete Glocke hing unter dem Dach, doch ich schob mich an ihr vorbei auf einen Balkon, von dem man einen guten Blick über Anamoya hatte. Überall um uns herum waren die Häuser weiß gefärbt, wie von Mehl bepudert, wobei die Schneemengen in der Nähe der Kirche am üppigsten zu sein schienen und in größerer Entfernung abnahmen.

Am Geländer stand Kyrian Anamoias.

Mir wurde kalt. Im Tageslicht konnte ich deutlich sehen, wie ihn die letzten Tage mitgenommen hatten; er war dünner, als ich ihn jemals gesehen hatte, die Kleidung abgewetzt, die Gestalt mager. Sein Haar war zu einem zerzausten Knoten gebunden. Ich bezweifelte, dass er länger als ein paar Stunden am Stück geschlafen hatte, seit er Tyban entkommen war.

Ich trat auf den Balkon.

»Onkel?«, fragte ich vorsichtig.

Kyrian Anamoias wandte sich um. Sein Gesicht war eingefallen, sein sichtbares Auge von einem dunklen Ring umgeben. Ich erhaschte einen Blick auf eine Wunde an seiner Schulter. Sie sah leicht entzündet aus, aber falls er sich daran störte, merkte ich es ihm nicht an.

»Riora«, sagte er. »Es ist schön, dich zu sehen.«

Ich wusste nicht, ob ich diese Worte erwidern konnte. Alles, was ich ihm hätte sagen können, blieb mir im Hals stecken. *War es das wert, Onkel? War es das alles wert?*

»Was machst du hier?«, fragte er.

»Das könnte ich dich auch fragen«, sagte ich. »War es das, was du mir zeigen wolltest? Einen Tag des Winters über der Stadt?«

Mein Onkel nickte. »Ich bin noch nicht dazu gekommen, es dir vollständig zu erklären. Wir wurden so plötzlich gestört. Du musst wissen, dass Anamoya ein einzigartiger Ort auf dieser Welt ist. Nicht wegen seiner Fruchtbarkeit, sondern wegen des Grundes dafür, dass hier alles gedeiht.«

»Gute Böden?«, mutmaßte ich.

Er zog eine Braue hoch, wies mich jedoch nicht zurecht.

»Unter dieser Stadt schläft ein Leviathan«, sagte er. »Der einzige, der jemals in Gefangenschaft geriet. Diese Kreaturen sind so voller Lebenskraft, dass ihre Körper die Energie nicht halten können – sie verströmt sich in ihrer Umgebung, nimmt Einfluss auf die Pflanzen hier. Das ist es, was uns zu Nekrobotanikern macht. Wenn wir die Gabe einmal haben, können wir sie auch am anderen Ende der Welt einsetzen, aber erhalten können wir sie nur hier – von ihm, einem Kind des dunklen Gottes.«

Ich erstarrte unwillkürlich.

»Ein Leviathan?«, wiederholte ich. »Wie ist das möglich?«

»Vor vielen Jahrhunderten wurden sie vom Gott der Tiefe geschaffen, heißt es«, sagte mein Onkel. »Vom Gott des Meeres, des Lebens und der Dunkelheit. Niemand weiß mit Bestimmtheit, wie viele es gibt – in den Quellen, die ich studiert habe, war von dreizehn die Rede. Meistens verhalten sie sich friedlich. Ein Leviathan greift Menschen nur an, wenn sie zu tief in sein Territorium eindringen.«

Ich dachte daran, was Leyas von seinem Kampf mit einer solchen Bestie berichtet hatte, und schauderte.

»Schon«, sagte ich, »aber was macht einer von ihnen hier in Anamoya?«

»Anamoya wurde von Fischern gegründet«, sagte Kyrian Anamoias. »Sie ließen sich hier nieder, weil die Lagune sie mit viel Nahrung versorgte – hier schien einfach alles im Überfluss zu wachsen, lockte dadurch unzählige Wassertiere an. In diesen Zeiten war die Stadt sehr klein, kaum mehr als ein Dorf auf einigen Inseln. Später, als Siedler aus dem alten Kaiserreich hierher kamen, war es verlassen. Doch unter den Ruinen entdeckten sie etwas Interessantes. Unter der Lagune verbarg sich ein gewaltiges Labyrinth. Obwohl es sehr alt sein musste, war nicht ein Tropfen Wasser durch das Mauerwerk gedrungen, und es schien sich in bisher von Menschen unerreichte Tiefen zu erstrecken.«

Ich sagte nichts dazu, obwohl unzählige Fragen auf mich einstürmten. *Wenigstens ist er bereit, mit mir zu sprechen*, dachte ich. Darin war ich mir gar nicht so sicher gewesen.

Kyrian Anamoias blickte düster auf die Stadt hinab.

»Diese Ruinen waren älter als die Siedlung«, erklärte er, »sogar älter als die meisten Bauwerke im Kaiserreich. Die Siedler erkundeten sie sorgfältig, wobei einige von ihnen für immer in der Dunkelheit verschwanden. Bis heute sind die vollen Ausmaße des Labyrinthes nicht bekannt. Trotzdem fanden sie etwas in der Tiefe, etwas Großes. Es war eine gewaltige Höhle – und in ihr befand sich die Kreatur, die wir heute den Leviathan nennen.«

Ich zog eine Braue hoch. »Er war unter der Stadt gefangen?«

»Das vermuten wir jedenfalls«, sagte Kyrian Anamoias. »Hier an der Küste kommt es gelegentlich zu Beben. Es ist möglich, dass der Höhleneingang dabei verschüttet wurde und der Leviathan keine Möglichkeit mehr hatte, zu entkommen. Aber diese Wesen sterben nicht, nicht einmal, wenn sie keine Nahrung zur Verfügung haben. Er muss viele Jahrhunderte dort ausgeharrt haben, bis ihn die Erbauer des Labyrinthes fanden und es um ihn herum anlegten.«

»Weil sie zu ihm gelangen wollten«, mutmaßte ich. »Um ihn zu benutzen.«

»So ist es«, sagte mein Onkel. »Ich weiß nicht, ob sie damals schon eine Art der Nekrobotanik ausübten, wie wir es heute tun. Es ist gut möglich, denn es ist der Leviathan, der uns diese Fähigkeit überhaupt erst schenkt. Wenn man lange genug in den Katakomben von Vetalia schläft, dann überträgt sich seine Energie auf denjenigen, der ihn besucht hat. Doch der Preis ist hoch. Unsere Gabe zerstört unsere Körper, wenn wir sie zu oft anwenden.«

Ich erwiderte nichts, aber ein Kribbeln fuhr durch meinen Körper. Das erklärte, wieso es jenseits von Anamoya keine Nekrobotaniker gab. Wieso sich unsere Kunst niemals an einem anderen Ort als diesem etabliert hatte.

»Was immer sie für eine Kunst ausgeübt haben, sie brauchten Energie dafür«, fuhr mein Onkel fort. »Der Leviathan konnte sie ihnen liefern. Was ein Mensch ihm entziehen kann, ist nur ein Bruchteil seiner Lebenskraft – er spürt es so wenig, wie wir einen Mückenstich spüren. Aber auf seiner Macht haben sie Anamoya errichtet.«

Er krallte die Hände um das Geländer. Blass und fahl waren sie, so trocken, dass die Haut stellenweise blutete. Ich biss mir auf die

Unterlippe, blickte auf die Lagune hinunter. Kalt und glatt lag das Wasser da, die Schiffe von Eisschollen umgeben. Sie wurden immer größer. Immer dicker.

»Onkel«, fragte ich vorsichtig, »wie viel Kraft entziehst du dem Leviathan?«

Er schloss kurz das Auge. »Mehr als sonst«, sagte er matt. »Wahrscheinlich werde ich einen Teil meines Körpers dafür verlieren, beim letzten Mal war es genauso. Ich habe das schon einmal getan, damals, als die Piraten über Anamoya herfielen. Erinnerst du dich an deine Tante, Riora?«

Ich zuckte unwillkürlich zusammen. Sie war gestorben, als ich noch klein gewesen war, aber mein Onkel hatte sie seitdem nie wieder erwähnt.

»Ja. Ja, natürlich.«

»Sie saß im Rat, so wie ich«, erzählte er. »Als sich abzeichnete, dass Anamoya angegriffen werden würde, wollte ich sie fortschicken. Zu ihrer Sicherheit. Aber sie hat nicht auf mich gehört. Sie wollte mit den Piraten sprechen, sehen, ob wir einen Kompromiss aushandeln konnten. Sie glaubte immer, dass sie etwas mit Worten bewegen konnte, deine Tante. Darin war sie genau wie du.«

Seine Stimme war ungewöhnlich matt, ungewöhnlich schwach. Mir wurde kalt. So hatte ich ihn noch nie reden hören.

»Sie haben sie als Geisel genommen«, sagte Kyrian Anamoias leise. »Ich hatte die Wahl. Ich sollte ihnen Anamoya kampflos übergeben, damit sie unsere Stadt plündern konnten, um sie unversehrt zurückzubekommen. Es ist keine Entscheidung, die ein Regent jemals treffen sollte, Riora. Ich hoffe, dass sie dir eines Tages erspart bleiben wird.«

Ich schloss kurz die Augen. Etwas in mir zitterte. »Was hast du getan?«

»Stell dir vor, du müsstest einen Menschen opfern, um tausend andere zu retten«, sagte er. »Selbst wenn es jemand ist, den man liebt, von dem man verstanden wird. Es ist eine so einfache Entscheidung auf dem Papier. Ich musste tun, was am besten für Anamoya war. Also griff ich nach der Macht des Leviathans.«

Ich schlug mir unwillkürlich eine Hand vor den Mund. »Du hast die Piraten angegriffen?«

»Ja, natürlich habe ich das«, sagte er etwas abwesend, als wäre ihm kaum noch bewusst, dass ich neben ihm stand. »Als mir klar wurde, was ich tun musste, vergaß ich mich. Ich ließ all meinen Zorn, meine Verzweiflung an diesen Ratten aus. Ihre Schiffe liegen auf dem Grund der Lagune und deine Tante mit ihnen. Ich musste es tun. Ich hatte keine Wahl. Ich …« Seine Stimme brach. »Manchmal frage ich mich, ob das die richtige Entscheidung war, Riora.«

Ich blickte ihn an, bekam das seltsame Gefühl, ihn zum ersten Mal wirklich zu sehen. Jetzt verstand ich, warum er einen so großen Hass auf Piraten hegte. Warum er mir so oft sagte, dass Liebe eine Verschwendung war und alle anderen Gefühle gleich dazu.

Es musste an diesem Tag gewesen sein, dass er sein Auge verloren hatte. Blind vor Zorn war er geworden. Und blickte jeden Tag auf sein Spiegelbild, ohne vergessen zu können, was er getan hatte.

»Onkel«, sagte ich leise, »hast du deswegen Mutter umbringen lassen?«

Kyrian Anamoias erstarrte. Aber nur für einen Augenblick. Dennoch bemerkte ich ein seltsames Zucken in seinem Gesicht; eine Blässe, die ich nicht von ihm erwartet hatte.

»Wie kommst du auf so eine lächerliche Idee?«

Seine Stimme war hart und schneidend. Ganz anders, als ich es von ihm kannte, selbst wenn er sich über mich ärgerte.

»Dieser Brief. Es gibt ihn zweimal, im gleichen Wortlaut.« Mein Herz schlug schwer. »Und Leyas der Goldene kann ihn nicht geschrieben haben. Er beherrscht Anamoyanisch nur im Wort, nicht in der Schrift. Wie konntest du das tun, Onkel? Was hat sie dir je getan?«

Meine Stimme brach. Bevor ich etwas dagegen tun konnte, rannen heiße Tränen meine Wangen hinab, gefolgt von einem Schluchzen. Ich wollte nicht weinen, nicht vor ihm. Aber ich konnte nicht anders.

Mein Onkel starrte mich an, als hätte er mich nie zuvor wahrgenommen. Als hätte er zum ersten Mal wirklich gehört, was ich sagte.

Dann wandte er sich von mir ab.

»Sie hat dich gebremst, Riora«, sagte er. »Sie hat dich davon abgehalten, deinen Weg zu gehen, und irgendwann hätte man sie womöglich gegen dich benutzt. Besser, allein zu regieren, als unter den Konsequenzen der Liebe zu zerbrechen. Wir werden Anamoya endgültig von dieser Piratenplage befreien und danach von allen Feinden, die uns noch im Weg stehen. Das hier wird ein Ort sein, an dem du in

Frieden leben kannst. Ich werde dich nicht opfern, wie ich meine Frau geopfert habe.«

Schweigen trat ein. Ich wusste nicht, was ich dazu sagen sollte, spürte widersprüchliche Gefühle in mir herumwirbeln. Auf seine verdrehte Weise schien er es wirklich gut zu meinen, und doch ...

Du hast sie getötet, damit es sonst niemand tun kann. Du wirst es wieder tun, wieder und wieder.

Eine Träne lief mir über die Wange. Er war verrückt. Er musste aufgehalten werden.

Ich öffnete den Mund, doch dann erklangen Schritte hinter uns.

Mein Onkel erstarrte. Erst jetzt spürte ich, dass sich Tränen in meine Augenwinkel geschlichen hatten, beinahe zermürbend heiß im Vergleich zu der Kälte um uns herum. Doch dann trat ein Skelett auf den Balkon, blieb mit mechanischen Bewegungen vor meinem Onkel stehen. Es öffnete die Hand, um etwas in seine fallen zu lassen. Es war eine lange blonde Haarsträhne, die im Wind davonzuwehen drohte, ehe er sie fest umschloss.

»Was ist das?«, fragte mein Onkel. »Wen habt ihr gefangen? Leyas hat nicht so langes Haar.«

Aber ich erkannte sofort, von wem die Strähne stammen musste, und mir blieb fast das Herz stehen.

Sie haben Selecia Caravella.

28

ARIAS

Der letzte Wintertag

Tyban sah mich müde an.

»Du freust dich nicht gerade, mich zu sehen, oder?«

»Natürlich nicht«, zischte ich ihn an. Nach all dem, was passiert war, verfolgte er uns also immer noch? »Wie bist du an Leyas vorbeigekommen?«

»Ich habe einen anderen Tunnel hierher genommen«, sagte Tyban. »Es gibt so viele hier unten. Es war nicht schwer, einen anderen Eingang zu finden.«

Er sagte das in ernstem Ton, als hätte er erwartet, dass ich alles andere als angetan von seinem Auftauchen sein würde. Ich musste Tyban eins lassen – dumm war er nicht.

Aber ich hatte keine Lust, mich mit ihm zu unterhalten. Ich wandte mich um, um davonzugehen, doch im gleichen Augenblick hörte ich Tybans Schritte hinter mir.

»Arias ...«

»Es interessiert mich nicht, was du zu sagen hast«, sagte ich. »Du hast versucht, Riora umzubringen. Wenn ich nicht da gewesen wäre,

wäre sie tot! Wie kannst du das rechtfertigen wollen? Sie hat niemals jemandem etwas getan!«

»Was ist mit meinem Angriff auf dich?«, fragte er bitter.

»Willst du mich jetzt wieder verletzen?«, fuhr ich ihn an.

»Nein! Natürlich nicht. Ich …« Er rieb sich die Stirn. »Ich hätte dir nichts tun dürfen und Riora auch nicht. Ich bin froh, dass ihr zwei noch am Leben seid. Am Anfang war es mir nicht wichtig, aber als ich sah, dass Riora dir etwas zu bedeuten anfing, wurde es immer schwieriger. Selecia saß mir im Nacken damit, es zu tun, nur … ich wollte es nicht, nicht mehr. Riora hat ein gutes Herz. Sie hat es nicht verdient, in das alles verwickelt zu werden.«

Ich schnaubte, ehe ich einige Samen über meine Schulter warf. Tyban wich ihnen eilig aus, bevor sie zu gewaltigen Pflanzen aufblühten. *Wenn sich Leyas bloß nützlich machen und ihn aus dem Weg räumen würde*, dachte ich. Es hätte einige Probleme aus der Welt geschafft.

Ich rieb mir die Stirn.

»Was erwartest du jetzt?«, fragte ich scharf. »Dass ich dir verzeihe, weil du es nicht so gemeint haben willst? Nach allem, was du getan hast?«

»Nein«, sagte Tyban matt. »Nein, natürlich nicht, ich … ich fürchte nur, dass wir gerade größere Probleme haben.«

Er verfiel in Schweigen. Ich drehte mich nicht zu ihm um, doch sein Tonfall löste Unruhe in mir aus. So hatte ich Tyban noch nie gehört. Niemals schien ihm etwas leidzutun. Niemals schien er irgendetwas zu bedauern, zu durchdenken.

Aber hatte ich ihn jemals wirklich gekannt?

Wir hatten nie über die Vergangenheit des jeweils anderen gesprochen. Früher hatte ich das gutgeheißen, hieß das doch, dass ich ihm ohne jeden Ballast aus meinem früheren Leben begegnen konnte.

Nun fühlte es sich wie ein Fehler an, und das schmerzte.

»Du wirst mir jetzt genau erklären, was hier vor sich geht«, zischte ich. »Warum du das alles getan hast. Wenn du mir etwas tun willst, bringe ich dich um. Ich habe hier unten mehr Macht als du.«

Tyban wurde blass, doch er nickte.

»Also. Hat Anamoias dir auch etwas getan?«

»Das hat er«, sagte Tyban schwach. »Wahrscheinlich weiß er es nicht einmal, aber wir konnten es nicht vergessen. Erinnerst du dich noch an die Rebellion der Wellen? Den Tag des Winters?«

»Ich war damals nicht in der Stadt«, sagte ich. »Livia und ich sind ins Hinterland gegangen, sie hatte dort ein Haus. Sie hielt das für sicherer.«

»Clever von ihr«, sagte Tyban düster. »Einmal, während die Piraten über uns herfielen, stand Anamoya unter Beschuss. Sie setzten die halbe Stadt in Brand. Wir hatten damals kein Zuhause, nicht mehr … ich war neun oder zehn Jahre alt, ich weiß es nicht mehr genau. Ich kann mich nicht daran erinnern, wie wir zwischen all die Feuer geraten sind – ich weiß nur, dass wir drei um unser Leben rannten. Überall regnete es glühenden Schwefel. Überall lagen verkohlte Menschen. Sie rochen wie gekochtes Fleisch, weißt du. Es war schrecklich. Manchmal habe ich das immer noch in der Nase, wenn ich daran denke.«

Er stockte kurz.

»Irgendwann konnten wir nicht mehr laufen«, sagte er schwach. »Wir waren ja nur Kinder, wir hatten nicht die Kraft, diesem Wahnsinn zu entrinnen. Selecia schlug vor, dass wir uns in einer Gasse verstecken sollten, bis es vorüber war. Also taten wir es, drängten uns aneinander, als hätte es uns schützen können. Aber es wurde immer kälter in Anamoya. Bis es zu schneien anfing.«

Ich blieb stehen. Drehte mich zu ihm um. Tyban blickte mich an, Ringe unter den Augen, sein Gesicht im gespenstischen Leuchten der Pflanzen fahl.

»Der Schwefelregen hörte auf, aber dafür kam etwas Schlimmeres über die Stadt«, sagte er leise. »Skelette begannen, durch die Straßen zu ziehen. Sie griffen nicht nur die feindlichen Krieger an, sie stürzten sich auf alles, was sich bewegte. Wir kauerten uns aneinander, aber eines von ihnen entdeckte uns in unserem Versteck. Es hat einfach … Selecia wollte sich noch vor Adina schieben, doch sie war nicht schnell genug, und auf einmal lag Adinas Unterarm im Dreck.«

Seine Stimme brach. Ich schluckte schwer. Noch nie hatte ich Tyban so zerrüttet gesehen; er sah mich nicht einmal an, sondern starrte auf einen Punkt knapp neben meinem Kopf, als versuchte er, sich auf diese Art zu fassen.

»Ich habe sie noch nie so schreien gehört«, flüsterte Tyban. »Ich wusste nicht, dass ein Mensch so schreien kann, Arias. Ich schrie und weinte ebenfalls, aber Selecia ... Ich weiß nicht, wie sie es schaffte, ihre Gedanken zu sammeln. Während dieses Monster einfach ungerührt weiterzog, lief sie zu einem der Feuer, die überall ausgebrochen waren. Kam mit einem brennenden Stück Holz zurück und brannte Adina die Wunde aus. Auch da schrie Adina. Sie schrie fürchterlich. Ich kann es immer noch hören, wenn ich die Augen schließe.«

Er schluckte.

»Ich weiß, dass ich Selecia anbrüllte, was in sie gefahren sei. Aber sie erklärte mir, dass Adina sonst verbluten würde. So war sie nur bewusstlos, schwach wie noch nie, doch am Leben. Wir versteckten uns mit ihr, bis die Luft rein war. Suchten sofort nach Hilfe für sie. Ich dachte, dass sie sterben würde, ich dachte es wirklich. Und ich bin beinahe wahnsinnig geworden vor Angst.«

Tyban wischte sich mit einer Hand über die Augen, als er das sagte. Ich unterbrach ihn nicht. Ich konnte mich nicht erinnern, ihn jemals weinen gesehen zu haben.

»Wir fanden jemanden, der ihr half«, sagte Tyban matt. »Selecia hatte ihr das Leben gerettet, als sie Adina die Wunde ausbrannte. Trotzdem dauerte es sehr lange, bis Adina sich erholte. Mehr als einmal wurde sie so schwach, dass wir dachten, sie würde doch noch sterben. Selecia wachte fast die ganze Zeit an ihrem Krankenbett, hielt ihre Hand und betete, dass sie wieder gesund würde. Ich konnte nicht immer da sein. Ich versuchte, Geld aufzutreiben, um Medizin für Adina kaufen zu können.«

Er hob den Kopf.

»Damals haben wir uns etwas geschworen, Selecia und ich«, sagte Tyban. »Wer immer für dieses Skelett verantwortlich war, sollte dafür büßen. Die Leute begannen, Kyrian Anamoias für den Tag des Winters zu feiern, aber wir wollten ihn dafür zu Fall bringen. Selecia ging bei einer Händlerin in die Lehre, um eine einflussreiche Frau in Anamoya zu werden. Ich lernte in den dunkleren Gassen dieser Stadt, ein Mörder zu werden. Und Adina ... wir haben ihr nie gesagt, was wir vorhatten, wir wollten sie nicht in diese Sache hineinziehen. Aber sie ist nicht dumm. Sie fand es heraus. Und sie beschloss, uns dabei zu helfen.«

»Warum?«

»Weil sie sah, dass es uns wichtig war«, sagte Tyban. »Das genügte ihr.«

Ich sah ihn einige Augenblicke lang an. Wusste nicht recht, was ich dazu sagen sollte. Dann wandte ich mich ab, ging weiter, warf alle paar Schritte den Blumensamen.

»Und das alles nur, weil deine Schwester ihren Arm verloren hat?«, fragte ich.

»Dieser Mann ist ein Tyrann«, erwiderte Tyban mit einer Inbrunst, die ich nicht von ihm kannte. »Nichts bis auf seine eigene Macht hat irgendeine Bedeutung für ihn. Er hätte die Piraten beschwichtigen können, aber er hat sie alle ermordet. Er hat mich auf Rioras Mutter angesetzt, weil er wieder einen sinnlosen Krieg heraufbeschwören wollte. Er …«

»Er hat was?«, unterbrach ich ihn.

Tyban blinzelte mich an. »Er wollte, dass ich sie töte«, sagte er langsam. »Ich töte öfter für Geld, Arias, die Leute zahlen gut dafür und ich brauchte die Dukaten. Ich ging darauf ein, weil sie nur ein neuer Auftrag für mich war, weil es mir und Selecia eine Gelegenheit für Rache an ihm bot. Er wollte ihren Tod als Vorwand einsetzen, um gegen die Piraten kämpfen zu können. Deswegen der Brief. Deswegen das alles.«

Ich schloss kurz die Augen. Gedanken wirbelten in meinem Kopf umher, zu unruhig, um sie fassen zu können. Das erklärte einiges. Und doch fiel mir plötzlich eine andere Frage ein, die mich beschäftigte.

»Aber du kannst meinen Großvater nicht getötet haben«, sagte ich leise. »Du bist jünger als ich, du wärst damals nicht in der Lage dazu gewesen. Oder?«

Tybans Augenbrauen zuckten. »Dein Großvater?«, fragte er ernsthaft überrascht.

»Elia Anamoias«, half ich nach. »Der letzte Regent.«

Tyban sah mich an, als hätte ich ihm enthüllt, dass ich in Wahrheit der namenlose Meeresgott in menschlicher Gestalt war. »Ich würde nie … deswegen hast du so verbissen nach dem Attentäter gesucht?«

»Ja, natürlich. Ich …«

Aber ich unterbrach mich. Caravella und Tyban waren beide zu jung, um es getan zu haben. Die zwanzig Familien auf dem Grund der

Kanäle begraben. Also konnte es nur noch eine Person getan haben. Diejenige, die am meisten dadurch gewonnen hatte.

Er weiß vom Leviathan, dachte ich. *Er weiß es von meinem Großvater.*

Kyrian Anamoias.

Ich ballte eine Hand zur Faust.

»Das tut mir leid, Arias«, sagte Tyban. »Ich wusste nicht, dass … nun ja. Wir beide wissen eigentlich überhaupt nicht viel voneinander, oder?«

»Ja. Das war ehrlich gesagt ziemlich befreiend.«

»Das dachte ich auch«, gestand Tyban. »Aber ich hätte das alles beenden müssen, als Selecia auch Riora angreifen wollte. Als das Morden überhaupt begann. Es tut mir leid. Ich weiß, dass du diese Entschuldigung nie annehmen wirst, aber es tut mir wirklich leid.«

Ich dachte darüber nach, was ich gerade gehört hatte. Tyban, noch ein Kind, der um seine verletzte Schwester weinte. Der schwor, alles zu tun, um ihr ein besseres Leben zu bereiten.

Der alles vergaß, um Rache zu nehmen, der sich beinahe an seinen Hass verlor.

Ich gestand es mir nur ungern ein, doch ich glaubte ihm, dass er die Angriffe auf Riora bedauerte. Dass er nicht gewollt hatte, dass alles so weit kam. Aber jetzt war keine Zeit, um darüber nachzudenken, ob ich ihm verzeihen sollte. Jetzt gab es etwas ganz anderes zu tun.

»Ich bringe Kyrian Anamoias um«, sagte ich. »Wenn wir das hier überleben sollten, überlege ich mir danach, ob du auch auf meine Liste kommst.«

Tyban lächelte schwach. Es wirkte nicht wie eine bemerkenswerte Geste, doch ich kannte ihn gut genug, um zu wissen, dass ihm gerade ein Stein von der Größe der ganzen Stadt vom Herzen gefallen war.

»Danke«, sagte er leise. »Vielen Dank.«

»Das heißt nicht, dass ich dir verziehen hätte, Tyban.«

»Ich weiß«, sagte er und für einen Augenblick klang er wieder so gelassen wie früher. »Aber erst einmal reicht mir das völlig aus.«

Danach hielten wir uns nicht mehr auf. Ich warf weiter Blumen-samen über meine Schulter, während wir den Gang hinaufschritten. Schon bald hatten wir die abgenutzte Treppe erreicht, schließlich die eingestürzte Gruft, durch die wir hinunter ins Labyrinth gegangen waren. Hinter uns begannen die Pflanzen, die Gänge nach unten zu verstopfen, quollen in den Raum. Dann erstarrten sie zu einer undurchdringlichen Wand, die zu zerschneiden man gewiss mehr als eine scharfe Klinge gebraucht hätte.

Ich hoffte inständig, dass Nerva wirklich einen anderen Weg aus dem Labyrinth kannte.

»Wo ist eigentlich dieser Lavori-Bengel?«, fragte Tyban, als hätte er meine Gedanken gehört. »Ich habe gesehen, dass ihr zusammen hierhergekommen seid.«

»Sind wir auch. Er steigt irgendwo anders aus dem Labyrinth, wenn er fertig damit ist, hier zu gärtnern.«

Tyban sagte nichts dazu, sondern steckte seinen Bogen weg und zog seine beiden Messer. Mir war klar, warum er das tat, denn wenn ich mich nicht irrte, stand Leyas vor der Öffnung zur Gruft.

»Könnt ihr euch vielleicht später schlagen?«, fragte ich.

»Das hatte ich vor«, sagte Tyban ernst. »Ich glaube nicht, dass man mit Leyas reden kann, aber eventuell überrascht er mich. Er ist immer für eine Überraschung gut, habe ich mir sagen lassen.«

Damit ging er an mir vorbei nach draußen. Ich folgte ihm, ohne etwas dazu zu sagen, rieb mir die nackten Arme. Es war furchtbar kalt, schlimmer noch als zuvor. Schwer zu sagen, ob unsere Maß-nahmen irgendetwas bewirken würden.

Aber jedes Skelett, das uns nicht angreifen konnte, war ein Schritt in die richtige Richtung.

Ich hob den Kopf. Draußen fielen noch immer Schneeflocken aus einem blauen Himmel, doch das war nicht, was mich vorsichtig werden ließ. Auf einer umgestürzten Statue in der Nähe saß Leyas, ein Knie angezogen, sein Schwert über das andere gelegt. Als er uns kommen hörte, hob er den Kopf. Seine hellgrauen Augen verengten sich zu Schlitzen, kaum dass er Tyban erkannte.

»Du bist mir einen Kampf schuldig.«

»Wenn wir das hier überleben, kannst du mich so viel schlagen, wie du magst«, sagte Tyban munter. »Aber im Augenblick haben wir Wichtigeres zu tun als das. Anamoya ist in Gefahr. Wenn wir nichts unternehmen, ist bald nicht mehr viel von dieser Stadt übrig.«

Leyas legte den Kopf schief. Tyban erwiderte seinen Blick schweigend.

Bringt euch bloß nicht gegenseitig um, betete ich. Das war das Letzte, was wir gebrauchen konnten.

»Ich will trotzdem ein Duell.«

»Nicht jetzt«, beharrte Tyban.

»Natürlich nicht jetzt, du Schwachkopf«, sagte Leyas verärgert, ehe er sich mir zuwandte. »Du und Lavori, habt ihr eure Arbeit gemacht?«

Ich nickte.

»Gut.« Er warf Tyban einen letzten grimmigen Blick zu, ehe er sein Schwert wegsteckte. »Sieh zu, dass du das hier überlebst, damit ich dich später besiegen kann.«

Ein merkwürdiges Lächeln flackerte über Tybans Gesicht. Ich widerstand der jähen Versuchung, mit dem Finger in meinem Ohr zu bohren. Hatte ich mich gerade verhört?

Aber andererseits sollte mich bei Leyas dem Goldenen wohl gar nichts mehr überraschen. Eigentlich müsste er sich großartig mit Tyban verstehen, dachte ich. Beide operierten auf eine Art und Weise, die mir partout nicht in den Kopf gehen wollte.

»Ich versuche es«, sagte Tyban. »Kommt, wir müssen Selecia und Adina finden.«

Damit lief er auf die Brücke zu, die Vetalia mit dem Rest von Anamoya verband. Leyas und ich tauschten einen kurzen Blick, ehe wir ihm eilig folgten. Eiskrusten bildeten sich auf dem Stein um uns herum, als wir den Hafen erreichten, doch die Skelette dort hatten sich zerstreut.

Das war nicht gut.

Gar nicht gut.

»Ich glaube, dass sie Selecia bald finden werden«, sagte Tyban, während wir durch die Straßen gingen. »Er wird die Frau finden wollen, die den ganzen Rat auf dem Gewissen hat. Das ist ihr ebenfalls klar – das war es, seit ich ihr gesagt habe, dass ich ihn nicht finden konnte. Aber so, wie ich Selecia kenne, bringt sie das nicht aus der Ruhe.«

Ich nagte an meiner Unterlippe. »Riora ist wahrscheinlich bei ihr.«

»Wieso denn das?«, fragte Tyban verdutzt.

»Sie wollte versuchen, mit ihr zu reden.«

Tyban runzelte die Stirn, sagte aber nichts. Wahrscheinlich versuchte er, zu entscheiden, ob Caravella sie dafür töten würde oder nicht. Ein Gedanke, der mich unwillkürlich nervös machte.

Ich musste auf der Stelle zu Riora. Jetzt gab es keinen Grund mehr, es hinauszuzögern. Niemand hatte sie je vor ihrem Onkel beschützt, aber dieses Mal konnte ich etwas bewirken.

»Was glaubst du, wo sich Caravella versteckt?«

»Oh, ich habe eine Idee«, sagte Tyban. »Erinnerst du dich an den Garten, den ich dir gezeigt habe? Nachdem wir bei Leyas waren?«

»Natürlich.«

»Wir waren früher oft dort, als wir noch Kinder waren«, erzählte Tyban. »Außerdem gibt es ja nur den schmalen Zugang, dort können sich Selecia und Adina also gut gegen Skelette verteidigen.«

Ich nickte stumm. Beeilte mich, Tyban zu folgen, zwischen eng nebeneinanderstehenden Häusern hindurch und an Skeletten vorbei. Es war kein gutes Zeichen, dass sie uns ignorierten. Denn das hieß, dass sie mit etwas anderem beschäftigt waren.

Ich ahnte vage, was es für ein Auftrag sein musste.

Findet Caravella.

Findet sie um jeden Preis.

Wir erreichten den kleinen Garten, den Tyban mir schon einmal gezeigt hatte. In der Kälte war seine Pracht dahingeschmolzen; jetzt ließen die prächtigen Blüten die Köpfe hängen, während sich Frost auf den Blättern gebildet hatte.

Aber wir waren nicht allein.

Am Ende des Gartens standen zwei Frauen, eine große mit verwuscheltem rotem Haar und eine etwas kleinere. Selecia Caravella sah zerzauster aus, als ich sie jemals erlebt hatte, schien das jedoch nicht wahrzunehmen. Stattdessen diskutierte sie leise mit Adina, die ihr Schwert gezogen hatte, als wollte sie bereit sein für jeden möglichen Eindringling.

»Anamoias ist womöglich hinter mir her«, sagte Caravella. »Er wird mir die Schuld an allem geben, weil ich die Aufgaben des Rates übernommen habe. Adina, bitte. Geh so weit fort, wie du kannst. Du und Tyban, ihr müsst euch retten.«

»Ich lasse dich bestimmt nicht hier«, protestierte Adina. »Und er auch nicht. Ihr habt das hier vielleicht angefangen, aber ich werde euch helfen, es zu beenden.«

»Das ist eine Dummheit«, erwiderte Caravella.

Adina legte die Hände auf ihre Schultern und zog sie zu sich heran. Für einige Augenblicke umarmte sie Selecia Caravella, die kaum merklich zitterte.

»Es wird alles gut werden«, versprach sie.

Caravella schloss kurz die Augen. »Ich habe dich nicht verdient, glaube ich.«

Neben mir räusperte sich Tyban. Die beiden stoben sofort auseinander.

»Stören wir?«, frage er.

Caravella stieß ihren Atem in einem Schnauben aus, doch was immer sie zu Tyban hatte sagen wollen, blieb ihr beim Anblick unserer kleinen Gruppe im Hals stecken.

»Salvati? Leyas? Was machen Sie hier?«

»Nekrobotaniker aufhalten«, sagte ich. »Wo ist Riora? Ist sie verletzt?«

»Nein«, sagte Caravella. »Wir haben uns getrennt. Sie wollte mit ihrem Onkel sprechen.«

Ich spürte, wie etwas in mir erstarrte. Sie war bei diesem Mistkerl. Was, wenn er ihr irgendetwas antat? Wenn er sie wieder in seine Intrigen verwickelte?

Ich setzte zu einer Antwort an, doch im gleichen Augenblick fiel etwas neben Selecia Caravella zu Boden und zerbrach. Ich hob den Kopf. An den Dachkanten hatten sich große, schwere Eiszapfen gebildet ... und über ihnen stand ein Skelett, blickte aus leeren Höhlen auf uns hinab.

Mein Herz setzte einige Schläge aus.

Adina und Leyas zogen ihre Schwerter. Tyban nahm sofort seinen Bogen hervor, legte einen Pfeil auf. Das Skelett regte sich nicht, doch hinter ihm kamen ein gutes Dutzend weiterer Konstrukte über die Ziegel.

Einen Augenblick lang blieben sie stehen, wo sie waren. Dann sprang das vorderste Skelett in den Garten hinunter. Ich hatte den seltsamen Eindruck, dass es uns alle musterte, obwohl das Konstrukt kein eigenes Bewusstsein hätte haben dürfen.

Tyban hob seinen Bogen, als erwartete er, dass es sich auf ihn stürzen würde. Doch stattdessen ging es auf Selecia Caravella zu, die ihm am nächsten stand, zog seine Klinge und schnitt ihr eine lange blonde Haarsträhne ab.

Adina stieß einen wütenden Aufschrei aus und rammte ihm ihr Schwert in die Seite. Die Klinge durchschlug mehrere Rippen, ehe sie auf der anderen Seite wieder herauskam, doch das Konstrukt beachtete sie nicht. Es wandte sich um, verließ den Garten, während neue Ranken aus seinem Brustkorb wuchsen und den Schaden offenbar mühelos behoben.

»Es holt ihn, oder?«, fragte Tyban leise. »Es holt Anamoias.«

»Und zeigt ihm Caravellas Haar?«, fragte Leyas stirnrunzelnd.

»Nur, um ihm klarzumachen, dass es eine Spur hat«, sagte ich zu ihm. Doch mein Blick ruhte nicht auf dem Piratenkönig, sondern auf Selecia Caravella. Ihr Gesicht war kalt, ihre Wangen blass. Doch ihre Augen schienen, zu glühen.

»Ich bin bereit«, sagte sie.

Aber keiner von uns bewegte sich.

Und niemand sprach ein Wort.

Eis knisterte über unseren Köpfen.

Feines Weiß zog sich über die Blätter um uns herum. Ich hatte längst die Arme um meinen Körper geschlungen, um mich warmzuhalten, während Adina einen Arm um Caravella und den anderen auf Tybans Schultern gelegt hatte. Die Skelette starrten die ganze Zeit auf uns hinab. Schwer zu sagen, warum sie das taten. Was diese Konstrukte überhaupt wahrnehmen konnten, jetzt, wo sie das Leben selbst hinter sich gelassen hatten.

Leyas hatte seine Schwerter jedoch weggesteckt. Er lehnte an einer Wand, beobachtete die Konstrukte, obwohl er gezeigt hatte, dass er sie mühelos hätte zerschlagen können. Ich begriff erst nach einigen Augenblicken, warum er zögerte. Sie holten Kyrian Anamoias, ja.

Aber das war es, worauf wir warteten.

Keiner von uns sagte etwas. Ich wusste auch gar nicht, was ich sagen sollte. Ich dachte lediglich an Riora, hoffte stumm, dass es ihr gut ging. Doch dann gingen die Skelette in die Knie, ehe eines nach dem anderen zu uns hinuntersprang. Ich ließ mich von einem von ihnen am Arm packen, aus dem Garten ziehen, hinunter zum Hafen, wo so viele andere von ihnen standen. Obwohl es inzwischen mittags war, war niemand auf der Straße zu sehen. Natürlich nicht. Vielleicht hätte ich es genauso gemacht, wäre ich nicht in das alles verwickelt gewesen.

Am Hafen warteten zwei Gestalten. Ein hochgewachsener Mann mit dunklem Haar, eine zarte Frau neben ihm, die ihm sehr ähnlich sah. Mein Herz stockte kurz, als ich Riora erkannte. Sie schien sich ebenfalls zu erschrecken, als sie mich bemerkte, machte einen Schritt nach vorn, doch Kyrian Anamoias legte ihr eine Hand auf die Schulter.

Sein Gesicht war hart und abgehärmt. Seine Haut bleich wie der Schnee um ihn herum. So hatte ich ihn noch nie gesehen.

Und plötzlich wusste ich, warum man ihn so fürchtete.

»Bringen wir das hier zu Ende«, sagte Anamoias leise.

29

RIORA

Rose und Leviathan

Kalter Wind fuhr über Anamoya hinweg, als wir durch die Stadt liefen.

Mein Onkel sagte kein Wort zu mir. Mit festen Schritten durchquerte er die Gassen, ohne sich ein einziges Mal zu mir umzudrehen. Ich wusste nicht, was in ihm vorging, hatte auch keinen Gedanken dafür übrig. Das war nicht mehr mein Onkel. Das war ein Monster, das sein Gesicht übergestreift hatte.

Und ich hatte es so lange nicht gesehen.

Er hat sie getötet, weil er Krieg spielen will ...

Ich spürte, wie eine Träne an meiner Wange hinablief. Meine Mutter hatte meinen Onkel geschätzt, sich gut mit ihm verstanden, auch wenn sie nicht immer der gleichen Meinung gewesen waren. Dafür gab er ihr das. Sie war nie mehr als eine Schachfigur für ihn gewesen.

Für welche seiner Ideen musstest du sterben?

»Wenn das hier erledigt ist, müssen sich die Dinge in Anamoya ändern«, sagte mein Onkel, ohne mich anzusehen. »Es wird keinen

Großen Rat mehr geben. Wir bringen härtere Gesetze auf den Weg. Diese Leute werden dafür büßen, was sie getan haben.«

»Diese Leute?«, wiederholte ich leise.

»Sie stecken alle unter einer Decke. Das ist mir viel zu spät klar geworden.« Er schwieg kurz. »Ich habe mich viel zu lange von ihnen zum Narren halten lassen.«

Ich erwiderte nichts. Wusste nichts zu erwidern. Doch dann erreichten wir den Hafen, und all meine Gedanken verflüchtigten sich im Nichts.

Nein, dachte ich. *Nein, das kann nicht sein.*

Reihen von Skeletten standen uns gegenüber, als wir das Wasser erreichten. Regungslos, die Befehle meines Onkels erwartend. Zwischen ihnen entdeckte ich Tyban und Adina, Selecia Caravella, Leyas mit seinem gezogenen Schwert. Arias, der in ihrer Mitte stand, der sofort in meine Richtung blickte. Mein Herz schlug ein wenig schneller, obwohl ich ihm deutlich ansah, dass mein Anblick ihn erschreckte. Am liebsten wäre ich zu ihm gelaufen, doch mein Onkel legte mir stumm eine Hand auf die Schulter.

»Was ist hier los?«, fragte Kyrian Anamoias, ohne mich weiter zu beachten.

Selecia Caravella trat vor. »Das wissen Sie ganz genau.«

Unwillkürlich empfand ich einen Funken von Bewunderung für Caravella, die ihm mit gerecktem Kopf entgegentrat. Sie schien keine Angst zu haben, nicht mehr. Vielleicht hatte sie auch nie welche vor meinem Onkel gekannt.

Aber ich schon.

Ich schon.

»Stecken Sie dahinter, Caravella?«, fragte mein Onkel. »Haben Sie versucht, mich zu stürzen?«

»Ich bin hier, um es zu beenden«, sagte Caravella kühl.

»Das werden wir sehen«, gab mein Onkel zurück.

Selecia Caravella zuckte nicht einmal mit der Wimper. Ich bewunderte sie dafür, dass sie so tapfer vor Kyrian Anamoias stand, dass sein dunkler Blick förmlich von ihr abzuprallen schien. Schwer zu sagen, was ich nun von ihr denken sollte. Aber was immer die Wahrheit sein mochte, zumindest jetzt befanden wir uns auf einer Seite.

Dann hörte ich Schritte hinter uns.

Ich drehte mich um. Runzelte die Stirn, als Nerva Lavori auf uns zulief, der ungewöhnlich zerzaust aussah.

»Lassen Sie diesen Wahnsinn, Anamoias!«, rief er. »Es wird nichts Gutes dabei herauskommen.«

»Halten Sie sich da heraus.« Mein Onkel sah ihn düster an. »Wie kommt es, dass Sie noch leben? Sind Sie an dieser Sache beteiligt?«

»Nein«, sagte Nerva. »Nein, zum Glück nicht.«

Ich konnte sehen, wie mein Onkel die Zähne zusammenbiss, aber nur kurz.

»Das bedeutet gar nichts«, sagte er, ehe er sich umdrehte. »Beenden wir diese Angelegenheit. Tötet sie. Tötet sie alle.«

Ich erstarrte.

Selecia Caravella versteifte sich. Bevor sie irgendetwas tun konnte, stand Adina vor ihr; schob sie hinter sich, ehe sie ihr Schwert zog. Tyban zog die Brauen zusammen, legte einen Pfeil auf seinen Bogen. Ich bemerkte, dass er und Adina beinahe instinktiv in eine Position rückten, in der sie Rücken an Rücken standen.

»Sie werden die Finger von meiner Rose lassen«, drohte Adina.

Die Skelette setzten sich in Bewegung. Eine der Kreaturen besaß ebenfalls einen Bogen, hob ihn und schoss; doch Adina schien, es kommen zu sehen, zog Caravella zur Seite, sodass sich der Pfeil klirrend in den Boden bohrte. Im gleichen Augenblick schlossen zwei andere Skelette zu ihnen auf und Tyban schoss einem von ihnen durch den Kopf; die Kreatur stieß ein schrilles Rasseln aus, das mir in den Ohren schmerzte, wurde jedoch nicht langsamer …

Dann blitzte Stahl in der Luft auf. Tyban stolperte zurück, als das Skelett vor ihm in zwei Hälften zerfiel. Über ihm ragte Leyas der Goldene auf, beide Schwerter gezogen. *Niemand außer mir krümmt dir ein Haar*, schien sein wütender Gesichtsausdruck zu sagen.

Ich kniff die Augen zu. Das war unmöglich, zu schaffen. Zu überleben. Sie würden allesamt von den Skelettkriegern getötet werden.

»Sieh nicht hin, Riora«, sagte mein Onkel zu mir.

»Dann hör auf damit!«, schrie ich. »Sieh dir das doch an. Das ist nicht richtig!«

»Es ist ein notwendiger Schritt, um Anamoya wieder zu der Stadt zu machen, die sie einmal war«, sagte Kyrian Anamoias. »Du wirst das verstehen, wenn du selbst einmal regierst.«

»Ich will Anamoya gar nicht regieren«, sagte ich heftig.

Er warf mir einen harten Blick zu. »Das steht nicht zur Debatte.«

»Doch, tut es«, erwiderte ich scharf. »Du hast seit Jahren nichts anderes getan, als irgendwelche Dinge für mein Leben zu entscheiden. Und jetzt tust du das Gleiche mit dieser Stadt! Vielleicht hat Selecia Caravella nicht ganz unrecht mit dem, wofür sie steht. Sie hat Böses getan, aber das hast du auch!«

»Sie ist keine Nekrobotanikerin«, sagte er. »Sie ist nicht dafür gemacht, Anamoya zu regieren. Und sie wird uns nicht wegnehmen, wofür ich so hart gearbeitet habe.«

»Wen interessiert das?«, schnaubte ich. »Ich möchte diese Stadt nicht regieren. Niemals. Und du wirst sie in Ruhe lassen!«

Statt zu antworten, wandte er mir den Rücken zu. Ich wusste sofort, dass mich das eingeschüchtert hätte, wäre ich noch ein Kind gewesen; nein, wahrscheinlich hätte es das vor ein paar Tagen noch getan. Aber ich hatte genug davon. Ich war beinahe gestorben, mehr als einmal. Hatte mich jeder Laune beugen müssen außer meinen eigenen.

Es war genug.

Es war endlich genug.

Ich hörte einen fernen Aufschrei. Hob den Blick. Adina hatte sich vor einem der Skelette geduckt, war gerade so seiner Klinge entgangen, während sich Selecia Caravella mit kreidebleichem Gesicht hinter ihr versteckte. Hätte ich bloß auch ein Messer gehabt. Irgendetwas, womit ich helfen konnte.

Dann fiel mir etwas ein.

Ich griff in meine Tasche. Meine Finger stießen gegen die Kaiserspinne, die sich leicht bewegte, ohne mich zu verletzen.

»Riora hat recht, Anamoias«, sagte Nerva. »Beenden Sie diesen Unsinn. Wir können das hier mit Worten klären.«

Mein Onkel ließ sich nicht anmerken, ob er ihn gehört hatte. Ich konnte fühlen, wie meine Hände kalt wurden. Wenn er nicht zuhören wollte, wenn er nur hier war, um Blut zu vergießen …

Er hat deine Mutter getötet, weil er Krieg führen wollte.

Wo hörte dieser Wahnsinn auf? Wäre irgendetwas von all dem geschehen, hätte er sich nur zusammengenommen?

Ich blickte auf den Rücken meines Onkels. Spürte die Kaiserspinne in meiner Hand. Mein Herz klopfte schwer, als ich die Finger um die feinen, knöchernen Gliedmaßen schloss.

Es tut mir leid, dachte ich.

Dann schloss ich die Augen und warf sie meinem Onkel in den Rücken.

Sofort entfalteten sich die Beine des Mechanismus. In ihrem feinen Körper stieg ein bläuliches Glühen auf, ehe sie ihre knöchernen Beißwerkzeuge in seinem Nacken vergrub. Mein Onkel keuchte leise. Ich keuchte ebenfalls, schlug die Hände vor den Mund, als er sich zu mir umdrehte.

»Riora?«, flüsterte mein Onkel.

Ich spürte, wie mir etwas Warmes über die Wangen lief. Aus den Augenwinkeln sah ich, dass die Skelette um uns herum erstarrt waren. Dass sie nicht mehr auf die anderen einschlugen …

»Es tut mir leid«, flüsterte ich. »Es tut mir leid, Onkel.«

Ganz plötzlich wurde er blass. Als hätte die Kaiserspinne alle Farbe aus seinem Körper gezogen. Sein Auge weitete sich, ehe seine Beine unter ihm einknickten.

»Für dich«, murmelte er. »Alles für dich …«

Ich kniff die Augen zu.

Ein dumpfer Schlag. Ich schluckte. Als ich blinzelte, lag mein Onkel vor mir, die Gliedmaßen verdreht, die Spinne im Nacken. Während ich hinsah, zerbarst sie in einen feinen Knochennebel.

Ich streckte die Hand nach ihm aus. Ich konnte ihn heilen. Ich konnte ihn retten.

Dann ergriffen warme Finger mein Handgelenk. Zogen sie vorsichtig fort. Ich hob den Kopf, blickte Arias ins Gesicht, der ganz sanft den Kopf schüttelte.

»Es ist in Ordnung«, flüsterte er.

»Nein. Nein, ist es nicht, ich …«

Er drückte mich wortlos an sich. Da erst merkte ich, dass ich angefangen hatte, zu weinen; dass mir die Tränen heiß über die Wangen liefen, irgendwo in seinem Hemd versickerten.

»Lass ihn gehen, Riora«, sagte er. »Es ist gut. Alles gut.«

Ich schluchzte auf. »Aber ich habe ...«

»Etwas Gutes getan«, unterbrach Arias mich. »Du weißt das.«

Ich schluckte. Es war viel schöner in seinem Hemd als in der kalten Wirklichkeit. Trotzdem gestattete ich es mir nicht lange, mich in dem warmen Stoff zu verkriechen, blickte über seine Schulter hinweg.

Die Skelette um uns herum waren erstarrt. Ich sah Caravella und Adina in ihrer Mitte, einander schwer atmend in den Armen haltend; Tyban mit einigen üblen Kratzern im Gesicht, Leyas, der sein Schwert wegsteckte. Auch Nerva war zu ihnen gestoßen und blickte stirnrunzelnd in den Himmel.

Ich sah ebenfalls nach oben. Erst jetzt bemerkte ich, dass es aufgehört hatte, zu schneien. Dann sackten die Skelette zusammen, eines nach dem anderen – wie Marionetten, denen man die Fäden durchgeschnitten hatte. Einige fielen ins Hafenbecken, wo sie sofort versanken.

Die Pflanzen in ihnen blühten immer noch kräftig, aber die Skelette verharrten. Warteten auf einen Befehl meines Onkels, den sie niemals erhalte würden. Ich spürte, wie ein warmer Wind über meine Haut fuhr. Die Eisschollen im Wasser schmolzen zusammen, bis sie in durchscheinende Stücke zerbrachen.

Vorbei. Es war vorbei.

Schritte. Ohne ein Wort zu sagen, half Arias mir auf die Beine, und ich wischte mir verstohlen die Tränen von den Wangen. Als ich ihn ansah, erschrak ich kurz. Er war zerzaust und schmutzig, gewiss von seinem Ausflug nach Vetalia, doch in seinem Gesicht stand die blanke Erleichterung geschrieben.

»Alles in Ordnung?«, fragte er.

Ich wusste es nicht, doch ich nickte stumm.

»Hast du dich verletzt?«

»Nein, alles ist gut.«

Ich musste lächeln. Er lächelte ebenfalls, ließ mich aber los. Im gleichen Augenblick hörte ich Schritte. Selecia Caravella kam zu uns hinüber, Adina und Tyban hinter sich. Wenig später gesellten sich auch Nerva und Leyas zu uns.

Sie alle sahen zerzaust aus, müde. Aber keiner von ihnen schien sich etwas getan zu haben, und dafür war ich dankbar.

»Der Leviathan ...«, setzte ich an.

»Lassen wir ihn in Ruhe«, sagte Leyas. »Er wird sich friedlich verhalten, wenn er nicht gestört wird. Bald wird er wieder einschlafen.«

»Wir sollten ihn befreien«, gab Nerva zu bedenken. »Es muss grässlich da unten in der Tiefe sein.«

»Wie wollen Sie denn mehr Gestein bewegen als ein Leviathan?«, fragte Leyas. »Wir können nichts für ihn tun und er hat alle Zeit der Welt. Er wird sich irgendwann ... wie heißt das ... einwühlen.«

»Freiwühlen«, korrigierte Arias.

Leyas schnaubte. »Was auch immer.«

Nerva nickte darüber, aber ich vermutete, dass er trotzdem nach einer Lösung suchen würde. Einfach, weil er es konnte und weil es ihm Freude machen würde. Doch statt weiter darauf einzugehen, sah er zu Selecia Caravella hinüber, legte den Kopf zur Seite.

»Ihr solltet gehen, bevor die Anamoyaner zum Vorschein kommen«, sagte er. »Sie werden nicht erfreut sein, dieses Chaos zu sehen – und die Regentin dafür verantwortlich machen.«

»Das machen wir«, sagte Adina. »Selecia, gehen wir?«

»Geht schon vor«, sagte Selecia Caravella, den Blick auf mich gerichtet. »Ich möchte kurz mit Riora sprechen.«

Ich merkte, dass Arias sie misstrauisch ansah, doch ich nickte ihm zu. Er nickte ebenfalls, wie um mir zu zeigen, dass er verstanden hatte; dann, ohne ein weiteres Wort, ging er mit Tyban und Adina davon. Ich war froh, dass er den Körper meines Onkels mitnahm. Ich wollte nicht sehen, was ich getan hatte.

Selecia Caravella hob den Kopf. »Danke«, sagte sie.

Ich blinzelte sie an, ohne eine Antwort herauszubekommen.

»Was Sie angeht, habe ich mich geirrt«, sagte sie, »und das tut mir leid. Ich werde nie wiedergutmachen können, was ich getan habe.«

Ich wusste nicht recht, was ich dazu sagen sollte. Ich hätte alles von ihr erwartet. Aber nicht das.

»Ich wollte Anamoya auf meine Weise besser machen«, sagte Caravella, »aber jetzt sehe ich, dass Kyrian Anamoias das Gleiche versuchte und dafür bezahlt hat. Vielleicht bin ich ihm ähnlicher, als ich dachte. Deswegen kann ich diese Stadt nicht länger regieren.«

»Sie machen Scherze«, sagte ich ungläubig.

Statt zu antworten, winkte sie Nerva stumm zu sich heran, der bis eben höflichen Abstand von uns gehalten hatte. Er wirkte verwundert. Aber nicht auf eine schlechte Weise.

»Sie scheinen mir ein Mann zu sein, der Verstand hat, Lavori.« Sie schmunzelte. »Ich sage das nicht oft über Männer. Sie können sich etwas darauf einbilden.«

»Ich werde daran denken, das lobend zu erwähnen, wenn ich mich irgendwo beliebt machen muss«, sagte er nüchtern.

Caravella lächelte. »Passen Sie gut auf diese Stadt auf«, sagte sie, ehe sie ging. Einige Augenblicke lang sah ich ihr nach, ohne recht zu wissen, was ich sagen oder tun sollte. Neben mir verschränkte Nerva die Arme. Offenbar dachte er genau das Gleiche wie ich.

»Eine merkwürdige Frau«, sagte er.

»Ich würde mich an deiner Stelle nicht beschweren. Ich glaube, sie hat dich gerade zu ihrem Nachfolger ernannt.«

Nerva seufzte. »Ja, aber zu welchem Preis?«

Ich schluckte. Fühlte etwas an meinen Händen kleben und wusste, dass es das Blut meines Onkels war, ohne hinschauen zu müssen. Mir wurde schlecht, als ich den Blick hob. Die Skelette um uns herum hatten natürlich keine Augen mehr, aber ich fühlte mich, als würden sie mich trotzdem beobachten.

»Geht«, sagte ich zu ihnen. »Kehrt nach Vetalia zurück und ruht. Niemand soll euch jemals wieder wecken. Ihr habt euch euren Frieden verdient.«

Die Skelette setzten sich in Bewegung.

Ich hielt den Atem an. In einer fließenden Welle drehten sie sich um und marschierten zur Brücke zurück, die sie auf die Friedhofsinsel bringen würde. Obwohl mir so elend zumute war, staunte ich ein wenig über mich. Sogar die Toten hörten mir aufmerksamer zu als mein Onkel.

»Das war beeindruckend«, sagte Nerva, als sie sich verzogen hatten. »Sie haben wirklich ein Talent dafür, mit den Leuten zu reden, wissen Sie das?«

Ich musste lächeln. »Aber ich werde keine Regentin werden. Damit sind Sie jetzt gestraft, Nerva.«

Nerva räusperte sich, ehe er sich ein Lächeln gestattete.

»Das ist etwas, womit ich leben kann«, sagte er. »Sehr gut. Stellen wir richtig, was in den letzten Tagen falsch gelaufen ist. Stellen wir die Ordnung in Anamoya wieder her.«

30

ARIAS

Nach dem Leviathan

Man musste Nerva eins lassen – wenn dieser Mann versprach, etwas zu tun, dann tat er es. Noch am gleichen Tag, an dem Kyrian Anamoias gestorben war, übernahm er Caravellas ehemaligen Platz als Regent; trat vor die Augen Anamoyas, gekleidet in feinen Stoff. Wie fast alle Regenten tat er das vom Balkon des Regierungsgebäudes, der auf einen großen Platz hinausging. So würden ihn die Leute eher akzeptieren, hatte er erklärt.

Dieser Mann war verdammt durchtrieben.

Obwohl der Kampf gegen Kyrian Anamoias nicht einmal einen Tag her war, war der Platz voller Menschen. Ich sah sie vom Fenster aus; ich hatte Nerva hierher begleitet, weil ich sowieso nichts Besseres mit meiner Zeit anfangen konnte. Riora hatte es nicht über sich gebracht, mit mir zu kommen, mich gebeten, sie ein paar Stunden allein zu lassen. Ich hatte eine Ahnung, was sie tun wollte, mischte mich jedoch nicht ein. Sollte sie sich ruhig so viel Zeit mit Kyrian Anamoias nehmen, wie sie wollte.

Vielleicht würde es ihr etwas Frieden bringen.

Ich hob den Kopf. Nerva Lavori legte eine Hand auf das Balkongeländer vor sich, blickte auf die Menge hinab. Er trug eine Uniform in Schwarz und Gold, die ihm gut stand. Sein Haar hatte er nach hinten gekämmt, was ihn älter aussehen ließ. Reifer. Auch das war vermutlich reines Kalkül.

»Anamoya«, sagte Nerva Lavori. »Ich denke, dass ich nicht viele Worte über das verlieren muss, was heute geschehen ist. Kyrian Anamoias hat versucht, eine zweite Rebellion der Wellen auszulösen, hat den Winter in die Stadt geholt und ist gescheitert. Wir konnten ihn dafür zur Rechenschaft ziehen. Das ist das Wichtigste. Trotzdem wird sich von nun an einiges in Anamoya ändern.«

Er neigte den Kopf. »Selecia Caravella wird nicht länger über diese Stadt regieren. Ebenso wenig die alten Regenten von Anamoya, sofern sie noch am Leben sind. Ich beabsichtige, wieder einen Rat einzurichten, aber nicht aus den Resten der zwanzig Familien. Es soll ein Rat der Gelehrten sein, der die Zukunft im Auge hat statt des Reichtums seiner Mitglieder. Die Korruption in dieser Stadt hat schon viel zu lange angehalten.«

Vereinzelter Jubel.

»Ja, schröpfen wir die zwanzig Familien!«, schrie jemand.

Er lächelte verhalten. Ich dachte an meinen Großvater. Früher einmal hatte er mir von seinen Plänen erzählt, davon, wie er Anamoya ebenfalls zu einer besseren Stadt hatte machen wollen. Ich hoffte für Lavori, dass er einen guten Leibwächter beschäftigte. Selbst der beste Regent der Welt, geliebt von allen, musste stets mit einem Angriff auf sich rechnen.

Die Menge begann, zu jubeln. Lavori richtete sich auf, wirkte jedoch eher erleichtert als zufrieden darüber, dass sie seine Worte so bereitwillig aufnahmen.

Er wird es gut machen, dachte ich. Vielleicht würde er es schaffen, all seine Pläne umzusetzen.

Ich hoffte es für ihn.

Nach einer Weile hörte ich Schritte. Nerva trat wieder nach drinnen, schloss die Balkontüren hinter sich und fuhr sich durchs Haar. Er wirkte müde, aber nicht erschöpft. Gut für ihn.

»Von einem einfachen Nekrobotaniker zum neuen Regenten«, sagte ich zu ihm. »Und das nur mit ein paar frechen Lügen zur richtigen Zeit. Nicht schlecht, Lavori, nicht schlecht.«

Nerva grinste.

»Hier wird sich einiges ändern«, sagte er. »Lassen Sie mir nur ein paar Monate, um ein paar Ideen auszuarbeiten. Ich hatte zwar nicht vor, hier zu enden. Aber jetzt, wo ich schon Regent bin, kann ich auch versuchen, gute Arbeit zu leisten. Finden Sie nicht?«

Ich musste lächeln. Mein Großvater hatte mir einmal erzählt, dass diejenigen am besten mit großer Macht umgingen, die gar nicht danach strebten.

»Ich schätze, Sie werden das gut machen«, sagte ich.

»Sie können den Sitz des Regenten immer noch haben, Salvati«, sagte Nerva. »Sie haben ein größeres Anrecht darauf als ich. Aber abgesehen davon würde ich mich freuen, Sie und Riora in meinem neuen Rat zu sehen.«

Das brachte mich noch breiter zum Lächeln.

»Glauben Sie mir, aus mir wird nie ein Politiker«, sagte ich ... und irgendwie hatte ich das Gefühl, dass auch Riora diese Einladung ablehnen würde. »Ich habe etwas anderes vor. Kümmern Sie sich gut um Anamoya, Lavori. Wahrscheinlich sehen wir uns so bald nicht wieder.«

Er sah mich etwas verwundert an, ehe er nickte. »Aber denken Sie daran, Sie sind hier immer willkommen.«

»Das ist mehr, als ich erwartet habe«, sagte ich zwinkernd, ehe ich ging. Nerva sah mir nach, ohne etwas zu sagen, und ich stieg eine Treppe hinunter und verließ das Gebäude. Draußen war es wieder beinahe unangenehm heiß, wie so oft in Anamoya. Ich blickte über die Menge, die sich langsam zerstreute, entdeckte nach einer Weile einen vertrauten roten Haarschopf.

Ich ging, ohne zu zögern, in seine Richtung. Stieß wenig später auf Tyban, der unter einer Statue der Göttin Esteria stand, seine Arme verschränkt, das Haar wieder mit Perlen und Federn geschmückt. Er kaute auf einer Garnele herum, wie so oft. Aber sein Gesicht lag in Schatten.

»Hallo, Tyban.«

Er neigte den Kopf. »Oh, hallo. Ich habe dich hier gar nicht erwartet, Arias.«

»Wieso nicht?«, fragte ich verdutzt.

»Du kamst mir nie wie jemand vor, der sich für Politik interessiert«, sagte Tyban mit einem schwachen Lächeln. »Oder für große Menschenmengen.«

»Das hat sich auch nicht geändert«, gab ich zurück. »Was machst du hier?«

»Überall sonst ist es etwas chaotisch«, sagte Tyban. »Adina hilft Selecia gerade dabei, ihre Sachen zu packen. Ich meine, Selecia packt Adinas Sachen für sie. Es ist besser, ihr nicht im Weg zu stehen, also bin ich lieber gegangen.«

»Sie packen ihre Sachen? Wieso?«

»Nicht nur ihre«, sagte Tyban. »Ich gehe gleich in meine Wohnung und hole alles, was ich mitnehmen will. Es ist nicht besonders viel. Ich besitze nur wenig von Bedeutung.«

Ich runzelte die Stirn. Tyban seufzte.

»Lass uns reden, Arias.«

Kaum dass sich die Menge auf dem Platz zerstreut hatte, zog mich Tyban durch eine Seitenstraße fort. Ich protestierte nicht; ehrlich gesagt wusste ich überhaupt nicht mehr, was ich über ihn oder seine Angelegenheiten denken sollte. Tyban schien das zu wissen, denn er sagte nichts, bis wir seinen kleinen Zufluchtsgarten erreicht hatten. Einige Blumen ließen immer noch die Köpfe hängen. Ich hatte jedoch keine Zweifel daran, dass sie sich erholen würden.

Ich verschränkte die Arme. »Hör zu, Tyban, wenn du mir wieder erzählen willst, wie leid es dir tut …«

»Ich wollte dir nur sagen«, sagte Tyban, »dass ich Anamoya bald verlassen werde.«

Ich stockte. »Warum das denn?«

»Ich überlege schon seit einer Weile, das zu tun«, sagte Tyban. »Selecia, Adina und ich, wir haben getan, was wir hier tun wollten. Nicht auf eine gute Weise, aber auf eine, die am Ende vielleicht etwas Gutes hervorbringen wird. Ich erwarte nicht, dass du oder Riora mir je verzeihen. Es ist in Ordnung, wenn ihr das nicht tut.«

Aber er hatte das Gesicht kaum merklich verzogen, als machte es ihm sehr wohl etwas aus. Ich seufzte. Ich musste keine Gedanken lesen können, um zu wissen, was er dachte.

»Versuch einfach, Riora nicht noch einmal umzubringen, ja?«

Er blickte auf, sah mich etwas unschlüssig an.

»Das war ein Witz«, erklärte ich ihm. »Du weißt doch noch, was Witze sind, Tyban? Hör zu, ich kann nicht für Riora sprechen. Aber für mich. Und ich denke, dass ich dir eines Tages verzeihen kann.«

Tyban richtete sich auf. »Wirklich?«

Ich blickte ihn an, dachte an etwas, was mein Großvater mir einmal erzählt hatte. Er war stets freundlich gewesen, sogar zu Menschen, die Fehler gemacht hatten … aber niemals weich. Sie hatten ihn dafür geliebt. Jetzt erkannte ich, wieso.

»Ja. Wirklich.«

Ich versuchte, zu lächeln. Tyban rieb sich das Kinn, doch ich sah ihm deutlich an, wie erleichtert er über die ganze Angelegenheit war.

»Wenn ihr mögt, könnt ihr mitkommen«, sagte er, und plötzlich war seine Stimme wieder so fröhlich, wie ich es von ihm kannte. »Also, falls Anamoya euch genauso anödet wie uns. Ich habe schon ein Schiff im Auge, das uns von hier fortbringen wird.«

»Ich komme darauf zurück«, erwiderte ich. »Aber zuerst muss ich natürlich Riora fragen.«

Tyban nickte. Ich wusste, was er dachte, doch meine Gedanken blieben bei Riora. Was immer sie tun wollte, ich würde sie dabei begleiten. Wenn sie nichts gegen meine Anwesenheit hatte, verstand sich.

»Dann sehen wir uns am Hafen«, sagte er munter. »Oh, und …«

Ich hob stumm eine Braue.

»Danke«, sagte Tyban. »Du bist besser zu mir, als ich es verdient hätte.«

Er lächelte, ehe er mir auf die Schulter klopfte und ging. Ich zögerte, blieb eine Weile im Garten sitzen; dachte über die Zukunft nach. Bisher hatte ich es nicht ernsthaft in Erwägung gezogen, die Stadt zu verlassen. Doch was immer geschah, der Ort war vielleicht nicht von Bedeutung.

Sondern diejenigen, mit denen ich diese Zukunft teilen würde.

Später, als sich die Aufregung in Anamoya ein wenig gelegt hatte, beschloss ich, mich auf die Suche nach Riora zu machen. Ich hatte eine Ahnung, wohin sie gegangen sein mochte, war nicht überrascht, als ich sie auf dem verfluchten Boden von Vetalia vorfand. Stumm stand sie vor der Treppe, die hinunter in die Gruft ihrer Familie führte. Dachte vielleicht darüber nach, dass sie die Letzte ihresgleichen war, die Einzige, die nicht dort unten in der Tiefe ruhte.

Um sie herum waren einige Anamoyaner in Bewegung, brachten Knochen in die Tiefe, die Anamoias in seinem Racheversuch über die ganze Stadt verteilt hatte. Riora sah sie nicht an. Ich zögerte, ehe ich zu ihr ging, sah sie leicht unter meinen Schritten zusammenzucken. Trotzdem drehte sie sich nicht um; rührte sich nicht einmal, als ich meine Hand auf ihre Schulter legte.

»Willst du darüber reden?«

Riora blinzelte. »Ich habe ihn getötet«, flüsterte sie.

»Es war besser so. Glaub mir.« Ich schwieg kurz, überlegte, was ich als Nächstes zu ihr sagen sollte. »Er wollte mit diesem Mord seinen Kampf gegen die Piraten rechtfertigen. Du hast es getan, um Anamoya vor der größten Katastrophe zu bewahren, seit das Kaiserreich in Asche unterging. Du musst dich nicht für das schämen, was du getan hast – er hätte sich schämen sollen.«

Rioras Mundwinkel zuckte. »Sehr weise von dir, Arias.«

»Danke. Ich gebe mir Mühe.«

Sie lächelte, doch ich sah die ungeweinten Tränen in ihren Augen schimmern. Ich glaubte zu wissen, was sie dachte, sagte jedoch nichts.

Trauer ist ein sturmumwölkter Ozean, dachte ich. Einer, der niemals aufhörte, hohe Wellen und scharfe Winde auf seine Passanten niederzuschmettern.

Aber irgendwann ertrug man es. Musste es ertragen.

Und jetzt kann ich es. Ja, das kann ich.

Eine Weile standen wir schweigend da. Ich legte einen Arm um Rioras Schultern; spürte, wie kühl ihre Haut unter der hellen Trauerkleidung geworden war. Ich sagte nichts zu ihr, denn ich wollte sie nicht in ihren Gedanken stören. Trotzdem fühlte sich das Schweigen nicht kalt an. Im Gegenteil.

»Da ist etwas, worüber ich mit dir reden wollte«, sagte ich nach einer Weile.

Riora erwiderte nichts, aber ich spürte, dass ich ihre Aufmerksamkeit hatte.

»Tyban hat uns angeboten, Anamoya mit ihm zu verlassen«, erklärte ich. »Vielleicht wäre es ganz gut, diesen Ort hinter uns zu lassen. Damit du auf andere Gedanken kommst. Es muss nicht für immer sein, aber ...«

Ein seltsames Leuchten tauchte in ihren Augen auf.

»Verlassen?«

»Wenn du möchtest«, sagte ich. »Ich dachte, dass ...«

»Es wäre großartig, Anamoya zu verlassen!«, platzte Riora heraus. »Es gibt so viel auf der Welt zu sehen. So viele Orte, die ich nie ... also, mein Onkel hätte mir nie erlaubt ...«

»Ich nehme das als ein Ja«, sagte ich trocken.

Sie errötete. Ich musste lächeln. Ich hatte ganz vergessen, wie amüsant es sein konnte, sie in Verlegenheit zu bringen. Doch dann räusperte sich Riora und die Röte verschwand aus ihren Wangen, als sie mich plötzlich sehr ernst ansah.

»Wie wollen wir aus der Stadt kommen, Arias?«

»Tyban meinte, dass er einen Plan hätte«, sagte ich und seufzte. »Hoffentlich schafft er es, niemanden dabei umzubringen.«

31

Riora

Träume

Leyas der Goldene verschränkte die Arme. »Nein«, sagte er. »Auf keinen Fall.«

Wind rauschte in der Lagune. Wir standen am Hafen, die *Feuer von Saykas* in der Bucht ankernd, während die Sonne heiß in unseren Nacken brannte. Leyas war zu uns gekommen, als wir darum gebeten hatten, ihn zu sprechen. So düster, wie er dreinblickte, bereute er das jetzt schon.

»Ach, komm schon«, sagte Tyban. »Wir sind doch so gute Freunde geworden, Leyas. Du und ich, wir sind praktisch unzertrennlich – von einer Tragödie zu einer Einheit geschmiedet. Wir sollten darauf aufbauen.«

»Du hast mich vor meiner Mannschaft geschlagen«, beschwerte sich Leyas.

»Ich verspreche, es nie wieder zu tun«, sagte Tyban munter. »Außerdem bin ich dir noch ein Duell schuldig, oder?«

Leyas sah ihn finster an. Tyban legte den Kopf zur Seite, ein selbstzufriedenes Lächeln auf den Lippen. Seit wir meinen Onkel geschlagen hatten, verhielten sich die beiden äußerst merkwürdig. Ich wusste nicht, was ich davon halten sollte, aber Arias schien das Ganze seinem verhaltenen Grinsen zufolge sehr lustig zu finden.

»Du bist ein Mörder«, sagte Leyas der Goldene.

Tyban zuckte mit den Schultern. »Du auch.«

»Außerdem verkaufst du dein Messer an jeden, der fragt.«

»Sagt der Piratenkönig zum Assassinen. Wir sind beide verschlagen, kampferprobt und sehen verdammt gut aus. Warum sollten wir uns nicht verstehen?«

Leyas stieß ein Zischen in einer Sprache aus, die ich nicht verstand. Ich blickte mich aus den Augenwinkeln um. Um uns herum lärmten die Anamoyaner, gingen ihren Geschäften nach, als wäre niemals etwas passiert. Für einige Menschen war das Vergessen offenbar leichter als für andere.

»Na schön«, sagte Leyas schließlich. »Ich werde herausfinden, wie du mich besiegt hast, und es dir heimzahlen. Vorher wirst du meine *Feuer von Saykas* nicht verlassen. Selbst wenn es zwanzig Jahre dauert.«

Tyban wirkte zufrieden. »Ich wusste doch, dass man mit dir reden kann.«

Leyas funkelte ihn an, ehe er sich von ihm abwandte. Erst dann sah ich ein Lächeln auf seinem Gesicht, als hätte er nicht gewollt, dass Tyban es auch mitbekam.

Dieser Mann war wirklich merkwürdig.

»Wo ist eigentlich Caravella?«

»Selecia und Adina gehen auf ein anderes Schiff«, sagte Tyban. »Sie haben genug Geld, um sich auf einer hübschen Insel im Sommermeer zur Ruhe zu setzen, wenn sie wollen.«

»Ha. Ich hoffe, dass sie klug genug ist, um mir aus dem Weg zu gehen.«

Tyban lachte leise. »Ich werde ihr das mitteilen, ja?«

Leyas schüttelte den Kopf. »Seht zu, dass ihr auf mein Schiff kommt«, sagte er, bevor er ging. Offenbar war das Gespräch für ihn damit erledigt. Ich blickte zu Arias hinüber, der wie ich etwas Gepäck mit seinen wichtigsten Habseligkeiten dabei hatte und das Ganze immer noch belustigt beobachtete.

Unter einen Arm, in Tuch eingeschlagen, hatte er das Bild von mir geklemmt. Ich hatte ihm nicht gesagt, dass mich das freute. Aber wahrscheinlich wusste er das sowieso.

»Das war einfacher als gedacht«, sagte Tyban. »Ich wusste doch, dass mit ihm zu reden ist.«

»Du bist so ein Schauspieler«, sagte Arias schnaubend.

Tyban lächelte verhalten. Wieder einmal befiel mich der merkwürdige Verdacht, dass deutlich mehr hinter seiner Fassade steckte, als er jemals zugeben würde. Er hatte schon gewusst, wie das Gespräch mit Leyas ausgehen würde, bevor es begonnen hatte. Er hatte die ganze Zeit mit ihm gespielt.

So wie mit uns.

Ich richtete mich auf. »Können wir kurz reden, Tyban?«, fragte ich. »Allein.«

Sein Lächeln verschwand, aber er nickte. Ich tauschte einen flüchtigen Blick mit Arias, ehe wir uns ein kleines Stück von ihm entfernten. Ohne dass wir ein Wort zueinander gesagt hätten, setzten wir uns an die Kante des Hafenbeckens. Tyban zog stumm seine Kapuze über den Kopf. Die Sonne musste ihm zu schaffen machen.

»Ich denke«, sagte er langsam, »dass ich weiß, was du sagen willst.«

Ich schluckte schwer. »Sie hat dir nichts getan«, flüsterte ich. »Sie hat nie jemandem etwas getan.«

»Ich weiß«, sagte Tyban matt. »Und ich weiß auch, dass ich das niemals wiedergutmachen kann. Dass es keine Macht auf der Welt gibt, die dir deine Mutter zurückbringen wird. Ich werde dir nicht sagen, dass du mir verzeihen musst, Riora. Du musst gar nichts. Ich kann dir nur sagen, wie leid es mir tut … und hoffen, dass du mir eines Tages vergeben kannst.«

Seine Stimme war schwach. Er sah mich nicht einmal an, sondern blickte auf das türkisfarbene Wasser, das unter uns schäumte.

»Ich weiß noch nicht, ob ich das kann.« Eine Träne lief über meine Wange, als ich das sagte. »Wenn du es nicht getan hättest, wäre das alles vielleicht nicht passiert.«

Tyban nickte langsam.

»Lass dir Zeit damit, deine Gedanken zu sortieren«, sagte er. »Ich möchte nur, dass du weißt, dass ich nie zuvor etwas in meinem Leben bereut habe – bis jetzt. Wenn ich es ungeschehen machen könnte, würde ich es tun. Ich hoffe, dass du das berücksichtigen kannst, wenn du dir ein Urteil bildest.«

Er stand auf. Ich blickte zu ihm nach oben. Doch ich dachte nicht an ihn, sondern an meinen Onkel. So viel war geschehen, weil er sich in seinem Hass vergessen hatte.

Wollte ich genauso enden?

Ich kam ebenfalls auf die Beine. Er sah mich unsicher an. Noch nie hatte sich jemand vor meinen Worten gefürchtet, so weit ich zurückdenken konnte, aber er tat es. Das spürte ich.

»Nicht heute«, sagte ich leise. »Eines Tages, vielleicht. Versprich mir nur, dass du das nie wieder jemandem antust. Dass du nie wieder jemanden tötest, der es nicht verdient hat.«

»Versprochen«, sagte Tyban.

Er hielt mir eine Hand entgegen. Ich überlegte, ehe ich sie zögernd ergriff und sie schüttelte. Es war schwer. Es schmerzte. Doch es war die einzig richtige Entscheidung.

Kein Hass mehr. Keine Rache.

Nie wieder.

»Danke«, flüsterte Tyban. »Vielen Dank.«

Er wirkte etwas weniger niedergeschlagen, aber ich schluckte. Nein, ich wusste wirklich nicht, ob ich ihm verzeihen konnte.

Doch ich hatte mehr als genug Zeit, es herauszufinden.

»Ich werde mich von Adina und Selecia verabschieden gehen«, sagte er. »Dafür ist noch genug Zeit, denke ich. Pass auf, dass Leyas nicht ohne mich ablegt, ja?«

Ich blickte auf die *Feuer von Saykas*, die ruhig und dunkel im Hafen lag.

»Ich glaube nicht, dass er das tut, Tyban«, sagte ich. »Das glaube ich wirklich nicht.«

Mondlicht fiel über das Deck der *Feuer von Saykas*.

Um uns gab es nichts mehr bis auf das Rauschen des Ozeans. Das Land war bereits seit einer Weile außer Sicht, das Wasser ruhig.

Gemächlich glitten wir dahin, sodass ich mich gewiss leicht in den Schlaf hätte wogen lassen können … aber ich konnte es nicht. Ich stand an der Reling, die Arme verschränkt, betrachtete die Monde und hing meinen Gedanken nach.

Bis ich Schritte hinter mir hörte.

»Du kannst auch nicht schlafen, oder?«, fragte Arias.

Ich drehte mich zu ihm um. Arias trug noch die Kleidung, mit der er Anamoya verlassen hatte, wirkte fast so müde wie ich. Stumm kam er zu mir an die Reling, blickte mit mir über das Meer. Eine Weile standen wir so da, ohne etwas zu sagen, doch es war ein angenehmes Schweigen. Eines, das sich warm anfühlte.

»Nein«, sagte ich schließlich. »Mir geht zu viel durch den Kopf. Anamoya, mein Onkel …«

Er sah mich an, als wüsste er genau, was ich dachte.

»Du hast getan, was du tun musstest«, sagte er. »Ich weiß, dass es sich schrecklich anfühlt. Aber eines Tages wird es besser werden.«

»Bist du sicher?«, sagte ich matt.

»Das bin ich«, sagte Arias feierlich.

Ich musste lächeln. Daran hatte ich meine Zweifel, aber das war in Ordnung. Arias hatte mir inzwischen mehr als einmal gezeigt, dass die Dinge anders kommen konnten, als ich es mir vorstellte.

»Du bist optimistischer, als du aussiehst, weißt du das?«

Arias lachte leise, antwortete jedoch nicht.

»Leyas sagte vorhin, dass er zurück nach Nandes segeln will«, wechselte er das Thema. »Meinte, dass er irgendetwas dort zu tun hat. Der Mann hat mehr Geheimnisse als Tyban. Aber ich dachte, wenn wir sowieso schon dorthin unterwegs sind, können wir uns diese Piratenrepublik auch ansehen.«

Ich nickte darüber. Das klang in der Tat aufregend.

»Was ist überhaupt mit den beiden?«, fragte ich stirnrunzelnd. »Sie sind so … ach, wie soll ich das beschreiben?«

Arias feixte. »Sie sind vorhin in die Kabine gegangen und nicht wieder herausgekommen. Sieht so aus, als hätte Leyas der Goldene eine Vorliebe für Männer, die gern die Seiten wechseln.«

Ich spürte, wie mir das Blut in die Wangen stieg. »Aber er hat gesagt, dass er einmal eine Frau hatte.«

»Tyban hat das offenbar nicht gelten lassen«, sagte Arias belustigt.
Einen Augenblick lang sah ich ihn verdutzt an, doch dann brach ein Lachen aus mir hervor. »Ich weiß nicht, warum mich das noch wundert.«

Arias lachte leise. »Wahrscheinlich hat Tyban es schon die ganze Zeit über darauf angelegt.«

Ich musste schmunzeln, sagte aber nichts. Eine Weile sahen wir schweigend zu, wie das Schiff durchs Wasser glitt; wie in der Ferne gelegentlich Fische aus den Wellen sprangen und wieder darin eintauchten.

»Arias?«, fragte ich schließlich.

»Hm?«

»Ich habe mir überlegt, die Nekrobotanik aufzugeben«, erklärte ich. »Es hat mir sowieso nie viel Freude gemacht, und es erinnert mich zu sehr an meinen Onkel. An meine Familie. Vielleicht, eines Tages …«

Ich dachte an meinen Einfall, ein Geschäft für Nekrobotanik zu eröffnen. Möglicherweise konnte ich erforschen, wie man das Handwerk anwendete, ohne Knochen zu benutzen. Jetzt stand mir die Welt offen. Das war beängstigend, aber auch aufregend.

Mein Herz klopfte.

»Du kannst tun und lassen, was du willst«, sagte Arias. »Dir steht niemand dabei im Weg, nur du selbst.«

Ich stupste ihm mit einem Finger gegen die Brust. »Wenn du es schaffst, mich auch nicht zu behindern.«

Sein Mundwinkel zuckte. »Ich versuche es, ja?«

Ich musste lachen. Arias stimmte in das Lachen ein, hob seine Hand, um meine damit zu umklammern. Einige Herzschläge lang blickte ich auf unsere Finger, die an seiner Brust verschränkt lagen. Ein warmes Kribbeln breitete sich in mir aus.

Dann zog ich seinen Kopf zu mir hinunter und küsste ihn. Einen Augenblick lang schien er überrascht zu sein, ehe er den Kuss erwiderte. Es war nur eine kurze Berührung. Ein Moment der Wärme. Aber als wir uns voneinander lösten, lächelte er schwach; schloss mich ohne ein Wort in die Arme.

So standen wir für eine Weile im Mondlicht, fest in die Umarmung des jeweils anderen gehüllt, während der Boden unter uns langsam auf- und abwippte.

»Was immer passiert«, sagte Arias, »du musst es nicht allein durch-stehen.«

Ich legte meinen Kopf an seine Brust. »Das ist alles, was zählt«, sagte ich.

ENDE

GLOSSAR

Orte

Alacravi – der Bezirk der Künstler und Reichen in Anamoya.

Anamoya – eine reiche Handelsrepublik am Sommermeer und einer der wichtigsten Häfen der Welt.

Aspara – die Hauptstadt des Kaiserreiches von Melenya.

Balys – ein wildes und größtenteils unerforschtes Land südlich des Sommermeeres. Angeblich liegen dort große Schätze verborgen, aber auch große Gefahren.

Deravani – der Fluss, in dessen Mündung Anamoya liegt.

Dunkelwasser – ein recht schmutziger, verarmter Bezirk in Anamoya.

Essaria – ein Stadtstaat in der Nähe von Anamoya.

Kaiserreich der Asche – das Reich, aus dem die Republiken am Sommermeer wie Anamoya und Essaria hervorgingen. Sein wahrer Name ging im Lauf der Zeit verloren.

Nandes – eine Siedlung am Sommermeer, die von Melenya gegründet wurde. Nachdem Leyas der Goldene die Stadt eroberte, wurde sie zu einem sicheren Hafen für Piraten.

Melenya – ein Kaiserreich, über das man in Anamoya nur wenig weiß und das seinen Einfluss am Sommermeer zu erweitern versucht.

Saykas – eine Insel am anderen Ende der Welt. Hat außer Schafen und Tempelanlagen nur wenig zu bieten.

Sommermeer – die Wasser westlich der Meerenge, an denen die meisten großen Städte liegen. Ein sehr warmes, aber auch gefährliches Gewässer, in dem sich zahlreiche bisher unbekannte Kreaturen verbergen.

Vetalia – eine Insel, die in der Lagune von Anamoya liegt und die als verflucht gilt. Anamoyaner beerdigen dort ihre Toten.

Bewohner der Republik Anamoya

Adina – Selecia Caravellas Leibwächterin und Tybans jüngere Schwester. Sie hat ein sanftes Gemüt, aber eine dunkle Vergangenheit.

Arias Salvati – ein berühmter anamoyanischer Künstler mit düsterem Temperament und einigen Geheimnissen.

Elia Anamoias – ehemaliger Regent von Anamoya. Starb unter ungeklärten Umständen.

Kyrian Anamoias – Elias Nachfolger und momentaner Regent von Anamoya. Ein harter, kompromissloser Mann, der auf seine Weise alles für das Wohl seiner Nichte Riora tut.

Leyas der Goldene – ein Piratenkönig aus dem fernen Saykas. Angeblich hat er zahlreiche Schätze am Sommermeer erbeutet und einen Leviathan getötet, was ihm den Beinamen »Goldener Schatten« eingetragen hat.

Livia – eine berühmte Künstlerin, die inzwischen im Ruhestand ist. Lehrerin und früherer Vormund von Arias.

Nerva Lavori – der Sohn eines reichen Hauses, dessen Existenz erst seit Kurzem bekannt ist. Ein fähiger Lügner.

Riora Anamoias – die ruhige, höfliche Nichte des momentanen Regenten.

Selecia Caravella – eine reiche, kompromisslose Händlerin.

Tyban – der beste Freund von Arias, ein stets gut gelaunter Dieb und Herumtreiber.

Begrifflichkeiten

Aschekaiser – der letzte Regent des Kaiserreiches, dem Anamoya vor vielen Jahrhunderten angehörte. Er beging mithilfe von Nekrobotanik Verbrechen am Leben selbst und starb dafür angeblich durch die Hand der Göttin.

Großer Rat – die Regierung von Anamoya, die sich aus Mitgliedern der zwanzig reichsten Familien zusammensetzt.

Feuer von Saykas – das Schiff von Leyas dem Goldenen.

Esteria – die zweiköpfige Göttin, die in Anamoya verehrt wird. Sie straft das Handwerk der Nekrobotanik, indem sie seine Anwender krank macht.

Leviathan – eine mystische Kreatur, von der kaum jemand in Anamoya etwas weiß. Ihre Lebenskraft übersteigt die eines Menschen um das Tausendfache.

Namenloser Gott – der Gott der Meere, Dunkelheit und angeblicher Erschaffer der Nekrobotanik. Der Glauben an ihn wurde vor vielen Jahrhunderten in Anamoya ausgelöscht.

Nekrobotanik – die Fähigkeit, Pflanzen und Knochen zu Mechanismen zu verbinden. Nekrobotanische Konstrukte können einfache Aufgaben durchführen, zerfallen jedoch, sobald die lebensspendenden Pflanzen in ihrem Inneren verwelken. Nekrobotaniker besitzen außerdem die Fähigkeit, Wunden zu heilen, müssen dafür jedoch eine Pflanze auszehren.

Zwanzig Familien – die reichsten Familien von Anamoya. Sie stellen die Regierung der Stadt und sind berüchtigt für ihre Ränkespiele.

PROLOG

Sterben

Es gab Dinge, an die man sich nie gewöhnte. Eines davon war das Sterben. Und auch dieses Mal warteten Lorin und Artana, während ihre Umgebung in stürmischem Glockengeläut unterging; warteten auf ihr Ende und alles, was danach kommen sollte.

»Glaubst du manchmal, dass wir träumen, Artie?«

Sie saßen am Treibholzsee, Rücken an Rücken. Unter ihnen kreisten Fische im Wasser, die kaum mehr waren als bleiche, geschuppte Gerippe, deren Körper schimmerten wie Kristall im Mondlicht. Erydanne lag niemals in wahrer Finsternis, sank selten wirklich in den Schlaf. Die Stadtwache würde sie bald finden. Vermutlich töten.

Lorin fürchtete den Tod schon lang nicht mehr.

Artana legte den Kopf zurück. Sein Gesicht war aschfahl; Blut rann an seinem Kinn hinab, und sein Atem rasselte wegen des Pfeils, der ihm aus dem Brustkorb ragte. Im Gegensatz zu Lorin konnte

Artana noch eine Weile mit dieser Verletzung überleben … aber das machte diesen Umstand nicht angenehmer, im Gegenteil. Die Leute waren schnell dabei, die Messer zu ziehen, wenn sie Verbrecher auf der Straße sahen.

Denn wer Böses tat, wurde wiedergeboren.

»Träume? Was meinst du?«

»Sieh dich doch um.« Lorin lachte heiser. »Wir sitzen hier halb tot am Wasser und warten, dass es vorübergeht. Dass uns jemand erschießt oder sein Messer in den Rücken treibt. Demas Licht und Blut, warum ist es je so weit gekommen?«

Artana regte sich nicht. Schien nicht einmal wahrgenommen zu haben, dass Lorin ihm geantwortet hatte. Aber Lorin kannte sein Schweigen und seine Nachdenklichkeit, übte sich in Geduld, bis Artana das Wort ergriff.

»Wir sollten ihnen … dieses Vergnügen vorenthalten.«

»Ich ertränke dich, wenn du mich ertränkst«, sagte Lorin düster.

Artana lachte leise, doch dann stieß er ein schmerzvolles Zischen aus und beruhigte sich schnell wieder. Lorin lächelte, betrachtete jedoch weiterhin die Fische, spürte warmes Blut in sein Hemd sickern. Die Bastarde von der Stadtwache hatten ihm den halben Bauch aufgeschlitzt, als er und Artana vor ihnen geflohen waren. Es tat nicht so weh, wie er gedacht hatte. Aber er hatte Erfahrung mit solchen Wunden und wusste, dass sie ihn spätestens in ein paar Tagen töten würde.

»Ich denke nicht, dass wir träumen«, sagte Artana schließlich.

Lorin zog die Brauen hoch.

»Es ist ein Albtraum«, flüsterte Artana. »In jeder wachen Sekunde.«

»Sei nicht immer so optimistisch, Artie, das ist ja nicht zum Aushalten.« Doch Lorin konnte sich nicht zu einem Lächeln überwinden. Er brauchte es auch nicht – nicht mehr. Rufe und Schritte mischten sich in den Glockenklang, hastig, aufgeregt; dann, ganz plötzlich, traten Dutzende von Männern um sie herum ins Mondlicht. Sie trugen weiße Uniformen und goldene Masken über den Gesichtern, und auch die Pfeilspitzen, die auf ihre Köpfe gerichtet waren, schimmerten metallisch.

»Im Namen der Königin«, rief einer von ihnen, »ergebt euch oder sterbt!«

Sie kamen in wortloser Übereinkunft auf die Beine. Lorin ächzte unwillkürlich vor Schmerz, und Artana hustete Blut, ehe er den Pfeil in seinem Brustkorb packte und mit zitternden Fingern herauszog.

»Bereit?«, flüsterte Artana.

»Wenn du es bist«, sagte Lorin. Von hier fielen die Ufer des Treibholzsees ab; hoffentlich steil genug, um in Sicherheit zu gelangen, auf die eine oder andere Weise. Sie tauschten einen letzten Blick, ehe sie einander die Hände reichten und sich rücklings in die Fluten fallen ließen. Nur selten kam der Winter nach Erydanne, doch das Wasser war kalt, und um sie herum zogen die Fische ihre Bahnen durch die eisige Finsternis.

Komm gut ins nächste Leben, Artie, dachte Lorin, ehe er die Augen schloss und Atem holte.

Der Tod, überlegte Lorin, würde niemals sein bester Freund werden. Eisige Kälte fraß sich in seine Wunden, als er sank, und irgendwann ließen seine tauben Finger Artana los. Aber seine Lunge rebellierte, und sein Körper bäumte sich auf, als sie sich mit Wasser füllte. Das Gefäß, in dem er steckte, wollte leben.

Seine Brust brannte. Eine eigenartige Panik ergriff ihn, flaute wieder ab, als sein Blickfeld zu verschwimmen begann. Das Letzte, was Lorin wahrnahm, waren die Fische um ihn herum; glühende Flecken, knochenweiß, die allmählich in Finsternis versanken.

Dann stand seine Welt still. Lorin sah tausend fremde Gesichter an sich vorüberziehen, hörte tausend Stimmen; feine Lichtfäden trieben im Schwarz an ihm vorbei, schienen ihn willkommen zu heißen, zu umarmen. Einen Herzschlag lang wurde das Licht übermächtig. Er sah, was sich dahinter befand, spürte Ruhe und Wärme, ein überwältigendes Gefühl der Geborgenheit. Er wollte nicht loslassen, nie wieder. Er wollte nur …

Das Nächste, was er spürte, war fester Boden unter seinem Körper.

Lorin schnappte nach Luft. Wollte Wasser ausspucken, doch er war nicht mehr im Treibholzsee. Die Welt um ihn herum war dunkel, und er atmete den Geruch der Straße ein, als sei er niemals weg gewesen. Mondlicht flackerte durch das Geäst, als er benommen nach seinem Bauch tastete. Aber dort befand sich keine Wunde. Er fand nichts vor außer warmer, unverletzter Haut.

Einen Augenblick lang starrte er unschlüssig auf seine Hand, ehe er begriff. Gestorben. Wiedergeboren. Schon wieder.

Oh, Demas Licht und Blut.

»Artana?«, flüsterte er.

Seine Stimme war schwach. Er achtete nicht darauf, sondern kam zitternd auf die Beine und sah sich um. Um ihn herum ragten die Häuser Erydannes auf, bis in schwindelerregende Höhen übereinandergebaut, die Lichter des königlichen Palastes in der Ferne. Lorin wusste nicht, wie er hierhergekommen war, aber das war ihm auch gleichgültig. Jetzt musste er erst einmal Artana finden.

»Artie? Bist du hier?«

Ein Stechen flammte in seiner Brust auf, doch Lorin ignorierte es und begann zu gehen. Um ihn herum war es so dunkel, dass er kaum die Hand vor Augen sah, und Fäden aus schwarzem Qualm drängten sich um die Dächer. Ganz sanft flimmerte seine Umgebung. Als bestünde sie aus zwei Bildern, die sich leicht gegeneinander verschoben.

In der Finsternis stand eine junge Frau mit lockigem blondem Haar. Sie war einen Kopf kleiner als er, ihr Gesicht herzförmig, die Haut weiß wie Milch. Als sie ihn entdeckte, weiteten sich ihre Augen. Doch das war es nicht, was ihn verstörte … es war das Lächeln auf ihren kirschrot geschminkten Lippen, voll boshafter Vorfreude, voller Genuss.

»Hallo, Lorin«, sagte Symea, die Königin Erydannes, der Schrecken seiner Existenz, der letzte Funken Liebe in seiner wiedergeborenen Seele. »Ich habe so lang gewartet.«

Dreiundzwanzig Jahre
später

1

LORIN

Tausend Farben des Abgrunds

Du bist so ruhig heute«, sagte Artana.

Regen prasselte auf Erydanne hinab. Es war das einzige Geräusch in der Stille, die über den nebelumwölkten Fluss gebettet lag. Artana stakte das Boot mit geübten Bewegungen durch das Wasser, während Lorin in eine Decke gehüllt dasaß. Natürlich hatte er Lunte gerochen. Darauf bestanden, dass Lorin sich ausruhte und er die Arbeit erledigte.

Lorin hasste und liebte ihn zugleich dafür.

Er blickte zu Artana auf. Wie üblich hatte er Glück gehabt mit seinem wiedergeborenen Körper; in diesem Leben war er groß geraten, mit fein geschnittenen Gesichtszügen und einem Bartschatten, der ihn kleidete wie andere Menschen ihre edelsten Gewänder. Das dunkle Haar hatte er zu einem Zopf gebunden, die Ärmel hochgekrempelt. Ein Bild von einem Mann, dachte Lorin. Zu schade, dass ihm die halbe Stadt für einen Groschen die Nase brechen würde.

»Falls es dir nicht aufgefallen ist, Artie«, sagte Lorin gedehnt, »die Königin ist immer noch am Leben und lässt keine Gelegenheit aus, uns zu belästigen. Wie soll mich das nicht ärgern?«

»Wenn du nur wütend wärst, würde ich mir weniger Gedanken um dich machen als um Erydanne«, sagte Artana nüchtern. »Das letzte Mal, als du so still warst, hast du das halbe Grubenviertel hochgejagt und dich gleich dazu.«

»Also bitte. Ich würde niemals für solches Chaos sorgen.«

Artana hob stumm die Brauen.

»Na schön. Vielleicht bin ich manchmal ein bisschen – hör auf, mich so anzusehen!« Lorin grinste, aber nur kurz. »Das ist jetzt unser dreizehntes Leben, Artie, und wir haben Symea immer noch nicht gestürzt. Es wird langsam frustrierend, findest du nicht?«

»Wem sagst du das?« Artana zog die Stange zurück, die er zum Staken benutzte, und einige Augenblicke lang glitten sie schweigend durch die Dunkelheit. »Trotzdem ... so kenne ich dich gar nicht. Du lässt dich sonst nie von Dingen aufreiben. Du stehst einfach auf und gehst weiter, wenn dir irgendetwas zustößt.«

Lorin schnaubte, sagte jedoch nichts. Artana betrachtete ihn mit einem wissenden Blick, dessen Intensität durch seine beinahe silbrig grauen Augen nur noch verstärkt wurde.

»Du weißt doch, dass du mit mir darüber reden kannst.«

»Will ich aber nicht«, sagte Lorin verärgert.

Artana zog die Brauen hoch. Für einen langen Augenblick fühlte sich Lorin beinahe schuldig. Vielleicht sollte er ihm davon erzählen, dass er im Tod geträumt hatte; dass ihm die Königin selbst erschienen war, bereit, ihnen auch dieses Leben zur Qual zu machen. Doch Artana war erst kürzlich aus dem Gefängnis ausgebrochen und schlief allein schon deshalb schrecklich. Da war es wohl besser, ihn gar nicht mit solchen Albernheiten zu belasten.

Erydanne war eben kein Ort für Wiedergeborene.

Lorin kehrte seit ungefähr dreihundert Jahren wieder. Er hatte gelernt, jede Sekunde davon zu hassen; denn wer wiederkehrte, weil seine Seele zu verdorben war für den Trost des Jenseits, hatte es nicht gut in Erydanne. Er hatte aufgehört zu zählen, wie oft er im Gefängnis gelandet war, wie oft ihn die Bürger dieser Stadt mit Steinen beworfen hatten. Wer einen Verfluchten verletzte oder gar tötete, den erwartete keine Strafe. Schließlich waren sie allesamt Verbrecher, die es nicht besser verdient hatten.

Fast hätte Lorin darüber aufgelacht. Aber es wäre ein bitteres Lachen geworden, eines, das im Herzen wehtat, und deswegen ließ er es bleiben.

»Wir müssten gleich bei Varian sein«, wechselte er das Thema. »Glaubst du, dass er etwas weiß? Über die Waffe?«

Artana blickte über den Fluss hinweg. Das Wasser war kalt und schwarz, doch tief unter der Oberfläche flimmerten Kristalle in allen möglichen und unmöglichen Farben. Nachts konnte man den

Abgrund besonders gut spüren, hieß es. Nachts kam er und holte seine Opfer.

»Natürlich weiß er etwas. Die Frage ist, ob er auch bereit ist, mit uns zu sprechen.«

Lorin schnaubte. »Wenn uns diese parfümierte Witzfigur wieder sagt, dass er nur ein einfacher Mann sei und keine Ahnung von solchen Dingen habe, bringe ich ihn um.«

»Du hättest meine volle Unterstützung dabei«, sagte Artana nüchtern. »Ich hoffe nur, dass wir uns nicht umsonst bis auf die Knochen haben durchnässen lassen.«

»Ich auch. Weißt du, wie leicht ich mich erkälte?«

»Ich bin sicher, dass sich keine Krankheit mit Verstand freiwillig in dir einnisten würde.« Artana schmunzelte. »Wir sind gleich da.«

Lorin hob den Kopf. Vor ihnen zeichnete sich eine pflanzenüberwachsene Brücke ab, auf der mehrere Gebäude standen. Wasserspuren zogen sich über die Fassaden und die verglasten Dachgiebel, für die Erydanne berühmt war. In der Ferne bewegten sich die Schatten von Häusern, so langsam, dass man es eigentlich kaum sehen konnte. Viele Teile Erydannes standen auf schwebenden Felsen, die lediglich durch wackelige Holzstege miteinander verbunden waren. Manchmal drifteten sie über den Himmel, bis sie auf die Stadtmauern stießen, manchmal verkanteten sie sich jedoch auch mit anderen Gebäuden und verursachten dabei kleine Beben.

Lorin hatte im Lauf seiner Leben gesehen, wie ganze Stadtviertel langsam, aber unaufhaltsam ihre Lage änderten. Die Viertel am Treibholzfluss hingegen standen auf festem Boden, fast wie ein Tal, das von sich ständig bewegenden Bergen umgeben war. Kaum dass sie den ersten Brückenpfeiler passierten, stakte Artana das Boot ans Ufer. Er ging zuerst an Land, elegant wie immer, während Lorin die Decke von seinem Körper zog und seinen Bogen in die Hand nahm.

Artana hob den Kopf. Einer seiner Unterarme war verbunden, unter dem Stoff drang jedoch ein diffuses violettes Glimmen hervor. Ein merkwürdiges Flackern zog sich durch die Luft. Für einen Augenblick schienen zwei Bilder dieser Welt vor Lorins Augen zu existieren, leicht gegeneinander verschoben, ehe sie abrupt zu einem verschmolzen.

Er blickte auf seine Hände. Auf den ersten Blick hatte sich nichts verändert; auf den zweiten sah er, dass das Schimmern unter Artanas Bandagen kräftiger geworden war.

»Sind wir unsichtbar?«, raunte Lorin.

Artana nickte und machte mehrere Handzeichen. *Wenn ich bitten darf?*

Selbstverständlich, gestikulierte Lorin. Vor einigen Leben hatte eine Stadtwache Artana die Zunge herausgeschnitten, sodass er auf Zeichensprache angewiesen gewesen war. Inzwischen war dieser Schaden behoben, doch die Gesten noch immer nützlich, wenn er seine Fähigkeiten anwandte.

Sie entfernten sich vom Kanal und stiegen die Brücke hinauf. Lorin hörte Holz knarren, als sich ein loser Fensterladen über ihnen im Wind bewegte; presste unwillkürlich die Finger an seinen Bogen, als ihm etwas anderes auffiel. Auf der gegenüberliegenden Straßenseite gingen zwei Männer in weißen Uniformen vorbei, die mit goldenen Streifen verziert waren. Goldene Masken verdeckten ihre Gesichter, die ihnen ein verstörend gleiches Aussehen verliehen.

Meine Güte, gestikulierte er. *Wieso sind hier so viele Wachen?*

Artana zuckte mit den Schultern, aber sein Blick folgte der Patrouille, bis sie um eine Ecke bog. *Gehen wir.*

Trotzdem warteten sie vorsichtshalber noch einige Augenblicke, ehe sie sich in die entgegengesetzte Richtung davonstahlen. Hinauf zu einem mehrstöckigen weißen Gebäude, das auf der Mitte der Brücke stand und das eher wie ein zusammengequetschter Palast wirkte als wie ein gewöhnliches Haus. Lorin zog mehrere Dietriche aus dem Ärmel, während Artana seinen Verband löste. Die Haut darunter war durchzogen von feinen violetten Kristallen, die einander überlappten und ein weiches Licht abgaben. Binderglas. Nur wenigen Menschen in Erydanne wuchs es aus dem Körper, aber Lorin war froh, dass Artana zu ihnen gehörte. Ohne das Glas konnte er sie nicht unsichtbar werden lassen.

Artana hielt seinen Arm so hoch, dass das Licht des Kristallglases das Türschloss beschien, und Lorin machte sich an die Arbeit. Nach wenigen Augenblicken hörte er ein Klicken, ehe sich die Tür nach innen öffnete. *Hoffen wir, dass das kein schlechtes Zeichen ist.*

Lautlos traten sie ins Gebäude. Es war ein gewöhnliches Wohnhaus, wie es sie zu Hunderten in Erydanne gab, die Böden jedoch aus poliertem Marmor und die Wände frisch verputzt. Eine Treppe führte in die obere Etage. Lorin musterte sie, ehe er einen Blick mit Artana tauschte.

Irgendetwas stimmt nicht, sagte Artana.

Lorin runzelte die Stirn. *Woran erkennst du das?*

Es ist zu still. Ist er oben?

Wahrscheinlich sitzt er in seinem Bett wie eine alte Frau und bestickt Taschentücher, sagte Lorin.

Artanas Mundwinkel zuckte.

Geräuschlos stiegen sie ins Obergeschoss hinauf. Vor ihnen lag ein Gang, von dem mehrere Türen abzweigten. Die meisten davon waren abgeschlossen, doch eine von ihnen knarrte in einem leichten Windstoß. Lorin zog einen Pfeil aus seinem Köcher und legte ihn auf die Sehne, während Artana den Arm ausstreckte und die Tür mit äußerster Vorsicht aufschob.

Dahinter kam ein Arbeitszimmer zum Vorschein, dessen Wände größtenteils von verschiedenfarbigen Vorhängen verhüllt waren und dem Raum das Aussehen eines Zeltes verliehen. Ein Mann stand hinter dem Schreibtisch, hatte ihnen den Rücken zugewandt, betrachtete die schwebenden Häuser Erydannes durch die große Fensterfront. Er war mittelgroß, schlank, trotz seiner elegant geschnittenen Kleidung keine beeindruckende Erscheinung. Das dunkle Haar fiel ihm sanft auf die Schultern. Wie üblich sah es aus, als hätte er Stunden damit verbracht, es zu pflegen.

»Guten Abend, die Herren«, sagte er, ohne sich umzudrehen. »Ihr seid spät. Ich hatte schon gegen Mitternacht mit euch gerechnet.«

Das Flackern in Artanas Binderglas verging. Obwohl Lorin es nicht sehen konnte, wusste er, dass sie wieder sichtbar geworden waren; Artanas Glas leuchtete nur, wenn er seine Kraft verwendete.

»Was hat uns verraten?«

»Ich bitte euch. Erstens stört ihr mich früher oder später immer, zweitens habe ich euer hübsches kleines Boot von hier aus gesehen und drittens würde ich sogar wissen, ob ihr kommt, wenn ich blind und taub wäre.« Varian wandte sich um. Er sah nicht älter aus als

340

fünfundzwanzig, aber trotz seines Lächelns zeichnete sich ein eigenartig harter Zug auf seinem schmalen, von feinen Narben gezeichneten Gesicht ab. »Was führt euch hierher?«

»Du weißt, was«, sagte Lorin düster. »Königin Symea. Wie üblich.«

»Wir glauben, einen Weg gefunden zu haben, um Erydanne von seiner unsterblichen Tyrannin zu befreien«, fügte Artana hinzu. »Angeblich gibt es eine besondere Klinge, um diese Aufgabe zu erfüllen.«

»Wir finden, dass sie sich hervorragend im Brustkorb unserer geliebten Herrscherin machen würde«, erklärte Lorin. »Da dachten wir, wir fragen einfach unseren guten Freund Varian, der die Nase immer in Angelegenheiten hat, die ihn nichts angehen.«

Varian wirkte milde belustigt. »Also wirklich. Woher sollte ein einfacher Mann wie ich darüber Bescheid wissen?«

Lorin verdrehte die Augen. Artana seufzte.

»Nun gut«, sagte Varian mit einem Lächeln, das Lorin überhaupt nicht gefiel. »Da wir so gute Freunde sind, will ich wenigstens zugeben, dass es so eine Waffe gibt. Wie habt ihr davon erfahren?«

»Religiöse Texte«, sagte Artana trocken. »Du solltest die Lichtverse wirklich einmal lesen, weißt du.«

»Ha«, sagte Lorin, »der war gut, Artie.«

Artana lächelte. Varians Augen funkelten, das einzige Zeichen seines wachsenden Ärgers. Lorin gönnte ihm ein wenig schlechte Laune; Varian war eine falsche Schlange, die nur über ihren eigenen Vorteil nachdachte, aber leider auch der einzige halbwegs sichere Informant in Erydanne.

»Nehmen wir an«, sagte Varian langsam, »ich wüsste, wo sich diese mysteriöse Waffe befindet. Wieso sollte ich euch das sagen? Königin Symea regiert seit dreihundert Jahren. Niemand kann sich Erydanne ohne sie vorstellen. Wenn ihr etwas zustößt, wird es Chaos geben.«

»Gut«, sagte Lorin düster.

Varian legte den Kopf zur Seite, ohne darauf einzugehen. »Ihr beide … ihr seid nach den Gesetzen dieser Stadt Verbrecher. Vogelfrei sogar. Ich könnte euch hier und jetzt ermorden und würde dafür wahrscheinlich eine Belohnung erhalten. Wie viel Schlechtes habt ihr in den letzten dreihundert Jahren getan? Wie oft gegen das Gesetz verstoßen?«

»Du weißt, dass wir keine Wahl haben«, sagte Lorin wütend.

Artana schloss kurz die Augen. »Wenn du uns nicht helfen willst, Varian, werden wir jetzt gehen. Wir können diese Waffe auch ohne dich finden, selbst wenn es tausend Jahre dauert.«

»Oh, das würde ich zu gern sehen«, sagte Varian trocken. In seinen Blick hatte sich jedoch ein düsteres Funkeln geschlichen. »Ich kann kein Chaos in dieser Stadt dulden. Nicht jetzt. Ich fürchte, dass ich euch nichts über diesen Gegenstand erzählen kann.«

Als er das sagte, lag mehr als Ärger auf seinem Gesicht; mehr noch als die Hinterhältigkeit, für die Lorin ihn kannte und hasste. Dann, ganz langsam, hob Varian eine Hand. Sein Mantel hatte einen hohen Kragen, der seinen Hals vollständig verbarg. Dennoch sah Lorin für einen Herzschlag ein rötliches Flackern durch den Stoff dringen.

Lorin blinzelte. Wieder schienen zwei Abbilder der Welt vor seinen Augen zu schimmern, die sich leicht gegeneinander verschoben … und als sie eins wurden, verschwanden die Stoffbahnen um sie herum. Wo sie eben noch den Blick auf die Wände verschleiert hatten, stand ein halbes Dutzend Männer, allesamt weiß gekleidet, die Gesichter von goldenen Masken bedeckt.

Großartig.

Die Stadtwachen zogen ihre Waffen. Lorin hob sofort seinen Bogen. Neben ihm drehte sich Artana so, dass sie Rücken an Rücken standen; er hörte, wie er seine beiden langen Messer zog. Lorins Blick wanderte zu Varian hinüber. Er hatte die Arme verschränkt. Sein Gesichtsausdruck war düster.

Dieser verlogene Mistkerl.

Lorin richtete die Pfeilspitze auf seine Brust und schoss. Varian keuchte erschrocken auf, doch Lorin sah aus dem Augenwinkel, dass der Pfeil nicht in seinem Brustkorb steckte. Er hatte das auch nicht erwartet; stattdessen drehte er sich um, tauschte einen Blick mit Artana, und in stiller Übereinkunft rannten sie davon. Sie eilten nach unten, schlitterten aus dem Gebäude. Es dauerte einige Augenblicke, bis er draußen auf dem Kopfsteinpflaster zum Stehen kam, und dann hörte er Artana fluchen.

Am Ende der Straße standen drei Männer in Weiß und Gold.

Lorin wirbelte herum und begann zu laufen. Er nahm Artanas Schritte hinter sich wahr, hörte, dass ihnen die Wachen etwas nachschrien. Er wusste, dass sie ihn einholen würden, dass sie nicht flink genug waren, um zu entkommen ...

Artana überholte ihn und zerrte ihn um eine Ecke. Sein Atem ging schwer, doch er drückte sich in eine Nische in der Wand und zog Lorin dabei mit sich. Sein Binderglas glomm auf. Einen Herzschlag später polterten die Stadtwachen in die Gasse, liefen einige Schritte weit, ehe sie offenbar verwundert stehen blieben.

»So schnell können sie nicht gewesen sein«, murmelte einer von ihnen.

Lorin tauschte einen Blick mit Artana, versuchte seine raschen Atemzüge zu unterdrücken. Fast ein halbes Dutzend Männer sammelte sich in der Finsternis. Einer von ihnen trug eine Uniform, die sich von denen der anderen Wachen unterschied, mit leichter Lederrüstung über dem weißen Stoff. Er besaß eine ähnliche Statur wie Artana, doch sein Haar war nach hinten gelegt und hatte beinahe den gleichen goldenen Ton wie die Maske auf seinem Gesicht.

Artanas Finger gruben sich schmerzhaft in seine Schulter.

»Waren sie wahrscheinlich auch nicht«, sagte der blonde Mann. »Alle Wiedergeborenen wurden von Dema bestraft, aber einige wenige ... gezeichnet. Seht in jede Ecke. Streckt die Arme aus und greift hinein.«

Die Stadtwachen tauschten Blicke untereinander.

»Hineingreifen?«

»Ja«, sagte der Mann, »ungefähr so.«

Damit streckte er die Finger in ihre Richtung aus und bekam um ein Haar Lorins Kragen zu packen. Er zuckte unwillkürlich zurück, stieß gegen Artana, der ein leises Zischen ausstieß.

Die Augen der Stadtwache funkelten.

Artana zuckte zusammen, ehe ihn der Mann beim Kragen packte. Im gleichen Augenblick zerbrach seine Bindung. Es verursachte kein wahrnehmbares Geräusch; trotzdem glaubte Lorin einen Herzschlag lang, einen weichen Luftzug zu hören, als sie plötzlich sichtbar wurden. Die Stadtwachen starrten sie an, als hätten sie zwei Nebelgeister gesehen, ehe einer von ihnen unsicher sein Messer auf sie richtete.

Großartig, dachte Lorin.

Artana stieß die Stadtwache von sich und begann zu laufen.

Lorin fluchte stumm. Hastete Artana nach, den Bogen noch in einer Hand; hörte, wie ihnen die Stadtwachen nachliefen, wie sie ihnen Dinge nachschrien, wie ihre Schritte über das nasse Pflaster polterten. Artana zog ihn um eine Ecke, und für einen absurden Augenblick fürchtete er zu stürzen – doch dann strauchelte Artana und fiel auf die Knie, und Lorin stieß mit ihm zusammen und ging ebenfalls zu Boden. Er spürte Blut an seinen Ellenbogen hinabrinnen, wo er sich die Haut aufgeschürft hatte, aber Artanas Anblick schmerzte mehr als das. Er zitterte und keuchte vor Erschöpfung, und erst jetzt bemerkte Lorin, wie ausgemergelt sein Körper unter der dunklen Kleidung war.

»Artana …«

Artana erwiderte nichts. Hinter ihnen rauschte das Wasser des Treibholzflusses. Sie waren am Ende der Brücke zum Stehen gekommen, wo es nicht mehr weit in die Tiefe ging, und über ihnen kreuzten lose Felsen mit vereinzelt darauf wachsenden Gebäuden den Himmel.

Wäre es nicht zu schön, wenn einer dieser Brocken auf die Stadtwachen fallen würde?, dachte Lorin.

Im gleichen Augenblick hörte er ihre Schritte hinter sich. Lorin wandte sich zu ihnen um, legte einen Pfeil auf, während sie ihre Waffen zogen.

Und spürte einen heftigen Schlag in den Rücken.

Lorin keuchte auf. Greller Schmerz schoss durch seine Schulter. Er tastete mit der freien Hand nach hinten und stieß mit den Fingerkuppen an einen langen Pfeilschaft.

Nein …

Obwohl er wusste, dass es das Blut nur noch stärker aus der Wunde würde fließen lassen, zog er den Pfeil mit einem einzigen Ruck heraus. Dunkle Schleier zogen sich durch Lorins Blickfeld, doch es gelang ihm, sich aufrecht zu halten. *Oh, tut das weh*, dachte er benommen. *Warum muss das so wehtun?*

Dann zog ihn eine kalte Hand zurück. Lorin ließ unwillkürlich den Bogen fallen, spürte Artanas Herzschlag im Rücken, als er ihm sein Messer an die Kehle legte. *Demas Licht und Blut, Artana, du wirst doch nicht …*

»Kommt näher und ich töte ihn«, flüsterte Artana. »Danach kann ich mich ebenfalls umbringen, was macht das schon aus? In zwanzig Jahren sind wir wieder da. Gesünder und stärker als jetzt.«

Die Welt schien von einer Seite zur anderen zu kippen. Lorin versuchte sich Artana zu entwinden, doch Artana drückte ihn nur noch fester an sich. Das Messer an seiner Kehle zitterte. Plötzlich begriff er, was Artana vorhatte. Es gefiel ihm überhaupt nicht.

»Artana, nein!«

Artana machte mehrere Gesten mit der freien Hand. Lorin brauchte sie nicht zu lesen; er kannte Artana seit Jahrhunderten und wusste fast immer, was er dachte. *Ich bin schwach. Du nicht. Du kannst fliehen, lass mich dich retten.*

Du glaubst doch nicht, dass du damit durchkommst, Artie, du wirst nicht ...

Dunkle Streifen zogen sich durch Lorins Blickfeld, ehe ihn schlagartig eisige Kälte erfasste.

Wo war die Wache, die Artana beim Hals gepackt hatte?

»Wir verhandeln nicht mit Wiedergeborenen«, sagte einer der Männer und hob seinen Bogen. Artana keuchte noch, bevor er schoss, und plötzlich glitt das Messer von Lorins Kehle und zeichnete eine brennende Linie auf seine Haut. Er drückte eine Hand auf seine Wunde, ohne zu spüren, was er tat. Blut befleckte seine Finger. Es fühlte sich entsetzlich warm an.

Nein ... o nein ...

Hinter ihm knickte Artana ein, und der Pfeil flog über ihn hinweg und verschwand. Lorin wirbelte gerade rechtzeitig herum, um den blonden Mann an seine Seite treten zu sehen. Stumm nahm er seine Maske ab. Er sah Artana so ähnlich, selbst nach all den Jahren. Er hätte sein helleres, glücklicheres Spiegelbild sein können.

Es tut mir leid, Artie. So leid.

Lorin stieg über das Brückengeländer und ließ sich in die Tiefe fallen.

Magali Volkmann

Das schwarze Uhrwerk

ISBN: 978-3-95991-946-3, kartoniert

Er ist der Rebellenkönig, eine lebende Legende –
und seine Geschichte in Blut geschrieben.

Verkrüppelt, ungeliebt und einsam: Taiden Belarron verabscheut sein Leben und brennt darauf, sich endlich zu beweisen. Dafür will er den legendären Rebellenführer Kyron schnappen, der mit allen Mitteln gegen die Regentschaft des Schwarzen Uhrwerks aufbegehrt. Doch dann rettet ausgerechnet der ihm das Leben und Taidens Weltbild gerät ins Schwanken. Warum hat Kyron ihm geholfen? Was versteckt sich wirklich hinter der Maske, unter der das Gesicht des Rebellenkönigs verborgen liegt?
Taiden zögert damit, Kyron auszuliefern, während er immer tiefer in seine Welt eintaucht. Doch es bleibt keine Zeit, um seine Gefühle zu sortieren – denn das Uhrwerk droht, jeden zu zermalmen, der sich zwischen seinen Zahnrädern verfängt.

Magali Volkmann
Die Magie des Abgrunds
ISBN: 978-3-95991-948-7, Klappenbroschur

Wer ein Verbrechen begeht, wird wiedergeboren: Dies ist eisernes Gesetz
in Erydanne, der schwebenden Stadt im Abgrund. Elaria will mit Wiedergeborenen nichts zu tun haben, bis sie zufällig einen von ihnen rettet: Lorin,
der gemeinsam mit seinem Freund Artana alles tut, um Erydanne für immer
zu vernichten. Doch je tiefer sie sich in deren Welt verfängt, desto weniger
scheint alles zusammenzupassen. Haben Lorin und Artana wirklich vor, die
Stadt zu zerstören? Was hat die unsterbliche Königin Symea damit zu tun, die
sie um jeden Preis tot sehen wollen?

Während Elaria nach Antworten sucht, gerät sie jedoch selbst in Gefahr.
Denn wer einem Wiedergeborenen beisteht, wird ebenfalls verflucht – und
obendrein droht sie ihr Herz an einen von ihnen zu verlieren …

Isabel Clivia

Schattensiegel

ISBN: 978-3-95991-404-8, Klappenbroschur

Wenn die letzte Hoffnung in den Schatten liegt ...

Alienors Leben ist von Dunkelheit geprägt. Nachdem verbotene Experimente ihr gefährliche Schattenkräfte beschert und sie in eine unberechenbare Waffe verwandelt haben, fristet sie ihr Dasein in einem Verlies. Bis ausgerechnet der Mann, der sie dorthin gebracht hat, sie um Hilfe bittet. Ihre Magie soll der Schlüssel zur Zerstörung eines uralten Fluchs sein. Mit dem Zauberweber Thierry zusammenzuarbeiten ist das Letzte, was sie will. Allerdings ist da dieses verräterische Herzklopfen, das alles so verdammt kompliziert macht.

Im Kampf gegen einen schier übermächtigen Feind muss Alienor sich entscheiden, wer sie sein will: das Ungeheuer, für das die Leute sie halten, oder die Hoffnung eines ganzen Landes.